黄永玉题写文集书名

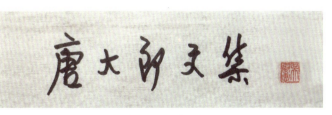

吴承惠题写文集书名

黄永玉绘画《戊戌中秋读大郎忆樊川诗文》

1940年1月23日卡尔登演出《雷雨》后合影,后排左二为唐大郎

1957年唐大郎夫妇与子女摄于上海复兴公园（四个子女按年龄大小分别是唐密、唐勿、唐都和唐历）

1943年6月8日《新闻报》：《唐云旌、刘惠明结婚启事》

片羽兄：

兹知天、星期一、星期二之下午都有约会，弟每不得闲，决定改至星期三上午十时半去九福东路。乞转告逸飞兄及成，余俟面今、少假到住不另。弟大郎廿。

唐大郎致片羽信

巴金故居2018年9月编印出版的《唐大郎诗文选》(《点滴》2018年第4期抽印本)

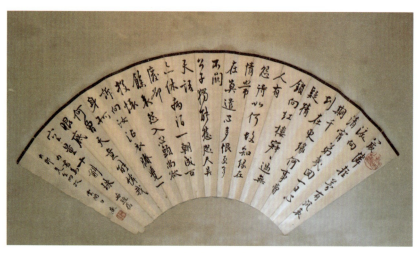

白蕉书扇题赠唐大郎

元遗山句，云旌老兄属，唐云书

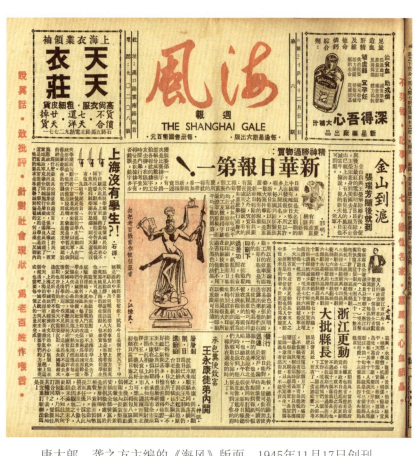

唐大郎、龚之方主编的《海风》版面，1945年11月17日创刊

唐大郎文集
定依阁随笔(二)

张 伟 祝淳翔 编

上海大学出版社

图书在版编目(CIP)数据

定依阁随笔.二/张伟,祝淳翔编.—上海:上海大学出版社,2020.8
(唐大郎文集;第4卷)
ISBN 978-7-5671-3882-7

Ⅰ.①定… Ⅱ.①张… ②祝… Ⅲ.①随笔—作品集—中国—现代 Ⅳ.①I266.1

中国版本图书馆 CIP 数据核字(2020)第 101336 号

责任编辑　黄晓彦
封面设计　缪炎栩

唐大郎文集

定依阁随笔(二)

张　伟　祝淳翔　编
上海大学出版社出版发行
(上海市上大路99号　邮政编码200444)
(http://www.shupress.cn 发行热线 021-66135112)
出版人:戴骏豪

*

江阴金马印刷有限公司印刷　各地新华书店经销
开本890mm×1240mm　1/32　插页8　印张11　字数303千
2020年8月第1版　2020年8月第1次印刷
ISBN 978-7-5671-3882-7/I·595　定价:78.00元

版权所有　侵权必究
如发现本书有印装质量问题请与印刷厂质量科联系
联系电话:0510-86626877

小朋友记事

黄永玉

大郎兄要出全集了。很开心,特别开心。

我称大郎为兄,他似乎老了一点;称他为叔,又似乎小了一点。在上海,我有很多"兄"都是如此,一直到最后一个黄裳兄为止,算是个比我稍许大点的人。都不在了。

人生在世,我是比较喜欢上海的,在那里受益得多,打了良好的见识基础。也是我认识新世界的开始,得益这些老兄们的启发和开导。

再过四五年我也一百岁了。这简直像开玩笑!一个人怎么就轻轻率率地一百岁了?

认识大郎兄是乐平兄的介绍。够不上当他的"老朋友"。到今天屈指一算,七十多年,算是个"小朋友"吧!

当年看他的诗和诗后头写的短文章,只觉得有趣,不懂得社会历史价值的分量,更谈不上诗作格律严谨的讲究。最近读到一位先生回忆他的文章,其中提起我和吴祖光写诗不懂格律,说要好好批评我们的话。

我轻视格律是个事实。我只愿做个忠心耿耿的欣赏者,是个不愿做奴隶的人(们);我又不蠢;我忙的事多得很,懒得记那些套套。想不到的是他批评我还连带着吴祖光。在我心里吴祖光是懂得诗规的,居然胆敢说他不懂,看样子是真不懂了。我从来对吴祖光的诗是欣赏的,这么一来套句某个外国名人的话:"愚蠢的人有更愚蠢的人去尊敬他。"我就是那个更愚蠢的人。

听人说大郎兄以前在上海当过银行员,数钞票比赛得了第一。

我问他能不能给我传授一点数钞票的本事!

他冷着脸回答我：

"侬有几化钞票好数?"

是的,我一个月就那么一小叠,犯不上学。

批黑画的年月,居然能收到一封大郎兄问候平安的信。我当夜画了张红梅寄给他。

以后在他的诗集里看到。他把那张画挂在蚊帐子里头欣赏。真是英明到没顶的程度。

"文革"后我每到上海总有机会去看看他,或一起去找这看那。听他从容谈吐现代人事就是一种特殊的益智教育。

最后见的一面是在苏州。我已经忘记那次去苏州干什么的。住在旅馆却一直待在龚之方老兄家,写写画画;突然,大郎兄驾到。随同的还有两位千金,加上两位千金的男朋友。

两位千金和男朋友好像没有进门见面,大郎夫妇也走得匆忙,只交代说:"夜里向! 夜里向见!"

之方兄送走他们之后回来说：

"两口子分工,一人盯一对,怕他们越轨。各游各的苏州。嗳嗨:有热闹好看哉!"

"要不要跟哪个饭店打打招呼,先订个座再说,免得临时着急。"我说:"也算是难得今晚上让我做东的见面机会。"

"讲勿定嘅,唐大郎这一家子的事体,我经历多了!"之方兄说。

旋开收音机,正播着周云瑞的《霍金定私悼》,之方问怎么也喜欢评弹? 有人敲门。门开,大郎一人匆忙进来:

"见到他们吗?"

"谁呀?"我不晓得出了什么事。

"我那两个和刘惠明她们三个!"大郎说。

"你不是跟他们一起的吗?"我问。之方兄一声不吭坐在窗前凳子上斜眼看着大郎。

"走着,走着! 跑脱哉!"大郎坐下瞪眼生气。龚大嫂倒的杯热茶也不喝。

"儿女都长大了,犯得上侬老两口子盯啥子梢嘛?永玉还准备请侬一家晚饭咧!"

大郎没回答,又开门走了。

第二天一大早我上龚家,之方兄说:

"没再来,大概回上海了!"

之方兄反而跟我去找一个年轻画家上拙政园。

大郎兄千挑万挑挑了个重头日子出生:

"九·一八"

逝世于七月,幸而不是七月七日。

2019年6月13日于北京

给即将出版的《唐大郎文集》写的几句话

方汉奇

唐大郎字云旌,是老报人中的翘楚。曾经被文坛巨擘夏衍誉为"勤奋劳动的正直的爱国的知识分子"。他发表在报上的旧体诗词,曾被周总理誉为"有良心,有才华的爱国主义诗篇"。他才思敏捷,博闻强记,笔意纵横,情辞丰腴。每有新作,或记人,或议事,或抒情,或月旦人物,都引人入胜,令人神往。有"江南才子""江南第一枝笔"之誉。我上个世纪 50 年代初曾在上海工作过一段时期,适值他主持的《亦报》创刊,曾经是他的忠实读者。近闻他的毕生佳作,已由张伟、祝淳翔两兄汇集出版,使他的鸿篇佳构得以传之久远,使后世的文学和新闻工作者得到参考和借鉴,善莫大焉,功莫大焉。

2019 年 6 月 11 日于北京

序

陈子善

唐大郎这个名字,我最初是从黄裳先生那里得知的。20世纪80年代初的某一天,到黄宅拜访,闲聊中谈及聂绀弩先生的《散宜生诗》,黄先生告我,上海有位唐大郎,旧诗也写得很有特色,虽然风格与聂老不同。后来读到了唐大郎逝世后出版的旧诗集《闲居集》(香港广宇出版社1983年版)和黄先生写的《诗人——读〈闲居集〉》,读到了魏绍昌、李君维诸位前辈回忆唐大郎的文字,对唐大郎其人其诗才有了进一步的了解。再后来研究张爱玲,又发现唐大郎对张爱玲文学才华的推崇不在傅雷、柯灵等新文学名家之下。张爱玲中短篇小说集《传奇》增订本的问世是唐大郎等促成的,而张爱玲第一部长篇小说《十八春》也正是唐大郎所催生的。于是我对唐大郎产生了更大的兴趣。

十分可惜的是,唐大郎去世太早。他生前没有出过书,殁后也只在香港出了一本薄薄的《闲居集》。将近四十年来默默无闻,几乎被人遗忘了。这当然是很不正常的,是上海现代文学史研究的一个重大缺失,也是研究海派文化不得不面对的一个严重问题。所幸这个莫大的遗憾终于在近几年里逐渐得到了弥补。而今,继《唐大郎诗文选》(上海巴金故居2018年印制)和《唐大郎纪念集》(中华书局2019年版)之后,12卷本400万字的《唐大郎文集》即将由上海大学出版社推出。这不仅是唐大郎研究的一件大事,是上海现代文学史研究的一件大事,也是海派文化研究不容忽视的一个可喜成果。

1908年出生于上海嘉定的唐大郎,原名唐云旌,从事文字工作后有大郎、唐大郎、云裳、淋漓、大唐、晚唐、高唐、某甲、云郎、大夫、唐子、唐僧、刘郎、云哥、定依阁主等众多笔名,令人眼花缭乱,其中以高唐、刘郎、定依阁主等最为著名。唐大郎家学渊源,又天资聪颖,博闻强记。他原在银行界服务,因喜舞文弄墨,约在20世纪20年代末弃金(银行是金饭碗)从文,不久后入职上海《东方早报》,逐渐成长为一名文思泉涌、倚马可待的海上小报报人。当时正是新文学在上海勃兴之时,在最初一段时间里,唐大郎与新文学界的关系并不密切,40年代初以后才有很大改变。但他的小报文字多姿多彩,有以文言出之,也有以白话或文白相间的文字出之,更有独具一格的旧体打油诗,以信息及时多样、语言诙谐生动而赢得上海广大市民读者的青睐,一跃而为上海小报文坛的翘楚和中坚。至40年代更达炉火纯青之境,收获了"小报状元""江南才子"和"江南第一枝笔"等多种美誉。

所谓小报,指的是与《申报》《时事新报》等大报在篇幅和内容上均有所不同的小型报纸。20世纪20年代以后,各种小报在上海滩如雨后春笋般涌现,是上海市民阶层阅读消遣的主要精神食粮;后来新文学界也进军小报,新文学作家也主编小报副刊,使小报呈现更加丰富多彩的面貌。完全可以这样说,小报是上海都市文化的一个重要标志,海派的一个独特的文化现象。近年来对上海小报的研究越来越活跃,就是明证。

唐大郎就是上海小报作者和编者的代表。他的文字追求并不是写小说和评论,而是写五百字左右有时甚至只有两三百字的散文专栏和打油诗专栏。从20年代末至40年代,唐大郎先后为上海《大晶报》《东方日报》《铁报》《社会日报》《金钢钻》《世界晨报》《小说日报》《海报》《力报》《大上海报》《七日谈》《沪报》《罗宾汉》等众多小报和1945年以后开始盛行的"方型报"《海风》等撰稿。他在这些报上长期开设《高唐散记》《定依阁随笔》《唐诗三百首》等专栏,往往一天写好几个专栏,均脍炙人口,久盛不衰。他自己曾多次说过:"我好像天生似的,不能写洋洋几千字的稿件,近来一稿无成,五百字已算最多的了。"(《定依阁随笔·肝胆之交》,载1943年5月14日《海报》)唐大郎的写作史有力地表明,他选择了一条最适合发挥自己特长、最能得心应手的创作之路。

当然,由于篇幅极为有限,唐大郎的小报文字一篇只能写一个片断、一个场景、一段对话、一件小事……但唐大郎独有慧心,不管写什么,哪怕是都市里常见的舞厅、书场、影院、饭馆、咖啡厅,他也都写得与众不同,别有趣味。在唐大郎的专栏文字中,谈文谈艺、文人轶事、艺坛趣闻、影剧动态、友朋行踪……,无不一一形诸笔端,谐趣横生。如果要研究20世纪20年代至40年代上海的都市文化生活,唐大郎的专栏文字实在是一份不可多得的生动的教材。又当然,如果认为唐大郎只是醉心风花雪月,则又是皮相之见了,唐大郎的专栏文字中,同样不乏正义感和家国情怀。在全面抗战时,面对上海八百壮士可歌可泣的抗日事迹,唐大郎就在诗中写下了"隔岸万人悲节烈,一回抚剑一泛澜"的动人诗句。

归根结底,唐大郎的专栏文字和打油诗是在写人,写他所结识的海上三教九流的形形色色。唐大郎为人热情豪爽,交游广阔,特别是从旧文学界到新文学界,从影剧界到书画界,他广交朋友,梅兰芳、周信芳、俞振飞、言慧珠、金素琴、平襟亚、张季鸾、张慧剑、沈禹钟、郑逸梅、陈蝶衣、陈定山、陈灵犀、姚苏凤、欧阳予倩、洪深、田汉、李健吾、曹聚仁、易君左、王尘无、柯灵、曹禺、吴祖光、秦瘦鸥、张爱玲、苏青、潘柳黛、周鍊霞、胡梯维、黄佐临、费穆、桑弧、李萍倩、丁悚丁聪父子、张光宇正宇兄弟、冒舒諲、申石伽、张乐平、陈小翠、陆小曼……这份长长的名单多么可观,多么骄人,多么难得。唐大郎不但与他们都有所交往,而且把他们都写入了他的专栏文字或打油诗。这是这20年里上海著名文化人的日常生活的真实记录,这些人物的所思所感、所言所行,他们的音容笑貌、喜怒哀乐,幸有唐大郎的生花妙笔得以留存,哪怕只有一鳞半爪,也是在别处难以见到的。唐大郎为我们后人打开了新的研究空间。

至于唐大郎的众多打油诗,更早有定评,被行家誉为一绝。"刘郎诗的重要特色就在于在旧体诗的内容与形式上都做了创新的努力,而且确实获得了某种成功。"唐大郎善于把新名词入诗,把译名入诗,把上海话入诗,简直做到了出神入化的地步。论者甚至认为对唐大郎的打油诗也应以"诗史"视之(以上均引自黄裳《诗人——读〈闲居集〉》)。这是相当高的评价,也深得我心。

本雅明有"都市漫游者"的说法,以之移用到唐大郎身上,再合适不过。唐大郎长期生活在上海,一直在上海这个现代化大都市里"漫游",他的小报专栏文字和打油诗,使他理所当然地成为上海都市文化生活的深入观察者、忠实记录者和有力表现者。唐大郎这些文字也理所当然地成为海派文化和江南文化历史记载中的宝贵遗产,值得我们珍视和研读。

张伟和祝淳翔两位是有心人,这些年来一直紧密合作,致力于唐大郎诗文的发掘和研究,这部12卷的《唐大郎文集》即是他们最新的整理结晶,堪称功德无量。今年恰逢唐大郎逝世40周年,文集的问世,也是对他的最好的纪念。作为读者,我要向他们深表感谢,同时也期待《唐大郎文集》的出版能给我们带来对这位可爱的报人、散文家和诗人的全新的认知,使更多的读者和研究者来阅读、认识和研究唐大郎,以更全面地探讨小报文字在都市文化研究里应有的位置和所起的作用。

2020年6月14日于海上梅川书舍

编选说明

本卷文字大致由如下部分所组成：

1939年8月，唐大郎在《小说日报》开设专栏，起先名为《刘郎杂写》，后改为《云裳(唐记)杂写》，写至11月18日而止。1940年11月起，重设《定依阁余墨》专栏，至1941年底止。这些专栏可以视为《定依阁随笔》的前身。其中1941年2月之前的所有专栏文章，均无标题，今为方便阅读，由编者分别拟定。

此后，还有1943年11月初至12月底在《大上海报》发表的《定依阁诗文集》，以及1945年11月至1946年8月在方型周报《海风》、1946年5月在《小声报》、1946年8月至1948年8月在《诚报》等上也有《定依阁随笔》，均可视为不同时期的姊妹专栏。它们在时间上基本是延续的，内容有时也略有关联。今一并收于本卷。

目 录

刘郎杂写（1939.8—1939.11）

题记 / 1
定依阁主 / 1
素琴返沪 / 2
素琴病 / 3
闺友珠儿 / 3
冷水洗澡 / 4
于素莲 / 5
惠民之言 / 5
写扇 / 6
表舅金芙初死 / 6
秋闱痛语 / 7
"云裳"笔名 / 7
"云裳"二字 / 8
儿与甥 / 9
梦云文字 / 9
《量珠十记》/ 10
予梦云书 / 11

张文娟将登台 / 11
七月不吉 / 12
我与梦云 / 13
林树森戏 / 14
名记者与名律师 / 14
面熟目生 / 15
不祥之人 / 16
《文素臣》影片 / 16
王慧琴 / 17
梦云善歌 / 18
中秋记事 / 18
病泻 / 19
腹痛 / 20
表舅哀思录 / 20
小舟来舍倾谈 / 21
宋德珠登台后 / 21
王熙春之美 / 22

舞场老板 / 23
高唐 / 23
梦云行径 / 24
寄婴宁书 / 24
健康家庭 / 25
张文娟 / 26
我与惠民 / 27
《随园诗话》/ 27
近来奇瘦 / 28
重九诗 / 29
瞽者 / 29
冒孝鲁寄诗 / 30
余叔雄 / 30
舞人罗兰 / 31
山华阁绮语 / 31
明日改名号 / 32

云裳（唐记）杂写（1939.11）

先生阁 / 33
樊良伯宴席 / 33

垚三的诗 / 34
陈娟娟 / 35

标准瘟生 / 35
丁家设宴 / 36

送陈娟娟 / 37
失眠 / 37
宋词人来函 / 38
预备彩串 / 39
专栏改名 / 39

定依阁余墨(1940.11—1941.12)

周啸天歌 / 41
明姑楼下 / 41
杜进高赠联 / 42
其俊寿筵 / 42
樊伟麟设宴 / 43
补品 / 43
日人餐馆 / 44
黄雨斋 / 44
非讼运动 / 45
"子午杂录" / 46
眉子 / 46
会西平 / 47
信芳演《探母》 / 48
古寒女士 / 48
筝姑 / 49
婴尸 / 49
卢继影 / 50
陈张互攻 / 50
叶盛章 / 51
书画赝品 / 51
小报严肃化 / 52
小型报不必改革 / 52
《申曲画报》 / 53
《厓门吊古图》 / 54
刊头字 / 54

不唱高调 / 55
朱其石个展 / 55
舞姿 / 56
玄郎邀稿 / 56
范叔寒 / 57
参观书画展 / 58
女报告员 / 58
姜云霞 / 59
《孔夫子》公映 / 59
顾笑缘 / 60
陆露明 / 60
太白雅度 / 61
庄宝宝 / 61
自传 / 62
梯维母大殓 / 62
平剧说明书 / 63
影院说明书 / 64
名字入声 / 64
张景之妻 / 65
《西施》特刊 / 65
访胡也佛 / 66
黄金义务戏 / 66
掸年尘 / 67
卡尔登义务戏 / 68
朱凤蔚诞辰 / 68

汪亚尘法绘 / 69
上海戏剧学校 / 69
黄金唱包戏 / 70
麒麟馆主 / 70
应酬 / 71
微服 / 72
贪色之报 / 72
春联 / 73
半夜饭 / 73
新春期间的影戏 / 74
洪浅哉先生 / 74
高朝钊 / 75
死人也勿关 / 75
吃荤 / 76
洛丽泰杨 / 76
青衣宗匠 / 76
出灯 / 77
师门 / 77
仳离 / 78
钱南园立轴 / 78
撞红 / 79
做生意的魄力 / 79
形容过甚 / 80
"诗句对君难出手" / 80

雪又琴／81
赠黄老娘诗／81
苦闷／82
费县博士／82
误会／83
问问灵犀／83
元稹遗事／85
素雯与赵东升之哄／85
叹穷／85
贺马樟花于归／86
《七重天》／87
寄蝶衣一首／87
"矢"与"天"／88
忘不了虞先生！／88
文章甚美／89
名流／89
小舟之书／90
杂碎／91
艳情小说／91
市长之势／91
熙春之字／92
寄先生阁主／92
喜见知止先生／93
天禅室里／93
问天／94
寄梦云／94
李红／95
动物园／95

病与药／96
舒傻子／96
"骂题"／97
第八只／97
盖叫天之病／98
胡蝶的历久未衰／98
雪庐所见／99
雪庐消夜记／99
看《家》／100
汽油灯／100
感谢蝶衣与梦云／101
二周／101
读报偶记／102
翁丽娜／102
小学生／103
雪庐主人赴港／103
"死蛇并"／104
来喜饭店／104
顾夫人／105
关于劣"子"／105
梦云并非凉薄／106
笑缘之车／106
得意／107
二房东骂人记／107
谢范／108
"粗豪"之美／108
《宝剑留痕》／109
奉劝朋友们／109

卖什么？／110
别字／110
英子／111
再告二房东／111
质之冯蘅先生／112
以此类推／112
美才／113
再质冯蘅先生／113
新闻记者／114
橄榄油／114
《万象》／115
《扬州梦》／115
劝灵犀兄嬲姘头／116
失望／117
返老还童／117
以貌取人／118
马老板何故轻生？／118
风摆荷花／119
选袁子才诗／119
写奉程小青先生／120
赠黄小姐／120
金山、焦山与北固山／121
为禾犀兄悲！／121
诗与运会／122
老薛宝／123
名票孙兰亭／123
艺术良心／124

3

毁得了吗？/ 125
柳中浩夫妇 / 125
涉水记 / 126
文章自是儒修业 / 127
收音机中之严周事件 / 127
水娟之唇 / 128
男女 / 128
记所见 / 129
介绍小舟先生 / 130
出污泥而不染 / 130
陈夫人生辰 / 131
唐大郎先生书扇取值启 / 131
毛西璧先生逝世 / 132
"人生观" / 132
进步 / 133
周璇启事之执笔人 / 133
行情报告 / 134
为素琴上条陈 / 134
牛□ / 135
病象日加 / 136
谢知止居士 / 136
刻薄坊 / 137
班底！/ 137
酒肉朋友 / 138
绿豆小周 / 138
《三国志》里的庞统 / 139
千扇 / 139
《申报》的一元稿费 / 140
助学金 / 141
一元稿费的申明 / 141
马鲍之婚？/ 142
雨中过贝当路 / 142
"乃末乱哉"！/ 143
读韩非的文章 / 144
陈栖霞赠女 / 144
《银灯鬼影录》/ 145
冯将军 / 145
百绰斋夜话 / 146
慕老寿征 / 146
三张报 / 147
得罪了朋友 / 147
貂公逝世！/ 148
想起百岁 / 149
张季鸾先生 / 149
在银幕上看见我自己 / 150
读《护生画集》/ 150
瓜子杏仁 / 151
住的威胁 / 151
米的虎跳 / 152
讷厂先生 / 152
眉子 / 153
王和霖自杀 / 154
坐咖啡馆之分析 / 154
想象之误 / 155
赌忌 / 155
梅霞 / 156
白雪之婚 / 156
劝雨斋 / 157
桑弧之后 / 157
蜕变 / 158
一张旧戏单 / 159
导师 / 159
初级文范 / 160
你说老凤是寿头吗？/ 160
信笔 / 161
"十年以后" / 161
西风里 / 162
白食 / 162
《萧萧》/ 163
僵局与《蜕变》/ 163
骂 / 164
雪庐之言 / 164
恭喜周吉荪 / 165
陈竞芳 / 166
穷命 / 166
恨我作古 / 167
买香槟票 / 167
告封姨 / 168
戒之！/ 168
限制房价 / 169

元稹诗／169	夏蒂／173	小鹿／177
梅韵画梅／170	念叔范／174	知耻／177
九信席上／170	寿笠诗四十／174	《两般秋雨盫随笔》／178
卖烟／171	偶睹粪翁／175	吃角子老虎／179
才人之笔／171	时代不同／175	虎子／179
苏丑／172	亡友尘无／176	二宝／180
平子诗屏／172	雪茄烟／176	浮尸印象记／180
二房东与三房客／173	题画／177	

定依阁诗文集（1943.11—1943.12）

舞场竹枝词／181	舞场新竹枝／184	舞场竹枝词／186
舞场新竹枝／181	霓虹灯／184	舞场竹枝词／187
贺禾犀录景妍娇为义女／182	舞场竹枝词／185	纸价日高文价日贱／187
晁盖之书／182	舞场竹枝词／185	舞场竹枝词／187
山华阁遗诗／182	舞场竹枝词／185	舞场竹枝词／188
深寒／183	舞场竹枝词／186	舞场竹枝词／188
失钻记／183	《但愿吾儿词》续／186	

定依阁随笔（1945.11—1948.8）

请驱群丐／189	蒙蒙与阿乘／194	坐咖啡馆／199
是直冈人！／190	题黄薇音近影／194	许美玲一席谈／200
子之目疾／190	上海耆绅／195	近事杂记／201
寄梅兰芳先生书／191	舞丛趣语／195	丝马甲与嵌肩／201
沉醉无期即是乡！／191	马妹妹仪度清华／196	言大而非夸？／202
ABC／192	重庆英雄／197	猝易常态／203
敏莉嫁妹／193	一抹朱痕上素缣／197	敏莉远游／203
叔范诗文／193	漫谈接吻／198	花旗跟斗／204
	中年英气暮年诗／199	啃定了上海人／205

送敏莉 / 205
女作家的"派" / 206
绰号 / 206
"倡门才子" / 207
赵清阁与陈香梅 / 207
教国语者 / 208
臭味相投 / 208
"作俑者"的罪戾 / 209
谈"赣直" / 210
罗绮烟霞 / 211
朱尔贞 / 211
孤儿之语 / 212
我想侍候言慧珠 / 212
管敏莉香岛归鸿 / 213
九九诗记 / 214
"乃禄"丝袜 / 215
战前的吴世保 / 215
从"司机"说起 / 216
浦东一宿记 / 217
誉妻者 / 218
竞选之役 / 218
今日以后的敏莉 / 219
玉人艳事 / 220
取缔舞女大班以后 / 220
言皇后 / 221
我的病态 / 221
硬滑稽 / 222
梅菁离缘事 / 223

与童芷苓谈"麒派" / 223
冯妇与徐娘 / 224
穷皇后 / 224
时人对 / 225
给柳絮兄 / 225
肆言无忌后的懊悔 / 226
近事二记 / 226
谁怜翠袖？ / 227
等看杨宝森吧 / 227
大砍小锉 / 228
这样一个女人 / 229
万墨林之病！ / 229
拟遣吾儿从信芳 / 230
挨骂的雅度！ / 230
烟鬼老生 / 231
百乐门看女人 / 232
舞女坐位子 / 232
太太的疑窦！ / 233
张君秋抢救谭富英 / 233
为寻韦伟到银河 / 234
不习惯之洒脱 / 234
偏锋 / 235
不看蔷薇看牡丹 / 235
刘莉娟二次被盗？ / 236
留书记 / 237

袁佩英南归 / 237
摸骨算命 / 238
跌倒的人 / 238
昙花 / 239
梅程对垒之局 / 239
女画家调笑词 / 240
白丝袜 / 240
三九牌与茄力克 / 241
愿建成电台改善 / 241
自上至下 / 242
梁鸿志之艳诗 / 242
谢幕里的谭富英 / 243
前辈歌手璐敏 / 243
恶心 / 244
田秀丽 / 244
"项王" / 244
老举碰老举 / 245
"绍兴班" / 245
闹市中的快车 / 246
贴面孔 / 246
访问女子浴室 / 247
检验处女 / 248
李少春拘谨 / 248
李寿头 / 248
大年夜受罪记 / 249
俞红芳诗话 / 250
过中美医院有感 / 250
"的笃"女人 / 250
手术费 / 251

填空档 / 252
荣谢联姻中之女人 / 252
抽壮丁 / 253
拍错马屁 / 253
精神与肉体 / 254
同命鸟 / 254
贺岁诗 / 255
"断财路"记 / 255
哀彼贫雌 / 256
取缔爆竹 / 256
贷学金 / 257
范雪君重晤记 / 257
独特作风 / 258
邓初民汰脚水洗面 / 259
为顾尔康告哀 / 259
发与髻 / 260
向"夏光"索收条 / 260
看《黄金万两》/ 261
王竹影归来记 / 261
又要登台了 / 262
初惊绝艳李飞妃 / 262
寄苏青的信 / 263
"吃瘪高盛麟" / 264
勿陪太太上舞场 / 264
电话公司的流氓 / 265
沧桑之感 / 265

樽边小记 / 266
童芷苓之戏德 / 266
罗宋灰背 / 267
送张玲玲赴港 / 267
立定脚头 / 268
冲犯我的肠胃 / 268
反面治疗法？/ 269
醉乡侯赐漫郎勒 / 269
忙人 / 270
有赠四绝句 / 270
近事杂咏 / 271
香港的吃/砍坏了别人！/ 271
雏尼 / 272
空中霸王 / 273
金红不耐凄凉 / 273
江湾道上 / 274
龚"大炮" / 274
雪浪厅 / 275
梅菁未定出山期！ / 275
测四字 / 276
大都会里 / 276
颂扬与丑诋 / 277
夜巴黎 / 277
写不动了 / 278
慰问严斐 / 278
鼠趣 / 279
天籁 / 279

免淘气的方法 / 280
自卑心理 / 280
剥豆 / 281
周宗良其人 / 281
敏莉归来 / 282
记钱宝森 / 282
记天厂居士 / 283
关于《入狱》《待死》二集 / 283
凶人之妇 / 284
童芷苓与周璇 / 284
盖叫天的老仆 / 285
席不暇暖 / 285
唱和之作 / 286
近况二首 / 286
木渎镇上 / 287
肯信伊人忆大郎？ / 287
小苏州 / 288
公路上的劫案 / 288
好官 / 289
潘秀娟与秦嫣 / 289
一根野草 / 290
讨厌的女人 / 290
真见天人鸾鹤姿 / 291
记含香玲弟 / 291
王八妹 / 292
盖叫天登台 / 292
谢家骅出走！ / 293

"老牌" / 293
白貓大衣 / 294
花篮 / 294
最大与最小 / 295
弟弟斯座上 / 295
古怪得可爱 / 296
《同命鸳鸯》/ 296
老丑之夫的心理 / 297
盖叫天与高盛麟 / 297
茶价 / 298
勿写意 / 298
除夕之夜 / 298
关于方文霞 / 299
放出良心来说话! / 300
立着与盖五爷聊天 / 300
李丽华的扮相 / 301
鲫鱼 / 301
陈永玲表演小翠花 / 302
打中觉 / 302
奶油杨梅 / 303
海市杂咏 / 303

海市杂咏 / 304
大都会夜坐 / 304
苹香画舫 / 304
荔枝 / 305
跑马厅诗 / 305
哀女人的脚 / 306
流氓气 / 306
肝糕 / 307
记摩勒 / 307
乌龟 / 308
天资与学力 / 308
消暑胜地 / 309
拾金不昧 / 309
拜亲家 / 310
阴沉的女人 / 310
酒食征逐 / 310
工愁善病 / 311
殷四贞北游 / 311
"把床"诗 / 312
看自己的戏 / 312
中美的笑话 / 313
看小彩舞的色 / 313
重见罗家小可怜 / 314
前车之鉴 / 314

海市杂咏 / 315
茶价与小菜钱 / 315
惨烈新闻中的女主角 / 316
美国兵与中国车夫 / 316
发言与放屁 / 317
莫干山上事 / 317
梅兰芳这人 / 317
胡桂庚之诗 / 318
传神之笔 / 318
《今古奇观》的人物 / 319
短打朋友 / 319
飞机场上 / 320
请先检举汉奸嫌疑 / 320
大小嗓子 / 321
绝对不会有的事 / 321
好吃一辈子的 / 322
"借刀杀人"之计 / 322
红颜 / 323
勇于荐人 / 323

一部连续几十年的私人观察史（《唐大郎文集》代跋）/ 324

刘郎杂写（1939.8—1939.11）

题　　记

　　刘郎杂写者，纪念吾友惠民而作也。吾友惠民，鸳湖人，生于上海，小时即丧失怙恃，茕茕可怜，年十六，投身于舞榭，以货腰所得，自赡其身，三四年来，幸履温饱之途矣。愚识之于四月前，初望其人，凛然不可犯，与之言，亦一婉媚佳人。善羞，羞至于不能体会舞客之心理。客不悦，愁曰：卿奈何不解温存？则曰：我生如此，必欲使我宛转求客欢者，殊未能也！客用是益恚，愚亦以其人冷酷，为不可与，顾久之，渐觉冷酷中亦有殊味，始予爱怜，惠民亦似有知己之感，通悰曲矣。愚尝念之，刘家女兀傲似丈夫，而不甘辱曲，此种精神，又为今日若干须眉所勿及，要亦令善感者所歆动。同场诸女，以惠民凛然有贵妇人风，皆远之。其称莫逆者，特一珠儿，珠儿少惠民二年，而亭亭如高花艳发，以姊礼事惠民，性敦厚。珠儿母知惠民善约其躬，将远游，付珠儿与惠民曰：为老身善督吾儿。珠儿言勿慎，惠民辄谴之，未尝忤也！此在他人，必不甘受，而珠儿能承之，于是二人莫逆矣。愚数年来买笑欢场，将不知情之为何物，独于惠民，未尝犯，殆钦其风骨。书生之见，往往可怜，惠民知我，或不以愚为君子而欺以方也！

（《小说日报》1939年8月15日，署名：云裳）

定 依 阁 主

　　十七日，《社报》有粪翁、禹钟、白蕉联吟之诗，而俪以序文，骈四骊六,弥复可诵,题为下走"晋谥定依阁主"而作也。三先生痂癖愚诗,于唐诗写香奁诸作,尤多谬赏。尝以吾友惠民之病,因起居失调而致,故有句云:"臣亦体羸归去好,丈夫何必定依刘?"三先生见之,击节称绝。昔灵犀兄云:"王粲天涯漂泊惯,丈夫何必定依刘?"愚写至"臣亦体羸归去好"后,便用灵犀成句,以为亦天衣无缝,初不图其遂能传诵也。虽然,拾人牙慧,要不足以当真美,刘郎之号,已从灵犀处争攘而来,定依阁主,更不免有僭窃之嫌,意者,灵犀直欲以无赖目下走矣。惟愚有一事至快慰者,粪翁爱我,粪翁之性僻,嫉平剧与跳舞如仇敌,闻歌声头痛如劈,听舞场乐声,则仓皇遁席。然尝读下走之捧角诗云:"一笑归来裙角重,此中曾断大郎魂!"则语培林曰:虽捧角诗,故自不凡。近复数数奖励下走捧舞人之作,下走固能以笔墨移转粪翁者,则下走足以自豪矣!

(《小说日报》1939年8月19日,署名:云裳)

素 琴 返 沪

素琴既自香港返沪,杜门不出,报间遂谓其怕人家翻她旧账,以当其赴港之初,沪上报纸误传其向香港招待者声述上海人度"糜烂生活"。于是而使上海人哗然!口诛笔伐,不遗余力。嗣后,事闻于予倩先生,亟代素琴辩正,谓素琴未尝有谈话,实出于沪报香港通信之虚构其事,而素琴亦屡以书寄愚,甚至亟口呼冤,以予倩保证,则上海人亦宜可释疑矣。乃复有人重申旧事,窃以为大可不必。素琴向时在沪,有"前进坤伶"之号,所以谓之"前进坤伶"者,以其努力改良平剧运动也。素琴之于改良平剧,故自努力,然仅此而辄曰其人为"前进",是亦好事者所为,在素琴未尝愿意蒙此嘉名。愚尝戏以"前进"称素琴,素琴大愠,谓他人骂我,可以恕,今出之于唐君口,则毒矣!可知其嫉恶此两字为何如?至其人好酒,好跳舞,好打小牌,以严肃例之,亦不必称。故其在港谈话,为势所必无之事,可断言也。愚愿为素琴向沪人士与诸友好更郑重辟谣,勿使此一代艺人,挫其进取之志也!

(《小说日报》1939年8月20日,署名:云裳)

素 琴 病

素琴归沪后十三日,忽病,来势至猛,是夜,素雯来告病情。比次日,予乃问疾于其家,金家居蒲石路和合坊,自素琴去年迁居于贝当路后,金兄毅安,辄以三层楼与二层楼,咸租与人,而使素雯卧亭子楼中。今素雯归,贝当路之屋已为原租人收归自用,遂仍返和合坊,然已无余屋可居,不获已,权宿于素雯闺中,屋小如船,然素雯则布置至为雅洁,榻前一几,几上累积群书,皆洋装本,可见此人勤读矣。闻之人言:金二恒时,常患自己之学识勿足,用是甚努力于读书,近时且请人授中英文,复劝勉移风同事,须饱贮学问。移风同人,感其言,乃由素雯延一教师,为后台诸君授课,"坤员"(此两字戏班中常用)之加入上课者,有张慧聪、李素秋诸人,独王熙春勿与。小生张津民,识字不多,先生命其作文,津民勿能动笔,忧煎竟夕,卒至泣下。说者谓其情可悯,而其志可嘉。予则以为素雯之能勖己勉人,其精神亦至堪钦服。而金氏姊妹之在当世坤旦中,所以为不同凡流也!

(《小说日报》1939年8月22日,署名:云裳)

闺 友 珠 儿

七年前,心香居士,与歌者之圣,缱绻方殷时,圣有闺友曰珠儿,亭亭如秋莲艳发,盖绝代也。年二十许,嫁吴门潘氏子,潘本经商,是年忽隳其业,不能赡珠儿生计,珠儿乃称贷于圣,每过圣家,辄逢居士,居士惊曰:是尤物也!遂屡屡邀为游宴。一夕,为长夏之夜,居士约二雌啖冰于惠尔康,过宵半,居士送圣先返家,然后更送珠儿,抵其居,珠牵居士之袂曰:曷小休于儿家之囵。居士大喜,扶珠儿俱归,话至天明,皆身世之言。将曙,二人终为美好。珠儿曰:是我负姊氏也!郎必不为彼人言之。居士醍其语,故圣亦无由知。凡三月,珠儿忽告居士曰:儿将下嫁,夫耄矣!然其力足全儿,儿不能终为郎伴,幸善视吾姊!居士黯然,顾不敢阻,以珠儿服用奢,自分不可全终始也。珠儿既嫁,居虹口,其夫约之严,不令与闺中友往返,因无由面圣。迄今六七年,一日,居士忽遇珠儿于途,车尘一瞥,则见昔日之俊朗者,乃且遽易痴肥。居士归,作诗记其事曰:"不是情痴不是欢,朝云春去貌团圞。当时何忍离樊榭,此痛真成澈肺肝。词客风怀都掩抑,美人心事颇高寒。车尘一抹传名字,满县花开不姓潘。"于是又白于圣。圣曰:我固知之,其家自兵乱后,迁至此,距吾居不及百武耳。近顷珠儿邀圣观《文素臣》,是夜,居士伺之楼上。及剧终,尾珠儿行,珠儿扶其母方徐步于派克路上,圣则与珠儿并肩行,居士遽前,珠儿惊而赧,既又互为寒暄。居士褰珠儿之衣,珠儿步遂后。居士微曰:亦能容我图一良晤乎?则摇首。良久,亦微语曰:幸善视吾姊,郎不必重念儿家矣。终悒悒别去。

(《小说日报》1939年8月23日,署名:云裳)

冷 水 洗 澡

顾曲郎问医生曰:迩来忽无意于燕婉之私,其病态乃不在痿,而在鼓不起兴来。医生曰:与夫人如是,若以野花闲草,以娱足下者,将如何?生曰:亦无动于中耳。医者乃谓:此种征象,实为缺乏内分泌,若每日稍饮白兰地与葡萄酒两种,积之时月,自可兴矣。而每日以冷水洗澡,亦能有裨于此症象者。或闻之若谓冷水沐浴亦可助性欲之高亢,则恐未然。谚有之:"冷水汏×,越汏越短。"而宁波人打话:"冷水强(洗也)浴,越强越缩。"凡此皆可证明冷水洗浴之只足消减性欲也无疑已。不图医生以科学之治疗,其法遂与寻常谚语,迥不相侔,真令人大惑不解。某君又为医生之言提反证,谓:牢狱中之男女,无不有性饥渴,是必受冷水洗澡之影响。然则官中必欲为狱犯谋解决性欲之道,何不改用温水洗浴,使狱犯无由使性欲高亢,则根本不必有"解决"之方矣。

(《小说日报》1939年8月24日,署名:云裳)

于 素 莲

近闻于素莲女士,习艺而外,复勤于读书,今在黄金休息期中,家居多暇,前日下午,往访之,寓处在同兴里,为一僻巷,屋久旧矣!素莲家独居一幢,门以内悉于家人,推门入,则素莲偕其母坐客堂中,楼高投暑,时在下午,客堂转可趋荫也。同予往者有顾曲生,并与于家为熟人,在理予等至,当款之于客堂,而素莲则肃之登楼上,是则上海人之行派矣。楼上为素莲深闺,墙隅置行头箱,四壁悬戏装照,一榻殊整洁,临窗一案,置自来墨水与墨水瓶累累,则为素莲用功时用者,亦可想见其爱皮西提,讽诵不去口时也。素莲较去岁此时,为清腴,惟血色仍不充溢,自谓身体渐壮,故嗓音较美。语至此,其母续曰:素莲认真,亦练工勿辍,近来由软跷而着到硬跷矣。问其将北上否?素莲曰:固愿之,特时局如此,如何远征?素莲闻予尝登台,乃责我不应不请其看一看。予曰:我还要陪师妹唱一出,因约今年岁暮,合串一剧,使下走得与海上之名坤旦,每岁得轮流同台,亦生平可纪念事也。愚方病腹,素莲家有龙虎人丹以进我,此人服用殊俭,医药与化妆品,咸备国货,是亦可以风者。谈一小时始辞去,颇觉此行之印象美也。

(《小说日报》1939 年 8 月 25 日,署名:云裳)

惠 民 之 言

一方于《听鹂轩新语》中,记吾友惠民之言,乃谓惠民擅词令,而出之大郎笔下,即谓其人长厚,实则愚何尝论惠民长厚?相交四五月,尽悉其人,其人绝不婉媚,好讽刺,好凌辱人,而又刚愎自用,且情感极淡薄。我固已一再言之,惟此人尚有几分女人之美者,则善羞也。何也?愚对此问题,恒无以自辩,或者释氏所谓"缘法"云者,殆原于此?惠民平时不甚言笑,稍有勿快,眉棱眼角间,英锐之气立现,愚诗云"面如严霜飞十月",又曰"人面严于十月霜"。皆写其气焰之盛,顾愚实怜之,以其人善病,妙体既羸,肝肠易动,惠民遂常日无愉容。一生疏简,不善伺候女人,独能称驯于惠民之侧,此理真不可穷。大华舞人中,乔金红实一时之隽,然不知者疑其人冷,实则金红以温雅胜,非冷也。苟与之谈,亦能娓娓为妙语,以与惠民较,个性固迥不相侔也!

(《小说日报》1939年8月29日,署名:云裳)

写　　扇

今年来未尝为朋友写扇,朋友知我懒,亦不以书件相委也。夏时曾费一小时工夫,为信芳先生及楚兄作一便面,自是遂不复奋笔。近来以积件尤多,因复发一个狠劲,拟于一下半日尽之。不料心意勿属,起先两页,便写坏,竟无以为荫先兄与冯寿宝君报命,真惭疚也。其余数页,便不敢再写。而潘绶三先生一笺,一面为工笔之仕女图,使愚益望之手颤。蔡长容兄,且屡屡催问,使下走曾惶歉莫名,故欲烦慕老代白潘先生前,苟许下走以原件奉还,而另写一白扇面,则可以限日成之。固是自家胆小,然亦不敢糟蹋别人好东西,此意亦至虔诚也。惟绶慕二老宥之。我想想真恨,天赋我以一双写字材料之手,而偏不肯用工夫,至写出来字,一年不如一年,越写越难看。尝于广座之前,有人请座中人合作集锦扇页,亦要下走写三行,写已,视他人墨迹,无不较下走为胜,我乃大愤,归后,欲以利刃剁吾手,然终于不果,以留我两手,还好写作,于是废然久之。安得发横财一大票,让我舒舒服服在家里写字,十年后必有可观。虽然,我发横财,又要去讨好女人矣!写字谈不到也。

(《小说日报》1939年8月30日,署名:云裳)

表舅金芙初死

表舅父金芙初先生,自江南沦胥,即避地来沪上。今年夏,忽撄喘症,而畏热异常年。其家居劳勃生路,屋小为暑气所蒸,不可耐,于是居舅氏钱山华先生家,迄今逾一月矣。舅氏近日,忧愤益深,遂纵博,日以继夜,芙舅恒陪之同博,虽喘症未除,而精神甚健。至一日夜十时许,舅氏返寓,尚与芙舅话家常。逾时,芙舅如厕,凡二次,忽觉气促,因呼舅氏,舅氏亟起视其状,则神色都异,乃与妹丈张唯一君,扶之登榻,而气益促,舅氏乃大骇,急尽唤家人起,速医生至,又速表姊自劳勃生路来,更遣仆来速吾母,才十分钟,而芙舅已气绝于舅氏怀中,更不及见表姊来。医者至,听之,呼吸已息,不可治矣。遂舁遗体至殡仪馆,次日即大殓。芙舅一生,待人诚笃,余髫年游旧京,得其关拂者甚多。幼时,常来城中,居吾家,恒经月不言返,与吾母善,如手足然,虽远亲而情谊甚至。不图乱世中,芙舅辞众人先逝。缅怀旧谊,悼痛万状。志之,所以示下走之哀思也!

(《小说日报》1939年9月3日,署名:云裳)

秋闱痛语

蝶衣兄以丹蘋名,制"秋闱痛语"于《社日》。"秋闱痛语"者,纪念其腻友秋姑而作也。然观此四字之字面,一似为科举时代落第后之哀鸣,而不若着幽艳之笔者,不知蝶衣中心之悲痛,较之落第为尤甚也!蝶衣自秋姑行后,与下走仅两觌面,楚绶欲为故人慰,因邀之共饮,昨夜置酒于翼楼,约蝶衣来。蝶衣平时,本勿健饮,是夜则频尽巨觥,饮已,复共游大华。楚绶更命酒,蝶衣复饮,亦偶舞,则与淑贞起为婆娑。往时游舞场,蝶衣必与秋姑共,而此夕蝶衣之影遂单,其惆怅盖可知。愚自入池后,未尝见蝶衣之一双鹣影于舞场中,故学舞兼旬,偕舞之密司不下四五十人,独未尝一试秋姑之轻腰,用是怅怅!然当时未尝以此意语蝶衣,虑闻之而重创其心耳!

(《小说日报》1939年9月4日,署名:云裳)

"云裳"笔名

下走用"云裳"为笔名时,远在十余年前,其时一面在银行中数钞票，一面则为《大晶报》撰稿也。以"云裳"为文士之别号，自比较香艳一点。顾较之瘦鹃、苏凤、鹓雏诸名，则"云裳"二字，犹嫌其不够脂粉气。前数年，《晶报》有北平之特约撰述者，亦署云裳。海上北里中，五年前，亦有一帜曰云裳，其家老九尤播艳声。某日，许小雏先生薄游花下，辄以云九介于下走，谓可以使两个云裳聚首也。云九辄持一影贻愚，题款曰："云裳先生存，云裳阿九赠。"良可宝爱。昨岁，自陈云裳蜚声银幕，而《云裳仙子》一片问世，"云裳"二字，始出尽风头。路牌广告，以及霓虹管子，照耀卅里洋场间，或谓愚曰："陈云裳起来，唐云裳便绝无罩势矣。"愚则聊以解嘲曰："出道是我早，运道是她好。"及至今日，市招亦有用"云裳"二字者，曰"云裳舞厅"，更有以舞姿名云裳者，曰"云裳舞"，而化妆品亦有名云裳者，曰"云裳香水"。今年年内，必有云裳绉、云裳香皂、云裳理发馆、云裳学校，相继问世。苟有云裳殡仪馆，或云裳寿器店出现，则下走"云裳"之号，将从此废除，嫌其触霉头也。目下则姑且保留。以历史言，则下走之"云裳"，犹不失为老牌耳。

（《小说日报》1939年9月5日，署名：云裳）

"云裳"二字

昨述"云裳"两字之流行于上海，正有如火如荼之威，取"云裳"为名号者，殆用云想衣裳之意，是则女人用之为适当，丈夫用之乃不甚称。因忆陈云裳初来沪上时，张善琨先生曾谓下走曰："陈云裳"三字是喊得响，足下奈何亦以云裳名？便不类须眉。实则愚号云旌，云裳则笔名耳。之方夫人号曰衣云，正与云裳同一取义，然"衣云"二字，出之网蛛生之《人心大变》中，平襟霞以沈衣云为夫子自道，然则"襟霞"二字，亦与"云裳"为同一取义矣。又《随园诗话》中常有一名刘霞裳者，刘咏白桃花云："刘郎去后情怀减，不肯红妆直到今。"为袁简斋拍案叫绝。"霞裳"二字，与云裳、襟霞之取义亦同。由是而观，则"云裳"之名，正不为女人私用，正可以与才子公用之，特下走猖狂，而用之十来年，殊觉亵渎嘉名矣。又上海之市招，以"云裳"名者，云裳服装公司为嚆矢，以女子服装公司而名云裳公司,是必出才人之笔。肇锡之者,周瘦鹃先生殆有此分也。

(《小说日报》1939年9月6日,署名:云裳)

儿 与 甥

儿子与祝甥三人,同一校,既上课一周矣,平时放学时间为下午三时,予若起身稍迟,犹烦儿子从梦中唤醒也。此次自开学后,校中忽令学生上夜课,惟须略加学费。三人回来,乃环请于我。我疑校中又出敛钱花样,则斥之曰:读到三点钟,亦已够了,何必多读?三人见予不允,咸不悦,长子复泣于墙隅。吾母之意,以群儿放学过早,归来之后,扰扰不休,亦足取家人之厌,故命愚让他们去上夜课。所谓夜课云者,自三时至五时半,再上二小时半课也,愚遂付以钱,咸跳跃而去。近来予午后起身,治稿既竟,犹不见吾儿回来,直待暮色四垂,始见三人归家,愚大怜之,抚若侪之颅曰:若真的在校中用功者,虑妨及健康矣。因诏其不必过于认真,而翁不期尔曹之学业日进,第冀身体之壮硕,于愿已足。然三人勿听,上夜课如故。愚乃不安,每日非待儿子归后,不欲出门。吾家午后六时进晚膳,有时陪儿子吃一餐夜饭,然后再到外面寻朋友;盖若如从前之四时即出门,一日之中,将不复得与儿子聚晤之机。愚凌晨入睡,儿子犹未醒,下午出门,儿子犹未归也。

(《小说日报》1939年9月9日,署名:云裳)

梦 云 文 字

予在小型报上写稿,自《大晶报》始,远在十年前矣。其时爱赏冯梦云兄之文字,以扬鞭垂泪之笔名,日作三五百字,嬉笑怒骂,都成文章,佩其笔调之灵空,吐属之风趣,因时以小文投于梦云。不图梦云亦痂癖下走所作,引为文字知己,十年来,下走尚为若干人士所关心者,未始非梦云之力也。愚感恩念旧,常谓人曰:"我是冯先生提拔我的。"闻者以此言转告梦云,梦云恒微笑。口中嚼一根自来火梗(梦云有此瘾),点头不语,盖亦不欲谦逊也。梦云辍笔数年,近岁重弹故调,而又写其身边文学,如本报之《浮生小志》,即出其手笔;笔调之灵空,犹如故也!吐属之风趣,亦犹如故也!十年之中随梦云而写身边文学者,多如恒河沙数,顾欲求一精警如梦云者,乃不可得,此君毕竟异才。顾最爱与下走"打朋",下走不自量,亦偶然加以调讽,而梦云于是不休,然看到昨日《小志》一节,则又为之叹服,真欲效孟获之言曰:"将军真天神也!南人不复反矣!"盖梦云腕底之文,皆下走胸头之语,如云:"如果不死,刘美英热络热络,乔金红有趣有趣,大仙家中走走,小妹身边混混(此句已成过去),又谁敢断其死后将睏别人家棺材耶?"凡此数言,方写下走不羁之状,论文章之美,论意境之超,无与伦比。乃知知我者惟吾友梦云,我自今日始,将不再敢以调讽之笔,著之梦云,而从前记梦云肥如"浮尸"者,实为健美之误视。谓其音如雌鸡者,实为文学家应有一腔衷气也。附此更正,并为吾友梦云谢罪。

(《小说日报》1939年9月10日,署名:云裳)

《量珠十记》

愚于《东方日报》作《量珠十记》,第三章之题曰《自是灵根莫浪摧》,写去年今日,吾人与乐部女儿之游迹。盖去年此时,罗云既久识湘文,而通穆之与蕙芳,亦时时双携于游宴之场,其经过固可以叙为一极美之说部者。顾吾笔奇拙,勿能以情文致胜,使此中人惟徒呼负负而已。近顷,青鸾先生,于《社日》作《红灯煮梦》之篇,是亦道通穆与尚氏之缠绵往史者,有此一文,《量珠十记》便成多事。今岁春,蕙芳自他埠归来,初尚与通穆相遇,然稍久忽疏形迹,远隔之因,正莫名究竟,通穆终念蕙芳,然其形于外者,亦若淡淡忘矣。于是走舞场,遘其旧侣谢娘,至此,益与蕙芳音问间绝。谢娘忠厚而不解体贴,通穆疑其用情之勿至,则爱海中时起微澜。一日,二人又失欢,通穆悒悒自苦,忽蕙芳以电话至,讯起居,语气殊肫挚,通穆感动,于是与沈旦言,谓蕙芳未尝忘旧也。欲重见之,乃丐于宋亚斯先生,烦宋代款蕙芳,将于茗边酒角,重话离惊,时在本月十五日以后。吾人又将以旧侣之重集,而兴奋一时矣!

(《小说日报》1939年9月11日,署名:云裳)

予梦云书

梦云吾兄足下:

小别间,常于报端读宏文,歆羡之至,论瞷施棺材一记,尤道着下走心事,为之心悦神服。下走曾有一文记本刊,所以示景仰于兄者,无微不至,则足下亦宜可以心平气和矣。此次互相嘲弄,发动者为下走,求偃旗息鼓者,亦为下走,实告足下。下走近年来,不想得罪人,偶然寻寻老朋友开心,以为无伤大雅,无意间乃及吾兄,不料兄不肯让我,笔锋如铁,加之下走之身者,十百倍于下走所施,循此以往,将无罢休之一日。念子佩、婴宁二兄创业之艰,念白报纸涨至三十元一令之心惊肉跳,实不容吾二人再以寻开心而糟蹋篇幅,故下走有十日一文,其情形亦殊迹近"求饶",更无异投降,投降于尚称清白之梦云,下走并不坍台。然则兄亦当有个落场,从此以后,浮生小志,还是写写足下绝作如"国际形势""中外历史",以孤岛上人,求知之心甚炽,此类文章,必爱读也;若花了钱看两个人寻开心,则读者不会去听独脚戏,则两家头臭来臭去,比我二人更厉害矣!下走关心大局,谅为明达同情。秋风多厉,惟若顺时珍重。

大郎顿首。

(《小说日报》1939年9月12日,署名:云裳)

张文娟将登台

张文娟将在时代剧场,重行登台,先数日,宴旧友于丁慕琴先生府上,应约而至者,俱文艺中人。周錬霞、潘文杰二女士并至,此会遂益添光彩。文娟自去年初夏出演于时代时,即受文艺界人之一致延扬,虽说小孩子玩艺自不错,然若后来享名之盛,亦不能不归功于宣传。小洛兄殚心竭力,所畀于文娟者尤广,此为一般人所公认。张氏父女,心中明白,无论如何,亦不容否认也。自今夏文娟休息以后,闻其用功练习,学得新戏已甚多,其无懈于进取之途,亦为爱护者所乐闻。下走近来益老气横秋,故欲于文娟重行登台之前,说几句话,中听不中听,我不管,惟良心天地,我所说者,尽好话也。文娟有一样脾气不好,则恃才而骄,我从冷眼中,几次看出过,颇为担心,患此病不除,将阻其向进之心。文娟之骄,自然不骄在我们头上,而骄其同侪,此尤不好。或谓张家父女不大识人,是故使翼护文娟者,每每为之灰心,此言殆亦不算冤枉他们。盖今日之文娟,正在"窜头上","虚心"与"善识人",实为"做现在文娟"的两项要件,否则总是吃亏。我生平眼高于顶,目空一切,然而我三十余岁人了,便是傲,已不要紧。文娟正当妙龄,不可以老夫为法也。

(《小说日报》1939年9月13日,署名:云裳)

七 月 不 吉

废历七月,于吾唐氏至勿利,二十年前予前母死于七月,七叔忌辰为地藏王诞,时予已九岁,故死后治丧之印象,犹萦留心目间。前岁,予妻又死于七月,则为二十九日,苟月小,亦地藏王诞日也。二十年来,唐氏不死人,一死人便在七月,于是七月之病,恒使予忡忡勿宁。闻家人有违和者,惶急逾常。前日,为亡妇二周年祭,以治馔较丰,将丐锦娶入市,不图锦娶遽病,全体发麻,而腹痛如绞,疑为疫疠,然腹痛而外,无他苦,勿呕亦勿泻,又疑如盲肠炎,至下午渐已,予心始安。予之恐惧者,亦正以七月未除耳。予有时甚迷信,近年来惴惴于七月之不祥,正其一例。乱时生命,本不足惜,然念困顿至此,死人亦死不大起,故平日尝诏告家人:慎饮食,节起居,最好连伤风之病都勿有,更不希望有重病,何况死人哉!予妇之丧,距今二年多二月,将为两子除服。予妇生时,予遇之为雠寇,妇嫉我甚深。死后,未尝投予一梦。惟岳母思儿,谓曾见予妇要其放遗像,又谓予妇在重泉亦困顿如生时。以之语我,我不甚信。予不信世上有鬼,烧锡箔做道场,无非安活人之心,于死人无益也。故岁时祭扫,予不失常仪,必欲我耗巨量之钱,以易冥镪,而焚之为灰,则实在不大愿意,以为不如买舞票送舞女,比买锡箔送死人,为有意识多矣。

(《小说日报》1939年9月14日,署名:云裳)

我 与 梦 云

婴宁兄要予与梦云继续在笔头上吃豆腐,而近日以来,梦云所施于下走之"雅谑",有"不绝如缕"之观,殆亦受婴宁兄之口头通知矣。予常言之,予为梦云提拔起来之一人,以士大夫口气言之,梦云为我知己。以游侠中人口气言之,则梦云为"自家人"。我苟有"不敬"于梦云,游侠中人,谓之"触自家人屁眼",必派下走为"勿义",是故想来想去,宁待梦云施我以"雅谑",我不可以"不敬"加之梦云也。予平常与梦云相值,他便咒我死。梦云似见朋友之一瞑不视为其一生之乐境者,故对可以打朋之朋友,必咒其速死,此种口气,本是女儿腔调,然出之于体重二百磅之梦云,亦觉婉委动听,良可异矣。予与梦云有"协定"在先,不然者,予昨日一文,说唐家七月中死人最多,梦云读之,必将挥其如椽之笔,书于《浮生小志》中曰:"今年七月,大郎逃过,明年七月,十方诸佛,请大郎往主兰盆盛会矣。"揆诸梦云,以嘲骂朋友之死而成性者,则此文不可少也。小妹身边已混勿落,小鸟身边,也是"茄门"。熙春称我为"唐伯",梦云思之,还有什么"苗头"?予常念之,以十余年来冯大少爷之一枝健笔,若能从此捧捧熙春,熙春之声价,将如世局动荡中之美金,日长夜大,必无疑义,梦云其有意乎?果有意者,下走愿为曹邱,挈熙春引见于梦云,效小辫子口气,说几句"您多捧"。或者请梦云到熙春化妆室中,看此绝代艺人,上妆一幕,而愚必令王家娇倅,备自来火一匣,报纸几张,供梦云大嚼,当糖果香烟以敬佳宾也!

(《小说日报》1939年9月15日,署名:云裳)

林 树 森 戏

　　林树森戏，予看得极少，近年可以记者，在黄金配小翠花《大劈棺》中之庄子，配毛世来《大英节烈》中之王大人，而在更新与张文琴合演之《戏迷传》。林以红生戏称长，然未尝一见其在台上之"老爷"，可见愚与林之疏略矣。此次更新既改组，以平角阻于水，遂聘林剧团为过渡，开演以来，无日不卖满座，其盛况不特为外人意料勿及，即林三本人，亦认为奇迹也。翼华兄与林三有好感，前夜定五座，邀下走、三那、之方、灵犀诸兄同观。愚近来除却抱女人尚可以兴奋外，其余事都不放在心上，看戏亦打不起兴致，顾勿忍拂同行之意，遂亦入座，戏为头本《走麦城》，至壮缪升天止。树森以凛凛幽威，状关夫子，真有传神阿堵之胜。予活了一把年纪，有一事告读者，可发一笑者，《三国志》从来未曾读过。如此剧中之要角徐晃，实在陌生得很；而华佗剜臂疗毒一场，饰华佗者，其演出乃如一小丑，以意度之，或者身份不合。予以为《走麦城》之老爷要好，非配角精良不可，尤其是关平、周仓，定要出色。更新此剧，以阎皓明为关平，虽气度不足，然能称职。饰周仓者，着改良靠，靠又勿新，其人亦颠顶无神威，自然减色。曩记《青石山》一剧，予见杨小楼之关平，钱金福之周仓，这两人左右一放，中间之关公，竟不成样子。以例昨夜更新所见，则"太过"之与"不足"，两无取也！

　　(《小说日报》1939年9月16日，署名：云裳)

名记者与名律师

　　某先生常为人言：今日报纸有写名记者与名律师者，此一名字，实用得不妥。譬如记者严独鹤，即不加名，人亦知严独鹤其人，惟其不加名，而人皆知其姓名者，始为名记者也。又如律师江一平，即不加名，人亦知江一平其人。则又何必加此名字哉？若曰：名记者张三，名律师李四,张三李四,人固不知其人也。则虽冠以名,曾有何补? 故普通报纸作此名字者,实为废话,是不通也。其言要有理,惟尝见昔日有称名伶、名伎者,用此名字,远在数十年前;今日之名律师与名记者,不过因袭此耳。若言名律师、名记者之名字为不通,为废话,则名伶、名妓之名字,亦不通在先,废话在先;名律师与名记者,固追随于后也。此说亦然。有人又谓:名伎、名伶,以倡与优,为封建社会所鄙薄,文人墨客,对之尤轻视,当时在伶伎之上,加名字,实有今人吃豆腐之意味在内也。故此,记者与律师,万万不可加名;加名,则以记者与律师等视于倡优之列矣。此则对于名字之见解与某先生又各不相同矣。

(《小说日报》1939年9月18日,署名:云裳)

面 熟 目 生

近在外面,常有人过来向我招呼,而我期已不复忆其为何人,有时面熟则不能举其名姓,有时并面孔亦陌生者,每届此际,精神上甚为痛苦。尝看周信芳先生,演《刘唐下书》,闻刘唐呼其名后,表演似相识似不相识之状,有妙到毫巅之胜。予在此时,恨无一面镜子,放在眼门前,看看我自己之面部表情乃何似者? 从前凡遇有一面之雅者,无不能举其姓名,近岁识人渐广,遂有此苦,然一半亦为记忆力衰薄所致。予常苦文思大钝,晓初、子佩二先生,劝服"艾罗补脑汁",可以壮神位,助文思也。愚迟迟不果行,今以记忆力就衰,乃觉有服"艾罗补脑汁"之必要。兹当欲请子佩赴中法药房之便,为我带两瓶来也。之方曾言:陈云裳在云裳舞厅剪彩之日,之方往招待,入门,与来宾握手为礼,适袁履登先生在座,亦起立与之方聚寒暄,之方固识袁氏,而袁氏初不识之方,然袁以众人咸与之方相识,故亦预为招呼,以示凤审,盖袁氏老成练达,宁可以不相识为相识,不致贻此老倨傲之讥,则亦待人接物之一好法门也。

(《小说日报》1939年9月21日,署名:云裳)

不 祥 之 人

梦云以不祥之人詈我。我诚是不祥,然我又何敢还詈梦云为不祥之人？梦云开印刷所,开食品公司,无不亏本,愚惟有为故人惋惜,岂敢再加以讽刺？而梦云必欲谓我曾"反唇相稽"者,真冤枉也。读梦云之二十日《浮生小志》,乃知此君骂我之词已穷,骂人而要造谣言,便落下乘。予因此怪引凤楼主人之多事,必欲将梦云狂捧一顿,捧得他骨头轻,于是又来骂我。引凤楼主人者,尝贵为科长,梦云趋炎性成,哪经得起科长之捧,其中心愉快,胜如生受蒋总裁遥唁《朱惺公家属礼鉴》之电文,并赙仪三千矣！假如引凤楼主人,为穷途文士,而对梦云加以奖饰,梦云必无如此开心。诛梦云之心而言,不其然欤？惟予欲为引凤楼主人言者,梦云昨日骂我,完全一派胡言,不可轻信,句句是硬装怪头,所以以后不能再在旁边喝采,最好来几句嘘嘘嘘,跳舞场中所谓开荷兰水者,杀杀他这一副气焰。嗟夫！梦云,我早要罢手,你偏偏捐牢仔我不放,足下是存心惹×触屁眼来邪？十年老友,想想何犯着哉！

（《小说日报》1939年9月22日,署名:云裳）

《文素臣》影片

合众影业公司摄制《文素臣》影片,凡二集,业已剪接竣事,乃于前夜借卡尔登大戏院试映,邀至友参观,到者文艺界人尤众。文友复各携其平日之隽侣来,下走约刘美英与陈玲珠二人,苏三那约淑贞姊妹,灵犀偕谢氏珍珍与其妹宝宝,涤夷兄虽至而不见双携,可知秋闱之痛未休也；兄用是悒悒,予见之而不能为故人慰,亦惟有怅惘耳。试片时间自午夜十二时一刻起,至二时为第一集,二时半起至四时为第二集,每集各有插曲,词旨胥极优美。《文素臣》之情节,与舞台上大同小异,其最成功者,则男女主角王熙春与刘琼是。熙春在楼头观影,中心滋乐,辄闻其作娇呼声,小鸟之得意可知。第一集之精彩,在"破昭庆寺"、"枯庙双栖"、"蓬门报德",是则复与舞台上相同。尤光照之刘大,亦有惊人之好,此与台上之高百岁,乃有二难之目,"破昭庆寺"之恶斗场面,无不动魄惊心,盖全片以雄壮纤丽组织成一幅极美之画面也。玲珠观国产影片多,谓此片将来放映,必能互二三月之卖座而勿衰,可预卜也。玲珠自诩为经验之言,信否固不可必,然小女子之嗟赏此片者,亦情见乎词矣!至二本以后之片,暂勿摄制,而先拍《香妃》,《香妃》亦朱先生导演,而王熙春主演之。

(《小说日报》1939 年 9 月 23 日,署名:云裳)

王 慧 琴

"国泰"有舞人曰王慧琴,为下走之乡人,半年前迁至吾居之前邻,所谓洛阳儿女对门居者是也。吾家人以王为同里,故渐通声气。闺女谓王女温柔,而风貌亦便娟。愚起身迟,在家目不御镜,恒不及从隔港窥艳影。惟一日傍晚,乃睹其治晚妆。是夜,愚挈刘家女游"依文泰",见王亦侍客坐花园中。及我归时,王家之楼上亦燃灯矣。愚作回荡词十章,载《社会日报》中,其九首尽为刘家女而发,独有一章,则窥慧琴者。然慧琴不知,即吾友亦未尝能窥此奥也。愚甚爱此诗,其词殆为读下走文者所习诵。今既述其事迹,更写原词云:"乡风故自习谦谦,江海深居礼数严。洗手何人怜指甲,求丹为我惜鞋尖。巡场妒眼千回顾,罗绮文章一夜兼。归去前楼明月远,窥臣有女在西檐。"此诗腰联之"罗绮文章一夜兼"七字,为最得意,愚赠美英诗,有"可怜罗绮风华客,妾与唐君尽胜流"之句,他人以为绝美,愚则以为不及"罗绮文章一夜兼"七字之为简练也。作此诗时,愚尚未下海,比习舞,乃亦与慧琴偕我,此儿婉媚,为刘家女所不及,第其称闺人为母,使愚惶悚不自安。韦陀先生,与慧琴谂,曷请以下走之虔诚,为慧琴言之,不必斤斤于名分之尊卑,使唐某倒尽胃口也。

(《小说日报》1939 年 9 月 25 日,署名:云裳)

梦 云 善 歌

梦云兄善唱歌曲,昔年,丁先生称觞于徐园之夜,梦云曾登台歌《特别快车》一阕,当时予人之印象,尚不可泯灭。事有至巧者,中秋前一夜,为慕老四十晋九诞辰,饭后有人嬲梦云唱《何日君再来》,梦云亦跃跃欲试,惟无人能配音乐,用是作罢。不料散出之后,集十数人赴大华,忽音乐台上,奏《何日君再来》之曲,有江栋良君,挟梦云至麦克风边,请其一试娇喉。梦云亦似不欲负朋友盛情,果然上去。舞场中见有客来献唱,将照面灯大开,梦云因此吃慌,然亦强自镇定。读吾报者,有识梦云兄者乎?固识其人,当知其一只喉咙之特别,唱不过五六句,而舞场中人,忽报以嘘嘘之声,是在舞场中,谓之"开荷兰水",亦"开招牌"事也。予以梦云为"自家人",开他的招牌,便是开我们的招牌,为之愤愤不已,因约同人俱鼓掌呼好,欲将掌声掩嘘嘘声。不料嘘嘘之声,比掌声更甚,时予又气又好笑,反观同桌之人,溜的溜了,走的走了。之方笑不可仰,滚倒在地上。翼华缩在墙角下,不敢以面目向人。予独义愤填膺,想立起来叫开荷兰水个立出来,后来见梦云狼狈下来,我问他阿要吃斗—吃斗?彼主张息事宁人。予亦从此太平。至执笔写此文时,犹不无介介。因将当时真相,笔之于此,使当时嘘嘘者读之,乃知此人即驰誉文坛之冯大少爷梦云先生也。

(《小说日报》1939年9月28日,署名:云裳)

中 秋 记 事

中秋晨,予五时始入梦乡,十一时勃罗来谈,旋即去。饭后予又入睡,至五时始以大舞台新角张淑娴来拜客,而惊醒,读报见晚蘋一文,谓今夜应与所悦之舞女,攫得其初舞之权,始无负良宵。当时深韪其言,因念下走所悦舞人中,似以惠民为尤契,然则我果如晚蘋言者,当迟惠民于舞场矣。既而思之,此举亦肉麻,正与双星渡河之夜必欲一晤意中人,同一为"多情"得可怕。会翼华以电话来,遂偕老三同赴云裳,去云裳而饭于市楼,自市楼而转入大新,老三招舞人朱霞飞同坐,而嗾予速惠民。愚拒之,拒而峻拒之,遂未果。少顷乐工打《茶山情歌》,有上台歌者,为一小女郎,声情凄惋,第记其词之起句云:"天会老,地会荒,花会残,月会缺,我俩的爱情呀,永远似中秋月……"声情之美,无与伦比。因叹作曲者为贤才。锦晖之后,此又一人。此歌全词未尝见,今之所记,特以听之习。故忆其三五言耳。读我报者,苟以全词录示下走,下走将感谢不胜。愚闻小女子唱至"我俩的爱情呀,永远似中秋月"时,不禁乃有感触,是盖歌词之动人。夏间,曾偕小金坐仙乐舞宫,愚记以诗云:"乐工休打茶山曲,常使青春意未宁。"当时即深感此歌之好,至今日闻歌而起无穷惆怅者,又非初料所及矣!

(《小说日报》1939年9月29日,署名:云裳)

病　泻

中秋之夜,归既甚早,遂坐窗下治稿,不知门外风寒。次日遂病泻,腹中似汹涌有波涛者,大急,偃卧不能起,而房外电话铃乃不绝,予皆于迷惘中,闻家人与彼方人对答,从知余近来积倦之甚。是日既称病,一日未出门,门以外秋风已厉,似九十月间,早秋遂一寒至此,亦异数也。梦云记吾宗夫人之死,且二年,其日期至可忆,盖夫人瘗化之日,适为予之三十诞辰(八月二十三)。是日,予方高眠,吾宗以电话来,谓夫人死于寓中,予急赶往,则殡仪馆中人,已待舁遗体登车矣。是年,虽八月已暮,而天犹热甚,吊者穿绸长衫,及夜秋才过一日,已有人着衬绒入市,乃见江南天气,近年来变幻至不可测。尚忆读书时期,不逾八月,榻上之席不去。今则七月方过,早已易褥,昨且易棉之被。予体日羸,老年人谓一年到头,历本挂在身上。我在今日,亦仿佛似之。甚矣老夫衰惫之速也!

(《小说日报》1939年9月30日,署名:云裳)

腹　　痛

病痢后,腹痛不已,拟乞舅氏立一方,舅谓既是被寒,不必服药,第进姜汤足矣。姜汤可以驱寒,服之痢止而腹痛亦杀。及中午,精神似稍振,揽镜照吾颜,目深陷,而发长盈寸,厥状乃似鬼。因命理发者,然后洗沐更衣,赴翼楼,顾曲生与老友笑缘咸来相约,谓一日不见大郎,乃似三秋之久。知我病,所以谋娱我于病后者,于是走舞场,先之国泰,顾曲生与舞人罗兰舞,予则与慧琴重叙乡亲,然后进食市楼。饭后,赴大都会,小坐即离去,而之百乐门,笑缘招沈维英至。沈年青工媚,貌非甚美,生涯甚盛,可见客之悦其媚者多矣。愚与王琴珍舞,共聚契阔。琴珍谓唐生老友,别三五年,而乃始重见。予谓三五年中,琴珍转变为"前进"舞人,若下走者,不独摇落如故,老气日促,且伦于颓废。琴珍颇谦抑,"惭愧""指教"种种成语,出其口如联珠,殆为转变后之王娘,应有之能事矣。至十二时半赴大华,美英以头眩先归,遂偕玲珠舞。玲珠称顾曲生为伯伯,伯伯身躯短于玲珠,不能偕娇儿同舞,丐下走服其劳。下走得其所哉! 舞至二时赋归,归途吾腹又隐隐作痛。嗟夫! 惟舞场为疗病之地,下走正宜沉醉此中矣。

(《小说日报》1939年10月1日,署名:云裳)

表舅哀思录

表舅氏金芙初先生既丧,舅氏钱山华先生哀之曰:"芙初既死,识芙初者,皆咨嗟惋惜,曰:好人好人。嗟乎! 芙初诚好人,顾不好之于生前,而好之于死后,抑何其言之迟也? 且好芙初者,群谓芙初慷慨乐施与,夫亦浅之乎视芙初矣。我于是知世人第知财货之可宝,有不吝财货者,辄皆奉之为好人,是以黠桀者遂得假财货为购取人心之具,而教化之大防,乃一决而不可收拾。芙初诚好人,而我好之者,为其能忍,贫而至于不举火,曾不一皱眉,亦未尝作一乞怜语,此一忍也。病而至于将死,曾不一呻吟,亦未尝有恐怖恋恋之意,此一忍也。呜呼芙初,其可及哉!然而芙初不读书人也,我从士大夫游者数矣,未闻一人能少忍痛苦如芙初者,此国事之所以终于不可问也。悲夫!"世人久不读待复庐之文章,即此片段,亦可以稍稍餍爱读舅氏文章者之望。舅氏之文以情致胜,此篇全文,长千余言,如所录者特其片段,亦复文情并茂,读吾报者,倘无嫌于下走之摘录讣闻欤?

(《小说日报》1939年10月2日,署名:云裳)

小舟来舍倾谈

小舟兄来舍倾谈,渠谓来沪以后,已将夫人遣赴烟台,只身留海堧,税一屋于华格臬路。晨五时即起,吃点心后,即看报,然报纸勿多,只本刊及《申报》《华报》三种,则自首至尾,遍读不遗一字,阅完,已届午前十一时矣。夜间亦早睡,睡前亦惟以阅报为遣;一日工夫,尽消磨于读报中。小舟固一枝健笔,旧尝屡屡自京中以文稿寄予,为沪上读者所称赏,比流亡抵此,风怀抑郁,不甚以翰墨示人,遂苦清闲,忽劳过存,及知下走日出而眠,日入始起,则大诧,以为是殆戕伐身体之甚,而不知下走惟起居之异常,乃能长臻顽健之域。十五年中,惟二十岁时,以病肺不能不事休养。医生告我,早起、早睡,我乃黎明而兴,晚八时,即入梦乡,如是凡一年,病渐愈,愈则又不知珍惜吾体矣。自作报人,放浪益甚,一年中三百日在早晨入梦,久之且成习,一时亦无由证知吾躬亏损之甚。半载以来,小舟离榻之时,正予归家之候,当渠下午来访之际,予方以为晨光熹微时。予与小舟之起居不同乃如此,无怪同客一隅之好友,乃有终年不获一面者矣。

(《小说日报》1939年10月5日,署名:云裳)

宋德珠登台后

宋德珠登台后十日,始一观其演《虹桥赠珠》,是为刀马旦应工戏,亦名《大泗洲城》者是也。全部神怪场面,其故事遂无足述。第言德珠本身,看得十分满意。扮相之艳,竟不似男子,上硬跷,身材特高,腰又瘦,当台一立,便如玉树临风。嗓微沙,幸而甚宽,声调故极甜润。开打时之身、手、跷,都见工夫。愚则尤喜其容颜之俊丽,平生绝无成见,从前说过梅兰芳扮女人扮得好,总是一个四十余岁之壮年男子,于是又谓青衣花衫,由男人来演,总不能美,贤如兰芳,亦无可取!当时颇有人同情愚之"理论"者,然我今日,则又绝爱德珠,此种欣赏,原与以前之"理论"相悖,用知当时之薄"梅公"者,不过一时偏激之言,无所谓"理论"者也。愚不满兰芳,有一种心理比较实在,则以兰芳名重至此,而春秋之富,亦既如此,正不必再从事舞台生活。映白施朱,登场为雌类之啼,应该留一口饭,让后生吃吃。譬如今日之宋德珠,妙龄而挟绝技,正应当出足风头。使兰芳站在一旁,掀髯看后起之有人,而发为庆幸焉。

(《小说日报》1939年10月7日,署名:云裳)

王熙春之美

王熙春之美,在梦云兄口头上或笔底形容之,无不见得馋唾水搭搭滴。然其捧熙春之意,绝为诚挚。一日梦云过翼楼,愚遂引之至熙春化妆室,为熙春郑重介绍曰:此冯梦云先生,文坛名宿。平时捧熙春不遗余力,是熙春知己,熙春不可不一见其人也。熙春起与梦云为礼,梦云乃曰:今日我在百乐门房间,与若干知名之士,相谈海内之电影演员,最有前途者,一致公举为王小姐。言未已,熙春桌上之自来火梗,已被梦云嚼去三五茎。而《大美晚报》全张百分之点五六,亦在梦云咀嚼中。熙春则逊曰:冯先生太捧我矣!熙春似亦夙知梦云唱流行歌曲之美,因请梦云同游舞榭,梦云亦欣然偕往,赴大华,同行者有翼华、小金、笑缘,及下走凡六七众,乐台打《王老五》,打《何日君再来》,又打《渔光曲》,熙春促梦云一试歌喉,梦云坚不许。勿知如何,皮张突然嫩起来。熙春大失笑,谓冯先生实扫众人清兴,必欲狂欢者,当上台歌一阕。今如此,儿且归矣。用是熙春先返,我等偕素雯归时,在宵禁后,一小时又半也。

（《小说日报》1939年10月8日,署名:云裳）

舞场老板

迩来常偕笑缘游,笑缘经营舞场事业,迄今七八年,比来国泰之生涯鼎盛,即得笑缘之运筹帷幄,其为斫轮老手可知也。笑缘常谓:办舞场之最不易对付者,厥为舞女。好舞女要耐尽性气,设法拉拢。笑缘性气本褊急,然自办舞场后,褊急之意都消,则皆受惠于对付舞女,可知对付舞女,实为练习涵养工夫之最好方法。然舞女之生涯惨落,亦未必能邀舞场当局之矜怜。舞场当局之应付所谓"阿桂姐"舞女,颐指气使,愚尝为之目击而心伤,因劝笑缘宜普告场中同事,好舞女固然当奉承,汤团舞女,亦不必付之以"声色俱厉"。笑缘乃谓下走之见识不多,不知"阿桂姐"也有阿桂姐脾气,在在使舞场当局难堪,苟不以盛气付之,且无裨于事。矧舞场非慈善机关,又何用"矜怜"？苟开一舞场而尽用阿桂姐,以一一矜怜之,不如办一个难民收容所？愚闻其言,强笑不忍复言。"遂令天下父母心,不重生男重生女。"诸君读下走之记,真觉香山此语之不可恃也。

（《小说日报》1939年10月9日,署名:云裳）

高　唐

七年前,余有《高唐》一律云:"爱见芳邻第十家,一朝有幸共香车。翻莲误触潘妃足,燕梦初开并蒂花。昨日清音传电里,片时芳影已天涯。他年待我黄金赎,携手庭前好月华。"是亦为余沉湎于女人时代。诗之起首二句,为何二云兄,叫好不止者。

◆三种妙法

友人芳君,昨坐黄包车上,被风所刮,忽有细物入目中,良久不去,目不可启,辄令车夫觅一理发肆,将令理发之人,去其目中垢也。顾既入肆中，方坐定，目启，已无所有。于是费角票二与肆中人而去。既而以此事告余，余谓十余年前之《东方杂志》上，有一则小常识，谓垢入左目，以手指搓右目，垢自去矣。芳君初不信。时别一友言：左足发麻，即以手搓右面之眉毛，足麻亦止。芳君尤引为奇谈。因曰：堂子中人言，当四人雀战时，苟落一骰子于地上，是时不必先觅已失之子，而将未失之子，握手掌中，则再失子，前失之子自得矣。闻者皆大笑。

（《小说日报》1939年10月12日，署名：云裳）

梦云行径

梦云这"小志"不写则已，写必以一矢投与下走，刺刺不休者若干回矣。下走之涵养工夫，终未到家，于是彼来一矢，我必还四敬。以朋友所办报纸，为吾辈吃豆腐之地盘，可见梦云自不做报馆发行人与印刷公司老板后，对于身边文学，又绝对认为有趣矣。近来之挖苦下走，一人不足，而使下走妻儿，亦遭池鱼之殃。昨报述其邻家妇，以其夫迟归，怨甚，辄锁其房门，夫归，则捣门如雷。梦云因曰：此种故技，若施之于彼，彼明日即谋外宿；若施之大郎，大郎必殴辱发妻矣。下走待亡妇不好，在今日梦云笔下，恒津津乐道，唯若讲到这一问题，下走当欲为梦云陈之：如丈夫迟归，妻锁住房门不开，捣之如雷，捣之而终使其辟，皆为必然之理，盖家是我的，我为什么不可归？若听其下锁，而自己明日即谋外宿，此种行径，便迹近"乌龟"，天下事没有绝对不会者，也应防妻子房中，已有别人。朋友皆谓，梦云走路时之形状，绝似元绪公小步于春庭闲院中，其状固似，不图其行亦符。可见梦云自有根基，此人而不能富贵，天真不生眼睛也！

（《小说日报》1939年10月14日，署名：云裳）

寄婴宁书

婴宁吾兄足下：

《小说日报》创办之日，以下走所知，为子佩兄所经营，而足下实襄辅其事，未尝闻梦云轧脚在内。梦云与《说日》之关系，完全与下走一样，不过写写文章。惟屡次于《浮生小志》中，见其有"读者来稿"字样，此种口气，惟一报之主编人所有，特约撰述者无与也。今梦云已二次有之，而所有外稿，又尽为读者之"帮凶"而骂我者，弟因此有两种疑问：(一)足下有助纣为虐之嫌，将读者来稿，以畀梦云，使其为骂我之材料。兄为编辑人，态度宜公正，此种外稿，兄若另外登载，弟无一句闲话，若用以"资敌"，则兄实对不起我。(二)是必梦云有潜窃尊位之心，凛惟名与器，不可借人之戒，兄亦应当防他一脚。梦云之相，头生得太尖，头尖之人，最善钻营，在此动荡时期，梦云幸能洁身自好，惟此一点，尚有几分人味。然穷是真生活，穷至不可忍，眼看《小说日报》情形甚好，便想伸一只脚进来，为后来窃位之强本，须知淡泊襟怀如下走者，穷而能忍如下走者，梦云犹未必能及也！足下慎之哉！

谨布微忱，顺颂！

纂福！弟大郎顿首。

（婴宁按：小弟从来没有将读者来稿畀梦云，梦云治事之室，与《说日》社址在一起，弟则不往。梦云所接之读者来稿，苟非出捏造，即是直接寄与梦云者，弟实不审其何自来。若谓下走帮凶，则真是天地良心，冤枉煞小弟了！）

（《小说日报》1939年10月16日，署名：云裳）

健　康　家　庭

丁慕琴先生，辑《健康家庭》之图画，兼代文字编辑陆君，征稿于当代作家之前。一时文坛名宿，咸为《健康家庭》执笔矣。周瘦鹃先生，为制《园居杂记》一文，按期付刊，笔意芊妍，一如往昔。昨日晤慕老于翼楼，愚谓《健康家庭》之可诵，慕老则谦逊曰：皆赖老友撑绷。愚闻其言，深为愧怍，当《健康家庭》出版之始，慕老尝嘱以贱文为献，厚爱如丁先生，本不当方命。第念下走荒唐，为文尤如不羁之马，《健康家庭》

取材比较严正，下走之文，万不能当其选。当时即以此意奉与慕老，乞其宥谅，盖着笔而谈家庭之事，下走不孝父母，与儿子打朋，内子之丧既二年，纵不似，一日到夜寻相骂，此种家庭，既不"健康"，更不足为人楷范，若辈之于书，宁非笑话？梦云恒詈下走遇妻之薄，慕老何不烦之梦云，请其写一些闺房静好之状，使《健康家庭》读者，得庆眼福。而自梦云笔底，亦使读者稍稍增其智慧。梦云闺房静好之状如何？下走不可知，惟知梦云与其今日之夫人，订婚五六年，始行嘉礼，此中变故迭兴，以意度之，求将来夫妻之幸福，应在结婚与订婚期间，先使未婚妻受些磨劫，然后能坚百年之基欤？

（《小说日报》1939年10月18日，署名：云裳）

张　文　娟

自张文娟重进"时代"之后，下走非但没有去看过一次戏，连报上的戏目，也未曾翻过一翻。并非下走对这位袖珍谭富英"茄门"得一至于此，实在因为改了一种"嗜好"，看戏根本打不起兴致矣。据之方说：文娟戏是越唱越炉火纯青了。为之大慰。又听别一朋友说：现在的文娟，还在接受听客的点戏，则又为之愀然自丧者半日。不是我唐某又要多嘴，大家都晓得接受听客点戏，是清唱歌女，不是角儿，我们初识文娟时，即以此劝张氏父女。愚见解尤其迂腐，以为接受点戏，其性质与叫舞女坐台子一样。文娟既要力争上流，做一个舞台上角儿，此举早应废止，为何到今日之下，还在接受点戏？更不提我唐某不写意，又要旧事重提，记得当我去请文娟演《文素臣》的时候，谈起酬劳问题，我对文娟的父亲说：合众公司邀金素雯是几个钱，现在邀张文娟也是这几个钱。张父便回答我说："金素雯是金素雯的角儿，伲大小姐是大小姐的角儿。"当时我嫌他说话太夸大，然而也觉得虽然妄自尊大，而还不肯菲薄自己。可是到了如今，我却不能不对他们怀疑，既然是角儿，何以还要有点戏？要自大便该自大到底，何必半路上又"委屈"起来？这又角的生命儿呢？下走为人耿直，想到什么，便说什么，明知忠言容易逆耳，张氏之听得进听勿进,我都不管,说却由我去说。

（《小说日报》1939年10月19日,署名:云裳）

我 与 惠 民

"可怜九月初三夜,露似珍珠月似弓。"此香山名句,近一时期,报纸上尝有争辩之词。前数夕,愚携惠民游"依文泰",先冒雨赴"大华",然后约之西行。秋凉以后,"依文泰"将旧日纳凉之地,已改装一幽室,可以供腻侣之清谈者;愚偕惠民则坐于乐台对面之沙发上。夏间吾二人几无夕不逗留于此,当时所作唐诗,记宵游之胜迹者,亦无非为惠民而发。愚常谓识刘家女逾半载,所得者特一橐回荡新词,闲时讽诵,要足以慰情聊胜也。是夜归时,愚问惠民,今何日矣?则曰废历九月初三。愚大喜,低吟曰:"可怜九月初三夜,露似珍珠月似弓。"声细不为惠民听去,既又自念。今亦初三之夜,风雨正盛,而江水溢于途,此景正不可入诗,又安从见"露似珍珠月似弓"哉?矧香山秋夜暮江之吟,时在黄昏,乃可见如弓之月。今已夜半,彼一弯新月,且勿知消逝于何方?愚与惠民,俱福薄之人,不能消受香山诗中之胜景,则又为之怅惘不已。顾下走已为俗不可耐之人,而惠民之俗更逾我,惠民且不知香山有此诗,我纵告之,亦必无我之一番怅惘。此欢场女子,所以不值得宝贵矣。

（《小说日报》1939年10月20日,署名:云裳）

《随园诗话》

《随园诗话》,有记寒士某,作一诗,述其子放学归来,饥甚,哭于母前,母乃谓汝父已有新诗奉贵人,且得钱矣。其诗第一句不可记,二三四云:"儿童号哭饭箩空。阿娘摇手牵衣道:爷有新诗上相公。"可见当时士人,受知富贵之家,贵人能旌以钱币。下走亦寒士也!今日之势,虽能勉强措吾子于勿馁,然亦正复岌岌。吾家二子,受训于亡妇时,妇戒其勿浪费,今每日所需,几分钱可以打发,惟幼子不甚解事,故不大肯体恤穷爷。有一时间,每日市铅笔一枝,以利刃削之,削之于尽不可用,明日更市新者,予以此种行径,直与为父难过,尝施以警告。予有时无聊,欲使吾儿知家计之艰难,问二子曰:汝父有钱乎?齐曰:无钱也。予曰:既知无钱,为何汝等犹向我索零用?幼子不答,长子则谓"分头""角子",吾父固不在乎也。予乃点首。又问曰:为父望你们将来发财,你们希望于为父者如何?则咸曰:亦望吾父能多钱。予喜曰:果能多钱耶?曰:是必也。予曰:果能致富,将来必分遗吾儿,谁败得快,谁是吾子,有余而不善用,是守财虏,非吾子也。二子咸唯唯。予终日除荒唐游戏外,只转发财念头,在叙天伦之乐时,亦不忘提我心事,思之良可笑矣!

(《小说日报》1939年10月22日,署名:云裳)

近 来 奇 瘦

近来忽奇瘦,发复不楮,益使形容憔悴,乃知俾昼作夜之不可久为也。从前我终年气色难看,毛病出在色欲过度。近一二年,虽非痿缩若衰翁,然精力大逊,"纵欲"殆已不复可能,惟健饭如恒,在理身体应能肥硕,而消瘦若是者,谓非伤于起居之勿节,不可得也。近年冬令,予常服滋补之药,银耳为效绝微,不甚可靠。牛乳之属,谓吃而可口则可以,谓功能滋补,则亦徒闻传说耳。往岁,许晓初先生知下走孱弱,尝取中法出品之各种鱼肝油,使下走试服,如麦精、乳白,无不适口,而着效颇宏,此为下走亲尝,可为保证。今年尤以亏损,非乞益补之方,将不可持。闻之人言:来路货之鱼肝油精,从前卖价十三元者(装一瓶百颗),今已涨至三十元外,闻其数之巨,可令措大舌挢不下,子佩兄谓仍将以中法之鱼肝油,使予服用,季康子馈药之情,令人心感,志此预为故人谢也!

(《小说日报》1939年10月23日,署名:云裳)

重 九 诗

重九诗以杜樊川之"尘世难逢开口笑,菊花须插满头归"为千秋绝唱。今年重九前一夜,游于伊文泰,乐工台畔,有已放之菊花数本,色光鲜艳,愚低吟司勋之句,明姑笑谓下走腐儒气太重,愚则谓明姑之俗不可耐,尤甚于下走也。谈重九诗话者,袁简斋述其子于重九日,乃师告之曰:我命汝属对,对而工,今日休假一日。子谓师首唱,师曰"家有登高处",袁子辄应曰"人无放学时"。师大赞叹,遂休课一日。予常谓读简斋诗,通集中不能得如其子此五字之妙语者。故简斋之子,实有雏凤清声之誉。春间冒孝鲁兄,尝投予当代诗人去岁重九登国际饭店二十二层唱和之作,各成七律一章,如谭瓶斋、李拔可、冒鹤亭、夏映厂诸先生,俱与其列。愚以诸名流诗,刊之《东方》,一时传诵者千百人。弥天劫火,诸先生犹栖迟沪上,不审今日此日,犹动吟怀邪?

(《小说日报》1939年10月24日,署名:云裳)

瞽 者

饭于市楼,其邻为瞽者所居,瞽者为人推八字,有名于时。饭肆中侍者,谂瞽家甚悉,谓瞽妇有妹,于战时来沪,与其姊居,妹佻冶好修饰,忽为瞽所垂涎,一夜,瞽乘妇酣眠时,越入其妹寝室,竟成爱好。言至此,饭客一人笑曰:"瞽何尝瞽,而其妇则真瞎了眼者。"又一少年亦曰:"瞽妇之妹,本荡妇,一日,我入其门,辄与我施勾搭,我鄙之,以其寝也,求之山梁队里,优此多矣。"复一客曰:"固为淑女,亦勿甘为瞽者乱其贞操耳。"饭肆侍者乃曰:"瞽者进益丰,日可得数十金,故能为其妇润衣饰。"语至此,少年遽然起,良久始曰:"然则为瞽者之妇,亦有钱矣。"言竟,若有悔色,阖座皆匿笑。

(《小说日报》1939年10月26日,署名:云裳)

冒孝鲁寄诗

越昨愚记重阳诗,顷冒叔子兄,果以二诗见寄,一为叔子自作,一则谭军持先生近唱,而皆为和李拔可先生元韵者。顾不获见拔可先生原作,滋可憾也!今录两诗于后:子佩、婴宁两兄见之,必曰:又被大郎偷一回懒矣。

己卯九日和墨巢文韵　　孝鲁

蓄意黄花欲待霜,憧憧柳影拂秋阳。劳生去日真堪惜,多难逢辰转未忘。地旷易愁郊垒近,人闲始觉市朝忙。为无翠袖香瓷捧,恼乱茶陵公子肠。

次韵拔可重九园集茗饮　　瓶斋

二纪治园积鬓霜,九辰招客趁秋阳。近闻谢事休尘役,稍喜安心得坐忘。糕饵堆盘随意啖,堑屯盈路听人忙。花瓷只欠蛾眉捧,且要清诗浣肺肠。

(《小说日报》1939年10月27日,署名:云裳)

余　叔　雄

前夕,樊先生招宴,席上乃遘余叔雄兄。别叔雄良久矣,前年兵乱之日,兄自嘉兴去杭州,自杭州徒步归屯溪故里,日行八九十里,行乞千四百里而达故乡,亦不知筋骨之劳,及其抵家,脚底皆起泡。叔雄在嘉兴时,以好动为禾人士所艳称,风流豪放,亦一土之雄也,嗜饮,不醉不休,日日如此;今来沪上,不能忘情于杯中物,仍日尽二斛,愚问之曰:来沪后亦尝返视南湖乎?叔雄正色曰:我弃家矣,视之何为?亦不思归也。愚惶悚知已失言,从知平时放诞之士,往往能凛然于大节,我见叔雄益可征信。叔雄知予好舞,自谓曩客海塽,乃未习此戏,予不甚信,以昔日艳称一时之杨佩英,非叔雄之旧契邪?叔雄则曰:契佩英者为汉民,非叔雄也。宝凤、叔雄、汉民皆兄弟,宝凤既死,不必言;而叔雄能振振做一善人,亦余氏之光;会当约之为舞宫尽夜之游,使故人于南湖夜泊时之狂奴故态,以同销胸前之块垒也!

(《小说日报》1939年10月28日,署名:云裳)

[编按:余叔雄(1905—1967),字勤民,是报界名人余大雄(宝凤)三弟。此人兴趣广泛,富于艺术细胞,擅长演话剧、歌唱与清唱京剧,就读沪江大学商学院时为文艺骨干,后退学在嘉兴创办"久大"广播电台。抗战爆发后,"久大"成为全民抗日宣传的阵地。]

舞人罗兰

"国泰"舞人中,有名罗兰者,秀美冠群芳,眼微露,然不掩其丽。论相者辄谓双瞳外突,主不永年,罗兰如是。罗兰殆亦如名将之不欲人间见白头矣。吾乡称此种面相,谓之寡,谓之薄,非不永年,即恐不易宜人家室。余所识舞人,相之薄者,美英与慧琴皆是。予从前所悦妇人,恒求其块头更大些,最好有"二下巴",是为载福之相。然以载福之相,比之肴馔,如重汁浓荤,啖之易腻胃,久之乃舍而求清汤鲜味,而择清秀,顾相之秀而清者,便易流于寡薄。慧琴姚冶,虽不足当一秀字,要亦不露俗骨。美英之好,在落落如闺阁中人,其无俗态可想。顾二人俱非福泽之相。或试下走者,谓下走交识之舞人,如美英、慧琴,皆"脑后见腮",而面上无肉,皆女子寡情之征,大郎奈何与若辈论交?予笑曰:我已照过自己尊范,与她们差不多,彼此俱是寡情,缠下去再说耳!

(《小说日报》1939年10月31日,署名:云裳)

山华阁绮语

予舅山华阁主人,早年亦好为绮语,其断句之可记者,如云:"千秋容有痴于我,一饭何尝忘却卿?"又云:"乍归燕子方三月,小别鹦哥又一时。"皆可诵。然今年读其旧作天平山诸诗,无不精致,如:"衣润渐知春雾重,腮红不藉夕阳明。"尤爱咏灵岩一律云:"灵境荒唐事有无,吴宫花草半蘼芜。布金绀宇连云起,喜雨斑鸠隔岸呼。一代繁华归响屟,半生心事属烟蓑。阿谁携得西施去?臣亦猖狂似大夫。"此诗一结之美,读之神远。盖主人吴游时,固有所谓"鬓丝"作伴也。写香奁诗要从落落中见其情致,始为上乘,此所以尤较"千秋一饭"之诗,为尤贵矣。近年以来,先生犹治诗,则求工力之高深,转为下走所忽略。当时自有性灵之作,如与下走同旅故都时,各有味云:"风雪连朝一巷泥,二三饥鸟向人啼。起来为觅瓮头看,喜有新春数合栖。"温柔敦厚,不失风人之旨。愚记之十六年,不易亡佚,亦可见文字之感人矣。

(《小说日报》1939年11月1日,署名:云裳)

明日改名号

明日起,下走废"刘郎"之号矣!半稔以来,心底萦回者,特一刘家女,其人言行,传之吾文,亦不止一次,即友好笔下,亦屡屡及之,此在艺人,将如何对下走以感恩知己,而其为舞人者,犹嫌下走为多事。一夕,刘家女言曰:"后此不复以我二人宵游之迹,述之报间,他人好事,以此问我,我辄奇窘。"其言自委婉,然究其实际,将虑下走以肉麻当有趣之文,而使刘氏佳宾,从此咸望望然去矣。愚亟审此种人之观念不同,用是搁笔,为消除痕迹计,并"刘郎"之号亦毁之,而易一眉曰《云裳(唐记)杂写》。"云裳"二字在今日,当以陈云裳为名遍域中,顾下走之号,十余年矣!似不必因此而废,无已,加"唐"为"记",仿佛市招。我近来益俗不可耐,处处模仿市侩行为,故人爱我,或将以此而疑下走发财之日近矣乎?

(《小说日报》1939年11月2日,署名:云裳)

云裳（唐记）杂写(1939.11)

先 生 阁

不登先生阁三四月矣！忆上次去时,尚在中夏,阁主约其情侣木娘,同赴徐德兴吃潮州菜。木娘方育一雏,畏风,同桌人咸挥汗,而木娘则犹披毡氅。当时二人之爱好甚笃,不图三四月后,予重来阁上,与木娘已波澜突兴,终至形成冰炭。惟阁主情侣多,木娘去后,自有"他"娘。下走乃审视其写字台矣！写字台有玻璃板,玻璃下多爱侣照相,则木娘之巨颅,已为阁主收去,今所有者,为文、红两儿,及小情人玲妹。红固久契,此人于阁主感恩知己,六月来,二人始终敬爱,惟形迹太疏,故其嘉话,恒不足供我辈咀嚼,然此可证两人间之交谊,淡则长,朋友然,情侣亦未尝不然也。至若文儿,相识最晚,今当初恋,他日如何,不可知。照相之外,又有鬓花,花为绢制,为绒织,分淡红与鹅黄两种,鹅黄者阁主撷自文儿鬓,淡红者采自玲妹香丝。或谓:阁主真采花之好手,然所采者为此花,恒错过紧要关头之一采,此阁主之所以终为情场老实人也。

(《小说日报》1939年11月3日,署名:云裳)

樊良伯宴席

三日夜,吾师樊良伯先生,宴文友于其寓邸,到者有灵犀、子佩、一方、之方、荫先、叔寒、雄飞诸兄,乃知嘉定银行,将于本月十四日正式复业,新址在爱多亚路九六六号,盖为南京大戏院之对邻,地势颇冲要,

"嘉行"之资本收足为三十万元,业已呈准财经两部,而樊先生即为该行之董事长兼总经理。阛阓名流如瞿九皋、徐新甫诸君,俱任要职。以樊先生在沪上声名之盛,而出其余绪,以经营金融事业,其予社会人士信仰之坚深,与夫其本人之胜任愉快,都为必然之事实。海上名流,擅朱家侠望,而终为银业之中坚者,杜月笙先生为第一人,而樊良伯先生,实继其后,良可喜也。饭罢,愚偕之方、子佩一方,同游大华,时尚早,而张翠红已先至;张翠红在大华群雌中,有风华盖代之观。子佩夙仰其人,今始得见,惊为殊艳,下走亦颇矜赏识之不虚。愚起与翠红舞,一方、之方、子佩三兄,俱不舞,第作壁上观,使人扫兴。宵禁前,王引以车送我归。

(《小说日报》1939年11月5日,署名:云裳)

垚三的诗

吾友常言:近数年来,文苑中无特出人才,而舞文作者中颇有清思之士。愚则尤叹舞文作者如垚三先生之诗,为冠绝一时。垚三之句,妙在不矜才使气,而缀语浑成,自然风趣,为下走所勿逮。一夜,尝与晚甘侯先生谈,谓垚三实其同事,习诗尚不及二三年,所造如此,洵天才矣!近见有示下走之作,句云:

身边文学早名家,犹恐冒牌唐记加。国难有财皆可发,梦中无笔不生花。先生面孔何难认?竖子风头未足夸。婥雅如君敢言俗,唐僧唐侩莫相差。

不敢辞标榜之嫌,为先生答曰:"云裳"之加"唐记"二字,非故自诩于老牌,因"云裳"两字,市上所见过多,下走之号,起于云裳服装公司之前,以历史悠久言,似不必让人,乃加"唐记",志在不使人笑我为"影戥",倘亦谦谦君子风欤?先生之诗甚美,奉和一首,破向不和韵之例,亦可见下走于垚三先生倾倒之殷矣!

近来代代出名家,非恐冒牌唐记加。说着卿卿休动气,入她妈妈不开花!诗来有语皆称妙,人到有□便是夸。我对尊篇难落笔,和成无愧几分差。

(《小说日报》1939年11月7日,署名:云裳)

陈 娟 娟

陈娟娟为人甚风冶,自入国泰舞厅,占后来居上之势。尝至翼楼,会小金在座,小金见其人姚冶入骨,乃笑曰:陈小姐真好白相,我与陈小姐做朋友,可以广我见识矣。娟娟不知小金之言为何意,愚为之解说曰:金小姐说:"像你这样的柔声腻态,他若摹仿了去,搬演在舞台上,便是最好的表情。"娟娟因引小金为知己。前日,卡尔登演《温如玉》,小金之金钟儿,在金钟儿跌宕花间时,不知其作风亦能沾染一点"陈派"否? 文友四郎,既与国泰之三娘子善,常共宵游,娟娟亦必参加。四郎以娟娟之"活泼",因亦善视娟娟,称娟娟为妹妹,娟娟亦称四郎为阿哥,定兄妹之名分矣。予等在楼上挖花,舞人到者甚众,娟娟夜半始来,依依于友人襟袖间,下走为之神魂颠倒,"公子"轧进,"敲屁股"勿打,于是常常"合扑",可见娟娟之惑人力量矣。娟娟新迁于温州路一暗巷中,某夕,友人三四众,送之归,娟娟胆小,指定要下走伴之进弄,于是二人相携于黑暗中良久。娟娟不是我的舞伴,若是我的舞伴,此种机会,我哪能肯错过!

(《小说日报》1939年11月8日,署名:云裳)

标 准 瘟 生

南宫刀在《舞国第一标准瘟生传》里,写了一千五六百字,把下走白相跳舞场的狼狈情形,描写淋漓尽致。文章是好文章,可惜记事方面,有许多虚揣妄测的地方,下走已经写过一篇更正式的文字,在《怀素楼缀语》里,如今我还想唠叨几句的,却是"玩女人"问题:南宫刀说我"玩女人"是个研轮老手,其实"玩女人"三个字,我到现在还是解释不清楚,下走从前欢喜直截痛快的一刀两刀,这种方式,不知是不是玩女人？又曾经替堂子里姑娘，做过花头，这种方式叫不叫玩女人？天生有一种迂执的见解，在"女人"两个字上，放一个"玩"字，下走看见了便有些汗毛凛凛。下走以为"女人"不是一件东西，如何可以"玩"？曾经听见或人问或人道："喂！你长三、咸肉、交际花、舞女都玩过了，还有女学生子，人家的小老婆玩过没有？"下走听见了，顿时会火气来，什么女学生子、人家的小老婆亦可以玩的！所以一向以为这种口吻，是下作，是缺德，倒不一定是见解的异同。这篇南宫刁的大文，虽然都在调讽我，惟有这一句我看见最是伤心，一个舞女是"卖舞"，我如今是"买舞"，"玩"字实在不成一句话。我用了钱，只要我感觉满意，也就是了；一定说用了钱之后，有必然的收获，也是不成一句话。从这里，我知道与南宫刁先生，虽然同是混迹在欢笑场里的人，其旨趣正复悬殊，可见人生知己之少矣。

（《小说日报》1939年11月9日，署名：云裳）

丁 家 设 宴

前夕，顾先生设宴于丁家，慕老以电话见召，谓有更新之京角吴素秋来也。素秋自来沪出演后，声誉甚盛，顾下走荒疏，第一次子褒先生设宴于大雅楼，竟未往，往者有听潮、梯维，而二兄归后，力绳素秋之美，下走用是叹缘悭，乃未能一接清姿也。故丁先生之招，有不能不去之势。是夜设席凡三桌，工部局律师到者达三人，志山先生，为予旧契，保鳌先生，亦尝一面，惟天荫先生，犹初见，闻诸君名久矣，此夕乃得攀高雅，真幸会也。素秋女生，与李婉云女士同来，素秋之美，在腻耳。来时，登楼上，楼上杂坐男女宾，一室几满。丁先生为之一一介绍，吴亦一一点首示礼。下走乃为素秋大窘，丁先生欢喜做介绍人，有生人至，辄起为座上人一一通姓氏，其实生客何能记得，故我以为不介绍也好，反正只要朋友都知其为吴素秋是矣。素秋坐定后，默默不作一言，以满屋俱生人，亦无从搭起。子褒先生，坐又距素秋甚远，素秋益无聊。听潮兄谓素秋健谈，口没遮拦时，其人活泼而美丽，顾下走与素秋一室相共者二十分钟,竟不闻素秋说过一句话,于是吾友之称其活泼美丽者,下走终无福领略也!

(《小说日报》1939年11月10日,署名:云裳)

送 陈 娟 娟

前记送舞人娟娟返家,是夕,以顾曲生之车送之归,顾曲之车,奇小,梯公称之为香扇坠,其玲珑可想矣!顾是夜乃载五人,生自驾其车,予与娟娟并罗兰坐于后,灵犀坐于前。娟娟居处,在温州路之陋巷中,车至巷口,娟娟胆怯,不敢一人进巷,要予陪送,时在宵禁期间,于是车上三人,共商"合我药"矣。将车匿于对面之巷内,予送娟娟时,第闻香扇坠作怒吼数声,以为掉头,勿疑有他。比娟娟进门,予出巷外,则车已杳。大惊,狂呼曰:"车子呢!"言已,复四顾街头,或有巡逻者,则将捉入官中矣。用是惶急,继念,未闻香扇坠有驶行之声,是车之未远吾身,殆可断定。幸车上尚有女人,女人心软,不比男子之狠毒,罗兰遂有笑声。笑发处,在对面之巷中,因越街至巷口,则香扇坠赫然在焉。而车中人咸大噱,顾曲生曰:苟吾辈真驶去者,子将如何?愚曰:若无勇气,奔回家中,惟有仍返巷中,仰首楼上,呼娟娟,喊于声必高,曰:"娟娟,开开门,迭两个赤老车子开脱哉!我要到倷屋里(家也)来眍觉。"若娟娟亦拒不开门,则其忍心,似较香扇坠之驶行,为尤甚矣!

(《小说日报》1939年11月11日,署名:云裳)

失　眠

近来忽时患失眠,十日夜与诸友散后,归觅听潮,共话至五时许,复登楼治稿。既竟,巷中已闻高呼"拎出来"矣。于是本刊及《社日》之文,无心再写,上床入睡。片时,似从梦里惊回,饥甚,忽觉菜饭风味之美,于是令家人今日煮菜饭,餐时必唤我醒也。时家人方早膳,因进粥一瓯,饥乃息。阅报,至十一时又渐入睡,而饭已熟,家人果醒我,复啖一瓯。吾子以吾丈人病,将赴外家,因来别我,而我已倦甚,不久即如梦;然梦殊勿宁,明知本报及《社日》之催稿人顷刻至矣。未几,本报之小友果来,我告曰:间一日矣!再卧。至五时始再醒,则《社日》之文德哥,亦为家人托故推却。我失眠之病态,并不严重,惟近来则屡屡有此种现状,幸过此时间,便能好睡。好睡时苟有人醒我曰:外面有女人等我,我也不想起来;何况说:外面有人催稿,我自然要赖在被窝中;除非推我醒者曰:外面有人捧钞票一捆,请你收下,要你良宵无事之时,去报效舞娘。我则始遽然跃起,双手接之。嗟夫!人谓下走清高,而贪财之癖,至今未蠲,又称的什么清高,论的什么……邪?(仿《连环套》台词,可见近来戏瘾之甚。)

(《小说日报》1939年11月13日,署名:云裳)

宋词人来函

宋词人赴港,顷来一函,录之可为关心词人者告。函尾更为友好和世昌、慕琴、听潮、翼华、蝶衣诸兄问好也。原函云:"沪滨之游,获亲尘教,甚以为快;南旋匆促,未遑走辞,歉何如之!抵港后,即奉迁渝之令,竟名列第一批内,限十月底成行。在行服务四五年,奔驰数十里,为名为利,了无所获;而此次内迁,乃先以弟作牺牲品,盖号称三批调迁,其实第二三批何日开拔,尚不可知,先以第一批搪塞搪塞而已。中行内素有三大系统之势力,一曰裙带,二曰清华,三曰同乡,弟身非三大系统之人,好处轮不着,吃苦则推第一名,人情如此,可发浩叹!瞻望前途,亦觉茫茫无际。因于令到之日,另寻出路,差喜徼天之幸,顺利解决。当即以长函向当局辞职,原函长千数百言,感慨悲歌,一消块垒。翌日,承其恳切挽留,但一切为既成事实,无可变更,故婉言谢之。弟现在邮政储金汇业局任事,以职务关系,将常川驻港。闻邮务中人,最享艳福,不才如弟,今乃步武后尘,不谂艳福如何?亦能得一多才多艺之隽侣否也!惠书请仍寄勃罗兄收转为荷。手此祗颂大安。弟玉狸顿首。"

(《小说日报》1939年11月15日,署名:云裳)

预备彩串

年终彩串,今已开始预备。予拟请宗瑛说黄天霸,惟此剧自议事起,至窦尔墩降罪止,费时甚久,脚上高低靴,头上之夫子盔与罗帽,戴得久了,恐吃不消。扎头之时间太长,又无"揿一揿"机会,或有当台晕厥之虞,则将如何?倒是一桩心事。若谓读单片,排身段,凭我去年四五天赶三出戏之聪明,还不大在乎。昨晤樊伟麟兄,谓渠有《连环套》黄天霸之全副行头,夫子盔与罗帽,都特别精制,轻得绝无分量,届时叫我取用,我为之放心一半。兹且不谈平剧,梯公发起,平剧之外,还要演一天话剧,话剧即取《明末遗恨》剧本,拟丐费穆导演,以嗜好话剧之同志,共同排演。梯公已与小金谈过,小金甚愿参加,于是《明末遗恨》之演出,小金为葛嫩娘无疑矣。梯公应为孙克咸,然其不要做,而要做蔡如衡。想到马金子,竟无人可以当此;熙春便肯加入,未必能传金子之泼辣的个性。且孙克咸亦无人能做。梯公要我加入,我想来想去,做郑芝龙、郑成功都不行,要末做博洛,然无此身坯,放在台上,不会等样。《璇宫》之孙将军,施汶且不能尽美,下走何人,更动也不必动也。即人选问题,此计划已不易实现。姑志之,亦见吾人之兴致不浅而已!

(《小说日报》1939年11月16日,署名:云裳)

专栏改名

愚自以《刘郎杂写》,改为《云裳(唐记)杂写》之后,朋友见予者,辄举此为讽谑,以为"唐记"二字,加得不好看。吾师樊先生,为人谨厚,尝谕愚曰:又不是开字号,加"唐记"二字胡为者?而朋友则多臭嘴,于是谓唐记唐第,非似八仙桥之门口招牌,亦似邻圣坊小脚老九之榜帜,盖讽我为开咸肉庄矣。其实开咸肉庄亦将本求利,赵玉侦君常言:现在要开一个庄口,本无一二个草字头,还办不了。我若开得起咸肉庄,也算不错了。果有一日,张一块"唐记"牌子,自做老板,从□身上刮几个钱下来,为自己享乐之用,亦是好事。上海吃此种饭者甚多,又何薄我唐某一人哉!惟下走自不满于今日之标题者,则以木刻太难看,故明日起,又拟改一标题,题曰《云裳日记》,索性写日记。近时报纸,有登死人日记者,如寒云、倚虹两先生之作,下走今欲步其后尘。搁日记之笔垂八载矣!今而后,《说日》所作,一似当年之日记,反正是身边文学,便是写个人日记,料未必便取厌于读者欤?

(《小说日报》1939年11月18日,署名:云裳)

定依阁余墨(1940.11—1941.12)

周啸天歌

愚初闻周啸天歌,在前年与素琴合作黄金时,以其嘎调之美,兰亭称之为周嘎调,近始一睹其匡庐真相。勤伯兄招宴之夕,我人咸集于啸天寝室中。啸天人矮小悃愊无华,又瘦,貌亦猥琐无润容。席既散,众人为叶子戏,啸天与焉,从伯铭注上门,某局,蓝先生移其注于下门牌翻,则上门吃而下门和,啸天以为蓝先生援手之功也,欲索原注,或告之曰:汝注已输与庄家,以蓝先生之一移致此钱为蓝先生所得,与汝无与矣。啸天始恍然,其不精于博,而嗜博若此,亦可人也。

是夜又识茹富兰,众人称之为卢老板,愚一时糊涂,拼命从卢、罗两字上推测。黄金新角中,哪有个卢老板与罗老板者,终不获,私询天衣,则曰茹富兰也,乃为失笑。有人谓茹貌似唱苏滩之朱国梁,予则谓其肖有竹居主人,近视之程度甚深,见其人,又谁信其唱武老生者。

(《小说日报》1940 年 11 月 1 日,未署名)

明姑楼下

明姑所居,其楼下,迁来一家,似寺院无僧侣,谓如居家,则又木鱼经卷,铙钹喧嚣,明姑家人,称之为经堂,其实为游手好闲之徒,组织之济公坛耳。予过明姑家,时闻其内有扶乩声,沙沙作响,又闻叩头于神前者,问病状,祷平安,翌日遂为佛会,自晨迄午夜,明姑之楼无宁静矣。迁者不及半载,主持坛事者言:此间房屋,已患不敷,欲以六千金顶一屋,扩充其规范,想见佞佛者之众,而坛上生涯之颇不恶也。大雨之日,楼下为佛堂,佞佛之媪毕集,坛内不设素肴,第烧巨锅菜饭,以饱来为佛会者,午夜散去,群媪犯雨行,狼狈之状,不顾也。予倚楼上睹此情状,辄私詈之曰:老太婆果有闲钱,不闭门颐养,而耗之于佞佛,便谓潜修,则汝将修到何种境地?谓修到无疾而终,亦是使汝称心矣!谓欲登天堂,升佛国,则凭他一只济公坛,修八辈子也修不出㨄头来也。

(《小说日报》1940年11月2日,署名:嬴材)

[编按:署名"嬴材",报上误植"赢材",今统一改为嬴材。]

杜进高赠联

昔年谢小天在沪,似为三定簃主人赠以联云:"谢公最小偏怜女,天下何人不识君?"盖集句也,一时叹为杰构,主人又尝注明"天下何人不识君"之上一句为"莫愁前路无知己",此诗予未之见,故不谂其出处,亦孤陋可怜矣!近在书画会中,见董其昌写一立轴,即录此诗,当时熟读之,然记此文时,又忘其前二句,以诗为七绝也。可见近年记忆力之衰退,惟末句"天下何人不识君"之"何"字,董书为"谁"字,虽无多大出入,然"谁"字比"何"字晦,自宜用"何"字好,颇不知原诗究为何字耳。

素琴又归沪上,见者谓其人瘦损,风尘之色,被于面上。一二年来素琴仆仆于港沪间,记其第一次返沪,体态最丰腴,顾不久困于病,病后肌肉尽落,为状颇可怜。乃此次归来,较去时尤瘦,因知香港亦未必便养壮素琴矣。

(《小说日报》1940年11月4日,署名:嬴材)

[编按:三定簃主人,名杜进高,字畲孙,四川万县人。]

其俊寿筵

友人为其俊设寿筵于红棉之夜,兰亭以魔术娱来宾,魔术仅一套,然手脚之干净,莫悟奇、鲍琴轩,俱足为之减色,其始备线香一卷,黄纸六七张,场中设一几,兰亭焚香于几,然后画符箓于黄纸上,三画三焚,重为膜拜已,乃向来宾假钻环,其身后有女宾,褪其指上之环,望之为小钻与翡翠同镶者,既又向来宾借钞票一张,兰亭不取他人而取自元声,为跑狗场之流通券一,裹环于券中,裹毕,扬于手上,徐行数步,忽掷此裹于窗外。窗外为死巷,在座来宾,固无不见此环与券,已堕于巷内矣。顷之兰亭仍立几畔,为膜拜状,忽谓原物顷已珠还,令侍者取寿星前之糕桃两盘至,于寿桃中,出顷间堕于窗外之物。有人证之谓无讹也,一时观者叹绝,或谓兰亭平时以此为绝诣,不轻试,试亦必有预备,须小耗钱财,而人物亦有干连,如身后贷钻之女宾,及备钞票之元声,无不蒙有重大嫌疑者,闻此数语,可以悟兰亭之"道"矣。

(《小说日报》1940年11月5日,署名:嬴材)

樊伟麟设宴

先师良伯先生既归道山,其二子伟麟,亦病伤寒,历四十五日始已。戏剧家李万春来沪上,时伟麟犹未尽健复也,昨日伟麟设宴于天天,为万春洗尘,邀伯铭、小蝶、剑鸣、福棠、之方、小洛、遂耕、森斋诸兄作陪,因又晤蓝月春君。别万春三年,固不觉其老,然容止间亦渐损其豪迈之概矣。万春自登台以来,更新无日不满座,万春乃谓:是为意料所不及。其实万春离沪久,海上人士想望声容,有如望岁,一旦登场,倾巷之盛,固在意中。万春之言,特故自谦抑耳,比来听歌之兴锐减。万春来,又值予腰腿勿健,不耐久坐,今当俟其贴《四霸天》《夜奔》之夕,将一为座上客,以慰年来相思之渴,亦于觇武生人才凋落之秋,是特仅存之规范耳。

(《小说日报》1940年11月6日,署名:嬴材)

补 品

一二月来,啖乐口福无间,今日立冬,乃改服鱼肝油,次达来,携中西药房之九星维他命麦精、鱼肝油及九星维他命乳白、鱼肝油各一种请服,往年冬间,亦赖此为滋补身体之妙品。予不慎其躬,戕贼过甚,而至今犹能撑住二十四根肋骨,作衣食谋者,不能不归功于一冬之进补,因此亦感念九星之鱼肝油。次达任事于中西,去年,所服不过四瓶,增体重达二十磅,予固进服未辍,而体重不增,疑而问之医者,乃谓予实虚耗之甚,苟无滋补,则虚耗者且无所取偿,尊体将不可自支矣。

予不能雅,亦不习时髦,于是咖啡座上,绝少予之足迹。人言西摩路有咖啡店名斐达,煮咖啡为沪上第一,座中多名流踪影,近始临存,入门,咖啡香已扑鼻窍,此中栗子蛋糕亦佳,而牛排尤美,平时不好此物,是日与其俊分食一客,曾无餍,可见调味之工也。

(《小说日报》1940年11月7日,署名:嬴材)

日 人 餐 馆

霞飞路有日人餐馆,烧火锅有美手,瘦腰生屡屡就食其间。某夕,引余与天衣、之圆同往,入其门,皆妇人而无男子,有一中国之大司务而已,惟生涯甚盛。予等至时,已无隙地,乃就一小屋,盖亭子楼也。侍食之妇,无一妙龄者,年都近三十矣。之圆固通东文,谓为我侍食之妇,性愚拙,而勿工辞令。复得一人,始能为诙谐谈,妇谓就食于此之客,彼邦人不甚众,而以华人与西人为多。邻屋一间,三西人亦作盘膝坐,楼前一室,亦为碧眼虬髯者所踞,知妇之言不我欺也。天衣谓不惯盘膝坐,坐而食,其劳苦胜于立而食,战前尝与穆生食于虹口,其布置之美,迥非此间所及,之圆谓此间第供饮食,谋口腹而已,无可他图,故不必以妙龄之姑,为招徕用也。

(《小说日报》1940年11月8日,署名:嬴材)

黄 雨 斋

黄雨斋君,自称为新闻记者,其实雨斋今日,岂徒新闻记者四字,可尽其一生？愚以为称之为银钱业巨擘可也,称之为海上商场之骄子亦可也,称之为当世名流,亦无不可也。吾人恒见历次举行义举,雨斋之名,固已与虞洽老、袁履老、徐寄老诸人并列矣。谈者谓雨斋既蜚声于阛阓间,其人为尘垢满身之俗物,亦不言可喻矣。实则勿然,雨斋于量支度入之余,初不忘风雅,嗜书画成癖,其人复好学,读书习字,自未少辍,书法学樊樊山,用枯笔写,而神韵盎然。近顷,雨斋与周翼华兄,联同乡之谊,请袁松年作山水人物一幅,以遗翼华,件成,且告翼华我已为此画作跋矣。时予在旁,即语翼华,谓君亦富收藏,顾不得樊增祥寸缣尺幅,今有雨斋一跋,譬如获云门墨宝,亦足以慰情聊胜矣。及件至,则跋者非雨斋,而为吾乡浦菊灵先生,乃知雨斋谦抑,至今复惜墨如金也!

(《小说日报》1940年11月9日,署名:赢材)

非 讼 运 动

有律师采非讼运动者,名孙杰,称不出庭律师,今则以此而为上海律师公会,呈请提付惩戒矣。有某君者,作打油诗一首,嘲其人云:"奇事年年有,今年事更奇。律师采非讼,庄花不卖□。"

范松风兄,年前佐良伯师理嘉定银行业务,师畀倚甚殷,夏间师归道山,松风哭之甚哀,设奠之日,及门弟子公祭灵前,松风读祭文,至于声泪俱下,识者谓樊范师弟情深,于此可知矣。近顷,松风以范叔寒名,执行律务于海上,于八日起开始悬牌,我人第知松风邃于国学,词曲尤为其所深研,而不知其法学亦至精湛也;友人中颇有恒时不知其尝攻法学,且现取得律师执业证者,一旦问世,每使多年老友,辄惊其突如其来,前有空我之余哲文律师,今则又有松风之范叔寒律师焉。

大光明之西,新张一食品公司名"又一邨",此三字必为自号通品者所题,尝就食其间,据侍者称其肆纯仿五味斋,有火锅,则又仿雪园之鸡肉锅,用洋葱、胡葱烧矣,顾为味远不逮雪园。或曰:柳暗花明又此一邨,虽发现甚奇,无奈不甚高明耳!

近始一见茹富兰之《伐子都》,过宜谓富兰之好在克循规矱,惟千金市骨,货售识家,正恐识家太少,此种典型之作有人目以为未足欣赏,茹之所以感喟后日分将以戏教师终老其身矣。是日,新艳秋为《朱痕记》,已述观感于他报,配角中亦有盖三省,殊嫌其戏做得不透,至刘斌昆之差役,与袁世海之中军,颇有轻松之妙,中军一角,以世海去之,有些糟蹋。

(《小说日报》1940年11月12日,署名:嬴材)

"子午杂录"

昔太白写"子午杂录",实谐上海俗语"吱唔什六"也。吱唔什六,近有人写吱五缠六,殆不是,予以为此四字当写作"嘴五舌六",盖喻口舌之繁琐也。太白聪明,以"子午杂录"四字谐之,为随笔标题,有天衣无缝之妙,以俗语而谐成文艺性极重之标题者,殆以捉刀人之"乱话三千"作"鸾和散辑"为滥觞欤?

近期之《半月戏剧》,有人赠刊于素莲之戏剧照,为舞装,盖于在共舞台时,演歌舞场面中所摄也,其人更以一诗题照,此影予亦藏之,亦尝为题律句,颈联云:"胸前奶罩摇摇坠,胯下私绡望望穿。"读者咸视为性感非常浓厚,此种照相,便当题以此种笔墨,或谓汝如何写得出?我则曰:先去问于素莲如何拍得出?

大新之书画女子展,今日已告终止矣,成绩弥优者,为周鍊霞女士。鍊霞近年不甚作绘,而蜚声海岛,远非一般女画家所及,则以鍊霞尝执笔为报纸治文也,予未尝为报人时,梦云投书与予,犹记其有言曰:虚名如我,有时亦能蒙其利也。今观鍊霞,此言益信!

(《小说日报》1940年11月15日,署名:嬴材)

眉 子

同文中之能博闻强记者,眉子实为一人,眉子写《白门影事》、《秦淮红泪录》,往往记他人之诗,一字勿损,常为惊佩。予近年记忆力薄弱,新交之友,越二三日,即不能举其名,遑论记熟诗文矣。亡舅壮岁游陇上,二十年以后,作陇上语,十之八刊于《东方》,十之二,为予所遗失;前年,予刊《文曲》,录其稿,顾不全,请为续成。又一载,忽见亡佚之稿,藏于书箧,因取舅后稿对照之,则写六盘花事,文句无异,写二十年前事,即成概略,亦既不易,而一稿两写,能无损文质者,是真神才矣。嗟夫! 舅氏之丧,我故不尽为私谊而哭也!

《奇双会》之写状一场,写少年夫妻情好之至,乃叹编剧者亦妙手也。以振飞与新艳秋演之,前者风流跌宕,后者幽娴贞静,其好必矣。予迎新老板诗,有"七品郎官本所轻",亦为《奇双会》而写也。写状有"七品郎官做不成",即本此意。

(《小说日报》1940年11月17日,署名:嬴材)

[编按:眉子本名徐国桢。]

会 西 平

会西平于大都会之夕,西平乍自八大行营中来,谓遘一奇货于是,掷三十金成其交易。窟中人言:是为海上某南货肆主人之妇。则诘之曰:南货肆繁荣犹昔,为主人之妇者,何以沦落至此? 则曰:或为退名之股东耳。欲一观其人,翌宵,从西平行,既至,西平呼之为老板娘。其人有窘态,视其貌,则亦黄脸常婆,初无风韵之可言,置之小室,则又自顾唏嘘,使人兴致都减。惟绝不承自己为老板娘,而谓老板娘之称,特窟中人为之巧立名目耳。又谓昨日者,我来视此间主妇,主妇睹我有戚容,知我困于饥寒,劝我为此。我夫良而懦,渠方远游,固不知其妇以皮肉而图饱也。闻至此,则悲悯之念,油然而生。妇自诉其年为二十三,困于贫穷,不觉老境催人之甚,人视我且近三十矣。而昨既献身于此,归后,竟夕不可合睫,我苟堕溷,必有一日,染隐疾及我身,我既勿贞,更累吾婿将奈何? 凡此都可怜之谈,妇非老吃老做之流,则可以断言者。

(《小说日报》1940年11月19日,署名:嬴材)

信芳演《探母》

信芳演《探母》之日，予在后台，场上正演黑驴告状，场上有人念白口曰："那旁有一黑驴，想必是我姊丈。"信芳在幕后闻之，大笑，谓他的姊丈是条黑驴。周又述一笑话，谓昔演全本《赵五娘》，有人亦有白口曰："赵氏五娘，封他一块贞洁牌坊。"中间断去一句，好像将赵五娘封为一块石头矣。

信芳之《探母》，予第在幕后观之，是日楼上下皆满，是为谭派戏，既成谭派典型，为被人称作海派之周信芳演之，则殊大逆不道矣。顾上下满座者，无非内行与票友，可知信芳今日，在南北剧坛，为人蜷念之切矣。小洛于信芳初无好感，迄忽转变，尝看信芳演《探母》，日称美不去口，自出关至回令，自是以做工称长，然我则尤爱信芳之唱，出关快板之斩钉截铁，见母哭堂之音节苍凉，真如并剪哀梨，爽利无匹，看余叔岩，看谭富英，何尝有此好印象？遑论其他哉？

（《小说日报》1940年11月20日，署名：赢材）

古 寒 女 士

闻古寒女士，今已加入中旅阵容。中旅近方出演《女人》一剧，内容以八个"女人"合演之，而古寒之戏为尤繁重，则槐秋之重视此人可知也。古寒本有演剧天才，昔在红星时，已为台下所激赏，近年落落无所遇，而忽受知槐秋，聘之加入中旅，整个话剧界，从此重见奇才，而中旅则不啻添一生力军矣。

昨夜坐于扬子舞厅，予入池起舞，迄今已逾一载，顾下扬子之池，则以昨夜为第一次也。扬子舞人，以予所见，以杨妹妹为绝色，招来同坐，则温文尔雅，似出闺门，惟其身材稍嫌顾长，与昔时大华之陈玲珠颇相似，然陈不及其娟细也。年已二十三，战后始以货腰为业，倘亦劫灰中之可怜虫欤？章靖庵先生，好与长身之舞女同舞，玲珠退隐，敢以杨妹妹为介,张生若见吾文,幸为靖庵道吾意之诚也。

(《小说日报》1940年11月21日,署名:嬴材)

筝　姑

筝姑既嫁至吴门,凡四五月,归宁来海上,以筝与吾家善也。既来,遂省吾家人,则风华犹昔,而健谈亦一似从前,为言:乡居既久,颇眷念海上纷华,顾既履兹土,则又憎其喧扰不宁,可知人生不易造知足之境也。又谓国泰之陈雪梅,将近作嫁,陈两足特长,惟风神甚丽,故其伴舞于国泰,妙业昌隆,而为舞场佳客所倾倒。陈玲珠隐去,陈亦嫁人,舞国中又少一长身玉立人矣。

王熙春为其义父天厂居士祖钱之夜,邀予为陪。是夜熙春服呢袍,为浅绿色,袖长而博,别有风神。近年来看熙春,以此夜为尤美。熙春有弟,尚在学步,王太夫人恒抱之入戏院中,熙春笃爱之,或笑言之曰:脱熙春既嫁,得男亦如许长成矣。

(《小说日报》1940年11月23日,署名:嬴材)

婴　尸

冷僻街巷,有穷人抛掷婴尸者,入冬尤众。予居人安里,其旁为北河路,夜深,人踪渐减,街灯甚黯,今年虽有某产科医院之新建筑,然产科医院奇吝,曾不肯设一电炬,以照耀此冷静若死之小径也。北河路既荒冷如故,婴尸仍多发现。又若池浜路,其荒冷与北河路无异。一夜,驱车过此,见墙隅一孩尸,面白如纸,脑海中辄留此可怜之印象,竟夕不获好眠。次日,午时过此,尸未敛去,而行人取一荷包,掩其颅。风大,患荷包为风所刮,则镇以一石,石且巨,若更揭视婴面,鼻几平矣。下身犹着裤着袜,当未为巡逻者发现,故犹未收之去也!忆昨夜过此,尸旁有纸钱,次日则不见,岂为风姨所夺,抑为行路人当锡箔灰捞去邪?颇不可知。穷人无资以殓其婴尸,而委之街道,其情亦惨。予常疑婴尸之母,既弃其子,必犹窥伺街阴,看何人收拾其骨肉以去?而良心上与精神上之痛苦,必有不堪描绘者,此正人生伤心之境耳!

(《小说日报》1940年11月24日,署名:嬴材)

卢 继 影

继影为上海名票作小史,尝访问周翼华君,谓将访问大郎,是则在继影之目光中,亦视不肖为上海之名票矣。上海名票多逾过江之鲫,我便老老面皮,做一做名票,亦正无伤大雅,惟不敢使继影劳步,效高华先生例,将自己光荣史,录付继影,可以使继影省一笔车钱,好朋友固宜如此也。其下即为参考之材料:"唐大郎字云旌,江苏嘉定人,父母在堂,德配已故,续娶在议婚中,子二人,长十一岁,次八岁,皆在读书。大郎自己三十三岁,十七岁在北平读书,初中末曾毕业,以无力继读故也。来沪入中国银行为小行员,点钞票七年,以在外荒唐,为上峰所阻,不服,几与上峰互殴,遂被黜职,乃为本埠《东方日报》主编。民国廿七年习戏,初以里子老生,登台于卡尔登,唱《黄鹤楼》之孔明,《大登殿》之王允,旋又以祝朱凤蔚太夫人寿,演《玉堂春》之蓝袍。廿八年始演正场戏,于全本《连环套》中饰黄天霸,旋在黄金反串九本《狸猫》之范仲华。今夏,又一度与金素雯演《别窑》,先后登台,不过六次,自家人说:大郎之戏,邪气有趣。陌生人说:则为一塌糊涂云。"

嬴材曰:全本笔法,与继影似出一人,得简洁可爱四字。

(《小说日报》1940年11月25日,署名:嬴材)

陈 张 互 攻

陈灵犀与张若谷二君,近来忽然各以文章互相攻讦。某日陈君有言谓:你陈平是炎汉的忠良,难道我张苍便不是炎汉的忠良吗?有人谓这几句话,若是若谷对灵犀如此说,便是活龙活现一出《盗宗卷》矣。

富连成南来,江枫又欲辑一特刊,曾索文于愚,愚于近时草一短文,文中乃称叶盛章为第一次来沪。某戏院之当局见之,在电话中向予大为非笑,竟谓不晓得便该问问人家再写,何必率尔操觚,使他人见之,笑歪嘴巴邪?予于是询娴熟梨园旧事之某君,则谓:"马连良与王幼卿合演于大舞台时,叶曾随之同来,悬三牌,此为第二次矣。"予复强辩曰:予谓其初度来沪,挑正梁,挂头牌耳。余非评剧家,不图叙述,偶叙述有错误,亦为好事者所钳牢,将来之饭,更难吃矣!

曾与叶盛章吃过一顿饭,席上复有叶夫人,长身秀发,一笑,梨涡晕其颊,益有风致嫣然之美,仿佛南北坤伶中,未尝有色胜叶夫人者。不审夫人为内行?抑或外行?北朝尤物,以此为最,自庆眼福不浅。

(《小说日报》1940年11月26日,署名:赢材)

叶　盛　章

太白记叶盛章私底下似乡曲,其实言之过甚,叶肤甚白皙,口奇大,貌尚俊爽,谓其人不脱北方之敦朴男儿本色,则可。笑之为乡曲则不似矣。叶夫人甚秀艳,闻起身欢场中,所以与叶盛章眷恋甚殷者,殆亦视盛章尚无俗态,正未必仅因其开口好,与跳得好耳。

予不知叶盛章曾来过海上,一日闻太白言:则谓叶固与马连良、王幼卿同来,然是何年月,太白之言亦不详。顷有读者垂询,当诣太白于"酒使胡涂"中答之,昨阅某报,见沈琪一文,则谓大舞台改造后,第一炮演出者,为梅兰芳与马连良,而盛章亦其中一个,是与太白所言又不同。沈君年少,言不可信,太白老于此道,熟悉梨园旧事,又可以翻老账,故还当询之酒使胡涂人也。

(《小说日报》1940年11月29日,署名:赢材)

书　画　赝　品

某君谓尝于名人书画展览会中,见王羲之一联,其下款为"右军王羲之",以右军为羲之之宗,已是令人绝倒,而联语为唐人诗,尤堪捧腹。因谓名人书画展中,十九都赝品,此种书画商人,大多在内地搜罗而来,其交易时,初不讲究何人墨迹,大多论捆讲价钱,一捆仅三五元而已。其腐蚀不堪者,在上海重付装池然后悬之名人书画展中,故往往标价百余金,可以二三折成交易矣。

某君又言:虽此中未尝无真货,然真正名件,彼书画商人,亦所不知。譬如谓:明明吴昌硕之真迹,而昌硕之下款为"缶庐"两字,书画商人,不知缶庐即昌硕也,于其标价纸上,亦书缶庐而不写昌硕,精于赏鉴之士,固一望而知,往往以极廉之价得之。盖书画家之别署最多,书画商人不及赏鉴家之博雅,真是好货,自己且被朦过矣。

(《小说日报》1940年12月1日,署名:赢材)

小 报 严 肃 化

梦云劝小型报之执笔人,不必扮起正经面目,写意识文章,遇无话可谈时,不妨将大郎来发泄发泄(见《浮生小志》)。不料此言不为编者所取(蝶衣谨按:并非鄙人),于其文后加注,斥梦云认识勿清,打破他们的"严肃"空气,于是梦云也不敢再嬉皮笑脸矣。其实予以为梦云之言,未尝不是,惟必欲以大郎为发泄其嬉笑怒骂之目标者,则嫌其取径太窄耳。予以为小型报而严肃化,必不足以尽小型报之长,予一生旨趣,不想恃笔墨以养老送终,故绝不希望在"文化界"中,争一席地。今日困守,姑以笔墨骗口饭吃耳。将来有别事可干,便放弃这碗捞什子饭矣。既是骗饭吃,又何必扳起面孔,乐得嘻嘻哈哈图肚皮之一饱耳。灵犀与若谷之争,予不怪若谷之说风凉话,只怪灵犀多此一辩。若寻相骂,臭骂一场可也! 先生长,先生短,絮絮奚为哉?

(《小说日报》1940年12月2日,署名:赢材)

小型报不必改革

去年,常到《社会日报》馆走走,每逢大小月底,总看见听潮拨动一把算盘，在那里清理账目，我私自替他庆幸，以为他虽是卖文之士，还打得精一把算盘，定是陈家祖宗积德，此子将来还有将来。不料到得现在看看，使我十分诧异，认为陈家坟上，一定转了风水，所以让他子孙，对于这口吃不饱、饿不死的文字饭，在那里乐此不疲！

我是一个十足恶俗的人，一年到头，一脑门子只想侥幸发财，发了财，便想恣情享乐，明知现在吃的饭，哪怕把牙齿都吃烂了，也发不起财，所以时常厌恶我现在的职业，只要有比这一口饭稍为生路广一点，我一定会见异思迁。平襟亚先生，笑我名字好似窑子里的大茶壶，我真不会生气，只要大茶壶所得的钱，比卖文还多，我一定会去拜托襟亚，荐我这一脚生意，又不偷人家不抢人家，做大茶壶便怎么样？

我不信听潮会比我还笨，难道他还看不破，所以人家不把小型报列在文化界里，也要期期以为不可，自己又惟恐失却了在文化界的地位，值得舌敝唇焦的争取这一点浮名。天下事果然有不可不认真的，然而这件事却不值得认真。我总以为偷生于此时此地，用什么方式来求生存，总是骗口饭吃而已！什么工作，什么斗士，我都不听，我前天所说的那一套，比斗士还要崇高一点的声名，我都不要接受，要接受这个干什么？在情非得已之下，还是写一点出来，过了今天再说。

（《小说日报》1940年12月4日，署名：嬴材）

《申曲画报》

上海有一张专为申曲而发之刊物，其名似为《申曲画报》，以文字专为申曲从业员作起居注，则文字之高卑，亦可想见。筱文滨之妻筱月珍，将以瑙玛希拉之《天长地久》，改编为申曲，筱月珍之角色，即瑙玛希拉也。《申曲画报》尝以特稿记其事，使人读之，但有绝倒，且来不及代为肉麻矣。及筱文滨家被劫，《申曲画报》又记其事，则曰：并《天长地久》之剧本，亦沦于盗手矣。想其人，想其事，然后再欣赏其报上记载之文字，可以延年，可以健胃。更有一次，记王小新家中事，王小新之媳，王雅琴也！雅琴之夫，中年不寿，《申曲画报》乃写雅琴之悲伤，如抱其子独睏一房也。又谓王小新则睏于隔房也。读之辄使人失笑。然予知《申曲画报》之执笔人，固无不赋性敦厚者，其捧人乃一出忠忱，若视之为皮里阳秋者，失矣！亦减少其妙趣之质量矣。

（《小说日报》1940年12月5日，署名：赢材）

《厓门吊古图》

其石有一画，为陈白沙《厓门吊古图》，题句云："陈白沙居近厓门，每登临奇石，凭吊宋帝与张陆诸公殉国处，见张弘范灭宋于此。"乃为冠一宋字于上以丑之，更于石阴题诗云："忍夺中华与外夷，乾坤回首重堪悲。镌功奇石张弘范，不是胡儿是汉儿。国难方殷，写此寄慨！"人言其石之画，颇有表章正气之忭，此其似欤？

心如先生招饭，席上又晤舞文诸健将，而缺一漫郎，又以绝无鬟丝，席上遂减幽欢。听晚甘侯谈艺事，知此君于金石书画，无不潜研，为予镌二章，一曰唐居士，一为大郎。唐居士一印，尤为经心得意之作。复谓尝从杭县徐曙岑学诗，曙岑重作商人于海上，不复现宰官身，闻之良慰。曙岑之诗，予所见甚广，当时，辄讶其好为险韵，今不知何若？甚以为念！

（《小说日报》1940年12月6日，署名：赢材）

刊 头 字

本报有《真本文素臣》之刊，标题五字，见者咸误认为出愚手笔，其实非也。梯公首为愚言；片羽室主，亦指为不肖手迹。顾书者何人？愚亦勿知，曾加辨认，则似出梦云，梦云幼即浸淫于鲁公书法，愚年方双十，已私淑梦云书体，久之，见者乃谓愚书若翁相国，似钱南园，愚恒失笑，盖不知愚所习乃冯书也。梦云天资最高，于古籍初无涉猎，而为文恣肆，竟似烂熟龙门蔚宗之文章者，奇才也。愚少时即服膺其人，学其书法，又摹其为文，以迄今日，学梦云之书似矣，学梦云之文亦似矣，而不肖命运之偃蹇,亦绝似梦云矣! 或曰:梦云通中外大势,知世界地图,凡此二者,子奈何茫然? 则曰:若是则我学而未尽者尚多,譬如梦云说话之作雌鸡声音也,又如梦云吃报纸与自来火梗之成癖也,终愚此身,胥已不及追摹矣。

(《小说日报》1940年12月7日,署名:赢材)

不 唱 高 调

小型报近来正如夜路人,时常会遭受到闷棍,用漫无理由的论调,来一笔抹煞全体小型报,他们把小型报与连环图画并论。呸! 小型报上有许多文章,连你,连你的老子都看不懂,别说你的儿子了! 瘪三!

你们看不惯小型报上的身边文学,你行吗? 来来看,我就是靠写身边文学吃了十来年饭的一位,不瞒你说,拥有的读者,凭你这一辈子是万万追不上了。你他妈来不了,偏说别人的东西看不惯,像你这样唱高调,说风凉话,我一天可以写它一千篇,一万篇,说出来好吓得你人都做不成,瘪三!

米价涨到这步田地,谁为为之? 孰令致之? 你们为什么不骂? 单单掮着一枝乱毛笔,胡喊正义感,算是前进,不要你们的脸! 倷爷有一肚皮正义感,要发便预备像朱惺公一样,决不藏头露尾,像你们这种嘴硬骨头酥的坯子,瘪三!

(《小说日报》1940年12月8日,署名:赢材)

朱 其 石 个 展

某报为朱其石先生之个展作宣传者,以朱君作品,铸为铜图,明明为朱之画梅也,而注字则为"朱其石先生作品:黄山百幅之一"。滑稽者咏以句云:"暗香浮动黄昏夜,吩咐前窗不用关。自是梅开明月好,教人何处看黄山?"

论者谓评剧家后起之秀,今得二人,一为王唯我,一为余尧坤,二人各有所长。王君幼居北平，对北平梨园旧事，尽记胸中。余君则向住江南，所熟悉者，为杭嘉湖班中事，说起小阿斤班，余君历历如数家珍。故唯我之能言者，余君不能道一语，余君之所习谂者，王君正复茫然，二人各以谈剧驰称沪上，而"见识"永不相谋。予读二君作品，都头头是道，其为博闻强记则一也。惟迩时不恒见唯我著作，余君则日日有之，第所谈戏班事不多，似贻内行所言"不应行当"之讥耳。

（《小说日报》1940年12月9日，署名：赢材）

舞 姿

或谓登场唱戏者，但看其在后台，着一身上靠，而身上颇爽朗，已可知其登场后之架子必好看，又如台上唱戏，其能使"身上边式"者，则虽初习舞踊，亦不致羊气十足也。盖台上之动作，犹之舞姿，舞姿殆出于天赋，在台上好看，在舞池内亦不难看，此言甚然。以我为例，台上羊毛，一上火山，亦未尝不羊毛，学舞一年，如此，学十年八年，亦必无寸进，此所谓天所赋耳。信芳不甚跳舞，然偶入舞池，身上脚下都好看，则以信芳台上，动作之美，舞姿必擅胜场矣。

陆湄君殆为简斋芗亭之女甥，能诗，尝读其诗集，诗不甚高，独与红豆村人者，唱和至多，而情深一往，不知红豆村人，为何如人邪？其有一律，即赠红豆村人者，曰："唤人春梦有啼莺，隔着湘帘听几声。夜雨渐抽芳草长，午风忽放牡丹晴。未知作客原无恨，才解吟诗便有情。同是下帏轩子里，书灯长为两人明。"

（《小说日报》1940年12月11日，署名：赢材）

玄 郎 邀 稿

玄郎先生，写一封信给我，说：他要为合众编三四本《文素臣》的特刊，要我在特刊里写一点东西。朱先生所编的《文素臣》，一种搬演在卡尔登的舞台上，一种便是编了自己在合众导演的影片。舞台上的

《文素臣》已演到了六本,我前后都看过,合众的影片,头集二集,我也曾寓目。《文素臣》之所以红满上海,我敢斗胆的说一句,演员的好,完全是剧本的好而助他成功的,所以朱先生的大手笔,值得使人称道勿衰。最近我恰巧又看了一次舞台上的三本《文素臣》,三本《文素臣》,有一幕好戏,是许鹅鹅同刘璇姑两人,将被选入宫,同在官船上的一场幕前戏,接着便是卖鱼一场,这都是所谓才人之笔,那些庸手,连做梦也想不出的。卖鱼的人对许鹅鹅说:"这是扬州的鱼,而要用吴江的水去养它的,这个鱼,它离开了水会坏的。"鹅鹅却接着说:"不,你说错了,这个鱼离开了水它是会死的。"后来他们谈到几时来捕鱼,刘璇姑又说:"卖鱼的,你们别忘了还有一种杭州的刘鱼,杭州的刘鱼,吴江两文人最爱吃,你们要捉鱼,把这种鱼也捉了去。"都是些双关妙语,演在舞台上已妙不可偕,搬在银幕上,一定还有更好的情绪!

(《小说日报》1940年12月12日,署名:赢材)

范 叔 寒

最近执行律务之范叔寒律师,别署为松风阁主,不仅法学精湛,尤擅长词曲,尝作《昆曲释言》一文,尝为予论度曲、制曲、谱曲云:"中国歌曲最为典雅者,要非昆曲莫属,昆曲之所以优于其他歌曲,亦惟在是,其要凡四:一,文词之典雅,二,音调之纡徐,三,字音之正确,四,口诀之细密。以此四字,竭一人之精力,或有所未逮,则不妨分途专工,盖长于文藻者任制曲,精于音律者任谱曲,耳聪口敏嗓亮者任度曲,合此三种人才,荟萃精究,始能尽昆曲之能事。至论构成昆曲之要素,先填词,次制谱,后度曲,然论习昆曲之次第,则须先度曲,而后学填词制谱,不习度曲,曲牌之选择,衬字之安放,四声之布置,决难合辙。故精研昆曲之过程,当先度曲,次制曲,再次谱曲。然格律谨严之昆曲,至今日只落得曲高和寡,在昆曲本身,确应有改良之必要。然揆诸目下一般为电影作曲者,亦太觉马虎,过与不及,两非宜也。"

(《小说日报》1940年12月15日,署名:赢材)

参观书画展

又参观书画展览,朋友强邀,非本意也。所谓名人书画,愈来愈奇,如吴子玉将军以外,姬觉弥亦名家?是犹不足奇,并梅兰芳、尚小云亦书画家矣,场中列梅、尚画件各一,皆标六十金,真无奇不有也。见陈太傅一联,爱赏久之,又见袁寒云一联,亦峭拔,惜皆有上款,便不想易之归矣。

近作《伤心》一绝云:"出门收拾伤心起,一路啼痕别外家。三月后窥尘世面,休疑而父在天涯。"题曰"伤心",则受前人有"一片伤心画不成"之句也,是似为黄山谷诗。髫年笃爱山谷诗,人喜其孤峭,予独喜其多刻骨相思之语,此为尤也。

近多烦恼,辄为梦云所笑,谓我平生,多下辣手,何以今日之事,便不堪搁置?其实我一生何尝用这辣手?误我生平,端在懦怯。梦云故谓:要放手,此是时机,过此,烦恼尤深,痛苦尤多。味梦云言,至言也,然太忍耳!

(《小说日报》1940年12月16日,署名:嬴材)

女报告员

电台中之女报告员,今以中西之陆剑秋最为无线电听众所倾倒,所谓:"飞来天外缠绵意,诉尽人间宛转心。"陆盖以声调柔和,而使无线电机下之人士,为之风魔也。昔为三友补丸司报告之某女士,论口才敏捷,直无与抗衡,惟嫌其吐词太急,急则似长舌之婆,纳凉牖下,为邻家人说短论长,殊逊其韵致。某君尝言,听此女之口没遮拦,逆料其口腔以内之白沫,流延唇外。想象至此,情味都减,虽语近夸张,要亦事实也。

《文素臣》之谢红豆,本为张慧聪所饰演,今则改曹雪芹,雪芹饰貌之妍,非慧聪所能及,齿复稚,益称红豆身份,依依于皇帝襟袖间,台下人容易动容,或谓卡尔登改组后,得一人才,是即昔之红豆矣。

(《小说日报》1940年12月17日,署名:赢材)

姜 云 霞

姜云霞加入卡尔登后,与后台之女演员情感都不睦,先是姜之入卡尔登,为抵金素雯之坑者,乃以戏院门外之悬牌。林砚纹高云霞一肩,姜遂不怿,自是遂与砚纹勿睦。砚纹锋芒已尽,不欲争短论长,姜无如之何也,余愠未已,辄施讥弹及杨碧君、王熙春矣。一日与碧君同场,竟以抢白口而龃龉于后台,同台姊妹,俱不直云霞。闻云霞曾为熙春道夫子庙事,且言你在清唱时,我来听过你戏。熙春以歌女起身,闻姜此言,知为辱己,则亦曰:你在时代剧场,我也来看过。意谓我诚歌女,汝亦在群芳班中,唱过彩排耳,然自此姜与诸人之感情日劣。少少女儿,不知从剧艺上求深造,亦不早图归隐之谋,惟逞其词锋,与姊妹淘为口舌之争,抑何苦邪?梯公因红灯煮梦之文,向来同情云霞,今睹此状,为之摇头。女人难养,其为坤角儿,宜益至圣先师,所痛心疾首矣。

(《小说日报》1940年12月21日,署名:赢材)

《孔夫子》公映

《孔夫子》公映以后,有人统计某观众,女人只占百分之三,男人占百分之九十七,而百分之九十七中,学生却占了大半,有许多学校,写信与民华公司问他们有没有优待团体的办法。看来孔子的观众,只有这一群群的莘莘学子了。

在金城里,也有不等终场,而抽签离座的,自然,那是流氓带了野鸡和向导员去,他们根本没有欣赏艺术的能力,何况,《孔夫子》的陈义,又如此崇高。可是抽签固然有。等到戏完了,一面鼓掌,一面发怔着忘记了离座的也有,这些或者可以说是费先生的知音,然而费先生的知音,能有几个?

有人说:《孔夫子》的生意一定好,公司却一定亏本,这是内行话。又有人说:《孔夫子》怕不会比王瑶琴、筱文滨之流所拍的影戏卖钱,这是痛心话。费先生岂有见不到的道理,这两种话,他是都会承认其必然的。

(《小说日报》1940年12月22日,署名:赢材)

顾 笑 缘

顾笑缘先生,见老朋友面,辄絮絮曰:某人已易其车矣,为一九四〇年新牌子,吾车犹一九三七年也,两车相竞,我自逊色。故亦欲易之。予闻其言,知其初非不慊于其车之老,特欲示其尚有闲力,能易一车耳。老朋友皆穷人,固不耐听胜蹈故人之倾其积乐,故报之曰:易则易矣,果易新车,我将多坐几次,不然,我亦鄙汝车之旧而且腐!

瓢庵谓予作俳体诗,将来必传,其实予诗正无足取。当世作俳体诗者,龚翁为一健笔,瓢庵殆未见翁作《有感集》,造意之奇,用字之妙,无不令人叫绝,予最爱其悼女之七律两掌,有一联云:"愿儿便对阎王道,阿父毋须彭祖年。"或谓悼女之作,出之俳吟,则翁之乖僻可知,实则惟其如此。予乃佩翁为达人,且两诗之字面虽多俳谐,而情绪固未尝不悲伤也。

(《小说日报》1940年12月23日,署名:赢材)

陆 露 明

陆露明健而美,予不爱细腻温文之雌类,独爱女人之昂昂如千里驹者,于是陆露明为予倾心刻骨之一人矣。陆嫔许幸之时,尝在郑应时先生寓所,两见其人,乃觉侧视横看,尽多艳彩,顾询之他人,与予之观感俱殊,以为此人非上帝所手制。美人之为上帝所手制者,无不范以细腻温柔之模耳,许幸之痿缩如老翁,以耦露明,乃非良匹。上海电影界中,有"一对璧人"之句者,惟张翼之与黎灼灼,此二人而不能全终始,甚矣,因缘会合之难也。王引雄健,袁美云则瘦骨珊珊,影迷无不为美云危,然美云固无恙。今露明与幸之,果中道仳离,原因何在,不获知,其未堪"适性同居",要为一大关键。闻露明在北时,其夫某,正如老将之骁勇,尽夜男女之役,与一日饮食之数,凡五倍,露明未尝称餍也,后忽割席。他人患露明之再得对手大难,旋嫁于许,人且以为许不死瘵耳,今许亦无恙,亦云幸矣!

(《小说日报》1940年12月25日,署名:嬴材)

太 白 雅 度

太白记某君好捉弄人,缘太白写长篇小说,中有"你这小子"四字,而某君乃于四字之上,加"尧坤"二字。尧坤本太白之讳也,报既印成,视之,则为"尧坤你这小子"六字矣,友人见者,无不捧腹而太白不以为意,是太白之雅度洵不及,惟有人乃谓:此捉弄之朋友,手段不免太辣,幸而仅为尧坤你这小子也,苟骂以更重之山门,太白宁有不光火者?某君亦不佞识,六年前,予辑《东方》,某来闲坐,值予稿荒,请某君为写一篇,某固许我,顷刻成一文,材料与文字皆美。及刊出,某忽以外埠报示我,谓特为足下代做文抄公耳,予为色变,当时已恨某君促狭,然以今日太白之事例之,则某之施于我者,犹觉稍逊于太白也。

(《小说日报》1940年12月26日,署名:嬴材)

庄 宝 宝

近见庄宝宝亦能执笔为文,亟当引为吾道中人。宝宝本为女苏滩家,可知苏滩中有《卖橄榄》一折,为女口所唱者,全文写男女间私情之妙,令人叹为白描圣手,宝宝既是通文,不知亦曾领悟及此否?今录其词与读者共赏,"朱砂渐渐落西山,玉兔东升天色晚,夜哉嚛,十指尖尖把窗关,关窗格位姐姐是,独坐呆思想,想起仔冤家泪满腮,初进奴奴香闺时,好姐姐长来恩姐短,屈膝弯弯跽踏板,哀哀求告两三番。凭你是,铁打心肠被他来求软,软绵绵,自去脱衣衫,双双同入金绡帐,红绫被内去会巫山。你不该,连次来失约,约奴今宵有话谈,等到你樵楼三更鼓,露重风打身受寒。嗳嗳呀,等得我好心烦,迈动金莲高楼下,十指尖尖把门开,见一轮明月当空照……"寥寥数十句,抵得写情文字千万篇,庄固深知文理者,料知其唱到软绵绵,以下数句,其烟士披利纯为何如者,惜不获一见耳。

(《小说日报》1940年12月27日,署名:赢材)

自　　传

卢继影先生毕竟妙人,予既在本刊作《自传》一文,供其作《名票实地访问录》之材料。继影乃蓻藏于衣袋内,一日语予,谓将一字不易,登之报端也。今此文已于二十三日刊出,标其题曰"唐大郎成绩之佳,出人预料"。所谓一字不易者,亦非可信,以首与尾,固已为继影略加增损矣,例如起句加"江南第一才子"六字,予原文朴实,绝无渲染,一有头衔,便成雕凿;且文尾"先后登台,不过六次"之"次"字,改为"年"字,亦非信史,而"成绩之佳,出人预料"之两语尤嫌夸张,决非本人口气,予不好辩正,惟对于继影大著,夙所重视,不嫌辞费,为之纠正,随风生(继影别署)爱,务望为之勘误,则拜贶无极矣。又文末括弧内,他人皆有"×君照片,登于卢继影之《名票实地访问录》单行本内"一语,而及大郎竟缺此语,岂继影所遗忘,抑继影不要鄙人小照邪? 鄙人之好出风头,曾不后人,故继影如要鄙人玉照(戏装便装都有)者,请示我,即当寄奉一帧也。

(《小说日报》1940年12月28日,署名:赢材)

梯维母大殓

梯维母太夫人丧,大殓之日,往拜其灵,大殓为下午三时,然办事人言：惟至五时不能入木，翼华乃谓：此为绍兴人规矩，为人子者，不忍见其亲之遽杳，则延缓就殓之时，亦所以尽哀思之道也。安乐殡仪馆中有礼堂二，一曰永安堂，一曰永乐堂，皆不称举丧之地，位置于西摩路之北端，大门直向西摩路，夜间驰车至此，苟稍迷途径，必以安乐之甬道为马路，而直驶于殡仪馆中矣。

有某机关托医生徐肖圃名，送一捐册与翼华，翼华为集百金，送与肖圃，越二日，肖圃以原金还，谓未尝与此役也。上海之慈善机关，劝募方式，往往如此，其内容之不足恃，正复可知，苟翼华以此金直寄与慈善机关者，此款必如石沉大海，因揭其事，使社会人士有乐于为善者，凡遇此类事，亦应以捐金直付与居间人，使经居间人之转拨，或比较靠得住耳。

（《小说日报》1940年12月29日，署名：嬴材）

平剧说明书

昨记卢梦殊先生，译说明书，词意之美，此这固尚有健才，如吴云梦兄、徐鼎臣先生皆是也。平剧院之说明书，初无可诵者，有之，特卡尔登之《明末遗恨》。《明末遗恨》舞台上，演四小时才毕，顾其说明，用百余言尽之，如云："明崇祯朝，国政日非，奸佞用事，帝虽渐明往过，欲加振作，无如狂澜既倒，补救终迟，兵不用命，帝亲向大臣筹饷款，应者寥寥，宦臣杜勋杜之秩，先后献城，帝知大势已去，乃欲托孤于国丈周奎，为南迁之计。讵知夜访周府，奎方称觞祝寿，笙管嗷嘈，帝叩门竟拒不纳。城破之夕，帝彻夜鸣钟，召群臣，除李国贞外，亦无应者。于是帝讽令后妃自缢，断公主一臂，付二公子于宦者徐高手，以存明嗣，哭祷太庙，然后披发跣足，自缢于煤山之岭，以谢国人。近侍从帝于地下者，仅王承恩一人而已。"征论叙事周详，即文藻亦美，是必出才人之手，以意测之，或纡之于梯公腕下者，不然，何能婉丽至是。

（《小说日报》1940年12月31日，署名：嬴材）

影院说明书

有人论今日电影院之说明书(指中文的),远不及往岁之可诵。又有某,近在某院观某片,先读说明书凡三遍,终于不知所云。及戏已看过,再读一遍,亦无从测其词义,是盖庸手所为也。或谓某院观众,多西洋人士,故中文说明,初不讲究,于是译中文者,亦草率将事,往往从英文直译,不复顾中国文法,遂令读者有不易索解之苦。忆昔在默片时代,奥迪安与卡尔登两家之说明书,其词藻之洗炼,曾有不厌百回读者。予尝见《情侣》一片,其说本之情节,概括无遗。及后,知治此文者,为卢梦殊先生,予作报人,梦殊执业于新光,时相过从。梦殊于《时报》写银色文字,亦具大郎名。《时报》中人为予言,询之梦殊,则曰:我欲使故人诧异!其见爱不肖,有如此也。战后,不知梦殊、萍飘何许?或谓方浪迹天南,言念良朋,时为神往。

沈西苓先生之《十字街头》,总算在某日之明星戏院早场,开映一次矣。大概此即所谓上海电影界,追悼沈先生之一片微忱欤?

(《小说日报》1941年1月1日,署名:刘郎)

名字入声

予记名字之三字入声者,为薛笃弼,近则又见史致富君,三字皆为去声,故异而述及之。太白先生乃亦举三字平声者,若然,则举不胜举矣,余尧坤亦三字平声也,金元声亦三字平声也,陈灵犀亦三字平声也,陈听潮亦三字平声也,吴江枫亦三字平声也,孙兰亭亦三字平声也,胡梯维亦三字平声也,如此写示太白,太白其不嫌烦乎?姓名皆平声不足奇,要三字入声,或三字皆上声、去声者,始不多见,譬如陆小洛,皆仄声,然有入声有上声,又不比薛笃弼三字之可异矣。

一夕,吃夜饭于带钩桥之人和馆,唤辣火酱食未尽,令侍者取一器,将携之归也,侍者以瓦罐进,谓是我盛膏滋药者……予为咋舌,念毕竟饭店伙计,不愁无饭吃,故有闲吃补药也。

(《小说日报》1941年1月2日,署名:刘郎)

张 景 之 妻

卡尔登演《赵五娘》之夕,予与翼华于一时抵院,作壁上观。时场上正演下书,予身后立一妇人,抱婴婗在怀,比信芳唱至受我一个拜时,予情不自禁,叫一采,为巨响。婴婗大震,妇人抚而唤之,良久不已。予深内疚,急登楼。及返寓,头着于枕,念顷间事,犹翻覆不自安焉。

西平记有影人张景之妻,近亦奔走于氤氲使者之门。张景何人?读者当不知,其人为武侠明星,亦工科天影之技者,惟其人初非名景,西平书张某二字,而为手民误植某为景者耳。江七嫂于一月前,已为我言之,谓此妇已与张占脱辐,欲丐七嫂为蜂媒,惟不拟另沽,而欲戛批。戛批云者,此中人谓之包账。问其值,则半千之数,为一月之伴。肉价飞腾,米价昂贵,则人价如此,亦不为多也,惟妇已秋娘敦老,姿首又不甚都丽,所引人入胜者,一身皮肉,尚细白而已。今闻七嫂未能为妇谋之葳,故妇亦终伤漂泊,不知有谁乞东皇十万金铃,获此垂痿之花邪?

(《小说日报》1941年1月3日,署名:刘郎)

《西施》特刊

之方辑《西施》特刊之始,属予草一文,予无以应,忆先舅有《灵境》一律句,予深爱其末二言之好,故尝录与之方,请为其《西施》特刊补白,未尝非好手笔也。先舅之《天平八唱》,《灵境》其一也,写天平风景,饶以香奁之什,无不可诵,晚年所作,悉见工力,此则为少日所成,情怀奔放,而逸韵弥流,盖天平之游,挟伎人同行,故有"衣润渐知春雾重,腮红不藉夕阳明"。又有"渡坂人如辞树花"之句也。昨看《西施》试映,乃觉《灵境》一章,正足为此片写照,如云:"一代繁华归响屐,半生心事属烟蓑。阿谁携得西施去?臣亦猖狂似大夫。"想见先舅当年,落笔得意之状。因悟看试片之夕,蝶衣兄亦携一妙侣同行,今读"阿谁携得西施去?臣亦猖狂似大夫"之诗,其感想又何如也?

蝶衣所携之妙侣,固旧识,名张凤而伴舞于大华者,虽非深知其人,然其人纯厚,正不必待交深而始识之也,能饮。楚绥在沪时,喜其嗜酒,尝招之同坐,尽数盏,张凤不醉,而楚绥颓然矣,凡此旧游,历历在目。今张为茶舞于米高美,生涯渐盛,不似当初之偃蹇矣。

(《小说日报》1941年1月10日,署名:刘郎)

访 胡 也 佛

一夕,访画师胡也佛先生之寓所。胡先生所居,在海宁路之华真坊,先生谓华真坊为庵产,其后有一庵名华真堂,又对巷而峙者,亦一刹,华真坊遂间于两刹之间,乃生奇迹,则巷中居家,胥不能并存二子,有二子者,必殇其一,勘舆家言:以前后都禅室,萧森之气过重,故不能旺丁口耳。于是迷信者纷纷迁去,今居家已寥寥可数,迁来多小工厂矣。

胡先生与戈湘岚先生之举行合展,成绩弥佳,惟作品勿多,用是复定之件甚众,胡言挥毫不止,纵抵于春,亦不能悉偿其逋也。胡、戈本为世界舆地社之职员,因叹今日之写字间生涯,收入且不足赡养其家,戈已去职,劝胡亦弃去,专理画业,以二君造就之高,赖此妙笔,必无虞冻馁。是夜,胡以存件见示,笔致之工细,意境之新奇,令人作观止之叹。晚蘋尝誉其山水之出色当行,予不通丹青之巧,第赏其仕女之精,纤腰丰乳,艳腻入骨,正不必图成秘戏,始能荡摄魂魄也。

胡为越人,温文不擅词令,而气度自高,当世之号称书画家者,予识之已多,而未尝见躁释矜平,如也佛其人者。问其年,才三十人耳。

(《小说日报》1941年1月11日,署名:刘郎)

黄 金 义 务 戏

伶联会之义务戏,将在黄金出演,第三日之《探母》,公主为新艳秋,四郎由林树森、周信芳分饰,树森唱"坐宫",信芳则唱"出关见娘回令"也。信芳之《探母》,屡于卡尔登演之,内外行一致致以好评,可知信芳今日,真无事不可为矣。新艳秋以伶联会事,颇热心参加,惟以行头胥已北运,不能登台,主持人乃为向在沪之坤旦借用。在沪坤旦之行头精美者,惟王熙春一人。熙春与新艳秋身材之长短大小均相似,艳秋服熙春行头,必称佳;惟熙春之彩裤,不甚合宜,故请新老板自制一条;熙春之鞋,亦能假与艳秋,熙春谓吾脚非小,然新艳秋亦甚大,苟吾鞋而新老板御之,犹不如其量者,新艳秋之足,真大得难看矣。是可知女人与女人间事,体会之深,谁谓熙春落拓,不关细节哉?

(《小说日报》1941年1月13日,署名:刘郎)

掸 年 尘

《新闻报·茶话》中,有人写《掸年尘》一文。"掸年尘"三字,与吾乡之语气有别,吾乡人口中则为"掸檐尘"也。上海人云"一事无成,先掸檐尘",可见旧岁将除之际,掸檐尘实为一重要工作。对邻为闽人,近见亦令佣奴洗刷门窗,此犹为中下人家事,若在富家,且将粉饰一新,岂徒掸檐尘而已哉?

近见某影院映一粤语片,片名曰《姑劫嫂缘》,此四字似通非通,予以为现在沪上开映,何不别题一名,或谓岭南报纸,其文字无不牵强令人费解。然中国大儒之产于闽粤两省者,指不胜屈,何以今日之粤人文字,一若与中国其他诸省,不能统一者,真不可究其理也。

南京大戏院近亦设置译意风矣,自大光明有此设备以来,予尚未尝试。惠明以我观影后,即觉头目晕眩,彼劝我不必听译意风,渠言:尝听译意风而脑痛如劈,故不听亦非憾事也。

(《小说日报》1941年1月15日,署名:刘郎)

卡尔登义务戏

黄金之三日义剧后,卡尔登于二十日,亦演一台,剧目有上海戏剧学校之全本《五花洞》,而《许田射鹿》一剧,搭配复极一时之盛,剧自"白门楼"起,接"许田射鹿"、"青梅煮酒论英雄"、"斩车胄"、"衣带诏",至"拷打吉平"止,其阵容为林树森之关公,周信芳之刘备,程少余之张飞,高百岁之董承,刘坤荣之曹操,赵松樵之车胄,王少楼之张辽,赵如泉之吉平,王筱芳之吕布。大轴则为冯子和、周信芳、赵如泉之《打花鼓》,券价最高为十元,系同仁辅元堂、普善山庄及伶联会三家募款者,自下午十二时半开锣,至七时半停锣。是夜,卡尔登之夜戏遂废演,而信芳、如泉、百岁诸人,再赶黄金夜戏,盖为一大山人个人以一万七千元包黄金满堂而发起之义剧也。一大山人有戏瘾,欲演《华容道》之关公,《华容道》之后,复有《大蚂蟥庙》一剧,则由信芳、百岁、盖叫天、如泉、树森、世善,及王兰芳等合演之。一大山人,费六千金义买顾兰君之照片,已惊俗耳,今复有此豪举,仁风义行,洵不可及,初不能以富家子挥金论之也。自梨园公会保产募款后,海上大规模之义剧,不绝发现,惟"荣誉券"价之高,亦使措大闻之咋舌矣。

(《小说日报》1941年1月16日,署名:刘郎)

朱凤蔚诞辰

朱凤蔚先生诞辰,至好皆往祝嘏。朱先生为海盐人,与张元济为同乡,元济书联贺其长寿,有"名门毓秀"之语,推重甚至。

黄金之三日义剧,人皆谓《三岔口》好,愚独向往一出《贩马记》,故昨日抽暇,赶往作壁上观,然已逾哭监矣。为之懊丧欲绝,予入后台,台上方上写状,因与信芳于幕后窥焉,信芳誉振飞不去,愚尝闻笠诗称新艳秋,谓其上装后固落落大方,然私底下亦有秀绝人寰之美,因以此语告信芳,则哂然曰:能有几人欣赏秀艳者,惟姚冶始有人歆动耳,此新艳秋之所以不逢时也。

（《小说日报》1941年1月18日，署名：刘郎）

汪亚尘法绘

前时，曾丐慧海师父，代求汪亚尘先生法绘两件。汪先生以绘鱼驰名于今日艺坛，知慧海与先生善，故以此烦之也。件既成，慧师且勿欲我耗润资，颇感其雅意，愚以其一转赠翼华，其一将赠与凌剑鸣兄。往者，翼华曾得汪先生画一件，为小幅，固经心之作也，顾翼华视之，谓：汪画为写意之作，非我所喜，我于人物，必求其似，始悦之。曾请蔡鹤汀先生画狮虎，形状毕肖，翼华大悦，珍视逾恒。近顷烦胡也佛先生作仕女，用笔之工细，无可伦比，同时得朱梅邨之仕女，则人物与背景，似俱率意为之，颇不惬翼华意，第识者鉴别，谓论笔致之高，梅邨实胜也佛一筹。翼华曰：然则我宁取其低矣。可见其人之欣赏艺事，自有定见，较之与附庸风雅，强作解人者，固不同也。人言杜工部诗好，后人称杜甫为诗圣，其好必矣。然我则不能领略工部之高深，故终不以杜诗为可爱，读老杜何如读小杜，此则正与翼华爱好书画，同一为自有定见者耳。

（《小说日报》1941年1月21日，署名：刘郎）

上海戏剧学校

看上校演《五花洞》于卡尔登，末场之开打，童子皆大翻筋斗，复翻出种种花样来，台下人掌声雷动，童子非老举，经不起人捧，一捧便忘了性命，翻之不已。翻筋斗固为平剧武行，应有之本领，然使十来岁小孩子，在台上卖命样的翻，犹之看童子技术团表演，同一使台下人见之不忍。顾台下人俱鼓掌，则台下人似忘彼童子亦父母所遗矣。闻之人言：唱水路班之武生，往往有舍命之勇，借以博乡曲欢心，此尚为仁者所鄙，何况见上校学生，亦为此哉？

顾正秋在上校学生中，固丰于色者，然有人称其美，不称其表演之工，亦不称其歌喉之亮，而称其人天生妖媚，以十一二雏鬓，便解得风情，向与台下人横掷眼波矣。予昨见之于后台，既上妆，不复能睹匡庐真相，然上妆以后，秀艳无俦，果能培植得宜，正秋亦不甘自弃者，今日江南坤旦，必无此美才也。

（《小说日报》1941年1月22日，署名：刘郎）

黄金唱包戏

麒麟馆主，在黄金唱包戏之夜，大轴为《虮蜡庙》，施公一角，报间曾传由周翼华君饰演，翼华谦让，终归之培鑫。是日，曾晤赵如泉先生于黄金后台，谓昨日施公犹不得人选时，众议请唐君承其乏，旋以培鑫来，遂不复辛苦足下矣。此角并不难演，予虽羊毛，尚堪胜任，所可惧者，若与盖叫天之天霸同台，此人脾气特别，我在台上，看得他不顺眼，当场砍我一次招牌，我则触一个霉头，将何以诉冤？不比信芳老友，处处能照顾我也。

迩时以心绪恶劣，恒终宵不寐，则就灯下写作，神疲思倦，则燃火酒炉，制咖啡一锅，分三盏，次第尽之，顾咖啡不足振发我精神，有人饮咖啡而失眠，愚则饮咖啡如喝白水，初无异征，亦可奇矣。于是抽烟不去口，烟腾腾缭一室，比床头人醒，睹状大怨，而入其鼻，呛甚，愚恒歉然！

（《小说日报》1941年1月30日，署名：刘郎）

麒 麟 馆 主

顾乾麟君，任事于怡和洋行之打包部，雄于财，亦能善使其财，以六千金买顾兰君之照片，斥两万金唱一出关公戏，人言其糟，然其豪名，固以此而扬溢于春申江岸矣。当其买照片时，署名为一大山人，及者番演剧，复改署为麒麟馆主，始终不欲以真姓名字人，防招摇耳。或谓顾兰君从馆主时，馆主经营，无不获利，馆主亦以兰君有"帮姘运"（非正式夫妇,当然姘头),于是在同居期中,所以示惠于彼姝者子者,无微不至。及二人割席,馆主之经营果大挫,说者益谓,乾麟之不可离兰君也。顾未几,馆主复以投机致重利,迷信终于打破。兰君既与李某缔交,摄一剧,剧名似为《黄金与爱情》,传兰君故以此讽馆主者,果尔,则兰君之心实可诛,又乌得不使花钱的老爷们寒心哉?

◆四大美人

张园之开幕,闻请四大美人行剪彩。四大美人者,王昭君之陈云裳,西施之袁美云,貂蝉之顾兰君,以及杨贵妃之陈燕燕,大概美人之来,以各人皆曾为剧中人耳。愚曰:四大美人曾美矣,然若放一个祝英台之张翠红,便有压倒群芳之概。嗜影诸子,以为如何?

(《小说日报》1941年2月1日,署名:刘郎)

应 酬

近年来,对于一切无谓的酬酢,一概谢绝,不是我好搭什么臭架子,实在认为应酬是一桩人生的苦事,去了,客没有齐,要等,等齐了再说,馆子里的菜,常吃,实在不对口味,天生的穷相,情愿在家里喝口稀饭,咬几口青萝蔔干,倒觉得津津有味。

老婆毕竟体恤丈夫,问我你近来为什么没有人请你吃饭,如果天天有人请你吃饭,倒可以省许多米粮。其实应酬何尝没有,不过我不去罢了,然而不敢老实告诉老婆,怕她会说我与自己过不去。

往往有至友代邀的饭局,我也疏忽了不去报到,别人还不致紧要,惟有子佩代邀的,假使我也不去,他会生气,会对我"啧有烦言",因此我怕他,帖子上有他的名字,我再也不敢不去。上星期天聚丰园之局,不知如何,我又忘却了这一回事,第二天,着实听了他几句教训。后来深觉不好意思,原来这一顿饭,为的是中国救济妇孺会,举行全市舞星茶舞大会,由子佩代邀文艺界,承他们看重我,会给了我一个宣传主任的名义,事属义举,又为老友代邀,而我终于缺席了,该打手心一百(省得脱裤子,不必屁股了)。既然要我宣传,我就在这里宣传两声:"愿全沪嗜舞人士,踊跃参加,共全义事!"子佩兄,你看阿好介?

(《小说日报》1941年2月2日,署名:刘郎)

微　服

车厢中,一男子携《新闻报》,从男子行者,为二女客,二女子乃翻影戏广告,看沪光之《乱世佳人》中,有"皇帝微服嫖院"六字,一女子指"嫖"字问男子曰:此字作何解?男子曰:是吃着嫖赌之嫖也。另一女子曰:我以为此乃女票友之票字。言已又指"微服"二字曰:何谓微服?男子似亦不解其义,则乱以他语而罢。两女子似皆为舞女,彼男子则一望而知为洋场恶少耳。舞女诚识字不多,而洋场恶少,又乌能通文字?国产影片,观众,殆以此类人为多,故国产影片之广告,犹宜力求通俗,若"微服"二字,已为若辈所目为奥僻,因述所见,以告专撰电影广告之龚、陆诸兄焉。

◆橄榄

亡舅嗜食橄榄,常谓蔬菜中之枸杞,花卉中之兰,水果中之橄榄,胥为清品。予亦嗜之甚至,回甘谏果,宜为闲食中之妙品矣。昨岁,橄榄之价奇昂,闻有一橄榄船,航行时沉于水,至沪上来货奇缺,而售价飞腾矣。

(《小说日报》1941年2月4日,署名:刘郎)

贪　色　之　报

某君闻肉侦言,某窟有殊色,名月娥,月娥之名有二人,一立桥上,与金大仙有虎贲中郎之似;一在所谓贵族门口者,肉侦所言,则指此也。某君乃约其友二人往,招月娥不得。时在新春,屠门陈果盘献客,糖果皆美品,又进元宝茶与莲心桂圆汤,某君不得食肉,遂以糖果解其馋吻。将行,投二十金于果盘中,出门,相对叹曰:此贪色之报也。

◆投人生

携明姑看《青鸟》,《青鸟》中有投人生一幕,示未来世界中,有童子戏于广场,此辈皆待投人生者也。时至,有不肯投人生者,有闻投人生而喜悦者,为状绝趣。明姑方娠,因告之曰:吾们的孩子,今犹在未来世界中焉。明姑以吾言朗,则大羞,而情致弥永,无怪上海男人看影戏,必欲携女人同行耳。

(《小说日报》1941年2月5日,署名:刘郎)

春　联

一过了财神节,店铺开门,家家门口,都贴着一副猩红颜色的春联,联语都是现在做起来的,因为每副春联,都把店号的名字嵌在里面,有许多店号的名字,绝不能作对起来,而自有那帮大手笔,把它凑成偶语,诸君如果在清晨六七时,马路上店门还没有开的时候,你可以挨家排户去欣赏那些贴着的春联,一定会叫你醒脾,叫你解颐,终至于捧腹而归。譬如上海有一家"莫马记"的油栈,"莫马"两个字多少陌生,然而也好写作嵌字格的联语,究竟中国出不出许多方地山,这二险字,如果叫他人家来撰为联文,或者也会使人拍案惊奇。撰春联的毕竟是些庸手,于是把"莫马"两个字嵌在春联里,只有叫人放他妈的狗臭屁矣。

(《小说日报》1941年2月6日,署名:刘郎)

半　夜　饭

伶人之一日三餐,以半夜饭吃得最饱,时在夜戏散场之后,其为角儿,则此席弥丰。马连良在黄金时,吃半夜饭于金老公馆,太白先生往往醉饱于其间。卡尔登之经理周翼华先生,每日子夜,非蛋炒饭不饱,自谓亦如角儿矣,其饕如此,无怪其胃疾之终岁勿宁也。久嫖成龟,久病成医,若周先生者,诚久开戏馆而成伶工矣。

◆碰线

为某种补品播音之良友电台,在无线电中,转播电话购货之电话,于是有人不要买补品而亦打电话去,听自己在收音机内说话,而诡称为打错,以上情形,多不胜数。然电台报告员,不敢得罪此辈人捣乱,而称之为碰线。然悬揣此人内心之苦闷,为何如邪?

(《小说日报》1941年2月8日,署名:刘郎)

新春期间的影戏

新春期间,小孩子穿新衣,戴新帽,收取压岁钱,他们无忧无愁,但知作乐。最感不到兴趣的是像我这种中年人,在前几天,忙着罗掘过年盘缠,一入了新春,虽然把身体闲了下来,精神毕竟是告了困乏,便想从无可奈何中,把精神也舒畅一时,于是留心到上海正在开映的几张新片,听各人口头的评骘,说国泰的《红花艳曲》最好,大光明的《飞骑将军》次之。我看过南京的《红骑血战记》,的确不大高明,但是又有人看过《红花艳曲》,说也是平凡得很,如此说来,上海的新春期间,是没有所谓巨片放映的,从这里可以知道外国人真会赚中国人的钱,他知道中国旧历新年的看客,都是些贾老鸾之流,不论什么片子,自会上门来看。所以真正的名片,他们要留在平时,做同业的竞争,和卖与一般真正的影迷去欣赏的。

(《小说日报》1941年2月9日,署名:刘郎)

洪 浅 哉 先 生

洪深先生合家自杀的消息腾播上海之后,友好都为之震惊。洪先生也是我的老友了,我读了重庆的电报,使我怎样也想不出洪先生为什么要服毒,还率领举家的人同时服毒?

有人猜测洪先生的自杀,是厄于穷困,他是根据前几时重庆举行某项放款时,第一个去借款的是洪先生,因此知道洪先生在渝的处境,是不甚裕如。但我终不相信洪先生自杀的原因,仅仅为此,他虽然不同应云卫、欧阳予倩诸兄的旷达,可也不是一个十分褊急的人,若是为了穷,便要自杀,那是庸夫俗子所为,也不成其为艺术家的洪深先生了!

(《小说日报》1941年2月10日,署名:刘郎)

高 朝 钊

徐慕云亦以评剧家驰名于沪上。一日,应慧海上人招,饭于净土庵,晤慕云,欣谈甚久。其人颇风趣,与苏少卿不可等量齐观,为言近识一广东银行职员,名高朝钊,习青衣,无论扮相唱做,皆在南铁生之上,洵为旦票中之奇才,惟其人姓高,而字曰朝钊,念之成一顺边,真昏闷煞人也!

◆李玉茹

慕云又言:近看李玉茹戏,论造诣,在童芷苓、吴素秋之上,而表情尤胜,演程派戏,有时又演荀派戏,都像那个味儿,故以慕云观察,其人之前途殊不可限量。又与玉茹同来之小生储金鹏、王金璐力绳其美,谓储擅演哀情戏,李玉茹之鸳鸯泪,储之演出弥佳,不可不一看,捧之于王金璐之口,当无溢美之词矣。

(《小说日报》1941年2月11日,署名:刘郎)

死人也勿关

李玉茹所演之《凤双飞》,闻从梆子戏《蝴蝶杯》所改编,其先述某显宦之子,途中辱一渔父,而为某公子所见,大为不平,将某子击毙。时城中缉凶手奇严,公子遁至江岸,见渔船,船上一少女,问公子至,请过船,匿于舱中,得逃侦骑之目。时舱中有老人尸,即顷间之渔父也,盖为某子殴击而死矣。女知公子为其父解围之人,大感,辄于尸前字终身与公子,时在宵半,亦勿顾其父尸骨之未寒。公子人言:上海俗语,有死人也不关一语,此真死人也勿关矣。此剧在黄金开演,观众云集,李则兼饰两角,唱做胥繁重,予所见,不过"死人也不关"之前半截耳。

(《小说日报》1941年2月12日,署名:刘郎)

吃 荤

　　昨天听得一个笑话,说有某某人家,大概因为生活艰难,而路头又不能不接,因此在初四晚上,烧利市的时候,仅仅供了些团子,不再用大鱼大肉,这也算是至诚之意了。不知如何,隔了几天,这份人家,又去弄扶乩的把戏,谁知那个财神菩萨,竟临起坛来,在沙盘里开门见山的对那人家言道:你们如何狗皮倒灶,难道你们不知道吃惯荤腥的吗?而你们偏偏用素团子供我,吃得我大不满意,所以上一次不好算数,你们还要祭过。轻描淡写放了一阵屁就去了,吓得这份人家当夜买起鸡来肉来,再去供奉这位吃荤的菩萨。愚民佞神,正是可笑可怜。要我便不能这样容易,当场就要将菩萨骂过,叫他先排我进账一万八千,再来酬神,不然菩萨是想骗吃白食,要来弄些堆老把他尝尝。

　　(《小说日报》1941年2月13日,署名:刘郎)

洛丽泰杨

　　西洋女明星洛丽泰杨,轻薄者谐其声为"落俚笃痒",此为沪语,若成沪上方言,则为啥场化痒矣,今见某舞人题名为陆丽泰,仅陆丽泰而不痒,因作谐诗调之。

　　　　陆丽泰名真个香,将来"氏陆"定"门扬",从来杨字还谐痒,痒在卿卿啥地方?

　　(《小说日报》1941年2月14日,署名:刘郎)

青衣宗匠

　　今日之剧坛人才,论青衣花衫之宗匠,在南推王兰芳,在北则推芙蓉草,桐珊既久驻南中,兰芳亦以追随信芳,未尝离沪,近顷熙春有妹,曰:熙云,将从乃姊之后,呈色艺于红氍毹上,欲得名师,于是投兰芳门下,十二日且正式备酒于熙春寓所,行拜师礼焉。后一日,李玉茹与阎世善二人,同列赵氏门墙,亦沾春浆,席设于金宅,兹二事也。桐珊与兰芳胥邀予参加盛典,予为严寒所阻,俱不果往,此则颇引为歉疚者也。

◆炳南

花间艳帜,有标"炳南"二字者甚怪,而其人则甚艳,好事者为之推测,谓其人小字,必曰:"冰媛",以"冰媛"与"炳南"之声谐,故榜"炳南"。予谓果号"冰媛",则无宁直标"冰媛"矣,奚用"炳南"?

(《小说日报》1941年2月15日,署名:刘郎)

出　灯

小时候在我的故乡记得年常有两种盛会,一种是端阳的龙舟竞渡,一种便是"出灯"。出灯的天气总是在春秋两季,夜里大约七点钟以后,近村远镇的人,都拥到城里来,各处的街道,都站满了人,地方上果真是糜费一点,但看却真是好看,云烟之影,到现在还没有吹散,偶一瞑目,便又涌现在眼前。上海的新鲜玩意,都引不起我的注意,惟有听说张园举行出灯,特别使我兴奋,我要去凑一次热闹,温一温儿时的尘梦。关于出灯的故事,多得不可胜数,王次回的诗,述有特地为出灯咏的,题目《灯词》,有两句最脍炙人口:"说与檀郎应一笑,看侬人比看灯多。"本来出灯还可以人看人,何况是今日的上海,看灯之外,还有几多绝色的女人,让你"眼皮供养"!

(《小说日报》1941年2月16日,署名:刘郎)

师　门

李万春与张翼鹏交恶,李尝演《收大鹏》一剧以辱张,张亦排《棒打万年春》以报复之。说者谓李父永利,昔为盖叫天充下巴,李氏剧艺,得张家之规范甚多,今万春辱翼鹏,等于辱其师门也,是乌可?

◆圆场

全本《连环套》之长亭,天霸出场,走圆场外后起四记头,亮相进场,不一张口也。曩与元声、森斋,合饰黄天霸,长亭属之我,凌乱之状,为台下哄笑。一日,遇王金璐,谓旧在故都,值正月初一,贴《连环套》,至长亭,一抬腿时,足心遽作麻,升至腿上,几不可站定,盖以寒假期中,未尝练工,一旦登台,遂有此病,予乃谓予亦不练工,而无此病,惟做得不甚像样耳。

(《小说日报》1941年2月17日,署名:刘郎)

仳　离

一二日前的《申报》附张上,有人写一篇荀慧生的文字,其中说荀慧生与某老生"仳离"以后,……他的所谓仳离,便是北方人所谓拆伙,南方人所谓拆挡,用分手、割席,都可以,惟有用仳离不可以。小时候读书,舅父曾经给我讲过这两个字的出处,记得是夫妇中途仳离。因风阁主人以渊博鸣于长辈,他一定能指出这两个字的来历,我的读书前读后忘记,所以现在也记不得了。我想因风先生,见我此文,定有一番申述。我倒还要请教因风,"脱辐"两字,是不是专指夫妇而言？平常人的分手,也可以用吗？小生的腹俭,早在因风洞察之中,若说我故意掂因风先生的斤两,我是畜生。

(《小说日报》1941年2月18日,署名:刘郎)

钱南园立轴

钱南园书立轴,曾藏于袁伯夔先生家后人停云居士之手,近顷居士复以此轴转赠笠诗,笠诗知予嗜南园书,欲使予收藏。予已得其赵㧑叔册页,不敢受。于是赠与翼华,翼华方沉湎于风雅,得此大喜,有宝剑明珠之感。停云、笠诗,皆富收藏,平时以珍品随便送人,若㧑叔册页,南园立轴,胥是也。

◆劝告

报间载,以人力车加租,而车夫生活,益难维持,因劝乘客多予车资,此亦体恤苦人之意,惟予亦欲请报纸劝告车夫者,遇老太婆勿蛮狠无理,落雨天勿滥敲竹杠,马路积水之日,勿开口三元五元,此种苦头是乘客所受于车夫者,乘客今日之要与车夫斤斤计较,亦为报复前仇而已!

(《小说日报》1941年2月19日,署名:刘郎)

撞　　红

在施济群先生编的那本《国医年刊》上面,有几页书在讨论"撞红"的病患,这两个字,在我脑筋中淡忘好久了。记得我开始习商的时候,有一位广东朋友,曾经与我谈起撞红,他是这样说的:"在夫妻性交的时候,妻子突然月经来潮,男人在这时候得的病叫撞红。"这位朋友也没有说出症状是怎样的,后来也不听见有人说起,我偶然记起那位朋友的话,以为他是"齐东野语",不料在《国医年刊》上,却又发现了这项病症的研讨,综括执笔的几位中医的说数,所谓撞红的病症,是偏于女人一方面的,那末与我上面所述的,又是异途。不过我可以老实的供状,撞红的情形,屡遇不鲜,而撞红的病患,却没有得着过,不知是不是我不是广东人的缘故。

(《小说日报》1941年2月20日,署名:刘郎)

做生意的魄力

有人问起张园的地租合同,据说,大陆游泳池的原址,有五年合同,旁边那一块空地,经租人是沙逊,当张园向沙逊租借此地时,沙逊立一张条约,说:此地现在暂租与张园,苟此地无人买去,则予将永远租与张园,万一在张园开门之日,即有人承买此地,予当即咨照张园,在一星期内,将此地交还业主云云。诸君试想,上海的地皮如何的飞俏,万一真的就有人"问鼎",那末张园的全部设备,完全虚掷,这要在小心将事的人,合同无论如何签不下来的,但张善琨先生,终于毅然在那合同上签了字了。这是张先生经营事业的魄力,要使创办的事业,在社会上倾动,不可不付以绝大的毅力。张园内外部的如火如荼,是张先生魄力的表现,而不知道创办之始,签一张合同,也够叫人惊骇诧奇。这种魄力,没有人传述出来,大家还不会晓得呢!

(《小说日报》1941年2月22日,署名:刘郎)

形 容 过 甚

"抱恨终天"与"向平愿了",现由因风主人,详为解释,具征博雅,惟因风必欲斤斤于典实之不可乱用,似与拙见互歧,因"抱恨终天"而又念及冯梦云兄。梦云于往岁与友人博花局,似为上家拦坍一牌,梦云顿足搥胸,大呼曰:"我比家里死了人都难过!"此言正与遭逢恨事,而称之为"抱恨终天",同一为形容过甚,然未尝不觉其风趣也。故我曰:与其谓乱用古典,不如称之为形容过甚了。

◆茹佩弟

舞场艳色,以茹家人尽属上头之选,曩识茹美华,佳丽也,近复识一茹佩弟。佩弟与美华非一家人,论风华之盛,正复相同,美华去香港已逾年,佩弟则方归自天南,伴舞于国泰舞厅,国泰得斯人,王亦芬且黯然失色,他无论矣。

(《小说日报》1941年2月23日,署名:刘郎)

"诗句对君难出手"

笠诗拿了小蝶画的扇面来,说祖夔先生,叫我在另一面写字。李先生自己是精研书法,似我丝毫也没有用过工夫,正应该向李先生请益之不遑,何敢在方家面前出丑?东坡说"诗句对君难出手",叫我尤其不敢落笔,何况画的人是蝶野,更加使我为难,怕糟蹋了这一页精贵的扇面。

我屡次说过,朋友见爱,要我写字,我决不推托,也明知不是爱我的字,不过要我的字来纪念纪念罢了!不过第一条件,一面千万不要有画,尤其是名人之画,否则我一定会缚手缚脚,字本来恶劣,在此情形之下写出来的,越加不堪入目。所以蒙李先生的厚爱,我也应当从命,不过可否让我在素纸上写一页,或者可以勉强奉献。我生平不会客气,上面的话,绝对不是故自谦虚。要是为了我,糟蹋别人的好东西,也是等于作了一场孽,同样罪过!

(《小说日报》1941年2月24日,署名:刘郎)

雪 又 琴

或谓:江南坤伶之葳蕤自守者,雪又琴为一人。雪旧居人安里,予楼东望,可见伊人清眠之所,予尝赠以诗云:"几年楼上住云鬟,扇扇长窗尽日关。帘静知渠春睡足,日高归客一身闲。已从杯酒倾风采,又见歌喉托舞衫。难得朝阳光景美,忽闻仙乐到人间。"末句记又琴于晨间调嗓也,此诗尝为吾舅所见,亦称颈联为不恶,此二年前事矣。未几,雪遂迁去,犹宛转于歌尘中,近闻将随某甲隐去,不得已耳。又琴之剧,予所见不多,《盘丝洞》之印象,比较为深。此人貌不甚妍,亦勿好修饰,鼻有异状,出入巷中,必御一黑眼镜,殆不欲使里中人窥其匡庐面目耳。

(《小说日报》1941年2月25日,署名:刘郎)

赠 黄 老 娘 诗

黄老娘者,嘉定人,其夫某,则为甬人,少贫贱,以贩卖黄鱼自给;老娘之家世亦微,曾为医院之看护。自结识乃夫后,合创产科医院,自为接生医生,由接生医生而为医务主任,为院长矣。亦居然以"科学"等头衔,加在其名字之上,实则论其本事,谓稍有接生之经验,尚说得过去,若谓其于医学如何有根柢,则为欺人之谈矣,故与其称之为产科医生,无如称之为稳婆、收生婆,以及黄老娘之为妥也。黄老娘赖广告之宣传,居然生涯鼎盛,设分院如云飞、祥生之有分站,可见上海一隅,惟"滑头"两个字,至今尚未穿绷也。爰成二十八字,以奉黄老娘,黄老娘经此品题,声价又高十倍矣。

    郎卖黄鱼妾接生,算来门户总相当。劝君莫作欺人语,痛快还称黄老娘。

(《小说日报》1941年2月26日,署名:刘郎)

苦　　闷

在稠人广座间,有时碰着个把人,会走来责问我,说某报上某某一篇稿子关于我的,是不是你在和我寻开心?我逢到这种情形,马上会色变,心想便是我写的,你何必当面问我,问明了又待怎样?何况连我根本不知其事,因此越加难过。近年来为了避免这些麻烦起见,差不多的人,我不大提到他们,在我随便落这么一笔,而提着的人,真会大惊小怪。所以我决定与其提别人,还是提提我自己的儿子,儿子是我养活他们的,在老子文思不畅的时候,把他们当个材料,打一回哈哈,定无妨碍。谁知近来也会使我感到苦闷,大儿子已看得懂老子的文章,我写的是小儿子,他会去同兄弟讲,小儿子是个冒失鬼,有同平常人不通脾胃,一看见我,用着冲撞的口气来责问我,大有"侬勿写意,登我报"之概。读者诸君,你道我这碗饭还有什么吃头?

(《小说日报》1941年2月27日,署名:刘郎)

费 县 博 士

绿邨先生记王小隐,谓王有费县才子之称,惟徐彬彬不称之为才子而称博士,曰"费县博士"。彬彬为《时报》撰通讯常有"费县博士"之名,即指王也。小隐与章遏云善,章嫔倪氏子之日,王有送嫁诗,即吾人讽诵不去口之"也算向平心愿了,祝她极贵又长生"矣,即此可见其才气。比章与倪氏子中道仳离,彬彬揭其诗于通讯中,有"颇难极贵,未必长生"之句,正不知其何所慊于遏云邪?

◆仲则诗

黄仲则诗,发语幽苦,为华秋帆幕府,然终抑郁以死,论其诗固非大家,老凤先生指"全家都在西风里,九月衣裳未剪裁",谓非好句,稳公亦然老凤之说。老凤以九月无西风,复以九月不必寒衣,遂疑其诗非佳构;稳公则斤斤于九月两字之典雅,是皆非言诗之道,文章有程式,诗重风格,不可用断章取义方式,判其优窳也。

(《小说日报》1941年3月1日,署名:刘郎)

误　　会

自我《苦闷》一文刊出之后,蝶衣兄有电话与我,说:有人读了你这节文字,疑心你是对他而发的。我问他此人是谁?他终于没有告诉我此人的姓名。我告诉他,话当然不是无的放矢,自是有所指而发,不过吃我们这碗饭的人,遇到这种情形,也实在太多了,一定要叫我指着谁而发,我自己也不知应该指着谁。蝶衣却说现在有人误会你了,你何必让一个朋友对你误会呢?我近来雅不欲随便得罪人,就指出了几个近例让他去为我向前途解释,不过我要声明的,我存心想得罪个把人,决不隐约其词的写,若隐约其词的,那是指着一般人。所以朋友也不必疑心我,误会了我。而我还不知道,岂不更加添了我的罪过!

(《小说日报》1941年3月2日,署名:刘郎)

问 问 灵 犀

在一星期内的《中美日报》上,对于上海戏剧学校,作意在中伤的恶骂,共有二次,我和剧校本身,绝无干系,不过剧校创办人和主持人的一番苦心,却颇有所闻。剧校在举办之后,内部设施,容有未善之处,原不用讳言,负舆论之责的人,应该加以善意的指导,我想剧校当局,自然会虚心接受。如今《中美日报》,也不问青红皂白,落笔便是一场臭骂,骂得我旁人实在看不过，便在《社会日报》上写了一节文字，文字的内容，不是为剧校辩正，是对于《中美日报》恶意的摧残一个培植平剧人才的机关，颇有微词。谁知《社日》的编者，陈灵犀兄，把这篇文字，前后都删减了许多，而颇有微词的微词，更摘减得溃不成军，连"中美日报"四字，他也没有勇气直刊出来。老实说：我的文章，编辑先生要替我动动，我已经不大愿意，何况灵犀替我涂抹去的，都是我鲠在喉间之骨。所以此番灵犀的举动，实在使我大不高兴。我倒要在这里问问我的老友，难道你对于《中美日报》，还有什么好感不成？《中美》的那批宝货像张若谷之类，无理蛮骂的骂得你也够了，到今日之下，你看了我的文字，碍手碍脚的，难道你是想巴结他们？还是对他们有所顾忌？你是上海人打话"酥桃子"，又是"戎囊子"，不过对女人如此，还有可说，你对他们为什么也用得着这副戎腔？难道你还当张若谷是"自家人"？"一切从大处着想"？可怜呀！你当他自家人，他始终也没有当过你自家人，请看这家伙所编的"集纳"上头，几次三番把上海小型报一网打尽的要举行"铲除运动"，我们这口苦饭吃到今天，还让这群东西瞧不顺眼，这是多少痛心的事？告诉你吧，《中美日报》，无论它立场如何严正，有张若谷之类的宝货在里面，不识贤愚，只晓得仗着那一股子气焰，提起笔来乱叫乱咬，它是永远不会使人同情的。有许多朋友说："《中美日报》时常骂两张'老牌报'，可是老牌报虽然应该要骂的不骂，但不应该骂的，他们也决不像《中美日报》的乱骂。"所以《中美日报》的态度，真要使人向往，第一先要把这批宝货撤换了再说。我真不了解灵犀是什么用意，这样的涵养功深，真看得我肚膨气胀。我们都是心头无事坦堂堂的人，连屁也放得香，话更说得响，心有所不忍，一定要说出来发泄发泄，畏首畏尾，真不像个丈夫！

（蝶衣按：灵犀兄是个"善良人"，可惜一生抱定阿Q宗旨，遇事畏葸，有时我也看得不耐烦。不过待人以诚，对朋友事向来很热心，这又是他的长处。大郎此文，自是诤言，在下也希望他能够截短补长啦！）

（《小说日报》1941年3月7日，署名：刘郎）

元 稹 遗 事

元稹之《遣悲怀》三首,传诵甚广,其第一章原词云:"谢公最小偏怜女,自嫁黔娄百事乖。顾我无衣搜荩箧,泥他沽酒拔金钗。野蔬充膳甘长藿,落叶添薪仰古槐。今日俸钱过十万,与君营奠复营斋。"乃顷见前人笔记,有记此诗者,则"谢公"写作"谢家"。而末二句完全改易,其词为:"今日鬓蝉何处去?竹炉篷灶饮荒斋。"则未之前见,而作者考证微之遗事,极为详尽,如云:"元微之娶韦氏,字蕙藂,婉丽多才思,官未达而苦贫,二十殒芳,微之痛悼,乃作《遣悲怀》三首伤之云。"

(《小说日报》1941年3月8日,署名:刘郎)

素雯与赵东升之哄

听说金素雯在共舞台,唱完头本《欧阳德》之后,又要闹辞班矣,其原因为某日共舞台贴《龙凤呈祥》,后台管事赵东升,趋素雯化妆室,告曰:"今天的《龙凤呈祥》要唱联弹的。"素雯诧异曰:"我这孙尚香,乃不会唱联弹也。"东升闻言,突呈鄙夷之色,曰:"联弹是老路,怎说不会?不会便得现钻!"素雯又曰:"我与周老板(信芳)、赵老板都唱过,乃未尝有联弹也。"东升又曰:"周老板是周老板,赵老板是赵老板,现在你是跟刘汉臣唱。"言已,拂袖遽去。素雯以东升气焰甚盛,大为怨意,遂宣称俟头本下来后,不复搭共舞台矣。说者谓:此事不能怪素雯之发小姐脾气,良以东升莽撞,使人难堪。赵如泉今日,谦和仁蔼,东升不肖,非独不能得跨灶之誉,而到处砍老开招牌,如泉至此,宜兴无后之悲矣!

(《小说日报》1941年3月9日,署名:刘郎)

叹 穷

文士叹穷,既成结习,顾以文字愁穷,而使读者绝不感其惹气者,乃不多见,有之,惟小周先生。予曩辑《今报》,小舟自白下以稿来,写日常生活,初不铺张其穷困之状,而清贫之相自见,此文章之所谓以蕴藉胜者也。《随园诗话》有叹穷之句曰"太穷常恐人防贼",此真淋漓尽致,而子才称其为佳句,诚欺尽后世之读者矣。

◆坐车

自高士满至丽都,唤街车,索三角,还以两角,车夫谓:两角本可以拉矣,惟我得之,乃不足买一碗光面也。喜其率直,遂坐其车,车上思维,三角纵可买一碗光面,亦不足饱车夫之腹,此车夫之所以为可怜耳。

◆近作

三月十一夜不眠,怀其三先生勿已,为呈律句。

　　莫谓清宵耐苦吟,苦吟容易误人深。士能知耻多孤愤,语为工愁有好音。眼底伊谁甘落寞?江南词客久漂零!常时偶喜诗怀健,直欲披衣载酒寻。

(《小说日报》1941年3月13日,署名:刘郎)

贺马樟花于归

　　浣纱溪上旧西施,的笃班中绝世姿。从此萧郎髀肉老,长嗟好马让人骑!

马樟花婉娈多姿,今闻嫁得善地,嗜越剧者,料应如费县博士之所谓"也算向平心愿了"矣。

◆入不支出

某电台为某种调味品宣传,女报告员信口编一故事,谓有新妇乍归,即不慊于翁姑及其丈夫,则以三日入厨,不能谙夫家人食性也;又谓新妇之夫,为一薪水阶级,若日啖珍馐,势将有入不敷出之虞。乃女报告员,不说入不敷出,而误言入不支出,遂令人捧腹,为作谐诗咏其事云:

　　不敷始觉出为难,一入方知此径宽。入若永无支出日,问卿可买壮阳丸?

(《小说日报》1941年3月15日,署名:刘郎)

《七重天》

十稔以还,殆以去岁作诗最繁,所作又偏多侧艳之章,择其优而录存之。旧诗亡佚,留此一痕,亦所谓词人结习未忘之意也,兹所述之两律句,题曰《七重天》,此中自有本事,顾情景渐移,偶展旧章,辄为一读一惘然矣!

（一）

红楼百尺贮秾春,香雾离离欲近身。衣似明湖新涨绿,肤如凉月乍分银。惟期有妇输渠艳,亦愿将雏比子驯。昨日道途言沸耳,何修慧福伴词人?

（二）

风如浪逐雨如潮,欢喜开门接楚腰。难数名香倾绝艳,故烧红烛坐中宵。柔情偏向人前冈,诗境常从梦里遥。偶到七重天上立,月圆不敢为渠高。

（《小说日报》1941年3月16日,署名:刘郎）

寄蝶衣一首

予近来两日一写稿,最近三日,则皆为韵语,如《怀其三》一律,《贺马樟花于归》及《入不支出》各一绝。既为诗矣,字数自不能拉长,蝶衣兄殆嫌其着墨不多,则并两日之稿,刊之一日。于是在形式上,《说日》之文,予又缺席两期矣,此虽小事,深恐子佩又将责故人荒懒,不得不申述其原因,复系绝句寄蝶衣云:

吟哦甘苦有君知,集短成长固不辞。吃到米粮今日价,矢犹珍贵况为诗（旧句）。

（《小说日报》1941年3月17日,署名:刘郎）

"矢"与"天"

前日拙诗有"矢犹珍贵况为诗","矢"乃误植为"天",使读者无论如何,不能索解,记此以当勘正,亦"矢犹珍贵况为诗"之意也。

◆于素莲

于素莲自甬上归来后,仅一晤于卡尔登后台,近顷则又值之于舞场,于常服而素面,而容光甚俊,有时起舞,但舞步不甚圆熟。识素莲四五年,其舞犹初见也,此人不似熙春与金氏姊妹之健舞,故在舞场中,其芳踪亦绝尠见耳。

◆十倍

于宗瑛在卡尔登时,月包仅二百元,入共舞台增至八百,近闻出码头,为主角,挣二千五百金一月。相隔不过一载,其包银涨十倍强,衡物价,说者谓于宗瑛终值得傲人也。

(《小说日报》1941年3月19日,署名:刘郎)

忘不了虞先生!

听说:新近一册《上海周报》上,着着实实的对于虞洽卿先生称颂了一次。

若干年来,上海人对于洽老,本来没有一个不表敬仰,说起洽老在上海的丰功伟绩,真有更仆难数之概。所以洽老纵然有"小德出入可也"的地方,而上海人也一概把他包蔽过去,只记得他的伟大,他的崇高。

去年到今年,上海人对洽老,似乎又有深切一层的认识。在民生艰困万状的情形之下,洽老他也周旋在里面,这叫上海人如何能忘得了他?在下便是上海人的一个,真是一日三餐,提起筷子,拿起饭碗,就会想起洽老所赐惠我们的,实非浅鲜。昔人说:每饭不忘。我想上海对于虞先生,现在也真正用得着"每饭不忘"四字。

没有看见《上海周报》的原文,不知他们是不是在歌颂虞先生的永远关切着上海人的生计问题?

(《小说日报》1941年3月21日,署名:刘郎)

文 章 甚 美

前记称颂虞洽卿先生篇,犹未见昨日虞先生已在《新》《申》两报之煌煌启事,亦未知虞先生已于十七日之悄然离沪也。虞先生之广告,绘一表格,生平不善计数目,看表格犹不看耳,惟此启事之文章,措词既婉美,修辞亦不俗不知出伊谁手笔,具见虞先生夹袋中多贤才也。若是非曲直,以愚为与此启事无关,愚特欣赏其文章之美而已!

◆抱冰子

文友古龛先生,以抱冰子名,为人谈相,知者渐夥,此人不脱书生气,自谓只能说老实话,而不能为上海人之所谓噱头势也。愚以为"抱冰子"三字,最好勿用,不妨直用古龛,以此三字,好像染有一重仙气,一有仙气,便若江湖术士之专用名字矣,质之老友,以为何如?

(《小说日报》1941年3月22日,署名:刘郎)

名　　流

商业场中,在某种用场上,往往要借重几个名流的名字,以示珍贵。于是乎虞洽卿、闻兰亭、袁履登等几个铅字,为报馆排广告的工友们,俯拾皆是。去年不知是前年起,我们又发现了一批新名流,譬如黄雨斋,也是一个。

人人都有一种志愿,我的志愿,只想凭空发了一票财,做一个享福人。黄君的志愿,是希望今生今世,做到像虞、闻、袁三人的为社会名流一样,目下大概将到"有志者事竟成"的地步了。许多人说雨斋不失为力争上游,我亦云然。

我更替雨斋期望着,他这三个字,在名流群中,一步一步要朝前移了。不看见,虞洽卿走了——袁履登与闻兰亭,也老得可以了,若不是徐寄庼在头里,黄雨斋在不数年间,一定可以挂头牌了。——名流也同名角一样,有头牌二牌的参差。

(《小说日报》1941年3月23日,署名:刘郎)

小 舟 之 书

刘郎兄:

年内外多次奉访,均未遇;最近趁假期于十二日及廿一日又两次造谒,亦未遇,真使人兴咫尺天涯之叹!弟之访兄,原无目的,不过长远勿见,总想碰碰面,明知碰面后亦不过在兄文案旁,默吸几支三炮台而已,但不碰面,总觉得有什么想念不了似的。读《说日》,知兄新添千金一位,朋友正在向你打趣,但我想到米是这样的贵,不知是否应该向你致贺。我近来在一个小学里代课,似乎是命里注定只有这种清苦的事情才有我的分。我很高兴地接受了工作,因为无论如何使我总可以不必再愁没法打发时光,何况多少总还可挹注一点生活的不足。哪知半月来物价突涨半数有奇,这工作的所得,全部抵充高涨的程度还不够,这又不得不使我啼笑皆非了。我时常想,活着是为什么?辛辛苦苦是为什么?到现在方始明白活着是为工作,工作却是为那些剥削我的人做挣钱的工具。于是我为自己下个注:"我活着,工作着,是为那些囤积居奇者作奴隶了!"又是牢骚,不谈也罢!近况如何?子佩兄有常晤否?此公颇难获面,亦令人时常想念也。本函专诚问候,即祝

康乐!

小舟三,廿二。

刘郎曰:久不见小舟兄,亦殊悬念,予在家时少,宜乎数辱高轩,而不获一晤也,当与佩兄约一日期,再觅高踪,借倾积愫。

(《小说日报》1941年3月24日,署名:刘郎)

杂　碎

同人等喊出改行口号后,其实行最早者为陈听潮君,盖已于若干日前入恒顺酱醋厂任事矣。视事后第二日,即衔主人李友芳先生命,送恒顺之名产如酱油、金波、酱菜、香醋之属,馈赠于文艺界人,并附函嘱为揄扬,函为四六文,其中有两句云:"豚肥借坡翁以得名,杂碎因李相而见著。"愚初茫然于杂碎之典,适睦翁睹此函,则谓李鸿章在国外时,盛称外国一菜,风味绝美,李称其菜名杂碎,西人以得钦使品题,亦争誉之,于是杂碎之名大扬矣。恒顺诸件中,金波不知为何物?以意测之,殆为陈酒,果尔,则太白当眼热听潮这脚生意之不恶也。

(《小说日报》1941年3月25日,署名:刘郎)

艳　情　小　说

近来熟朋友做小说的渐渐多起来了,连得杭州海生弟,也在别报上写一部长篇巨制,叫什么《缠绵十记》,我是天天拜读,真是笔致缠绵,原来是部艳情小说。海生弟一向写的是关于旧剧方面的文字,那时候他是记者身份,如今做了戏院的高级职员,反而绝口不谈旧戏,而欢喜写些打情骂俏的文章,这好比叶楚伧先生一入仕途,便与文字绝缘,梁寒操先生久登仕板,反而性耽翰墨,是一样的理由。的确,朋友中顶会转变的是海生弟,他有一时期编过文明戏剧本,后来又醉心于改良平剧,如今则又写些花花绿绿的文章,可见故人的逸兴不浅,深堪欣慰!

(《小说日报》1941年3月26日,署名:刘郎)

市　长　之　势

在吴铁城为上海市长时代,有人制一文虎,谜面为市长之势,射平剧名一,揭其覆,则"铁公鸡"也。盖当时人因见《社会日报》老凤先生之随笔中,写蒋称蒋公,写吴市长称铁公,故根据此两字而再加一"鸡"字耳,颇可解颐。

◆真心话

梦云称老凤先生文章,多作真心话,因谓他自己的文章,固为真心话,惟予数年以来,检阅梦云之文章,固未尝有真心话也,有之,特妻氏藏鸡八只而已。妻氏藏鸡,而肯贡之于大众,其为真心话无愧,此外不过寻老爹开心而已。

(《小说日报》1941年3月27日,署名:刘郎)

熙春之字

嵩寿兄托予转烦王熙春为某补剂题字,熙春立报命,惟字迹初非出其手,而转丐他人为之者。其实熙春未尝不能书,其书且有剑拔弩张之概,男子为之,人且誉为气势雄浑,今出之于婉媚女郎之手,认为异迹。人言:书如其人,我见熙春作字,乃不敢征信。

◆素琴如何?

近顷报纸传述素琴之动态者甚夥,而大半言其将去汉上,究竟如何,乃不可知,惟闻之人言:近尝遇大金,谓其人犹尪瘵,一似初返春江时,弱不好弄,至于如此,又何能事远游?予以大金苟不谋升斗而图一饱者,则深闺静养,正无庸妄动耳。

(《小说日报》1941年3月28日,署名:刘郎)

寄先生阁主

先生阁主,在他笔记里说我从前替《社报》写两篇稿子,目下却减为一节,因此把我挖苦一场,说什么替孩子喂奶啦,换尿布啦,这些固然都是事实,但也显得我的无聊。先生阁主,不知道他的朋友,近来也患了失眠症,从前《猫双栖楼随笔》里所形容失眠的痛苦,我现在一一都自己尝到,既欲眠而不得,又逢孩子夜啼,便抱起来逗逗她,以消长夜,此情此景之恶劣,谁人能喻?至于先生阁主说我文字之役,偷工减料,那末我是一例如此的,并不单单对于《社报》。我同先生阁主,一无难过,决不偏待于他,这是可以指天誓日的。

(《小说日报》1941年4月1日,署名:刘郎)

喜见知止先生

一夜,知止先生访慕老寓所,慕老以电话邀愚,欣然往。当今之世,蓄道德能文章者,惟此老兼之(两句为方苞成文),此行盖欲遂瞻韩之愿也。先生谦和万状,望之如佛,自言五岁即来沪,而迄今四十余年,乡音无改,愚常谓宁波人乡土情深,不肯放弃其方言,睹先生而益信。芮鸿初君,侍先生不离左右,芮君与先生为同业,性耽文墨,亦似先生,《新闻报》二三子,常称芮为文学家,盖以独鹤先生辑《快活林》《新园林》时代,刊芮君之著述甚多也。芮与丁氏两公子,俱有深交,用是称先生为老伯不去口,先生必操甬语曰"貌老伯来",示不敢当,非憎之也。当时《新园林》健将之人,愚今已一一得亲雅范,其一为孙筹成,其一即兹文所记之芮鸿初矣。

(《小说日报》1941年4月4日,署名:刘郎)

天 禅 室 里

一方在吉祥寺内,摆下素斋,相约我与惠明列席,这一天我下午四时便去了。天禅室是若瓢和尚的居处,和尚至今还在用心写兰,有一幅兰花上的题诗是:"当年劫火烧袈裟,出走仓皇便作家。绝胜马前叩头活,对人不讳卖兰花。"这是叔范先生题若瓢的《卖兰诗》,和尚把它写在自己的兰花上,自然更饶风韵。和尚一见客至,便每人各绘一幅兰花相赠。后来唐云先生来了,唐先生给一方也画了一张花卉翎毛,真是神来之笔。这天的吉祥斋,大家都吃得满意,据和尚说,熟人到这里来吃饭,他们预备陪几个钱的,这也算我们交得几个方外朋友的好处。

（《小说日报》1941年4月5日，署名：刘郎）

问　天

多谢梦云的好意，把知止先生送给小女的尿布，特地派人送到我寓所里来。那时候小女的病，已到了无可挽回之境，虽然是三十八天的孩子，她一样像大人在弥留时那种呻吟的痛苦。我怜爱我的孩子，正是肝肠寸断，在无可奈何之际，我迷信起来，我认为这是苍天的恶毒，纵然不要我孩子长命，也应该让她快快的瞑了双目，为什么要罚她受这样的苦难？孩子本身是绝对无辜，孩子的父母，也没有作恶，苍天又何必与一条小生命为难？眼前应该受天谴的恶人，有多多少少，而天终不去收拾他们，却来耍弄我无辜的孩子，在她宛转呻吟的十八小时里，我仰首望天，仿佛看见天在那里狞笑，知道他征服了一个无知的孩子，而在得意，你道这天，岂不是最大的一个混蛋！

（《小说日报》1941年4月9日，署名：刘郎）

寄　梦　云

十三点本汝天生，舍下门牌记得清。如此健忘应吃药，艾罗补脑汁奇灵。

梦云谓记不清我寓所之门牌，然后来忽然想起，大概因其想着自己是十三点，故想着吾家门牌之为十三号也。

如此健忘，现应服药，因郑重推荐中法药房之艾罗补脑汁，有奇效，可以使梦云不致为终生之糊涂人。

◆越人

予记钟雪琴讨人筱香红，以绍兴人而操苏白，于是朋友如天厂、梯公之为越人者，咸纷起责难，谓不当以其籍贯示人也。予本拟俟翼华归来，诱至入逆旅中，使其招筱香红至，然后再听二人作乡谈，兼使其知上海有姚水娟、马樟花为乡里增光外,尚有筱香红其人,足令绍兴人倒尽胃口焉。

(《小说日报》1941年4月11日,署名:刘郎)

李　　红

李红近与余光,由恋爱进而为正式夫妇,结婚于青年会,其肉麻当有趣可知也。战前,李来自南京,似为刘呐鸥所汲引,加入上海之艺华公司。曩昔,李在南京,尝演话剧,又似为中央摄影场之人,上海人便另眼相看。不料战后李无所获,便下海为伴舞之人,后又栖于影坛舞榭间,今则先与余光同居,复正式联朱陈之好,亦怪事也。

◆张翠红

张翠红与李红同时自南京来,其时张有良人,今仍与城北生为夫妇如恒,此儿毕竟敦厚,乃能始终如一,不似李红三四年来,时时在制造新闻中。甚愿从此亦如翠红之永为贤妻良母耳。

(蝶衣按:余光昔尝失恋于梅琳,今得李红,下走实深寄同情,勿审刘郎何以不慊于二人。又李红始终为新华演员,其人亦不似刘郎所记之恶劣,意者刘郎殆误以汪洋为李红耳。)

(《小说日报》1941年4月13日,署名:刘郎)

动　物　园

昨日,春阳甚丽,乃小步于兆丰花园,又往动物园巡视,见老猴产小猴二三十头,五六成群,向阳扪虱,为状绝趣。予往时与舞人游此,予肖猴,舞人少我十二年,亦肖猴,因作诗调之云:"动物园中一往搜,牝猴好弄牡猴羞。郎年卅二侬双十,郎是男猴爱女猴。"

◆先生

宁波妇女称自己之丈夫为"先生",昔伊兰二媛与红豆先生同居,称红豆曰"伲先生"!则苏州人学甬妇口吻矣。近见《欲焰》一片,田氏亦称庄子休为先生,说者乃谓田氏殆慈溪人,忆二嫒之"伲先生"语,辄不禁好笑焉。

(《小说日报》1941年4月15日,署名:刘郎)

病 与 药

和气丸的一只匣子上,印着许多似诗非诗、似词非词的文字,其中有这么二十八字道:"自身有病自心知,身病还须心药医。心境静时身亦静,心生乱时病亦炽。"三友实业社的广告,只是劝人吃药,惟有这几个字,说得最为"旨哉言乎"!

本来有许多病,是绝对用不着吃药的,不用吃药的病,而药石乱投,转易岔事。自然有许多病,最好的医治法,莫如养心。记得我从前生病,舅父曾经写一封信与我,他劝我"多走"、"早起"、"少吃",说这就是老君八卦炉中之九转丹也。其实这也是养心之法,未容忽视的。

奇怪的三友实业社,也会劝人养病先养心,难道不怕他们的什么丸什么丸都霉烂掉,没有人来作成么?

(《小说日报》1941年4月16日,署名:刘郎)

舒 傻 子

舒舍予亦白党之一员,某日,有人访鄂吕弓于黄金后台,遇韩金奎君,问韩曰:吕弓亦在慧生房中否?则答曰:吕弓不在,仅舒傻子一人耳。其人不知舒傻子何人,旋见舍予在内,始知金奎读"予"字为"子"字,而"舍"字读如"傻"音矣。金奎私底下,讷讷不擅词令,惟一上台后,则白口之爽利无匹,亦天派其吃这一行饭也。

◆行头

闻平剧行头,今亦奇昂,李少春演《战太平》,制一身红靠,费七百八十元,金线犹不在内。即如一靴之微,以前不过三四金,今亦在二十三金矣。予自备行头,惟一双二寸半之厚底靴,以五金易之者,藏二三年,近取出曝之目光下,偶一展视,辄为哑然。

(《小说日报》1941年4月17日,署名:刘郎)

"骂 题"

袁寒云先生在世的时候,喜欢串演丑角戏,如伯嚭、保柱、汤勤等等角色。演伯嚭与汤勤,袁先生自然是有书卷气,但"扫雪""打碗"里的保柱,是马氏的内侄,一个既傻而又无赖的东西,绝对用不着书卷气,而袁先生也喜欢扮演。因此有人说:这里面是带着"骂题"的,说不定,袁二先生同袁氏门中弟兄,有什么难过,特地借优孟衣冠而嘲讽他袁氏门中的弟兄,叫他们看看,袁门的后代还有这一票出丑的货色呢。这是闲人的猜测。又据说言菊朋唱戏,从前一本正经时候,不受人欢迎。马连良以怪腔怪调,转博得到处走红,他气极了,于是弄成现在这副局面。意思说:马连良他会怪,我比他更怪。所以言菊朋之怪,也是有"骂题"在里面。

(《小说日报》1941年4月18日,署名:刘郎)

第 八 只

上午,有乌鸦盘空而过,噪声甚急,对门学堂之学生,不顾在上课时间,争集窗前,仰首观望。一学生指乌鸦而数曰:"一只,两只,三只,四只,五只,六只,七只,八只。"语至此,一学生忽大呼曰:"第八只!"女教师闻言,亟扬手止其喧哗。因知女教师亦颇知"第八只"三字之非常难听也。

◆烂歪歪

近见若干报纸,有"烂歪歪"一语,此盖指女人为烂污货也。此三字于去年起,即闻吾幼子言之,有时且言之不已,初勿知其为何解,今睹报纸传述,始知亦为上海下下烂之字眼。可见上海之小学生,得风气之先,亦教育事业之进步也!

(《小说日报》1941年4月19日,署名:刘郎)

盖叫天之病

正在传说盖叫天出演黄金的时候,而盖叫天忽然病倒了。病是由于牙根里的毒脓,侵入了肺部,肺部忽然发起炎来,因此气喘,咳嗽,闹个不休。起先他是请一个西医诊治的,给他打了一二次针,突然他不高兴起来,不要那医生继续诊治,自己去找了一个中医,这个中医是专门看幼科的。看幼科的医生,如何能看五十多岁老翁的病,自然服药之后,见不到什么效验了。他自己还不在意,把他两个儿子都着急起来,于是翼鹏、二鹏两人,一到他父亲床前,长跪在地,说道:"老爷子,你要是不换一个医生看病,今天我们弟兄俩不肯起来。"盖叫天听了儿子的劝谏,才说道:"好吧!我要看中医。"这才把丁济万请来。丁济万诊察之后,说他的病是肺痈,情形相当严重。这是前三四天的事,不知这几日,盖叫天的病,有好转没有。不过黄金登台的事,是万难实现了。听说黄金方面,已在另外物色角儿矣。

(《小说日报》1941年4月20日,署名:刘郎)

胡蝶的历久未衰

昨天某报的《每周电影》,有一段谈"影星号召力",他在文尾说:"电影明星的嫁人,的确影响观众心理甚大,譬如袁美云、陈燕燕、顾兰君等,假使她们不嫁人的话,其号召力一定要比现在强得多。但事情也有例外的,胡蝶之嫁潘有声,但她至今仍握着银幕权威,历久未衰。"其实据我看,这不是例外,明星有了男人,舞女有了拖车,虽与别人无干,但别人总有说不出的难过。胡蝶之所谓历久未衰,原因因为她不住在上海,也不如袁、顾诸人之常常有戏,难得从香港拍一两部片子来,自然也还能轰动,轰动的原因,观众因为她同她的男人要好,在几千里以外,眼不见为净,对于她憎恶的印象,比较淡薄一些。假使胡蝶在上海,潘有声老是跟来跟去,你看她还有观众没有?

(《小说日报》1941年4月21日,署名:刘郎)

雪庐所见

雪庐主人,笃嗜风雅,楼中所列名人书画,随时更替,笠诗为作一联,写瘦金体。笠诗固致力于书法,惟自谦抑,谓看吴湖帆作字,拙书乃殊不知所云矣!笠诗之联,为袁帅南先生,集梅溪词而成者,以献主人,亦一时之佳话也。坐憩室中,又有龚翁小屏事四幅,其一为画竹,为识者交口称誉。

◆饿

街头之告地状者,有在水门汀上,写粉笔字,字冗长,不暇审其所作为何语,一昨则见一老丐匍匐地上,其前写一"饿"字而已。乃知其告人曰:腹饥且死矣!颇喜其简洁。又有一丐,则仅书"求乞"二字,亦爽快。予为文不喜堆砌,而喜开门见山,故以此二丐为聪明人也。

(《小说日报》1941年4月22日,署名:刘郎)

雪庐消夜记

十七日,友人又集宴于雪庐主人楼上,绮筵张时,夜逾午矣,莅席者有兰亭、培鑫、笠诗、其俊、元声、鹤云、睦翁、德华居士、韩金奎老板及顾乾麟先生与一韩先生,顾、韩二先生,俱初识,雪莉以夜间不进食,睦翁后至,主人即逊座。主人既嗜歌成癖,近延李琴仙授戏,习《梅龙镇》,下星期上海时疫医院,将演义剧筹款。座中人乃烦主人登场,而烦培鑫为陪大明天子,主人患造就未成,不免怯场,培鑫乃谓果忘台词者,我能为主人掩饰也,于是议垂定矣。培鑫之为票友,声名震大江南北,若在他人,则且饰貌矜情,以铺张其名票场面,而培鑫恂恂然,若不胜其嫌抑者,他人兴至,欲登台,烦培鑫为匹,培鑫固无勿乐承,此其雅度之所以为不可及也。

(《小说日报》1941年4月23日,署名:刘郎)

看《家》

《家》总算去看过了！近来的上海人,好像不看《家》,不是上海的时髦人。我倒不是想做时髦人,因为既然它轰动得如此,似乎不去看一看,深恐到将来要抱憾似的。

《家》,不似《葛嫩娘》和《海国英雄》那样的会赚人热泪,虽然在鸣凤不愿嫁给老头子做小老婆,哀告她的主母时,台下也有若干女看客,在用着她们的手帕,拂拭眼泪的,但这是为了英子演技的超越,与剧本似乎没有关系。

鸣凤的跳河,是辛酸的一幕,但当她从桥上跳到河内"砰"的一响,明明是跳在地板上,而不是跳在波面上,因为音响的没有设备,顿使台下的凄凉空气打破了！而发出一阵笑声。

虽然故事的演进,有着顺序,但琐琐屑屑,终究缺乏紧张的情绪,中间如果没有第二幕的优美,将使我对于上剧社这个戏,可以说丝毫没有印象。

我爱韩非先生,和英子女士。

(《小说日报》1941年4月24日,署名:刘郎)

汽 油 灯

孙钧卿先生,将举行书画展览会于八仙桥青年会,作品二百余件。孙先生语人曰:我不欲以是为牟利,但须求知于人,能售去一半者,成本已足。其言率直,颇可喜也。惟青年会地处法租界,以节约电流故,日暮时将不供给电灯,孙先生乃特备汽油灯为替。或曰:欣赏名作,与其用汽油灯不如用蜡烛,益来得风雅。言果然,特不审救火会能同意否？

◆还元阁

钧卿之山水画册中,有《题还元阁》诗,一律句一绝句,绝句云:"赢得登高百尺巅,湖光山色映楼前。今宵喜下陈藩榻,诗酒新声入管弦。"七律云:"似画禅林绝点埃,登临时有鸟惊猜。浪中帆影冲烟没,阁外松声带雨来。春酒含香留客醉,早楼禁冻向人开。狂吟那顾癯仙笑,揽胜湖山第一回。"无不清远欲绝。

(《小说日报》1941年4月25日,署名:刘郎)

感谢蝶衣与梦云

小女死了之后,梦云写过一篇极尽挖苦能事的文章,我最近才知道的。蝶衣因为这篇东西,如果予以发刊,对于我同惠明的幸福,不免发生影响。毕竟蝶衣是敦厚之士,把那段《浮生小志》,给留下不发了。

一夜,在钧卿宴客席上,梦云提起此事,他还把原稿的大意,说了一遍,他是估计定了我们两人的结合,将来终是成功问题的,所以女儿的死,死得好,死得识相,要不死的话,将来"问题"的发展,其严重性甚于今日云云。实不相瞒,对你老友说一声,这个局面,将来果然没有新问题发生,也就罢了。一有问题,终是不了之局,梦云又哪能晓得许多?我自然看得比别人清楚,孩子的存亡,倒是无关宏旨,不劳悬念。

我感谢蝶衣的替我顾虑周详,也未尝不感谢梦云的替我设想到家,虽然文章是自寻开心的姿态写的,用意不能说他险恶;还有知止老人的尿布,你劝我归赵,我已经打算把它缝棕棚,防臭虫了。奈何?

(《小说日报》1941年4月26日,署名:刘郎)

二　周

在黄金看陈雪莉演《戏凤》,前一出为《黄鹤楼》,已演至摆宴矣。有人指台上人告愚曰:饰刘备者姓章,为信芳先生之高足;饰赵云者姓丁,为丁济万之子;饰周瑜者姓周,为周曼华之情夫。语至此,忽忆及某报因记载周曼华与周某同居,二周乃欲与某报进行法律程序,其声势汹汹然,因问曰:以君所言,然则彼二人果有牵丝矣? 其人领首,愚乃勿悦曰:果尔,曼华何为健讼若此? 电影明星,声价之隆,如阮玲玉,人言其与唐某同居,亦未闻阮欲以法律与他人周旋也。周曼华何人? 而骄妄至此? 愚见台上周生,面孔标致,年纪又轻,则秘密纵使公开,于曼华声誉,亦无玷辱,岂二周不悦者,为"同居"两字乎? 然若有轻薄之人,说一声"有个周夹里,搭周曼华个壳子",则宁非更加难听乎! 小娘唔家子,那亨勿想一想,动勿动要打官司,法院亦勿是唔笃娘舅开格,我看你还是省省罢。

(《小说日报》1941年4月28日,署名:刘郎)

读 报 偶 记

最近报纸上记载一个工人压死的事,大略情形是这样的:"有个工人,拖了一车子的货物,越过苏州河的一座桥面,在下桥的时候,一不小心,那货车压在工人身上,以致伤重毙命。"采访这段新闻的通讯社记者,有这样两句说明工人致死的原因,是:"因该工人贪得工资,载重过分。"意在言外,好似说工人的死,死得活该,因为他心狠,要多赚工资。但心平气和想一想,那末我们对于这个工人的死,应该格外的予以哀怜,而觉得写这段新闻的那个记者,又是何等的残忍!

一家绸缎店,请李绮年同马樟花二人揭幕,登的广告上,二人都有头衔,称李为电影皇后,称马为越剧皇帝。我明明记得马樟花是女人,她还是嫁与鲍家做新妇的女人,如何称起她皇帝来呢? 有人说:"因为马樟花不是旦角,是小生,所以称皇帝。"我不好意思拿武则天来比拟马皇帝,不过我总以为马樟花要做皇帝,应该向我借样把东西去,绷绷场面。

(《小说日报》1941年4月29日,署名:刘郎)

翁 丽 娜

翁丽娜于去年秋间北上,伴舞于津门。某君游故都,见翁于舞场中,问其故,则曰:特自天津赶到北平,看我过房爷来也。问其过房爷为何人?则曰:金少山耳。后一日,少山以包厢一券畀丽娜,丽娜果高踞其中,看少山之《丁甲山》也。丽娜又语某君,谓过房爷曾教我戏,我亦曾粉墨登场于沽上,戏习大面,所演之剧,则为《别姬》之楚霸王。某君失笑,此翁丽娜之所以为翁丽娜也。

◆孟小冬

孟小冬以体弱不胜登台,然每贴必满,近曾演义务戏于平中,戏为《失空斩》,侯喜瑞之马谡,少山之司马懿。小冬《空城》一剧,经余叔岩全部为之指点后,声价益重。谭富英方出演于津门,闻小冬贴是剧,特休息二日,赶回北平。听小冬此奏,小冬之睥睨一时,盖可想矣。

(《小说日报》1941年4月30日,署名:刘郎)

小　学　生

记得十年前,我的表内姨在一家小学里教书,上课时候,有个女学生,忽然立起来告诉先生,说道:"先生!方才散课时候,某某男生,他揿我的电铃。"我的表内姨,不知什么叫做揿电铃,诘问之下,才明白男生在她的胸前抚弄,一边还说:让我揿揿电铃。

昨天我们对过的一只弄堂小学,有几个学生,看见隔壁阳台上,一个女人,在晒皮货衣服,女人把一条手帕,围在她的嘴上,内中一个学生,有唱独脚戏的天才,忽然编起唱春的调子唱道:"希奇希奇真希奇,骑马布缚勒浪嘴巴里。"这情形被我家女人听见了,特地告诉我。我突然记起十年前揿电铃的那一回事,告诉她,对她说学风之坏,自昔已然,不过于今为烈罢了。

(《小说日报》1941年5月1日,署名:刘郎)

雪庐主人赴港

雪庐主人拟薄游香岛,问其为赴港营腰业?答非是。问其赴港探友好？亦非是，惟曰：小居即返，期特二周耳。女人之好动，往往莫诘其原因。一夜，遘之于正兴馆，乃谓：赴港之后，所得食者，胥广东菜，故出来寻本地馆子吃。味其言，似又非两星期即将遣归者矣。

◆于素莲判腹记

闻于素莲以病辍演后，医者诊其病，谓腹中生白泡累累，注射之药，不足奏效，非经手术，此患盖不可除也。于是素莲以判腹闻矣。

（《小说日报》1941年5月3日，署名：刘郎）

"死 蛇 并"

栖霞先生托儿事，蝶衣实为之媒，自小女夭亡，惠明无以慰其岑寂，得一呱呱者为伴，未始非佳事也。顾以二房东之纠纷，此事犹未果行，住房子不欠房租，在我已为赏二房东面子矣；而二房东贪得无厌，必欲使我迁去，另租他人。租与我为六十金，租与他人，可以得一百二十金也。于是请老朋友出来之不足，复口出秽言，一若我辈新近逃难到上海来之乡下人，一摆华容道，便能吓得退矣。上海人提起二房东，已予人不良印象，彼贪而无厌之二房东，尤易使人切齿。余近来火气衰矣，不然说不定有一场血战，现在不过同他来个"死蛇并"，并得二房东太太混身难过，二房东自家四肢发颤，将房子留着也不好，顶掉又不能，此种味道，问他比较盘剥三房客为如何？

（《小说日报》1941年5月5日，署名：刘郎）

来 喜 饭 店

上个月里，先后两次去吃过来喜饭店，第一次，烧鸡与烧肉两样，叫我们任择一种，但仆欧却说：烧鸡已卖完了，只有烧肉。可是吃到后来，另外一个仆欧来问我们，说：你们吃的是烧鸡是烧肉？我们说，要吃烧鸡，但是你们已卖完了，只得吃烧肉。那仆欧说我去看看，不多时，端来的是四客烧鸡。第二次又是前一次的那个仆欧，来接待我们，他递给菜单与我们的时候,随说:只有清汤,没有浓汤。我们疑心他又在弄什么把戏。果然,后来隔壁桌子上,有人在吃牛尾汤。我们把他叫过来责问他,他却支吾其词,我始终也想不出他要这样慢客的原因,我们想去告诉那个柜台上的犹太老太婆,但为了顾到国计民生,我们是马马虎虎的放过了他。

(《小说日报》1941年5月6日,署名:刘郎)

顾 夫 人

他报之长篇小说,有言顾少川先生,曾娶外国太太者,此又一误也。顾氏今夫人为黄蕙兰女士所共知。黄之前,则为唐少川之女,唐夫人既殁,厝其柩于邑中顾氏家祠中,当时已用科学防腐法,故遗体不朽,其棺面置一玻璃,可以望棺中人之面目如生焉。时顾已显贵,邑中人乃艳称其事。儿时经顾氏家祠,必念及顾夫人不腐之身,而与群儿作惊惶却走状,至今思之,良可哂也。

◆花篮送行

陈雪莉于一日赴港,新关码头上,列花篮甚多,皆为陈友送行者。有人异之,以为一非进场,二非登台,而花篮为用,又及送行,陈固乐于铺张,此亦女人赋性异乎恒常者矣。

(《小说日报》1941年5月7日,署名:刘郎)

[编按:顾维钧,字少川;唐绍仪,字少川。唐少川之女,指唐宝钥。]

关 于 劣 "子"

老凤先生在别张报上,说了好几天的"关于劣子",如今他说完,把学徒我换上来,给诸君换换耳音,我也来伺候您一段儿"关于劣子"(以上用大鼓书家开场白,我的儿子都是十岁上下的孩子,说不到劣与不劣,所以我的关于劣"子",是叉麻将搭子的子,叉麻将搭子有好有劣,我碰着的却都是劣子)。近来我常同三个绍兴人叉麻将,三人聚在一起,便开起绍兴同乡会来,统统说的绍兴话,一面叉,一面还要议论我,议论不够,还要骂我,什么贱胎啦,什么"亚比"啦,怎样也听不懂他们在真真骂我什么。那位胡大先生,高兴起来,还要唱几声绍兴《斩经堂》,耳根永远不得宁静,心境永远不得舒展,输了下去,便永无翻梢之望,你道他们都是劣子也不是?

(《小说日报》1941年5月8日,署名:刘郎)

梦云并非凉薄

《低眉散记》说:《大晶报》在初创时,梦云写过一节《小孟尝史悠宗》的文字,如今史悠宗贫病而死,梦云应该表演一点"生死交情",与人看看。《大晶报》的创办,梦云是否受过悠宗的资助,我不得而知,不过后来悠宗落魄之后,梦云将他视作路人,这是事实。有人说梦云视友义如市道,我却以为不然,要摸出钱来接济朋友去吞吸白面,是要不得的,既然吃了白面,无论他与我是什么干系,只有让他早早自趋灭绝,讨饭也好,路毙也好,没有怜悯的必要。所以梦云之绝悠宗,只可说是姓史的自绝于人群,而不可说梦云天性凉薄,忘了故交,这一点是要分别清楚的。平常我喜欢挖苦梦云,惟有梦云之对付史悠宗,实在是先获吾心。涤夷兄,你再想想。

(蝶衣按:悠宗生前,梦云兄曾屡予资助,并未将他视作路人,此一点实在不能冤屈了梦云。)

(《小说日报》1941年5月11日,署名:刘郎)

笑　缘　之　车

据云:今年汽车之漂亮者,要分两种颜色,上面淡,下面深。其实派头之小,正如男人着西装之白上装而黑裤子,同一为恶劣不堪入目。吾友顾笑缘君,亦有一车,即分两种色泽者。一夜,坐于国泰舞厅,谈起此车,予大施嘲讽。时天雨方骤,笑缘曰:我以我车送汝归,可邪?予亦笑曰:本来要使我坐入车中,然后乃不见汝车色之恶俗耳。

◆习驾驶

笑缘市车已多年,近方习驾驶,技不甚精,附其车行者,如看恐怖片,必炫时时在震荡中,笑缘则若无事也。有人达观,则谓有汽车的人,自己尚肯冒险,坐揩油汽车,讵遂无"宁为玉碎"之勇哉?

(《小说日报》1941年5月12日,署名:刘郎)

得　　意

或谓尝见有好结交伶工者,其行为往往甚可笑,譬如某甲与马连良善,一日赴宴,席上人问曰:奈何不偕夫人同至?其人朗声曰:"她吗?刚才去陪连良打牌矣。"闻者咸匿笑不已,以为此亦其生平得意之笔也。

◆"勿吃饭的"

一夜,玄郎与茹佩弟同饭,席上有我。饭至,予劝佩弟加餐,则应曰:"我勿吃饭的。"异甚,佩弟亦知其言之失,则笑曰:"进宴既频,往往饮酒,酒后,不复能饭,我以酒代饭,既成常事,故不再想吃饭。"此为红舞人者,大多如此,不仅茹姐然也。

(《小说日报》1941年5月13日,署名:刘郎)

二房东骂人记

二房东要我们搬场,我们从来不欠房钱,同时也不高兴搬场,所以不搬,他们便常常打电话来威迫我们,恐吓我们。这幢房子,借的时候,不是我出面,后来付房钱,也不归我经手,所以严某(即二房东)夫妻,男的是怎样一种路道,我并不晓得,女的是怎样一票货色,也没有看见过,不过听他们在电话骂起人来,与马路英雄,大抵相似。前三四天,我接到一个电话,开口就骂,像疯狗一样,当然,不是别人,又是二房东了。

却听那男的说:"迭两个上装剥下来,就是流氓。"后来那女的说:"迭两个寡老末寡老,要吃跌个把侬,总有路道个。"一个女人而自己说自己是寡老,真是闻所未闻。所以我也不去同他们还骂,好在他们天真得很,有时会代替我把他们自己骂了。一只床上出勿出两样人,严某的夫妻俩,真是天生一对,地生一双。

(《小说日报》1941年5月14日,署名:刘郎)

谢　范

此次姚虞琴叟,举行画展之役,友人范叔寒律师,张扬甚力。十二日设宴于新利查,亦缘此也。是夕雨甚,予本拟赴约,特以二房东连日威迫,某律师关心颇至,约予商讨进行法律程序,时间亦为六时;晤谈既久,某复邀予共饭,遂不觉爽叔寒之约,不稔此公,迓时雅兴若何?念甚切也!

◆饿殍

有女佣自乡间来,谓米亦卖一百余元一担,其家子女四五人,将为饿殍矣。后一日,主人家以面代饭,女佣不能饱,谓我乃不嗜面食也。主人愠,谓汝家人且为饿殍,汝宁不计及,犹言食面乃不能果汝腹邪?

(《小说日报》1941年5月15日,署名:刘郎)

"粗豪"之美

我曾经说杜甫的那一首《少年行》,在杜诗中不是一首"经意之作",而如程希远先生所谓"荒率之笔"。一方与灵犀二兄的见解,却以为工部此诗描写入情,好在"粗豪"上。其实如果说少陵此诗,形容马上少年的粗豪气概,入木三分,我可以不必同灵犀抬杠。无如灵犀所说,少陵此诗,也好在"粗豪"上面,那末真所谓"仁智之见,各自不同"了。以我看来,就诗论诗,少陵的《少年行》,实在没有粗豪之美,但觉其"荒率"得可笑。诗之风格,以豪放胜者,不是老杜,是小杜,如"尘世难逢开口笑,菊花须插满头归"。老杜一辈子没有过这种吐属,这才是所谓粗豪之美。我记得没有批评过《少年行》一诗本身的粗豪,我更识得粗豪有粗豪的好处。所以灵犀说我以工部此诗,粗豪为病,大概是灵犀记错了的。

(《小说日报》1941年5月16日,署名:刘郎)

《宝剑留痕》

有盛誉《宝剑留痕》之好者,因往一观,记慧海大师在沪之日,亦尝劝予看泰罗鲍华此片,其美,在搏杀时之紧张耳。愚爱看五彩片,欣赏其色调之艳,此剧亦不脱情爱场面,然女角二人,俱绌于貌,亦使人徒呼负负!邻座有一客,忽失其镜上之片,燃磷寸四瞩,予屏息而坐,不敢移动,虑其镜为吾履所碎也。尤为苦事!

◆慧海北行

慧海大师,近又为春明之游,一年来盖两度往矣。在平居颐和园,张文涓尝侍大师登西山游览,大师以文涓为可造,故文涓习艺,颇多资助。文涓乃以师礼事大师,大师属望于文涓之成名,亦如望子成龙之同其殷切矣。

(《小说日报》1941年5月17日,署名:刘郎)

奉劝朋友们

章逸云在卡尔登登台,其姊遏云,也一同上馆子,替逸云扮戏。待逸云上台,她还在幕后把场。一场完了,逸云进来,遏云还指点她什么地方不对,什么地方应该改善,那一种循循善诱的情形,使人见了,油然而生友爱之情。跟逸云一同上馆子的,还有一位章太夫人,我见到了章太夫人,总不禁起"何物老妪"之感,大女儿替她赚了一手好洋钿,如今退隐下来,该让二小姐接上去,再轰轰烈烈替她老人家娱一场晚景。看将起来,今日之事,与其生儿,不如育女,朋友们,你有一二位将近长成的小姐吗?如果有的而面孔又不十分难看,快快教她们学唱戏,假使不此之图,放她们上初中高中的读下去,这是存心要做蚀本生意!我看见了章老太太,敢在这里苦口婆心的奉劝你们一番。

(《小说日报》1941年5月19日,署名:刘郎)

卖 什 么?

马连良其人其艺,两无足取,惟曾说过一句话,谓:"我嗓子也好不了了,累工戏也唱不动了!今日之下,不能不在行头上考究,卖卖行头。"真是老实话。言菊朋更妙,他曾经对人说:"我不卖嗓子,不卖行头。"或问之曰:"这也不卖,那也不卖,你卖什么呢?"言笑而不语。

◆少说话多吃饭

一夕,王耀堂先生招宴,一桌之上,中西宾客各一半,予与主人比肩坐,右为翼华与唐宝琪先生,独信芳先生坐于二西人间,默默不为一语。席散,予谓信芳:"奈何坐近西人?"信芳笑曰:"好在我不大高兴说话,而能吃得独饱。"此所谓少说话多吃饭也。

(《小说日报》1941年5月20日,署名:刘郎)

别 字

念别字的人,我决不讥笑他,这是我"无私不发公论",因为我自己也常常念别字,去年把儇薄子弟的"儇"字,念了"环"的声音,至今还被几位渊雅的先生们齿冷。其实我读别字,何止这一个"儇"字?真所谓多得不可计数!

同唱戏的人,研究别字不别字,尤其多事,荀慧生如果真唱"受贿一千两"为"受有一千两",也不要紧,而且"受有一千两",也勉强可以通的。

信芳至少比他们是通品,《追韩信》的定场诗第一句,"义帝南迁入洛郴",起初信芳念"郴"字为"彬"字,后来忽然改了,说那地方是叫郴县,不是彬县。他是改正了,然而麒迷们究竟没有像梦云兄的胃口,听了戏,回去再翻地图的。你"郴"也好,"彬"也好,只要"三生有幸"的二簧三眼唱得有劲,台下人便没有不欢迎的。念别了字,根本不成问题。

(《小说日报》1941年5月21日,署名:刘郎)

英　子

予尝观英子演《家》中之鸣凤而好之。顾不识其人。问于之玄,之玄曰:一日者,偕蓝兰与英子三人,舞于高士满,我不能舞,作壁上观,而蓝兰与英子则频频起为婆娑。予闻之歆羡不已,蓝兰为师毅夫人,固素识,惟英子为夙所向慕,而未由一面者。或曰:英子人极矮,貌犹不及中人姿。予则谓爱其舞台上艺事之精湛耳。譬如素雯,无艳色,特表情之美,域中坤旦无其匹,予故亦笃爱素雯也。梯公亦雅喜英子,愿一见其匡庐面目为幸,安得之玄先生,为吾人治杯酒,使愚与梯公,并英子俱列席,而之方亦得叨陪末座,一倾积愫。愚且约信芳俱来,盖之方与信芳,亦盛称英子之演艺,为舞台上第一流人物也。

(《小说日报》1941年5月22日,署名:刘郎)

再告二房东

近来写了不少关于二房东的文章,有人说:"你说得太多了。"我则以为既有人把平欧兄事件当作社会问题看,那末二房东与三房客事件,似乎也非不是社会问题。不过这一事件,关于我的"切身之痛"与别人无干,我也用不着许多人来胡我的调。我在二房东加紧压迫我时,我还是要写,我在《社报》上写过一封信给那厮严某夫妇。前几天,那妇人(用施耐庵笔调)带领彪形大汉三名,于黎明时分,到我卧室门前来示威,实在这是非法举动,姑念初犯,而且妇人无知,不加追究。不过我又要郑重告诉姓严的,天气热了,我在家时候,时常一丝不挂,叫你的女人,以后还是少闯卧室,万一我被她瞧上一眼,在彼此糊里糊涂的时候,闹出什么别的问题,那末这件房事纠纷,永远不会有解决的一天。虽然终我之世,我不致于有这样好的胃口!

(《小说日报》1941年5月24日,署名:刘郎)

质之冯蘅先生

万象书屋,把许多新出版的一批热情小说,都送给我看。这里面,我最爱的是冯蘅先生的《春华露浓》,但《春华露浓》我是放在最后看的,昨夜临睡前看了五章,还有一半没有看,但已使我惊服了冯先生的这一枝好笔。朋友周翼华先生,也赞叹冯先生写得最好。我对翼华说:里面写舞场的几节好像在替我们温着旧梦。

不过也有许多微疵,如"春华露浓"这四个字,非常难过,如果没有别具意义的话,那末这四个字,实在有些似通非通。在我看过的四五章里,我以为写向导社的一节,是蛇足,我以为按摩院、向导社,写的人太多,也只好让别人去写,不必放在《春华露浓》里。短短的十来章,用舞场与学校做背景,已经够了。再把向导员羼进去,倒不一定是气派小,终嫌得不伦不类。闻冯蘅先生便是梅霞,那就无怪写得这样生动了。文坛上的美才,我终以为在舞文作者群中。

(《小说日报》1941年5月25日,署名:刘郎)

以 此 类 推

一夕,明姑看小说,有"以此类推"之句,不解其意,问于予,予以字面为之解释曰:以,取也,此,这个也,类,类同也,推,算也。仍勿懂,则为之举例曰:某甲纳一妾,妻固勿妒,惟谓甲曰:汝虽宿于妾许者,须纳我以税,第一夜为五金,第二夜为十金,第三夜须二十金,第四夜须四十金,第五夜则八十金,以此类推,盖积一夜,即须将纳税之数,以二乘之,卿解之乎?犹摇首,予深自惭疚,复行举例,而明姑问曰:类推两字颇不易解。予大苦闷,则曰:类末一张类个类,推末推进去推出来个推。言已大笑。嗟夫!予呐呐不善言辞,并讲解一句普通成语,不可达意,小学教员之饭,我殆不能吃也。

(《小说日报》1941年5月26日,署名:刘郎)

美　才

前天我说起冯蘅先生,是近时报坛上的美才。我常常说,小型报圈子里,那些老人才,越来越起码,所以我老是留心那些陌生的署名,而认为《跳舞日报》真好,没有一篇文章,不是写得轻松有趣的,一望而知,这张报的编者,用了全副精神在培育它。还有一位署名叫做局外人的,也是写得一手好笔墨,骂起人来,一刮两响,而讲起俏皮话来,更有如剥茧抽丝,层层不穷之妙。还有一位写桥头文字的先生,署名水手,所谓嬉笑怒骂,皆成文章者,读之往往使人绝倒,记得有一天写一节说:叫文明戏老二,而回头说包脱哉!于是水手先生的妙论来了,他说:"大概是被邵万生包去,做醉蟹了。"看小型报,我就欢喜这调调儿,可以解颐,所以我以为他们都是吾道中的美才。我不弄什么刊物,不然这几位先生,我一定要设法罗致的。

(《小说日报》1941年5月27日,署名:刘郎)

再质冯蘅先生

冯蘅先生的《春华露浓》,在两夜天的枕头上,把它读完了。在读了一半的时候,曾经贡献过一些拙见与冯先生,但全书读完之后,又有一些感想,我以为在书里面,把现代人的名字,或者自家朋友的名字写进去,读者看起来总有一种说不出的不舒服,而《春华露浓》里,也未能免俗。近一年间,有许多执笔小说的朋友,都欢喜弄这个玄虚,虽然作俑者,不是冯蘅先生,但冯先生终于也采取了这条途径。写小说,一半固然是凭空杜撰,一半也自然靠着写实,但写实何必写定一个熟人?即使要写熟人,正不妨虚托一个名字。在随笔里,时常提起朋友,且为读者所厌恶,小说里自然更不讨人欢喜。冯先生是聪明人,想来也能鉴到这一点吧？

（《小说日报》1941年5月28日,署名:刘郎）

新闻记者

号称小孟尝之白松轩主,有一兄,当小孟尝自小开做不像样之后,乃投身小型报,辑回力球版,其兄遂为轩主之助手。及夜,往回力球场,抄写表格。顾自黑癖而易为白癖,颓废益甚,遂为街头行乞之流。梯公行路上,有人尾之,口中念念有词,自谓系"新闻记者"。梯公乃知此人必轩主之兄矣。此人可恶,往年挥霍如轩主,蹩脚之后,不向路人说从前是大少爷,而偏说是新闻记者,不坍大少爷之台,而坍新闻记者之台,其罪不容恕也。或谓:此人在做大少爷时代,且视新闻记者为起码人,今则讨饭用新闻记者为幌子。我遇此人,必不舍一钱。

（《小说日报》1941年5月29日,署名:刘郎）

橄 榄 油

王耀堂律师健饮,每天非醉不休,他讲起来都是酒醉的故事,曾经说:有一位外国朋友,同他赌酒,事先,有人告诉那位外国朋友:你要酒吃得多,而不容易醉,须先喝一点橄榄油,包管可以胜过耀堂。这位外国朋友,好似得到了一个秘诀,欢喜得什么似的。他们赌酒的地方是大都会,初饮之始,大家都豪气十倍。后来,那位外国朋友,终于吃醉了,他突然想起有人告诉他的秘诀来,便蹒跚着步子,到厕所里面,从身边取出一个小瓶,将要倾倒入腹之时,看厕所的小郎,以为他饮的是一种鸩酒,意欲自杀,把他抢了下来,闹到外面,才知道这瓶内藏的是橄榄油,大家哄笑起来,说橄榄油要在饮酒以前喝下去,有一点功效,酒后喝下去,是没有用场的。那位外国朋友,因为西洋镜拆穿,大为忸怩,脸上的颜色加倍红了！

（《小说日报》1941年5月30日,署名:刘郎）

《万　象》

《万象》杂志,由涤夷主辑,为襟霞阁主印行,其魄力之雄,声势之大,可预知也。二兄尝以二书来,征稿于愚,而愚无所报,殊为惶歉。比来家居之时甚多,非无濡毫弄墨之暇,特心意殊灰,欲打起精神,而不可得,遂习为懒废,重以好友之约,又不敢不一奋笔,惟乞二兄少待耳。

◆灵与肉

或问某君与某舞人之情好,侧重于灵?抑偏于肉?某君曰:灵一半,肉亦一半。二人恒固以逆旅为欢聚之地,一日,友欲访某君于逆旅,则曰:近日无房间。讶而询其故,则曰:以生理上之必然变化,故稍俟数日耳。此所谓灵一半与肉一半也。

(《小说日报》1941年5月31日,署名:刘郎)

《扬　州　梦》

《扬州梦》为荀慧生新剧之一,据《海报》演述,则记杜司勋之艳迹者也。司勋诗有"十年一觉扬州梦,赢得青楼薄幸名"为脍炙人口之作。然其本事,固无从究诘。此剧乃不知出何人手笔,意者,殆为舒舍予君所贡献。白党诸君,舒君似籍隶江都,以扬州人而作《扬州梦》,或自有其所源欤?按杜樊川诗,有一首乃有人为之考证者,则为"自恨寻芳去较迟,不须惆怅怨芳时。狂风落尽深红色,绿叶成阴子满枝。"故愚以为慧生与其演《扬州梦》,犹不如根据此诗,似崔护之人间桃花,衍为短剧,未尝非旖旎风光也。司勋一角,不知由何人饰演?此角大难,在我理想中之杜司勋,当代伶工,未必有人能状其个性。生平爱樊川诗若命,若舞台上之小杜,如瘟紧喉咙之小生,则大难看矣。

(《小说日报》1941年6月1日,署名:刘郎)

劝灵犀兄孏姘头

读了廿二日的那一篇《猫双栖楼随记》，我真的太同情灵犀兄了，他对于家庭情形的不满意，实在替他难过。从前，他常在报纸上忧愁着生计困难，我倒以为这些都是他的过虑，他的日子，比我无论如何好过，不过我只图现在、不问将来的一个脱底棺材，灵犀兄是孜孜于要建树可以不拔之基的一位谨慎朋友，所以要兴来日大难之哗。

他在那篇文章里，写到后来，竟然伤心得想遁迹幽场，入深山，做和尚，这却何苦？我以为既然不满意于室家之乐，何妨讨一个姨太太，不然也孏个把姘头，调剂自己的精神。朋友你不要当我说笑话，弄女人，的确于自己的身心，自己的事业，都有莫大利益，不相信，你弄一个试试，包你不会再有什么失眠症啦，神经衰弱啦等毛病发现，只有使你文思通畅，身体健康。

不过，我要声明的，你不要学我的样，遗弃糟糠之妇，我是混蛋，为了此事，把老婆活活气死，你如果听我之劝，那末你不妨做得秘密一点，"自古英雄皆好色，从来名士孏姘头"。朋友，你是名士，我是英雄，哈哈！

有许多人，曾经把你的弱点，批评过一阵，然而最大的毛病，却没有说出。你的毛病，是像封建社会的女人一样，把贞操看得重要，一定要做到平生不二色，难道你一旦死了，还要树什么贞节牌坊不成？所以我切实告诉你，你要不听我的劝，你是自己情愿慢性自杀，不然，从我之言，保你还有生命的光明。

我这篇文章，本想送登在你的报上，怕给你小姐看到，告诉夫人，那末用全部潮州闲话来骂我，我吃勿消。所以送与蝶衣、灵犀兄，你看了可不能去给你夫人看，或者念给她听，否则，你是出卖朋友，我永远认得你。

（《小说日报》1941年6月2日，署名：刘郎）

失　　望

昔日,人安里有火警,家人以电话告予,予问曰:起火者为弄堂口之烟纸店邪?抑米店邪?盖予意,果有火灾,当先烧此二家,以其欺人甚也。顾闻家人言:起火者为对邻,广东人熏腊肠而失慎者,予乃失望。

◆文人与钱

劳玉既迁居宣南,彼无书来,予亦绝无只字。劳玉不欢,寄翼华书云:"为文人者,若不与以钱,必不肯写字。"盖讽予也。予拟报之曰:劳玉开颜料号,主顾若不碰出钞票,则亦不肯与之论交易耳。

◆恼人春色

万象书屋之热情小说,梯公亦言《春华露浓》为可读;翼华则力绳《恼人春色》之美,书为亡友汪仲贤先生所作。仲贤之治说部,好在人情入理,不比他人之来得野豁豁耳。

(《小说日报》1941年6月3日,署名:刘郎)

返 老 还 童

卢继影君,每夜在航业电台播音,为黄金、卡尔登两院,讲述新戏剧情外,又讲故事。卢君落笔写文稿,之方谓其得"天真"之妙,而演讲故事,亦然。一夜听其将两院剧情,报告完毕后,随口即说:"乃末我来讲只故事拨倷听听,有一个人姓施,伊个家主婆是有铜钿人家囡唔……"其口吻真有稚态可掬之趣。予听卢君播音,每有此身若已返老还童之感,盖一若回复到二十五年前,捉小学堂同学,在墙角落里讲笑话也。

◆吉祥之宴

粪翁率门弟子设宴于吉祥寺之日,沈禹钟先生为愚介绍陈承荫先生,往者,笠诗每称陈先生之学问道德,至此日始遂识荆之愿,握手倾谈,欢逾平生。闻晓初先生已病起,益为之欣慰,晓初先生夹袋中多贤才,若禹钟、承荫两先生俱是也。是日杨邦达先生,赠予一箑,一面达邦画两虾,一面为单孝天先生作隶书,并扇骨亦不欲予费分文,尤可感谢!

(《小说日报》1941年6月5日,署名:刘郎)

以 貌 取 人

"以貌取人,失之子羽。"愚于七八年前,曾于俞逸芬座上,遇郑午昌先生,逸芬为介郑先生曰:此画家也。大奇,以为郑先生之形貌,乃不类画家也。其后稍稍留心艺苑情形,方知郑先生之画,实为当世所重,尤奇!一二年来,时于宴会中,晤午昌先生,则先生形貌之奇俗,犹似曩昔也。先生面黑,有麻,若挚先生以介于广众曰:此郑麻皮,为上海之五金大王,或营造厂主人者。人且无不信。若于稠人间,誉先生为丹青妙手,则"窃有疑者",大有人在矣。

(《小说日报》1941年6月6日,署名:刘郎)

马老板何故轻生?

马连良在天津投河,是哈瓦斯的电报,原因略说:"演《八大锤》时,不知如何,在台上铸成大错,愤恨之余,当夜竟跃河企图自尽。""不知如何"四个字里,自然还有文章,不过上海人还无从知其底细,如其原因果然为了"在台上铸成大错",那末我们真要奇怪马老板还有忠于艺术的精神。

不过有人说:所谓马派也者,未必是平剧的"正宗",野狐参禅的地方,不可胜数,马老板如其明白自己是作俑之人,那末一千次的河,早就应该投了。何至于到现在,才发觉铸成大错呢?你又不是一个艺坛的宗匠,便是铸成大错,至多闹退票,或者轰场,何至于要轻生?

所以我始终疑心马老板的投河是别有原因的,大概做投机,把历年所积,倾于一旦。或者是家里碰着强盗抢,辛苦经营所得,尽付东流,不为了钱,我想马老板便不会有其他理由,使他要在愤恨之余,投河企图自杀的。

（蝶衣按：马连良铸成大错之事，报间已有记其真相者，此处不详注矣。）

（《小说日报》1941年6月8日，署名：刘郎）

风 摆 荷 花

有人与言菊朋共饭，闻言对于当世须生，少所许可，而一一指摘其疵点，说起江南某伶工，谓其身上之动作如风摆荷花，言其摇曳过甚也。乃有人亦批评言菊朋曰：此人直是天打木头耳。天打木头者，喻其在台上之木立如病鸡也。妙在前四字，与后四字，可为偶语。

◆新关码头访员

一夜，友人又聚宴于雪庐，主人小游香岛，才半月而归，予尝述其返棹消息于报间。主人问曰：何以刘郎得消息之速耶？则告之曰：吾报在新关码头有访员，此人名阿毛，阿毛固见陈小姐于启碇时，亦曾见陈小姐归来之际也。

◆损人不利己

予家之电话费，必俟催信来后，在剪线前一二小时，始往付款。予以为催信之信封与信纸及邮费，乐得让电话公司损失一些，此虽损人不利己，然良心上固可以泰然也。

（《小说日报》1941年6月9日，署名：刘郎）

选 袁 子 才 诗

后人论袁子才诗者，毁誉颇不一致，近读《名山老人诗集》，其中有选袁子才诗一律云："闲把袁诗校一过，好消烦暑好清歌。果然福慧人间少，太觉公卿纸上多。才如乐天尤近俗，品同潇碧漫操戈。西湖不住金陵住，未识当年意若何？"诗代表作者之风格与思想，最不可掩饰。老人以子才拟乐天，殊未称，乐天诗境清远，子才句中，不能得只字，此诗末二句大奇，惜不获知老人作于何时耳。

◆题《翠楼集》

陈小翠女士,近以绘扇赠予,小翠不第画佳,诗亦绝美,名山老人亦有《题〈翠楼集〉》二绝句:"定厂死后无奇句,不道闺中有嗣音。老子目光高一世,连朝击节翠楼吟。""少陵粗豪昌谷险,利病有时不相掩。从古文章要细论,劝君末放如天胆。"

(《小说日报》1941年6月11日,署名:刘郎)

写奉程小青先生

前几天,程小青先生送了我一本《珠项圈》,袖珍的本子,薄薄只有四十多页,所以一口气把它读完了。的确,我自来没有读过侦探小说,说也荒唐,与小青先生,认识了好几年,连霍桑探案的小说,都是出于小青先生手笔,也是最近才晓得,可想而知,我涉猎的小说的资格,实在太浅薄了。

程先生的《雨夜枪声》,我是在无线电里听一个讲故事的人讲述的,我始终觉得布局方面是无疵可议的,比较可以说是缺点的,就是人物描写,有时感到太"贫",尤其是那个包朗,有时在程先生笔底下,形成一个脓包似的人物;我又以为霍桑这一个人,也不必把他写得过分严肃,不妨风趣一点,这样做,我想程先生的小说,还可以生动得多。好像看见报上说,《雨夜枪声》要搬上银幕,想来不是用侦探的手法来编制的,这就失却了程先生著作的精神,你允许他们那样做吗?

(《小说日报》1941年6月14日,署名:刘郎)

赠黄小姐

为三友补丸在电台上播音做广告之黄小姐,说者谓其作风,实继承昔日之唐小姐(霞辉)。予未尝一闻唐小姐之声咳,故无由辨其是非也。惟黄小姐口才便给,其人亦似饱蓄问者,故舌底翻澜,听之殊不讨厌。而三友补丸之尚有人问津者,黄小姐之功居多。黄小姐报告和气丸与救苦丸时,辄于女人隐病,论列精详,如言经来腹痛,又曰超前落后,倚枕闻之,一似床头人之宛转述其疾苦焉。坐是之故,三友实业社有生意上门矣。故三友实业社之股东,应知黄小姐实为若辈衣食之母,脱不然,而谓黄小姐恃三友为衣食父母者,遭雷殛矣!用作小诗,以志钦迟:

> 况聆珠玉泻如泉(第一句即抄龚定厂),小病慵慵只自怜。深念辛勤黄小姐,不知落后或赶前?

(《小说日报》1941年6月15日,署名:刘郎)

金山、焦山与北固山

往年作京江之游,上金山,寺中有一佛龛,塑青白二蛇,又寺僧导至一处,指谓水漫金山时法海踞此石上,退群妖者也。家人看共舞台之《白蛇传》归来,问我有其事否?余谓杭之雷峰,镇之金山,固有其地,若其人其事之有无,则端不可考矣。游京江胜迹者,咸谓焦山好,而金山不及焦山远甚,是固焦山得地势之优;然金山之恶俗,亦为焦山所绝无,金山何谓恶俗?即以民间小说上之故事,以假作真,而赚得善男信女之来膜拜也。自江口之焦山,经北固山,其上有甘露寺,传即刘皇叔招亲处也,又有坡道,则谓皇叔曾驰马于此;山阳,复有斗剑石,其来历亦无非出于三国之东吴者。余两游焦山,而北固与金山,则仅去一次。北固山得幽丽之美,固逊于焦山之林树葱茏,幸无金山之恶俗。登焦山听波涛声撼石,此境奇美,不知何日重临!念之惘然!

(《小说日报》1941年6月16日,署名:刘郎)

为禾犀兄悲!

这一次平和票房,在卡尔登演义务戏,陈禾犀兄,因为是社员,同时也是临时的干事,台上要唱戏,到台下还要招待亲友,显得特别忙碌。我四顾看看,却不见陈先生的过房女儿,什么白玉薇啦,梁小鸾啦,一个都不在跟前,原来她们都分散在外埠,要是在上海的话,禾犀今日登台,势必要随侍在侧,看干老子化妆,帮着干老子照料一切。而收坤伶做干姑娘的人的心理,也不过在这种地方,聊以自娱。如今禾犀有的是干姑娘,而干姑娘却又都在凤飘鸾泊的时候,萍踪莫定。我想禾犀先生在自寻欢乐之余,偶念及此,也当感不绝于心矣。

丁先生打定主意,不收坤伶做干姑娘,为的是聚散无常,他说:她们回去之后,把上海的干老子,忘记得一干二净了。这话自有至理,写到这里,忽然听得一个消息,说梁小鸾跟着卡尔登的新角,一同南来,此来完全为游玩性质,闻之又替禾犀兄一喜,然而也怪她来迟了一个礼拜。

(《小说日报》1941年6月17日,署名:刘郎)

诗 与 运 会

记得我十九岁那一年,在家乡养病,虽然在病中,而吟事不辍,曾经写过一首郊行的诗,有一联好像是"一抔黄土埋躯好,十里横塘隐亦宜"。当时中国银行里有位掌司文牍的老先生,见了诧异着说:这孩子恐怕不寿,不然何以年方逾冠,而作的诗便这样萧瑟呢?其实我那时因为瘵病缠身,自分必死,所以这诗倒是由衷之言。后来病复原了,也就不再有这类口气了。我并非不相信作诗与本身的穷通有关系的,譬如黄仲则的发语幽苦,此人一生际遇,摇落可怜,年三十余,便长离人世;白居易的淡放,终于能征上寿;近世如樊樊山的旷达,也克享高年。我屡次读其三先生的诗,觉得他是一贯满纸牢愁,最近似乎更加厉害,论诗自然是上品,然口气何以这样的凄婉?我以为其三先生何妨改换一下作风。

(蝶衣按:其三先生有一腔愤世嫉俗之念,故假笔端以发泄之耳。固与黄仲则之幽苦萧瑟不同也。)

(《小说日报》1941年6月18日,署名:刘郎)

老 薛 宝

薛佳生为薛宝润第三子,人称薛老三,其人为沪上之名票,而将下海于北平者,不图今以病逝闻矣。佳生有姬人二,一为镜花楼老三,一为小黑姑娘,俱艳名藉藉。老薛宝之次子炎生,篷露兰春于室,当时沪上人士,固无不歆羡,谓好女人为薛家占尽矣。露归炎生时,携首饰十万金,老薛宝沾沾自喜,语人曰"我家老二,生殖器殆雕花者也"。其人老而贪,后世不振,殆食此报欤?

◆小黑姑娘

愚以为卖艺之女人,以姿色擅称者,当无过小黑姑娘矣。以"烟视媚行",誉女人之美,予无所见,见之,亦特一小黑姑娘而已。屡屡听其献奏,非悦其歌声,而悦其貌艳也。小黑登场,特鼓搥之前,必先解其项间之纽。时女人尚高领,领又硬,解之,不致阻其发音也。然台下人则谓小黑一上场,便欲脱衣裳,其设想便觉冶腻欲流矣。

(《小说日报》1941年6月19日,署名:刘郎)

名票孙兰亭

上海地方,凡是票友,都称名票,所以弄得无票不名。其实上海的票友,那里都担当得起一个"名"字,就眼前而论,赵培鑫、孙钧卿诸君,他们总不失为名票。逢到堂戏,听说有钧卿或培鑫的戏码,自然而然有人耐着性坐下来听他们演唱,由此我们可以说明所谓名票也者,一定要票友票到有了他的"群众",才可以确定为名票。票友然,其他一切之"名人"亦然。

在上海时疫医院广播募款的第二夜,我足足收听了四小时无线电,我体会到孙兰亭先生,也可以尊之为"名票"而无愧。被朋友捧场点戏的票友,不好算数,而要陌生人来点戏,才是真价实货。这一夜,听众点孙先生的戏的,什么大鼓啦,朱买臣啦,真有纷至沓来之感。这些听众,俱非兰亭素识,都是慕兰亭之票名而来"致敬"的,这就是孙先生的群众。孙先生的群众广大如许,谓非名票,其可得乎!

孙先生平时性喜诙谐,在广播时候,也是一贯作风,引人绝倒。他的群众,无不爱好他这一分十三点的腔调,于是乎踊跃输将。所以这一夜,在电台里造反的,只有三个名票,一个兰亭,一个培鑫,一个是周信芳先生。信芳毕竟是名伶,培鑫、兰亭二先生,却都是崭货的名票。

我说兰亭如果下海,定是红角儿,如果唱独脚戏,上海的滑稽家定无饭吃,这就因为他已经拥有无数的群众,真所谓何事不可为呢?

(《小说日报》1941年6月20日,署名:刘郎)

艺术良心

马连良之投河,迭经其函电声明,谓并无其事,是则马连良之怨愤有之,因怨愤而求死,固非事实。于是有人谓其人之"艺术良心",究嫌不足。近闻与严华要求离婚之周璇,曾得许多影迷之投书,谓周璇曰:"你有聪明,你有天才,为什么不演较有意识的影戏,而专门从事于几张取悦于妇人、稚子之作品邪?"周璇为之感动,曾屡次与严华商议,欲往内地拍戏,盖此时此地,未必能伸其素愿也。由此观此,则周璇之所谓"艺术良心"者,犹未尽泯灭耳。(然而今所演出者,仅为离婚,而移居于某监制人家中,不知此亦以"艺术良心"为出发点否?)

◆声泪俱下

严周之婚变发生后,有新闻记者,往访严华,谓严华谈至情绪紧张时,声泪俱下,此时恨不能一访周璇,告以严华情状,使其感动归来,重敦旧好。予旧诗云:"始信心肠有异数,丈夫总比女儿柔。"观于周璇,又一证矣。

◆明知故犯

最近,三友痧药,在好友电台做特别节目,有位报告员在那里说:"医药这样东西,不能随便介绍与病家的,一不审慎,贻患无穷!"话不失为至理名言,不过我想不透他们为什么要明知故犯?我们不是时常在电台里听他们报告三友补丸的效用,几乎能统治百病,好似举世奇方。三友补丸是否能统治百病,吃过的人肚里明白,所以我亦问一问,他们做广告的不也是贻误病家吗?而且他们对于三友痧药的宣传,也都言过其实,上海治痧症的药物,著名如中西之功德水、中法之龙虎人丹,尚且不敢自称有起死回生之效,三友痧药究竟是什么妙剂,好吹这大的牛皮。

(《小说日报》1941年6月22日,署名:刘郎)

毁得了吗?

记得十八日晚上,柳中浩打电话去找严华,严华到他家里,遇见周璇,严华对周璇说:"你这样做,是存心在毁我,毁我同时也是毁你自己。"严华终究不失为一肫厚的人,事情到了这般地步,还顾恤周璇的名誉。

有个前例,可以举给严华听,一手栽培胡蝶的林雪怀,后来也是被胡蝶遗弃的;虽然林雪怀那时,不似严华现在的自爱,然而女人对男人的"背义"行为,却一般无二,但后来胡蝶的本身,也没有毁呀!

电影女明星,名誉的香臭,没有什么进出的。说不定从此以后的周璇,电影公司更当她为奇货看待,影片子出来,无形中还好为了婚变事件卖一卖野人头呢。

毁了毁了!周璇根本不会毁,严华也不必自杀,女人要不安于室,欢喜亲近小人,你还顾恤她干吗?劝你醒醒吧!

(《小说日报》1941年6月25日,署名:刘郎)

柳中浩夫妇

严、周事件发生后,闻柳中浩夫妇遂为严华终身所忘不了之二人矣。柳与其妻,是否蓄意离间严氏夫妇?此为法律问题,他人不能妄断。惟柳与其妻知之,严华与周璇知之,愚不知之,故祷于神明曰:若无其事,则柳中浩当放弃周璇,不为任用,以示此种背夫出走之女人实为祸水,用之必有灾晦,不是摄影场火烧,定将戏馆走电。若果有其事,则报应不远,柳夫人亦必有席卷而滑脚之一日,使柳中浩茫茫若丧家之犬焉。不然柳中浩自身,行且投荒绝域,使其其兴别鹄离鸾之悲!

◆有竹居主人书

予鬻书扇,知止居士与有竹居主人,俱来捧场,会予小恙本约七日缴卷者,乃逾期至十日之久,私心歉疚,无可言状。乃承有竹居主人赐书,奖饰过当,惟尺牍绝美,以贡读者,幸毋谓又替自己做广告也:

法书大作,两擅胜场,于以知诗书须大分夺于学力也,不矜持,不草率,随随便便,自然得玲珑剔透、香远益清之妙,以视彝之老丑,尤复不能自藏其拙,殊觉汗颜!故有句云:"南郭吹竽数末流,怜予何事兴偏遒?文章自是儒修业,不许庸愚占上头。"盖亦深致其顽钝之忧也。录呈以博一粲,旧诗能多多拜读否?(下略)

(蝶衣按:愚有和子彝华宗诗,已付灵犀。)

(《小说日报》1941年6月26日,署名:刘郎)

涉 水 记

二十五日下午七时,友人祝方伯奋先生莺迁之喜,席上惟姚绍华兄,久不晤面。方屋为跑马总会产业,以前为英军憩息之地,英师既撤,余屋遂分居与跑马总会之办事人员,伯奋亦得一楼,为统三层,有客厅及寝室三间,宏敞可知,而厕所尤巨,庖厨在楼下,髹漆既新,屋遂有轮奂之美。是夜大雨,亘三小时不息,席既散,门外水深没胫,予与小蝶、太白,附赵培鑫先生车,经孟德兰路,为大水所阻,车遂至,御者推于后,时雨势犹骤,车徐行至成都路,引擎为水所损,不复有力,乃雇人力车归,则静安寺路与卡德路间,俱积水。过张园,张园之游泳池,每次输水五万加仑,费达万金,今水由天赐,一旦放晴,则五万加仑之水,不必乞灵于钞票矣。用是为张园忧,亦为张园喜也。忧者,忧其大雨滂沱,不能开门营业耳。春江道上,连年积水,往时雨过,涉水为戏。某岁,有友驾车,载鲁家小妹,过大西路水深处,予与阿萍从焉。时方夜永,友伪谓引擎损,止水中,彼雌作惊鸣,谓不得归去,将奈何?当时未尝不以为快事,顾初不如是夜有大雨,若怒潮之倾倒而下也。

◆屡试不爽

周璇一红便骄,予人之印象至为恶劣,愚书为文以排斥之。灵犀不识人头,以为不必逾量之毁,故常抹去其名字。今日之事发生,灵犀当知愚所见之不讹。愚尝自诩法眼,看某寡老是坏坯子,则定不是好人。看某挡码子是坏物事,则定为邱六桥,屡试不爽。

(《小说日报》1941年6月27日,署名:刘郎)

文章自是儒修业

某一次遇到沈禹钟先生,他总是问我,近来有诗吗?你可以多做一点。我深感沈先生于我的关切,同时心里也很愉快。沈先生是赋性肫挚的一位文坛宿将,他不如旁人对我的诗,说些一味过誉的话。而在他殷殷垂问里,可知他认为我的作诗,不致没有造就的。譬如有位朋友,他曾经对我说:某先生见你的诗,钦服备至,他预备把你诗稿付梓,一切费用,都归他负责。这样虽然也是奖励之意,然而终嫌得过分了一点。小时看上海的报纸杂志上的许多著作者,只觉沈禹钟先生的文章第一,当时同沈先生齐名,甚多甚多,然而除了范烟桥先生差可比拟外,其余的哪一位不是芜乱得教人不堪寓目。到现在,终于认识了沈先生在文学上的造诣,是颠扑不破的。有竹居主人说得好,"文章自是儒修业,不许庸愚占上头"。三复斯言,真是定论。

(《小说日报》1941年6月30日,署名:刘郎)

收音机中之严周事件

凤昔醉律师,代表柳中浩登启事,声明关于此次严周婚变事件之立场者。中谓报纸及电台播音,无不对柳中浩施以抨击。报纸舆论之不满于柳,既盈篇累牍矣,电台播音犹未听得,此夜因拨收音机,果闻有滑稽家将此事衍为歌曲,起角色而演唱也。予所听之一节,在周璇出走以后,严华到处寻访,而登柳中浩之门,柳告以周璇勿在其后,因又访丁先生而述此事,商量请律师代表登报警告周璇。至此为头本,其下不复继续。登场者,有严华,有柳中浩,及柳家人,又一丁先生焉。严华说上海白,实错误。形若柳中浩,极浮躁暴烈,而丁先生则打官话,如文明戏之言论老生,亦误。丁先生说上海话也。惟有一可取者,则丁先生之说话甚轻,此则与真丁先生,甚为相似。或曾闻其下本者,谓周璇讲苏白,其音调绝如文明戏中之哀艳名旦,乱七八糟,益去本来面目远矣。

(《小说日报》1941年7月1日,署名:刘郎)

水 娟 之 唇

有人看姚水娟之《啼笑因缘》,予问之曰:水娟美邪? 其人半晌曰:别样倒呒啥,要我与此人"开司",便无胃口。询其故,则曰:其唇厚也,予为绝倒。予尝与水娟共餐,其印象至今不灭者,短发不掩项,着素裳,年三十外矣,而两唇奇厚。女人之唇,薄如秋运之叶,固非闺相,然厚如水娟,亦觉勿称。闻其人言,故以为妙也。

◆收藏家之言

张英超先生之画,谓欲于中国画中,别辟蹊径,展览之前,尝有请柬寄翼华。翼华既富收藏,于是亦以工鉴赏自诩,睹张画,犹未加批评,予亟以曩日所闻英超之宏论述之,翼华曰:看起来总不是一桩事。嗟夫!闻收藏家之言,乃知英超作品,欲求其"吾道大行",其实难矣。然愚之书此,非欲挫吾友进取之志也,吾友其识之。

(《小说日报》1941年7月2日,署名:刘郎)

男　女

严周事件发生之后,若干电影记者,都"帮"了周璇的"闲",为她张目,甚至于写严周的名字,一定要把周璇放在上面,因此有下面一个笑话:"某报的电影编者,也是周璇帮闲者之一,每次写到此次婚变事件,总是把周璇放在上头。总编辑某君,见了不以为然,对此人道,明明严华是丈夫,周璇是妻子,为什么你把周璇的名字,要摆在严华前面。此人大有头可断、名不可移之概,对总编辑道:我要如此写,你却不可改,你若背我此旨,请从此辞。"此人对于周璇之忠实,可想而知。但我却不是那家报馆的总编辑,不然我倒要面孔一扳,对他说:滚你妈的蛋,男的一定要放在女的上头,譬如我要问起你的爹娘来,"令堂可好! 令尊可安!"我也觉得不顺口,你听起来也觉得刺耳。

(《小说日报》1941年7月3日,署名:刘郎)

记 所 见

在派克路九福公司的转角上,放着一个报摊,管理这个摊头的是母女二人,一块木板,上头用绳子拦满了书报,一直从早上到下午。昨天刮着飓风,看报摊的妇人,不知往哪里去了,只剩下一个女孩子,一阵猛烈的风头,将那木板吹倒地上,书报便到处乱飞。女孩子知道这些东西,是他们养命之源,眼见随着狂风,往北吹去,好似有人从她手里夺去了钱财,急得在街上号哭。但是孩子的啼哭,终于感动了行人,当时所有的行人都一致替她去追拾那些书报,顷刻之间,都捡起来还了她。我看得很清楚,一张也没有短少,看惯了中国人的幸灾乐祸,而看到这一幕,不由我心目俱爽起来。

◆郑午昌先生

昨夜在丁先生府上,遇到郑午昌先生,有人替我们介绍了。我说初见郑先生,还在十年前俞逸芬那里,而郑先生却说最近吉祥寺见过两次。郑先生说一口绍兴话,听他同汪亚尘先生攀谈,才知江笑笑的绍兴人乘火车,有妙绝尘寰之慨。

(《小说日报》1941年7月4日,署名:刘郎)

介绍小舟先生

昨天,本报的主人,特地打个电话与我,他说涤衣兄为了编辑《万象》月刊,忙得无法兼顾其他任务,所以本报辑务,业已辞退,继涤衣而来主纂本报的,是小舟先生云云。小舟先生是我的老友,我们经数载神交,而始于二年晤面的,战前他住在南京玄武湖旁边,时常寄湖居点滴,属我发登在上海的小型报上,写作的优美,当时小型报读者,众口一辞的称赏着,文章而以情致胜者,不会没有人为之歆动的。小舟先生有一分热情,从他腕底纾写出来,我每次接到他的文字,先读一遍,读了之后,总是拍案叫绝。老实说,文章要我赞一声好,定有它特殊的好处,这一句倒不是牛皮。

近年他一直住在上海,不以文字见人,此番为了本报主人殷殷敦聘,始答允掮起这个重任。本报的写述诸君,如知止居士、剑厂先生,与本报主人,都有甚深的交谊,他们一定会继续着帮了小舟先生来栽培本报的。本报主人又对我说,小舟先生既是你所钦服的人,以后更当辛苦一点,这是必然的事,何用主人担虑。

(《小说日报》1941年7月6日,署名:刘郎)

出污泥而不染

劳玉居士自北归来,知笠诗与梯公,今年俱为四十寿,因与劳玉先生,合宴于丽都花园,为二兄进一觞焉,肴馔特丰,而陪客无多。桑弧既至,居士指桑弧曰:友人中足以称佳子弟者,仅此一人,其人圣洁,历数年不变,交友未必都敦品砥行之士,而其素质无改,倘亦所谓出污泥而不染欤?梯公闻言,频颔其首,予则颇色变,盖居士之交游云者,或在讽我。居士一生毛病,端在嘴轻舌薄,灵犀视稳公为畏友,我亦于居士云然。

◆南洲之书

南洲主人,往年逸芬称之为名公子而跌宕欢场者,其人能诗文,笃友谊,近抵不肖书云:"久不亲汪洋叔度矣,思比云深,同处一隅,经年睽隔,风雨晦明,我怀曷已!前者读报,知尊体违和,明珠又失,竹林败北,'房事'多劳,无一不萦弟心曲……"具见于故人关怀之切,滋可感矣。

(《小说日报》1941年7月8日,署名:刘郎)

[编按:后文称南洲主人徐欣木。]

陈夫人生辰

陈灵犀先生与夫人同庚,今年皆四十正寿,夫人生日,为废历六月十九日,距今不过三四朝矣。灵犀以夫人持家辛勤,届日,谋所以寿夫人者,假七浦路吉祥寺设素筵,以款友好。灵犀之意,要好朋友,已由口头通知,若"差勿多个"朋友,则又不愿惊动。惟此消息既传,要好朋友,固然欣往伸贺,即差勿多个朋友,亦欲前来参加。此则灵犀之人缘不恶,非别人之要作"好事之徒"也。因此之故,人数之多寡,竟成一问题。吉祥寺之和尚若瓢,尤为着急,到处以电话寻我,请我在报上公告,谓灵犀之朋友,愿参加陈嫂之寿典者,务望先向若瓢和尚登记,登记日期,至七月十二日截止,如是可以使和尚预备桌数,勿致临时有勿够吃,或吃不完之虑也,吃不够怠慢佳宾,若吃不完则当此天气炎热,势必暴殄天物。愿一切人等,秉吾佛慈悲之旨,勿使和尚急煞也可。若瓢驻锡处:吉祥寺。

(《小说日报》1941年7月9日,署名:刘郎)

唐大郎先生书扇取值启

大郎先生以绝世鬼才,挥上将神笔,喜笑怒骂,皆成文章,酱醋油盐,各随口味,断魂裙角,曾萦一笑之春,吐火山头,又誓三生之约,病到英雄,由来本色,人真名士,毕竟风流。迩者,戏操斑管,遍写黄罗,铸出新型,惊倒苏黄米蔡,搬来旧作,踢开唐宋元明,诗有灵魂,尽堪激赏。

书之优劣,非所短长,于是怀素楼头,不少有求之客,高唐梦里,平添无事之忙。谋等交游有素,晤对生怜,爰效时流,为订润例,清风有价,篋取十元,廉士宜师,限以百把。郎不好名,藉节耕耘之力,全非谀墓,少助盐米之资,凡诸友好咸使闻之,准此等由,须至启者。沈禹钟、白蕉、龚翁同代订。

刘郎按,此启犹为去岁所作,文则出龚翁之手笔也。大郎于旧箧中发见其稿,刊于此,为大郎书扇作一宣传耳。

(《小说日报》1941年7月12日,署名:刘郎)

毛西璧先生逝世

阅报知吾乡毛西璧先生作古,悼念久之。毛亦能文,耄年尚以册籍自娱,战后,避难沪上,有人谓先生姓名,使甬上人士念之,颇不好听,亦云谑矣。

◆南华酒家

一日,遘老友王持平先生,知其方致力于陶朱事业,而将近开幕之南华酒家,即经其擘划者也。吾友之才识过人,思想复超异,南华之贡献于社会者必大,举此消息,告于老饕,想亦乐闻焉。

◆王熙云

王熙云为熙春之妹,随其姊来沪,栖迟海上,近亦亭亭秀发矣,其母使之习剧,投王兰芳为师,颖慧天生。熙云之个儿较熙春高,貌尤都于熙春,因知王家二老,他日之受用正无穷尽耳。

(《小说日报》1941年7月14日,署名:刘郎)

"人生观"

一夕,偕吾友止舞榭,友招谋舞人同坐,舞人乃絮絮为友述其所谓人生观矣。其言曰:"我在今日,当认认真真做生意,俟积聚既丰,便当看破红尘,买一汽车,自己驾驶,清晨驰车于黄浦滩畔,看红日东升,则为乐弥永。"闻其言,为之绝倒,既多钱矣,又奚为看破红尘?既看破红尘矣,又奚为市一汽车?既市汽车,而专为在黄浦江看日出之用,不伦不类,至于斯极!吾友劝之曰:何不嫁一丈夫,以谐永好?则曰:世上乌有好男人;故不嫁!友曰:然则我乃如何?女摇首曰:亦非善类。友大懊丧,予谓友曰:汝诚非善类,渠亦十三点耳,女人之闲话太多,便易流于十三点,此女即以闲话太多,太多而说到后来,语无伦次,欢场妙女静默寡言笑者之所以可贵也。

(《小说日报》1941年7月15日,署名:刘郎)

进　　步

芮鸿初君为昔年《自由谈》《新园林》之投稿家,前日遇于吉祥寺,承渠对我称扬曰:你写的扇子,进步多矣。予当笑而未予回答,后来想想,应该对芮君说,我的字同你文章一样,日日在进步中。

◆遭妄

报间误植之字,有时又怕人势势者,如近在他报写某先生邀宴之夕,及印出,"邀宴"二字竟成"遭妄",遭妄似可作遭无妄之灾解,岂不汗毛凛凛邪?

◆信芳远游

闻兰老(仿拍大亨马屁者之口吻)发起赈济难民之义务戏,有《借东风》一剧,似为宋宝罗之孔明,而请老友王文彬兄,托予代邀信芳饰鲁大夫,本有钱出钱无钱出力之愿,果与信芳通一电话,据谓日内将作远游,势不获登台矣,于是予力乃白出。

(《小说日报》1941年7月16日,署名:刘郎)

周璇启事之执笔人

周璇登的那一幅启事,洋洋千余言,你道是出的谁人手笔?原来是襟亚阁主人的大作,不知以何因缘?从前苏州星社里有几位文人,此次都愿显身为周璇的幕后捉刀人,但是这样的大品文章,他们还谦逊不遑,未敢落笔,所以又去请教襟亚,襟亚自然一挥立就。有一天遇见了襟亚,他告诉我说:那广告是他写的。我便对他道:你为什么不早一点说?倒让我挖苦了你一阵。

平心而论,这幅广告,写得并不坏,所稍有出入的,这样的文章,这样的措词,好像是一个伎女脱籍时候的宣言,不像为电影女明星作声请离婚的启事。所以襟亚在下笔之际,对于周璇的身份问题,似乎缺乏一点考虑。

我想周璇的启事,有不少人曾经注意,也一定有人要晓得执笔者是何人,故就我所知,特为记述如上,不可谓非佳好之材料也。

(《小说日报》1941年7月17日,署名:刘郎)

行 情 报 告

邻家之无线电,上午即启其机器,有声断续无定者,听之,绝似巷内有一丐妇,求乞于人焉,傍听之,则为交易所之报告行情耳。投机之人,倾覆其身家者殊众,视此如导入幽冥之先声可也!

◆杨云史先生逝世

报载杨云史先生,逝于港岛。数日前,尚与瓢庵谈杨先生诗,如"春来心事惜芳菲,花满春城酒满衣。一自新诗传万口,家家红粉说杨圻"。此盖为先生从吴将军驻节汉皋时,赠伎人陈美,所作也,距今亦十数年矣。当时先生之綦情胜概,于以见之。先生近岁作诗,散播于香岛报纸者豪众,沪上报纸偶有所见,亦都自港报转来,今先生殁矣,念其昔日之遗风流韵,痛悼何穷?

(《小说日报》1941年7月18日,署名:刘郎)

为素琴上条陈

昨天报上,载一消息,说坤旦金素琴,将从此退藏,而不复从事舞台生活矣。像她到了年纪的人,及时收帆,本是情理中的事,不过她这一次从西贡回来后,在上海仅仅于以义务戏中,出演过一两次。我知道上海人为她而想望声容的,一定不止千万人。所以我倒要为金大小姐上个条陈,你要退隐,谁也不能拦阻,不知可否在退隐之先,再出演这么半个月或者一个月的时期! 让上海欢喜听你戏的人,畅畅快快听一下,然后你再退藏于密,若是即此为止,那未免太使一群"希望听你美妙歌声"(此句借有人送陈重莉银盾上的原文)的群众失望,既在上海出风头的角儿,比你不如的还天天卖着满堂,难道你还怕失败吗?你是有勇气的,干一下,使这么一个临去秋波,叫上海人看看。

(《小说日报》1941年7月19日,署名:刘郎)

牛 □

据说有余中南其人,最近在稠人广众间,谈起上海的小型报,由小型报而泛论到小型报的道德问题,于是乎该余某发出一阵鄙薄的口吻。

小型报从业员,并不认识余中南,因为听见他妄施讥讽,便打听过他是甚等样人。原来上海人初晓得其人的却也不少,不过奇怪的,凡是晓得余中南的,一提起余中南来,莫不众口一辞的说道:"哎,迭个末牛□大王呀!"接着津津乐道的说了许多余中南吹牛□的笑话,以及他现在做着的一行好卖买,和他攀着的一分高亲。做卖买是有关他的"道德",攀亲眷又是涉及他的"私德"。我是小型报的从业员,暂且不想用鄙薄的口吻去调侃他,现在还是说他吹牛□的笑话吧。余某的牛□,罄南山之竹,未必能够都写出来,下面记的是一节而已。哪一天高兴,哪一天再写。笑话来了,原来余中南平时,好把几个名流的名字,挂在嘴上,譬如谈起杜先生,他总是说"月笙"两个字。一天他说起第一次串戏,在幕后急得发抖,锣鼓敲到差勿多地方,不敢出场,幸亏月笙在旁边,把我一推,推出去了。听到这里,张善琨先生熬不住笑出来,说道我看见的,你一出了场,介石在台下拍手。这一句话,提醒了旁边的人,个个为之捧腹。

(《小说日报》1941年7月20日,署名:刘郎)

病象日加

我的病象，一天显着一天，这一个月中，身上肌肉，不知消逝到什么地方去了。他人见了我，都道我瘦得可怜，我自己也看见二十四根肋骨根根在望。而头发也因为血分的营养不够，在我每天篦头皮的时候，随着下来，前人诗"年来白发不胜梳"，今日的我，却是连黑发也不胜梳了。

怎样造就我今日的病象，我自己是茫然，生活比从前上了轨道，更没有以往那样斲丧的行为，照理，应该要渐臻于强康之域，不料反而有了病象，真是怪事。

今日起身呼吸非常急促，我有些忧惧，向来身上有一点病，我没有担过心，这一回时常在疑心我会因病而死，或者真会去死不远的，笠诗劝我去找一个医生看看，他说：或者下午有寒热，你自己是不觉得，这倒不要因循了下来。

（《小说日报》1941年7月22日，署名：刘郎）

谢知止居士

予以体羸，述之报端，知止居士读之，深致其眷念之殷，前辈盛德，心窃感之。居士今年四十八，一夕，同饭市楼，座上有稳公，则四十九，往者吾人称居士为知止老人，其实老人固未老。

◆"三光"不谈

是夕，浩浩神相亦在座，神相亦奇瘠，问其故，谓体壮如昔，何以瘦减？竟不自知，因疑吃洋米或为一原因，亦未可知。有人乞神相谈相，神相拒焉，浮尸兄为之声明曰，三光不谈。三光者，日光下、月光下，与灯光下也。然则欲聆神相言微中之妙，须择阴雨之日矣。

◆红头

阿稳被酒，其颅与其颊胥作赤色，颅又光，青筋怒暴，厥状乃奇怪，有人称之为红头,予竟不敢设一"喻"词。

(《小说日报》1941年7月24日,署名:刘郎)

刻 薄 坊

一日,梯公、瓢庵设宴,席上有人述及若干年前,大郎书作一长篇小说曰《刻薄坊》。其时大郎初作报人,亦初写长篇,全书历一年之久,以文笔奇艳,故传诵一时,顾又足以言小说本身之价值也。或谓"刻薄坊"实有所指,殆为巨籁达路之存厚坊。存厚坊之业主则为李慕青也。李尝官于鄂中,暴征苛敛,民怨沸腾,旋为监察院弹劾,遂罢职,来海上营巨宅。大郎所述,则为恶吏之纵横,及其家庭之不宁状态。闻李为大郎乡人,大郎否认之。时李阅报,尝诉于某闻人,某闻人遣人至报馆,一言不合,各出恶声,李始知无可奈何。今闻李又在渝中,料其做官之梦未醒,然此人劣迹久彰,岂政府已蠲弃前嫌,犹重用之邪! 近年以来,大郎不为"风化"之文,往年所著亦多,《刻薄坊》达万余言,其大观耳!

(《小说日报》1941年7月29日,署名:刘郎)

班 底!

小型报涨到一角钱一份,于是有几位一向在小型报上执笔的朋友,在噜苏着说道:报纸钱涨了,我们的稿费如何呢? 我则当替报馆老板答覆诸君道:报纸从铜板涨上分头;稿费没有加过,现在报纸从分头涨到角子,自然也不会加的。小型报老板,只有白报纸飞涨,印刷费增加,他们没有抵抗,惟有对撰稿的人,大家不妨一笑置之,因为撰稿的人,是小型报老板的朋友,轧朋友要讲究漂亮,若斤斤于阿堵物,那是你不够朋友,噜苏些什么呢?

这件事我有个比例,开戏馆的,在今日之下,房租一再告涨,电费以及一切都开销,都告涨,他们无法抗拒,惟有在台上卖命、卖血汗的班底,要求涨几块钱包饭,便难如登天。在小型报上撰稿,又是要稿费的,其情形也等于戏班的班底。朋友,谁叫你做的是班底呢?

(《小说日报》1941年8月5日,署名:刘郎)

酒 肉 朋 友

在某张报上,看见一方的一篇随笔,为了向日在一起游宴的朋友,把他突然遗弃了,因此恼恨不已,甚至形诸楮墨间。究竟是怎么一桩事,我们都不能从他的文章里究诘出来。

一方所发的一阵牢骚是为了他没有钱,于是朋友都把他遗弃了,随着又自己乱叹了一场穷愁。身处在灯红酒绿之场,而叹着苦经,谁也不会引起同情,如果朋友真为了一方的"床头金尽",而使他孤零着,更是人情之常。一方素来豁达,所以一阵牢骚,在任何情形之下,是多发的。

同酒肉朋友溷在一起,自己经济一旦告了拮据,便当收篷落舵,这是一定的顺序。如果不知趣,还想溷在里面,还以为我是去凑他们的热闹,然而别人都已嫌你是多余的了。还有一种称到酒肉朋友,其相交的范围,不外乎胡调,胡调又不外乎弄女人。别人在弄女人的时候,就应该洞察情势,无论说话动作方面,都要自己"识相"。往往因为你的一言一动,而使正在弄女人的朋友,功败垂成,这也是使朋友对你发生厌恶的一种原因。可不知一方这一回的事,有没有这个因由在里面?

(《小说日报》1941年8月6日,署名:刘郎)

绿 豆 小 周

绿豆汤为夏令饮品之一,友人府上之备此者,推翼华兄家为尤味。盖绿豆俱去皮,加黄姜糯米饭及赤枣之属。而放入冰箱,及已透凉,然后饷客,美妙不可言喻。笠诗谓:翼华苟设一摊于巷口,未尝不可与城隍庙之常州酒酿圆子、群玉坊之小肉面,及东方书场之郑阿小,争一日之短长也,因谥之曰绿豆小周。绿豆之"绿",普通写为"菉"字,予以绿豆之色绿,故写"绿"字,如红色之为赤豆也。不审辞源中亦有专门设一"隶"字者否?

◆"挖角"

小舟兄自辑本刊后,内容固已一新耳目,此虽为小舟兄之力求整饬,而主干人之着力不懈,始有此成绩也。予以为本刊文章之可观者渐多,尤钦服《艺坛杂笔》与《素什锦》两文,初以为尽出小舟手笔,一日,偶遇铁椎,询之,则否认,又不欲举其姓名。予非小型报老板,无"挖角"之企图,讳莫如深奚为者?

(《小说日报》1941年8月7日,署名:刘郎)

《三国志》里的庞统

此番黄金大戏院的一班角色,是由张伯铭兄,请约登台的,唱了三天而即告病假的那位郭老板,与张家更有深远的渊源。据说郭春阳的父亲,人称天津老二,是张椿宝先生的门下客。数年前,郭老二在张先生座上,常常把一部《三国志》,讲与张先生听,一边讲,一边把自己的儿子,有一身唱戏的本事,也附带的传入张先生的耳鼓里。尤其老二在讲着庞统的时候,他说庞统在《三国志》里,本来与诸葛亮一样高强,不过他运气不好,没有孔明那样出足风头,说时又把他儿子的怀才不遇,对张先生感喟了一番。这几句话,深深地打入张先生的心坎里,而使他动了怜才之念,因此逢人说项,把郭春阳比为庞统,预备提拔英才。恰巧在黄金歇夏的机会里,张先生便叮嘱伯铭,让春阳露这么一露,说不定从此青云直上。张氏父子对于郭家老小,也可谓诚至意尽,不料结果是这一个局面。有人说张先生捧的不是《三国志》里的庞统,是《三国志》里刘备的少爷。

(《小说日报》1941年8月8日,署名:刘郎)

千　扇

李祖夔先生,藏扇得千件之多,而无非精贵之作,先生谓:近得一箑,为赵㧑叔绘松,作长题,以二百五十金易之,次日,有人愿增百金,乞先生让渡,而先生勿与也。又谓昔年,曾丐陈弢庵作箑,弢庵亦为绘松,占今扇四之一,时太夷尚居故都,先生因复请海藏楼与朱古微等四人足成之,每人各致润二百金,扇干亦值二百金,一箑所费,乃至千金,以迄今日,则万金亦不获致矣。瓢庵因告先生,谓:人有千扇,不及李八先生一扇。"扇"与"算"字略谐,其言乃趣。

◆吉祥寺之宴

灵犀又设宴于吉祥寺,约祖夔、祖模两先生,并有竹居主人,是日大风雨,而无一缺席者。与主人违久矣,清癯犹如曩昔,愚怅然咏主人句:"伉俪湖山如有约,翠微佳处我能知。"谓主人曰:乃不知何日得偿此愿也?主人亦为之惘然!是日,到者以李氏族人为多,老友如性尧、北平,及大师数辈,俱甬人,灵犀为广东,予为江苏,在宁波人与有竹居主人之杭州人,瓢庵之吴兴人眼中视我与听潮,为外省人耳。

(《小说日报》1941年8月12日,署名:刘郎)

《申报》的一元稿费

南腔北调人,在《申报·游艺界》里,写伶人小传,与一张某合作,由张某绘图。此君在小型报上,是一员健将,风头还嫌出得不足,又想到大报上去过一过瘾,题目特铸锌版,又是占全版最显明的地位,南腔北调人的沾沾自喜,可想而知。不料结果被那合作人张某,拔一拔短梯,还传了几句不中听的闲话到耳朵里,则南腔北调人的怨天怨地,亦可想而知。

张某转与南腔北调人的稿费是一元千字,我以为这里面一定给那厮中饱了若干,不然,《申报》决不至派头奇小,不信,南腔北调人可以向黄寄萍告发,黄寄萍如其不能替南腔北调人作主,官司好打到史咏赓那里去,查一个水落石出,坍一坍张夹里的台。然南腔北调人却口口声声不在乎稿费多少,干吗不在乎?依笔杆为生的人,不在乎稿费,在乎什么?

(《小说日报》1941年8月13日,署名:刘郎)

助 学 金

为了申报助学金,我曾经写过几节文字,本报毛子佩先生,很关心,特地写封信来,问我黄雨斋的那一笔借款,成功没有?我回答他大概黄君没有读着我的报,不然,他不会没有下文的,因为此事虽然"利"是欠缺一点,然而"名"却可以博的。我是个糊涂虫,助学金什么用意,也弄不甚清楚,曾经问过朋友,我的儿子,可否去请求助学金的?朋友回答我说:你吃过施米,着过施衣不曾?助学金的性质,同施衣施米差不多。我想了一想,施米要吃也好吃,施衣要着也好着,其所以不吃不着者,因为我是不上不下之尴尬人耳。

◆小人得志

余与人同博,输得多了,闷闷不作一语,难得占的是赢面,便说话甚多,翼华说:这是"小人得志"。几十块近百块的输赢,情形便两样,难怪有一朝所谓权在手的人,要作尽其威福矣。

(《小说日报》1941年8月14日,署名:刘郎)

一元稿费的申明

我写了一节《〈申报〉的一元稿费》,先后接得两信,皆为此事辩正的,一封是黄寄萍兄,一封是张义璋君,我懒得再写,把它们都刊在后面:

(一)久别甚念!今日见《说日》关于稿酬事,稍有出入,特介绍张义璋君面陈一切,坤兄与弟亦熟人,写稿不过玩玩而已,何必小题大做?望兄便中为弟代致拳拳,稍待当请其杯酒言欢也。一笑!

弟萍顿首　八月十三日

(二)久仰文名,只以无缘识荆为恨!

顷到《东方日报》奉访,未获拜晤,甚怅!关于今日《说日》所刊大文,所言稿费一节,殊多误会!因余君所支稿费,为每篇一元,非每千一元(一篇仅二百字左右,是亦已五元一千矣),此事出入甚大,弟受诬尤深,万乞赐予更正,至深感盼。弟决非从中捞稿费之人也。专此,敬颂健笔!

  弟张义璋顿首 八月十三日

(《小说日报》1941年8月16日,署名:刘郎)

马 鲍 之 婚?

  越剧女伶马樟花,嫁与鲍某之子为妻,是今年春间的事。最近本埠有两家同业的报纸上,说鲍家郎已与樟花离异,还把她们离婚的情形,详细地叙述过,马、鲍两方,对于此项记载,并未予以声明,当然是默认的了。

  但是再看看一张专门刊登绍兴戏消息的报纸上,还在形容马樟花与鲍家郎,如何的伉俪情深,如何的夫妻恩爱,可见得马、鲍的离婚是全非事实。

  但离婚消息的来由,是从鲍家的亲友方面所发出来的,并不是向壁虚构,而绍兴戏报的记载,又好像是亲眼目睹一样。

  我于是疑心,离婚的消息不要是马樟花方面造的空气,因为她还要过着舞台生活,预备争取观众。或者他们"夫妻恩爱"是绍兴戏报的作者,所信手拈来的,因为报纸上艺坛消息的报道,不翔实的实在太多,譬如移风社解散了几天之后,几张戏报上还在望文生义的说麒麟童定七夕前后,在卡尔登出演呢。

(《小说日报》1941年8月19日,署名:刘郎)

雨中过贝当路

  贝当路予我之印象最美,素琴尝卜居于此,予尝过其居为宵谈,时在严冬,万籁既寂,咏"窗前人静偏宜夜,户内春浓不识寒"之句,益叹素琴当时栖居之胜。及其赴港,愚与熙春驾车过此尝得诗云:"闺中佳丽归无日,门外垂杨绿已齐。"又云:"谁谓不堪除俗念?此行略似访山溪。"亦可见予于贝当路向往之深矣。

昨日,赴华联公司,又偕桑弧飞一车于贝当路上,时大雨如注,车行弥疾,排雨势而驰,若腾行于云烟中,桑弧乃叹为伟观。予尝游富阳道上,亦坐飞车,雨打车窗,为景益丽,此日过贝当路,又不禁陡忆归游矣。

◆范恒德之风趣

范恒德生前,好戏弄朋友,一日,打一电话至搬场公司,谓其友人家欲迁居,令公司上午八时往运家具;又谓其友习晏起,车既来,先将客堂中陈设,一一载之去。公司如其言,及其友起,则客堂已空无所有矣。及闻为恒德所为,则亦付之一笑耳。

(《小说日报》1941年8月22日,署名:刘郎)

"乃末乱哉"!

予赴合众公司,在《灵与肉》一片中,客串一屠门顾客,有一镜头,予问韩花之年龄、姓氏后,摄影者将镜头移至墙上之日历,而予不知也,以为结束,故及予之对白完后,须继以一阵痴笑,予自觉声不甚自然,笑后,对朱先生曰:"乃末乱哉。"不料发此言时,镜头犹未完毕也,收音师闻之,大呼曰:"×先生怎么又讲一句话矣?"朱先生以我为外行,笑曰:"剪了它吧!"然在场人已笑不可仰。

◆人寿险

吾友止于屠门,有六娘者,应召至,比灯照下帷,女忽谓吾友曰:阿好作成我一笔生意?友曰:我今方作成汝之生意也,讵汝更有其他副业,要我作成者?女曰:然,侬方为某保险公司兜人寿险生意也。友始恍然。事后以告予,女之掮客生意,都从肚皮上兜来,操刀之客,第一次生意成功,第二次女便使成浑身解数,要了你的命,你也有了保障矣。

(《小说日报》1941年8月24日,署名:刘郎)

读韩非的文章

周璇的出走,牵涉到韩非,韩非一再向人表明过自己的心迹,在第三期的《万象》月刊中,也有他一篇文章,后面也为了周璇事件,自白一番,意思同他从前向人表白的一样。

上海剧艺社的戏,我仅仅看过一次,韩非予我的印象最好。信芳从来不轻许别人演技的,而对于韩非,也着实赞叹过他,还说我看他的戏太少,如果看他做反派角色的戏,一定还要惊服。这样年纪又轻,又是怀着演技精湛的艺人,如其在别人夫妻的纠纷里,也轧这么一脚,委实是可惜的,韩非能够一再辩白,自是最好。

在韩非的文章里,有几句最可喜的,好像说:韩非不想上银幕出风头,也没有做未来大明星的野心,我的志向只是想努力舞台戏剧(原文已不能尽记),记得风云先生比方过,把话剧比做萝卜青菜,电影比做大鱼大肉,而韩非居然不想择肥而噬,其长甘藜藿的精神,如何不叫我们向往?不过周璇汲引他去拍《夜深沉》时,好像韩非说过一句挺肉麻的话,他说周璇是在提拔他。周璇还懂得提拔人才吗?呸呸呸,她才是养媳妇做媒人呢!

(《小说日报》1941年8月27日,署名:刘郎)

陈栖霞赠女

愚尝记陈栖霞先生赠女事,比月以来,愚以心意抑促,不暇理此烦琐,故未受领。今陈且南游,亟欲使其女得托身之地,因驰书告愚,必欲以此呱呱者,慰吾妇闺守岑寂也。今日上午,陈夫人果抱女履吾阃,女入世已八月,迩已摒代乳粉勿食,而喂以米糊,米糊者,粤人称奶糕之别名。惠明以陈氏夫妇,意殊殷切,不忍再方命,遂留焉。陈夫人见惠明首肯,忽悲从中来,频频以巾拂其泪,女有姊,见母悲抑,其情弥复悽楚,睹之良勿忍,因告夫人曰:陈先生后日且行,今抱之归去,令其别生身之父,下午更遣人抱之来,不必劳夫人趾矣。陈夫人会我旨,果抱女去,惠明送其行,返语愚曰:陈家人既不忍骨肉飘零,又奚必送至吾家?嗟夫!此其所有难言之痛也。

女陈氏,其世居岭南,而生于沪,时为庚辰岁十二月二十六日清晨一时。

(《小说日报》1941年8月29日,署名:刘郎)

《银灯鬼影录》

最近想写一部长篇小说,叫做《银灯鬼影录》。上海的电影界,拍赤老戏来赚取洋钱,据我看来,整个的银坛,便是魔窟,不过混在此中的,不自知其形态之可怖,以为两个肩胛扶了个脑袋,便自以为是一个人了。

所有的电影新闻,都是影片公司的机关报,它们做不了照妖镜,所以电影界的恶浊的情形,它们无法反映出来。因此上海的报纸,对于电影界不徇私而加以严正的指摘的,可说绝对没有,有之,其惟本刊之"艺坛杂笔"乎?

《银灯鬼影录》,我本想自己来写,但观察不能周详,故而想请风云先生执笔,将我所知道的,都告诉他,再把他所见得到的,都补充进去,材料自然丰富,文笔就不用提了!

鬼,鬼,鬼,银灯之下,正多那群恶鬼,附鬼有人,打鬼无种,此影评人之所以终为戎囊子也!

(《小说日报》1941年8月30日,署名:刘郎)

冯 将 军

二郎先生尝为冯焕章将军参戎机,为予谈将军生平甚稔,将军尚俭约,粗布粝食,令士卒奉行,或有诬将军者,乃谓将军实饰貌矜情也。饰貌矜情,是为作伪,顾将军之伪,能终其身,则伪亦真矣。将军无所嗜,特好统重兵,每日清晨,阅其军旅,见其兵士之壮硕,马队之精整,则每每望之而喜，是盖将军以统重兵而为一己之癖矣。比年来为国宣劳，曾无宁已，今年六十岁，《正言报》载其友友欲为将军进一觞，而酬其劳苦，祝其遐龄者。将军却之，因答友人书，谓："生日无关作战，故友人欲为我贺，是友人之过，而使本人则若坐针毡。"其拳拳于国族之情，溢乎词表，又曰："我学识才力，仍段丘八。"此其口吻，又妙在粗豪。读其书，而使想望风仪，辄频频叹服，将军真伟人也！

（《小说日报》1941年9月1日，署名：刘郎）

百缂斋夜话

李祖夔先生，笃嗜古雅，藏田黄二百五十方，又缂丝达百件之多，因自号曰百缂斋主人。二十九日，先生与祖韩、祖模两先生，为灵犀、笠诗二兄祝四十生辰，设宴于卡德路寓所中，邀予与效文先生及北平兄为陪，其余则俱李氏族人。先生谓羌无好怀，乃以诗文自娱，灵犀吉祥寺之宴，先生有长文记其事，又和灵犀《四十述怀》之诗一律，灵犀得之，喜甚，谓逾于百朋之锡矣。

祖韩先生亦工书画，与笠诗论画竹，予门外汉，听之亦不懂，故谓"竹不如肉"，于是就祖模先生谈肉矣。祖模先生以阛阓贤才，妙有豪迈之概，往居青岛，檀朱家侠望，出入门下者，有珠履三千之盛，先生不甚嗜风雅，好为奇俗之论，而趣味深长，俗而能趣，则又无所谓俗矣。报间传述逆旅经理之遗媵，有知其为出处风尘，旧在花间，名老八，席上某君，因悟曰：其人有绰号名野鸭绒，盖有人曾捉之于香褥间，谓其人竟体酥融，如置身于野鸭绒堆中，其柔弱无骨可知也。复有某君，谓八胯下一丝，长不知分寸，第引之及胸，逾丹田而上，此所以终为尤物耳。

（《小说日报》1941年9月2日，署名：刘郎）

慕老寿征

一个人做一件无论什么事，能够持之以恒的，便可以卜此人一定克臻上寿。朋友中,丁慕琴先生便是一个。《桃花江》《渔光曲》那些歌曲,听到如今,还没有觉得厌腻,你说他胃口奇佳也可以,你说他有恒心,也何尝不是?

无恒如我,世无其匹,所以可自知是个短命鬼。白相相的事,向无恒心,便是好赚钱的事,做得厌倦了,也会废然而退。

有一时期,我捧过坤角,现在却老早把这些娘儿们忘记得一干二净,从前在笔底下对她们的形容尽致,那是为了自己,作遣散烦虑之计,其实始终也没有写过一句诛心之论的文章,这倒不是我存心欺骗读者,所以言过其实者,完全是当时想聊以自娱而已!

(《小说日报》1941年9月3日,署名:刘郎)

三　张　报

绍兴戏、申曲与弹词,近年都在上海吃香,因此各有一种专门刊载它们消息的刊物,譬如平剧之有戏报,电影之有影刊。

弹词毕竟比较典雅,所以在弹词报执笔的虽然脱不了腐气,文字终究还清通,绍兴戏与申曲的报纸,却大不相同了。

你如其在心意郁结的时候,看看绍兴戏报,或者申曲报上登作品,实在比看绍兴戏或者申曲的演唱,来得有趣,我常常把那些文字做消闷解颐之助。

在他们落笔的时候,原是一本正经的写,自己并不觉得他们的文字是怎样风趣,但看到我们眼睛里,却觉得那些文字,篇篇都是可以绝倒,可以喷饭。这里面有时也有诗词歌赋,你要说它是通俗的作品,实在不然,因为读者纵是通品,有时也看不懂那些诗词的奥妙,其实我之所以读了这些文字出神而有味,也为了这一点。

(《小说日报》1941年9月5日,署名:刘郎)

得 罪 了 朋 友

为了儿子,得罪了朋友,这是从哪里说起?

儿子在小学读书，因为没有穿长衫，被校长打了，还不许他上课，回来告诉我，这回我真的火冒了，叫他即日退学。

因为是姚吉光先生介绍我儿子入学的关系，所以在我从报纸上发牢骚之前，极其诚恳的写一封信与姚先生，请他谅解我，但是姚先生终于不能鉴我诚衷，在看见报之后，打一个电话来，发了许多"浪浪调"，什么"做人难做"，"以后也让别人走走路"许多比打我还要难过的话。

一向对于朋友最重义气的我，偶然得罪了朋友，便会寝食不安，我于姚先生，虽然谈不到受恩深重，但姚先生毕竟是我道的先进，也是同人的表率，使他有所不慊，于我实在惶恐万分！

记得姚先生还有一句话，说："你也应该检点检点你自己子弟的行为。"儿子固然顽黠，但还没有偷东摸西，谈不到行为的优劣，没有长衫穿，纯为鄙人的穷，又是潦倒，罪不在儿子，我就想把穷与潦倒来打动老友的矜怜，不料姚先生还是为了高邻谊重，对于一个愤世嫉俗的朋友，发这几声"浪浪调"矣。

特再以至诚，请姚先生恕其冒昧之愆！

(《小说日报》1941年9月6日，署名：刘郎)

貂　公　逝　世！

貂斑华虽然是电影明星，但在电影的造就上，实在无足称道，始终被报纸上做了一件豆腐靶子，什么"貂公"啦，什么"照片明星"啦，盛传一时。

此人的庐山真相我仅仅见过一次，记得在跳舞场里，一身有诱惑性的"肉"，却给了我一个不可泯灭的印象，其时我不似现在的安分，所以为了斑公之肉，几乎梦寐为劳！

她与我的几个朋友，发生过狗皮倒灶的事，然而我却没有看见过我的朋友同他缱绻的情形。

现在忽然说她因肺病而丧身了，我为了她悼惜，悼惜的原因，还是不能忘情于当时在跳舞场里看见她的一团肉影。

女明星的收场,十九是悽凉的,貂公也不能例外。貂公以前的浪漫,晓得的人很多,近时则退藏于密,却没有资料给人传说,则其相当安分也可知,然而安分却会戕贼其生命。看来不论男人女人,天生要荒唐的就不必让她们收心。

(《小说日报》1941年9月7日,署名:刘郎)

想起百岁

高百岁出门有二三个月了,听说他在外码头出足风头,在南京,把宋宝罗压得黯然失色!原来宋宝罗在上海,以一条嗓子卖钱,居然常常满堂,到了南京,恰巧与百岁打着对台,百岁看他来了,把什么《追韩信》、《打严嵩》这一路麒派戏都收拾起来,专贴全本《四郎探母》、全本《失空斩》、全本《打鼓骂曹》的谭派戏,以示抗衡,以为宋宝罗嗓子,我高百岁也有喉咙,大家拼一拼,这一来宋宝罗真的被他砍倒了。

在上海时,百岁依附着信芳,从来也不图奋发,老是吊儿郎当,弄得上海人对他的印象,真是恶劣万分,然而有许多知道百岁的,却说他落拓得可爱。又谁知他,到了龙争虎斗之时,还会放出这一身力气,把一个刚在上海红得发紫的宋宝罗,欺得日月无光呢?这样看来,我们还不能小睇了百岁,他究竟是个挑过正梁的大角。

(《小说日报》1941年9月8日,署名:刘郎)

张季鸾先生

张季鸾先生,近弃世于渝郊,年不过五十五耳!当《大公报》自天津移沪出版时,《大公报》当局,曾一度宴沪上新闻界,胡政之与张季鸾两先生,俱出席招待。政之先生,曾于席上致演词,季鸾先生则默默不为一语。予尚忆张氏印象,为风貌清癯,而其人似羸弱不胜者,当时固疑其体力不甚健硕,不图国难未已,先生终于不起,一代论宗,声容邈杳,自是令四海同悲也!

◆香香面孔

文涓来,予以迄未一晤,因有诗云:"自分与卿相好老,重逢面孔要香香。"此诗发刊之日,文涓乃于傍晚来视予,予适他出,致未相值,一面之缘,何其吝也,或曰:文涓此来,要与汝香面孔耳,汝奈何失此良机!予曰:说说白相相,早五六年,文涓犹稚鬓,则香香亦无所谓,今长成如许,究竟不雅,故避避开亦是好的。

(《小说日报》1941年9月9日,署名:刘郎)

在银幕上看见我自己

《肉》,在八日上午十时半,试映于新光,予十时始起,桑弧以电话来催,匆匆与室人梳洗毕,驱车往焉,至则已映十之二三,而予之第一个镜头,且不及见,及映至舒丽娟提起唐大人时,知予将登场,此时之心理,正如十年前初投稿于报纸上,一报既揭,亦不知予之文字,乃成何格局也?于是兴奋又复忧惧,及吾身已入画面中矣,转为之释然。在银幕上看见我自己,奇瘦,两颐外拓,状至可怖,此时几为我瓯瘠而忧,不暇辨戏中之动作矣。

桑弧之剧本,既精警非恒流所及,朱先生导演手法,则又出之以一贯轻灵,乃成双绝,英茵之好,无可伦拟,举域内银坛,殆无第二人称此才者。顾也鲁、屠光启,后共饭于会宾楼,席上人为桑弧与朱先生庆,亦为英、顾诸人,祝成功焉。

(《小说日报》1941年9月10日,署名:刘郎)

读《护生画集》

昨以城北先生之邀,饭于吉祥寺,愚六时已往,与雪悟、若瓢两师,谈于禅室中。若瓢以丰子恺先生之《护生画集》示愚,集中劝人勿以杀害生灵为务,伤心怵目,可谓至矣。惟此中亦有逾情之语,譬如蝇鼠之为害,尽人知之,而集中对此,亦以护生为劝,护彼微命,无以卫自己之生,其理又胡可解者?子恺之画,每有取前人诗意,对照读之胥成妙构,愚近见其三先生绝句云:"无事闲看鸡啄虫,为怜蚁命设鸡笼。谁知鸡脯登盘日,却在人间谈笑中?"温柔敦厚,得风人之旨,此其三先生诗之所以目空余子也。先舅曩居故都,风雪之朝,亦有绝句云:"风雪连朝一巷泥,二三饥鸟向人啼。起来为觅瓮头看,喜有新春数合栖。"是二诗者,皆不辱子恺先生之画笔者也,故特志之!

(《小说日报》1941年9月17日,署名:刘郎)

瓜 子 杏 仁

我有许多朋友,如黄金大戏院之孙兰亭先生,他们以前是红棉酒家的老主顾,但现在却相偕裹足了。

上海人除了有天生请客最好请人吃钞票以示豪阔的一般暴发户之外,平常人无不对于红棉的做生意,认为心凶手辣的,它们对待老主顾尚且如此,你难得去作成它们的,还不来啃你一下吗?

现在且说我朋友们的绝足红棉,是为了有一次兰亭先生在那里请客,一共四桌,"皮尔"上有一项支出,是"瓜子与杏仁",共计五十七元,合拢来,每个人要吃过一元有余的瓜子、杏仁,他们自然也不去同他们交涉,付了钱从此与红棉不做往来,这是最好的办法。

兰亭先生说:上海的真正洋盘,究竟不是我们,他们当真把我们当"小开"看待,那就不服气了。

(《小说日报》1941年9月18日,署名:刘郎)

住 的 威 胁

我们弄堂里的房子,一间前楼,和一间后楼,有租费讨至三百元之巨者。这不算奇怪,最骇人听闻的,我有个朋友,在静安寺路静安别墅里借了二层统楼,据他说,就像他这一点房屋,在别一幢房子里,二房东把那房客赶走之后,把这几间房子去顶与另一个房客,讨费竟至一万二千金之多。所以有了这个行市,我朋友现在住着的这几个房子,也可以值一万多元,大房东没有好处,三房客苦不堪言,只是养肥了二房东。到如今还有人说,各种物事,比较下来,住还算是便宜的。我现在说这一个与读者听听,可以知道,住,早已向上海人在威胁了!

大房东造了房子,因现在之无厚利可图,起先则索巨额的小租,后来连小租还嫌要得不够,索性造成房子,分宅出售。清凉寺附近的中华新村,去年只要五万元一幢,是那么优美的洋房,到了今年,新重庆路那一条新近落成而是偷工减料的弄堂,竟开口要十几万元一幢,这样下去,将来穷人只有住在露天,怎样也找不到一个聊避风雨的地方了!

(《小说日报》1941年9月19日,署名:刘郎)

米 的 虎 跳

一家米店里的堆米,因为高如山积,而不胜其积重,于是坍下来了,恰巧压在店中学徒身上,学徒自然更加不胜其积重,一压就压死了二命。这消息是在报纸上刊登出来的,我家无隔宿之粮的人看来,不免怔了好久,发怔的原因,也不完全是替那学徒可怜,还有其他一股说不相像的不平之气!

料想有许多米蛀虫,闻此消息,是在鼓掌称快,大呼米的力量果然是那么伟大呀!这种穷小子,活到现在,已经出于他们意料之外,他们今天居奇,明日抬价的结果,却还没有把这群穷小子,蛀得个骨髓皆空,而还苟生人世。如今不待他们蛀下去,米的本身还有其他神通,从高处来一个虎跳,便把一二穷人吞噬下去。原来这一种虎跳之危,阔人与囤积居奇的米蛀虫,他们是一辈子也不会当受的。

(《小说日报》1941年9月21日,署名:刘郎)

讷 厂 先 生

有人计算过,说上海的新闻记者,最有钱的是《新闻报》的讷厂先生,自然讷厂先生的多财,决不是靠着三寸毛锥。他开过通讯社,办过市商会,假使说单单凭三寸毛锥,那末讷厂先生今日的处境,一定比我好得有限。

在"茶话"的讷厂先生谈话里,近年时常可以看见他在为基督教说教。有人说,讷厂先生的信奉基督教,是在他有了钱以后,一个人钱多得可以打算活一辈子时,往往会皈依一种宗教,以遣其余年,讷厂先生便是打的这一个主意。

又有人说讷厂先生,毕竟是读书种子,有了钱,不过信奉一样宗教来消遣消遣。有些人却不然了,一到了财产有了可观的数目时,自然会头轻脚重起来,什么事都会做得出。因此"利欲"二字,永远在他脑筋里盘旋着,而弄得漫无止境。只有讷厂先生,冷冷地,还是写写文章,说说教,谁也看不出他是一个有了不少"烧板"的新闻记者。

(《小说日报》1941年9月22日,署名:刘郎)

眉　子

眉子将行,尝以一书寄予,予固不知其居所也,致未遑话别。灵犀之文,乃讶其此行匆遽,其实灵犀自己疏忽耳,予曾取其书刊之报端,今见其别沪上友人言云:"行也,予又将远行矣!新交旧雨,当惜予行,当知予此行中心之痛也!"则复怀念此就道人不已!眉子之文,所谓以情致胜者,予夙拜服,近见浮云亦称颂备至,其实浮云散文,故自不凡,特其人着笔即谈中外大势,遂贻非驴非马之诮耳!

◆娘姨大姐钧鉴:

巷外距菜市非遥,自晨至暮,瘪三乃丛集于此,妇女携食物于手,必遭其厄,一女佣被劫者三次。一日,提筐将归,一瘪三过其身,女佣怵然,不待其下手,狠命扭瘪三之手,俯首啃其臂,臂破,血涔涔流不已,瘪三负痛遁,众人称快。此法诚足以泄恨,惟不甚卫生,瘪三身上多疮疖,噬之将不洁于口腔也。予有一计,馒头中实以"堆老"为馅,擎之过市,让瘪三咬一口入肚,则其事必有趣,书此以供各家娘姨大姐之参考焉。

(《小说日报》1941年9月26日,署名:刘郎)

王和霖自杀

据专登平剧消息之刊物上记载,谓王和霖在平自杀,信否尚不可知也。王和霖为二三路之武生,名字之所以叫得起,则为吴素秋之未婚夫耳。今传来消息,谓吴、王已解除婚约,于是王以失恋,而致自戕其身矣。

予初以为吴、王之解除婚约,以王实鄙薄吴之行为,而出之自动者,今又只其因解除婚约而自杀,方知王实因做不着乌龟而遽萌短见耳。

吴素秋之操副业,为不可掩饰之事,在平之秽声四播,固无待言,昔日到上海来两次,两次俱满载而归,无非牺牲了"私底下"而得囊橐充盈者,王和霖岂无所闻?而犹欲恋之,其居心亦殊不光明矣!

王和霖是丈夫,便当活在世上,看看这票货色之下场,今出之一死,则做定了死乌龟矣。

严华与周璇之婚变,严华做得娘娘腔,且为识者所不取,然严华终未自杀,此所以稍强于王和霖也耳。

(《小说日报》1941年9月30日,署名:刘郎)

坐咖啡馆之分析

九月二十八日,朱凤蔚先生为其祖太夫人暨封翁合庆冥诞,设蔬筵于吉祥寺,亲友到者,不下数百人。予因上午雨甚,予未早去,比午后往,则文涓、錬霞,俱饭罢而去,此行遂更无可谈之女侣矣。登天禅室,知止老人,方与若瓢、达邦酒话于是,旋之方、木斋两先生来,畅谈益欢。夜饭既竟,瞒庙中和尚,在一斗室中,打牌九为戏。是日送礼之后,身上只余一金,乃语众人曰:"我不知道来此有牌九可打,不然多带钱来。"之方闻言,遽问曰:"将带几何?"予曰:"至少亦当带五金。"之方问意在窘我,盖欲看我在不少生人面前,阿要吹牛皮耳?之方来时,自南京咖啡店出门,及去,则又欲上光明咖啡馆,此种人以咖啡馆为其消磨时刻之地,试加分析,十分之三,示其有闲;又十分之三,示其尚活得落;有十分之三,示其不脱文化人气息;尚有十分之一,则示其平时身边尚不缺少壳子耳。此又拟写朱家冥诞之事,而笔锋忽掉至之方身上,自己亦万想不到,料老友见之,必摇头曰:"赤老个稿子,越写越勿连牵矣。"又文中有试加分析四字,为写完后忽有所感,特赠此句,一并声明。

(《小说日报》1941年10月2日,署名:刘郎)

想 象 之 误

知止居士令媛于归筵上,与有竹居主人同席,主人固不识浮云也,因请教,浮云告以姓氏,主人肃然,谓闻名久矣。因曰:我未识先生时,以为先生乃极清癯者,不知其壮硕如许也。予乃笑有竹居主人,想象错误,盖予一再詈浮云为浮尸,浮云亦不以为迕,而为文尝自署曰浮尸,既似浮尸,则其浸胖也可知,予故谓主人之想象错误也。

◆丈人身段

是夜,新婿登门,灵犀因自己女儿,亦已届出嫁之年,故欲从知止居士揣摩做丈人之神气。予女则已赴召瑶池,不然,此种榜样,亦应学习,不过现在学了,亦须待二十年后,方能实用,予复健忘,则所谓"丈人身段",早已忘佚矣。灵犀不过二三年后,可派用场,故以现在之用功为宜也。

(《小说日报》1941年10月3日,署名:刘郎)

赌 忌

太白记毛锥推庄,渠在其身后"读书"遂使毛锥一人"独输"。据太白自言,渠不知博术,更不知博有所忌也,按博牌九者,推庄人自以有人在其旁看书为犯忌,看且所禁,何况读哉?太白故谓:以后俟毛锥入局时,渠将立其身后,举首看天,盖以"望云"为"望赢"之口彩也,此则万使不得。推牌九有口诀,今试举如下,为太白参考。一:"后面乌龟头向天,今日庄家输百千。"二:"后面乌龟笑,闲家常拿至尊宝。"三:"后头立只臭乌龟(读如车),无怪庄家局局输。""后面有人捏本书,庄家碰八闲家九。"凡此皆不适用太白,应用之太白者,则予有新编词儿云:"太白后头读戏考,庄家副副配三条。""太白头上汗淋淋,庄家钞票赔干净。""太白后头唱戏文,庄家袋底朝下拎。"

(《小说日报》1941年10月4日,署名:刘郎)

梅　霞

小型报执笔人之才气纵横,惟今日之梅霞。写身边文学者非失之枯涩,即嫌其肉麻,得轻灵爽脆之妙者,亦惟一梅霞。愚不耐读长篇小说,襟亚以万象书屋发行之各种热情巨制遗予,读毕全书者,惟《春华露浓》一册,盖亦出梅霞腕底者也,梯公亦盛称梅霞着笔之俏,桑弧尤誉其文灵活婉约,不可多得。梅霞以述舞文而显名于沪上,愚恒谓其才似海,正不必囿于一格,若纾其妙绪,写讽刺时事之章,则隽爽必有甚于并剪哀梨者。报馆主干人,既未尝为梅霞请托,梅霞亦不欲自谋其别开生路,真令人悯悯也!小型报之内容气象,沉沉欲死,读梅霞文,心目始稍稍一爽,若求之吾报,惟风云先生差可比拟耳。

(《小说日报》1941年10月6日,署名:刘郎)

白雪之婚

白雪先生,于四日结婚,其报上乃未有只字道及,故除得其喜柬之朋友咸知外,读者胥不获闻焉。是日,予往道贺,盖欲一觇此"赋性耿介,凛不可犯"之新郎,今日乃作何姿态也?大鸿运礼堂,有票友堂戏,内行之参加者,特一如春。白雪则以槐荫庐主名,演大轴《连环套》。座上遇画家徐雁秋君,谓律社将举行彩排,以社中人士济济多才,其盛况尤可想矣。白雪春风满面,得意之色,溢于眉宇,吾人读其近日之泼墨,则尤可知才士之欢多也。新娘费女士,予非素稔,不知亦读吾报否?若然,则予当谨告新娘,合衾之外,千万不可对白雪动手动脚,务待白雪兴到之际,有所施与,然后亦以半推半就之方式报之,须知白雪一再自言,其为人"赋性耿介,凛不可犯"也,不可犯而犯之,则费女士必将被其婿视为卤莽矣。西平与白雪称莫逆,与白夫人宜亦不如下走之见胜,脱遇夫人,请以吾言代达,亦友谊之所当也。西平于堂会中三登台,兼任提调,有人估计其此日之辛苦,等于历祥康、镛寿、普陀三家,而三操刀焉。

(《小说日报》1941年10月7日,署名:刘郎)

劝 雨 斋

五日的本报浮云给我的信,我到六日才看见,《新闻报》《申报》,好几个月不过问了(平时看惯《正言报》),所以黄雨斋先生登的广告,始终没有瞧到,这一番实在太失利了。为了申报贷学金的事,我要想得雨斋的帮助,而让我来扬一扬"勇于为善"之名,不料雨斋始终也不给我一个回音,使我一直耿耿到现在。

许多报纸上,对雨斋的好博善名,以及他经营的业务上,有所非议,我以为这些责备,都不免苛刻,雨斋惟一的短处,不过他把钞票看得太重,太要求利,其实太要求利的人,也无损于大德,不过既为利而又好名,似乎世界上的便宜,都给他一人占尽,这就使人不能服气。虞洽卿之所以不理于人口,就为了他好货利,爱虚名。我们既与雨斋是熟人,愿为进一忠告,以后对名利两字,不必兼收并蓄。雨斋本来很坦白,自己说是刻苦成家的,那末索性培养已有的财产,使他日长夜大,成为豪富,也不枉辛苦一生,不过"名"则务请忍痛割舍了罢。

(《小说日报》1941年10月8日,署名:刘郎)

桑 弧 之 后

几年来读《社会日报》的文章,使我所心折的,文言,我娘舅当然是一个,此外不过一位施叔范先生;白话文,自是以桑弧为独步;而文白兼长者,则惟有梯公一人。桑弧编了一个剧本,博得一致的好评。何海生兄,是醉心桑弧文章者,为了桑弧的编剧,他特地去看了一次影片,回来之后,对于剧作人是称誉不去口。我告诉他说:凭老兄写《白茶》那一份能耐,编个剧本,似乎也能来得。他摇摇头道:"我哪里写得过他?"凭海生这句话,可以听出他一半是谦虚,一半是有心一试。

还没有听说海生真要提起笔来写剧本的消息,而沈琪先生却到处嚷着他要写剧本了。沈先生在文学上的修养,似乎不及桑弧,然而思想的拼命装得前进,则非桑弧所及,预料他的剧本杀青之后,要从文学的立场而欣赏其优美,恐未必可能。不过意识一定歪曲不了,唐大郎先生如果要求他在他的剧本里饰演个把临时演员式的另碎角色,他一定拒绝,生怕唐先生这个落伍分子,会把他保守好一点健全的意识,搅得不知所云!

(《小说日报》1941年10月10日,署名:刘郎)

蜕　　变

以"蜕变"二字为剧本题名,不甚通俗,"蜕"字不识者甚多,故近日卡尔登门外,听看客之读如"税"者有之,读如"悦"者有之,读如"脱"者亦有之,更有读如"兑"者,则尤笑话矣。工部局电影剧本审查处之某先生,亦谓"蜕变"二字太不普通,曾欲为之改名为《白衣观音》,意义亦殊深远,盖剧中写丁大夫为伤兵服役之勤苦,丁大夫始终着白衣裳;观音云者,非谓大夫之貌美若南海大士,而谓其能爱惜家国之健儿,如其子弟耳。

◆柏李

上海剧艺社初演《妙峰山》之夜,愚除第一幕未获寓目,其后三幕,俱得欣赏,演员中愚爱一柏李女士,其撒娇之状妙也。柏李不及唐若青之颀长,顾声调之腻,有如若青者。话剧女演员,唐若青实为奇才,柏李与唐有几分相似,愚故亦以柏李为好矣。是夜夏霞咳呛甚剧,竟致妨碍对白,毛锥在座,奈何不送一瓶中法药房之"克嗽伏",为夏小姐献哉?

(《小说日报》1941年10月13日,署名:刘郎)

一张旧戏单

每见海内之评剧家,以所藏之旧戏单发表于报上,材料既极珍贵,自己又不费脑力,不禁歆羡之至!恨余无此项收藏,然造化老夫,忽于垃圾堆旁边拾得一纸,亦旧戏单也,亟抄而实之本报,料亦为读者所喜,虽然,余非评剧家耳,奈何!

光绪十二年八月二十三日夜戏(地点北京三庆园)

田桂凤　《遗翠花》

杨小楼、王长林　《落马湖》问樵、酒楼

孙菊仙　《朱砂痣》

尚和玉、陈德霖、刘景然　全本《长坂坡》》

此单距今已五十五年,尚有大轴戏,因纸张腐蚀,不堪辨认,无法抄录,按以上诸人,大多老死,存者惟一尚和玉耳,真令人不胜沧桑之感也。

(《小说日报》1941年10月14日,署名:刘郎)

导　师

《新闻报》之"茶话"栏内,十三日刊姬觉弥挽罗迦陵一联,手头无报,原文已不可忆,惟上句有"为仁姊为导师"六字。姬觉弥称罗为"导师",奇绝千古,姬为哈同家之掌家,罗为姬之主妇,称兄道弟,已嫌勿类,如何又称导师?某甲曰:"导师云者,姬觉弥当初要进去的辰光,罗迦陵将他搀了一把。"其然岂其然欤?

◆流泪作家

看杭州海生弟之《白茶》,共计有三多,曰:眼泪多,感慨多,牢骚多。三多中尤以眼泪尤多,十篇文字中有六七篇写到后来,总要写出一泡眼泪的。如海生之《白茶》，将来要出单行本时，可以名之曰《白茶传》，所以与许仙白娘娘之《义妖传》，后先辉映焉。

（《小说日报》1941年10月16日，署名：刘郎）

初 级 文 范

大东书局里有一本初级文范，编辑者是朱大可先生，因为家里有人读这一本书，我将它翻了一翻，要我老实的批评一句，实在不高明。朱先生对中文的自矜渊雅，我们是向来晓得的，不过要编辑一本给学生作读物的教科书，朱先生不是这一种人才。编这一种书，是要请专门人才的，所以我希望学校，不要采用它作课本。

里面的文字，浅显的地方太浅显，而有时作起文章来（也就是朱先生要卖弄他的渊雅），叫学生们真有无法索解之苦。文章固然以奇峰迭见的为好文章，所谓"文似看山不喜平"，但教科书是小学生的读物，峰峦太多了，他们亦弄不明白的。里面有一课题目是《犬》，而末句是"犬盖老人之所豢也"，小孩子怎样也解释不通，我告诉他们这是编辑者太渊雅了，便情不自禁地"之乎者也"起来了！

（《小说日报》1941年10月17日，署名：刘郎）

你说老凤是寿头吗？

前天老凤先生在本报上写的一篇文章，话都是从他心坎里流露出来的，文章自然就好了，毕竟是老手，毕竟是健笔，到头来有几下子给人家看看，你说他是寿头的领袖吗？他真丝毫不寿，他的寿头文章，说不定他是存心佯狂玩世的，惟有几个天生寿种，一年到头，只会自说自话，不知所云。

在老凤先生的那篇文章里，对于《社日》的刊登"鬼事"稿件，抨击甚至，真是大公无私之论。我也以为《社报》的"鬼事"谈得实在太多了一点，良巫之子死于鬼，我深恐《社报》这样下去，会把整个报纸要毁灭了的,但我始终没有对灵犀兄提过半句,这就正如老凤先生所说,灵犀的赋性太固执,多说了,非但无益,徒然使他对老友不大开心。我们现在只希望灵犀兄稍为采取一点别人的意见,把"鬼事"文章,竭力缩减,以至于绝迹,纵然说言路太狭,那末何妨多择一点风趣毕竟浓厚些的文章,来培植《社报》呢?

(《小说日报》1941年10月19日,署名:刘郎)

信　　笔

《蜕变》上演之后,生意头几天是好的,三天以后,日渐衰退下来。有人说,剧名"蜕变"的不通俗,是最大原因,而故事的未必能为太太小姐们领略,也是一个缘由。但这几天从《正言》《中美》,以及其他报纸上的一致揄扬之后,又大有起色了,星期五夜场,也几乎卖个满堂。

曾经有位先生,在别家报纸上指摘卡尔登楼上包厢都是容纳些看白戏的人,因此议论到卡尔登前台行政的腐败。按卡尔登楼上的包厢,在移风社上演的时候,本来也是要卖票的地方,自从改演了话剧,因为灯光比较复杂,所以不再卖与看客,有空余的地方,就让前后台的职演员去看戏。不料因此之故,职演员中,有不少人带朋友进来,以致每场两面的包厢里,常常挤了十来个人,万一建筑上发生不安全起来,岂非危险太大?所以戏院方面,从此限制闲人入内,即使有人坐在里面,是极少数,而又是有正当入场证的几位职员了。

(《小说日报》1941年10月20日,署名:刘郎)

"十 年 以 后"

翻开《新闻报》的"茶话",几天以来,只看见"十年以后"四个字的标题,这些文章的内容,谈的是些什么,我始终也没有留心过。不过我要对讷厂先生,说一句老实话,《新闻报》的篇幅,本来无所谓糟蹋不糟蹋,但你做编辑先生的,胃口奇佳,今天也发一批"十年以后",明天也发一批"十年以后"的稿子,你怎么知道读"茶话"的人,也像你一样的好胃口,读来读去不厌这一个"十年以后"的题目呢?

真正十年以后,倒有一件事好告诉讷厂先生,请看下面:

在十年以后的上海西藏路上,有一个为上海人民共同铸造的铁像,那人便是民国廿九、三十两年上海米价飞涨至一百五六十元一担的惟一有功者。上海人民,还怕这位先生一个人餐风露宿,嫌得冷静,所以又替他铸了一个小铁像,来陪陪他的,据说此人是当时专门制造新闻,来刺戟米价腾涨的一个通讯社老板。

讷厂先生,你道我这段预言,也可以做"茶话"的补白吗? 如其可用,请代装一个"十年以后"的题目,转载过去可也。

(《小说日报》1941年10月21日,署名:刘郎)

西 风 里

读黄仲则诗,必及其上毕秋帆之"全家都在风声里,九月衣裳未剪裁"二言。昨见谢豹兄又用以反覆申论,而谓"有人书风声里为西风里,其实西风实不及风声里之佳也",此则鄙意殊未敢苟同,盖西风与风声,原无所轻重,以言蕴藉,则西风且优于风声,惟此总非仲则好诗。仲则之诗,予爱其《除夕》一绝云:"千家笑语漏迟迟,忧患潜从物外知。悄立市桥人不识,一星如月看多时。"若是然后耐人深诵,西风九月之语,太无含蓄,所以传之后世者,不过以其能道着穷人心事,似眼前之天气,穷朋友向阔朋友借起钱来,可以用此两句诗,做漂亮之措词耳。

(《小说日报》1941年10月25日,署名:刘郎)

白 食

梯公与笠诗,今年皆四十岁,天厂居士,尝设宴为之伸贺,而石麟、陆洁、费穆诸兄,亦款以盛筵。日者,翼华又宴二子于翼楼,凡此饭局,胥邀愚作陪,顾愚于二子之四旬妙诞,从未尝设杯酒焉。下星期,志山、木斋二先生,又将合置一餐,为姚、胡称庆外,亦为灵犀四十诞辰贺,又欲邀愚同宴。愚处境较勿裕(此"较"字实死扎台型),常吃白食,而毋憾于故人。一夜愚有饭局两处,将往矣,笠诗遽至,翼华遂留我,谓三人小吃,不较丰筵为优耶?念其言善,从之同餐于咖厘饭店。年来酒食征逐,盛席当前,即生憎恶,故恒以小吃为美,故吃白食到陌生人头上者极少,而破费吾老友者奇多,真不胜歉然也!

(《小说日报》1941年10月28日,署名:刘郎)

《萧 萧》

萧萧社出版的《萧萧》月刊是长城书局经售的,第一期承他们送给我一册,作家极一时之选。兹将要目介绍于后:芦焚:《关于陀思妥益夫斯基》,巴金:《撇弃》,风子:《飞》,万殊:《关于汉明威》,柯灵:《碰壁》,周楞伽:《关于木斋兄的二三事》,文载道:《秋魂》,秋远:《评扶箕迷信的研究》。

◆ 神潭

一天在洗澡的地方,随手拉来一本清人小史,其中载着一节某处的奇案,在这篇文字中,称女性之阴为"神潭"。这两个字,我是孤陋寡闻,未之前见,不知亦有所本源否?或者是作者把它用错了,而"神潭"是人身上另外一种器官的名称?或者是作者凭空杜撰出来的?吾报有几位欢喜考究的朋友,何不写示一二呢?

(《小说日报》1941年10月29日,署名:刘郎)

僵局与《蜕变》

一日,卡尔登演《蜕变》第二幕,丁大夫在警报声中,为小伤兵治创后,梁专员助理于一旁,未几院长与马科长至,见梁而问曰:专员你受惊了。丁大夫大诧,曰:"专员,老头儿就是专员!"梁于是亦掀髯大笑。

当此时,台上之幕,应急下,而戏亦告终,乃是大幕拉之不下,戏台上遂成僵局,此种窘态宛如窦尔墩被黄天霸抛了顶宫焉。

《蜕变》之卖座情形,愈来愈劲,星期早场,亦告客满,于是真成欲罢不能之局矣。上职待排之戏甚多,今拟着手排演者,为《阿Q正传》与《袁世凯》,故《蜕变》将不待卖定后始下来,盖欲使观者留有余不尽之思也。

(《小说日报》1941年11月4日,署名:刘郎)

骂

有一位朋友说:现在不必骂人,因为可骂的人不便骂,而报纸所骂的人,都不是应骂的对象,应骂的人碍难于骂,何如不骂之为优。

他又说:现在我们并不是骨鲠在喉,所以不吐也并不觉得不快。现在我们是把舌头卷了起来,而有人用手扼住在我们的喉间,应该有这种不舒服的感觉!

我认为朋友的话是"唯唯!否否!"

诚然应该骂的对象,是碍难于骂,不过尚有不妨骂而可骂的人,而且多得很,大部分是奸商,尤其操纵粮食的米奸商,把燃料囤积居奇的许多煤蠹,以及摧残文化事业的纸老虎,你道这批混蛋,论国法应该处死的混蛋,也不必骂吗?

老实说:一年以前,我有长久的时期,没有在笔头上得罪人了,就被这批混蛋把我引起火来,其实我未尝不知骂不过出一时之气,最好是要同它们拼一个死活,以示不共戴天!

(《小说日报》1941年11月10日,署名:刘郎)

雪庐之言

报纸尝传雪庐主人将下嫁于某商人,雪否认其事,谓我乃不愿为有钱人之玩物也,则志趣之高洁,非恒流及矣。雪辍舞且逾月,懒云无出岫之心,即如重来舞国,亦当于耶诞时图之,所以数缀良辰也。玉霜簃之来,雪未能畅聆其歌,以《锁麟囊》声势之盛,亦未由一见,用是怅怅!雪亦健歌,聘李琴仙授艺勿辍,耽笙歌之好,而纾其落寞情怀。雪诚浮世佳人哉!

◆小乔

舞文称凄凉绝代之儿,乃无不知为乔金红者,近顷亦传小乔有下嫁江东之讯,予则屡屡见之于白克路间。乔昔居四明里,今则时睹其芳踪于驰马场边,殆已自法租界莺迁至公共租界矣。金红玉容益萎瘦,相值于途,不过一笑招呼而已,未暇问其佳期为何日也。

(《小说日报》1941年11月13日,署名:刘郎)

恭喜周吉荪

周吉荪是票友,但是票友却并没有票红,他这三个字还能够叫人家记得他,却因为他同周曼华交好过一阵。周曼华的面挡,是我欢喜的,我欢喜的女人,有了要好朋友,我便会注意那个要好朋友,我之认识周吉荪的渊源,不过如此。虽然我连周曼华的影戏,一张也没有看过,本人更不用提了,我之所以欢喜她,是看见过她的照片。

但这是往事,周吉荪也不喜欢周曼华,如今的周先生,是虞府上的东床快婿。

这是多少使人歆羡的福气啊!周先生能够攀龙附凤,做到虞洽卿先生的孙女婿,从今以后,别人要担心荒年,而周吉荪却不用有这一重忧虑,因为别人家到了荒年,要愁着绝粮,惟有虞府上可以不愁,饿不死虞家的人,难道会饿死了虞家东床吗?不会的,不会的,恭喜周先生,人粮两得。

在同业一张报上,看见一节周吉荪与虞织云订婚的消息,因述其感想如此。

(《小说日报》1941年11月14日,署名:刘郎)

陈 竞 芳

陈竞芳起身于歌唱班中,黎锦晖、徐来组织清风乐队在沁园村时,陈犹为拖鼻涕之大姐姐也,及为舞人,以南浔张氏子之一捧而成名,顾因此造成其浪漫派之舞女,一度嫔瘦腰郎,郎待人宽恕,亦雄于赀。然陈不以为安,未几下堂求去,仍浮沉于舞海间,而不得志,则又曾使博窟中把骰缸之女,其景况之不裕可知也。不知以何因缘,与张君秋有染。往日张自沪北返,陈亦从之,然相处亦不宁静,张恶之,去之不可,托一大有力者,为双方割席。者番张膺大舞台之聘,以陈在南中,不敢来沪上,某闻人保其无意外,始获与富英同临。顷者,陈拟重操伴舞生涯,尝为大华舞厅罗致,而陈之条件,为二八拆账,每日须用老板汽车接送,大华不允,乃未成议。陈非殊色,惟一经脂粉,上海人所谓尚有风头耳,然堕溷年年,不知老之将至,此所以为可怜虫也。

(《小说日报》1941年11月16日,署名:刘郎)

穷 命

十几天以前,上海的日用品,逐步飞涨,固本肥皂的售价,将到一元二角一块时,我家托了熟人,以九角一块的代价,买进了九十块,预备用过今年,谁料刚刚买得不过三天,物价又逐步趋跌起来,到昨天烟纸店的固本肥皂,也只卖八角一块了。我家的日用品,从来限了分量而买的,比较想贮藏一点起来的,就是这一次的固本肥皂,不意转瞬间,又吃了大亏,看来生就一副穷命,便宜是永世也捞不着的,我因此埋怨家里人。这两年以来,我们没有贮存过一样日用品,花钱总是花在最高峰上,但也没有叫我穷死,这艰苦的日子,也就挨了下来。你们又何必不放心,况且今日之下,即便穷得饿死了,也无所不可交代,本来穷人最好死,再下去,便要看这一批囤积致富的暴发户,要怎样的作威作福在我们的眼前了!

(《小说日报》1941年11月18日,署名:刘郎)

恨我作古

昨据冯士璋君来告,老友刘恨我先生死于黔中,故人零落,怆悼莫名。恨我于十年前,以治小说家言,闻名海上,予识其人,亦六七年矣,厥后投笔登仕途,任事首都。全面战争既开展,恨我随国府内迁,遂与海上亲朋,音信暌违矣,而不幸于十月十九日病逝于贵州独山,英才早逝,良可惜也。冯君与恨我交甚契,因发起于二十一日,假净土庵为之设奠追荐云。

◆密丝沈

西平笔下之密丝沈,予亦遇之,告予曰:"邵西平将我一捧,捧得我忙煞快。"此所谓其词若有憾焉,其实则深喜之耳。沈貌不甚丽,而身体则得骨肉停匀之美,肌理亦玉腻皙。迩时刀俎人才,消乏之际,若密丝沈者,无怪其为肉食之流,倾动一时也。

(《小说日报》1941年11月20日,署名:刘郎)

买香槟票

天生有一种劣根性,想"不劳而获",以为此身百无一用,要想多几个钱,除非得香槟票头彩。所以十七岁出来寻饭吃,上海跑马总会的春秋两季香槟票,可以说没有一次不买,然而没有一次中过奖。曾经同方伯奋先生开过玩笑,说:我再不中奖,便要对怕跑马总会提起控诉,控诉他们为什么不让我中奖?

一向买香槟票不让人晓得,自己去买,买了自己也不看号码,等到开奖之后,如把报纸同奖券一对,这一回AB两种,我都买在手里,结果都落了个空。昨天却不然,附了五块钱,送给方先生,请他替我拣一个秋季副香槟号码。我看方先生近来腹便便有些载福之相,所以让它先过一过福人之手,或者有生。方先生把票子送来,还附了一张小笺,写

"敬祝头奖"四字,可见他也希望故人不要永远穷下去。

(《小说日报》1941年11月21日,署名:刘郎)

告 封 姨

封姨先生在某报之"雨丝风片"中,述及马律司新村之小阿姨,其言云:"小阿姨识者均不知其真姓氏,群以小阿姨呼之,而其名字转不为人所称道矣。最近,有人向小阿姨作详细之访问者,据答,姓马名竹君,其姊七称,实亦假姓也。"其实小阿姨为菱七之胞妹,则吾人固知七姓钱名鹤,则小阿姨亦姓钱耳。封姨先生,与菱七相识甚久,奈何不知七姓钱邪?吾人称七为菱七,但有时亦称钱也,当年之电话簿中,有钱鹤户名,即七所居,惟时在大庆里,今不知尚袭用旧名否?小阿姨姊妹貌相似,七困于烟霞,而酬客之劳,胥赖其妹。七生涯不感落寞者,小阿姨之功也。

(《小说日报》1941年11月22日,署名:刘郎)

戒 之!

仙乐舞宫与大舞台,被人置放定时爆发炸弹后,演成惨剧,闻者莫不为之心悸,而游乐之场,从此将使人望而裹足,为必然之趋势。前夜,予以友人相邀,止某舞厅及后,忽念及仙乐之役,大恐,一时如坐针毡,不能自克。上海一隅,遍生荆棘,矩行矩步者,且虞不测,更何可东西驰骛哉?戒之戒之!

◆感动!

铁椎先生与刘恨我善,读予文,知恨我已归道山,怆痛久之!净土庵设奠之日,铁椎到独早,知此役为冯士璋君主持。铁椎以冯之笃于友谊,故极感动,欲识其人,以为此人可朋也。是日,予不获往,乃颇受谴于铁椎。其实予前日离床较晏,匆匆进膳,匆匆出门,而百事俱未举也,遂疏展拜,闻铁椎言,又惭恧久之。

(《小说日报》1941年11月23日,署名:刘郎)

限 制 房 价

在工部局限制米价与其他物价之后,上海市民所殷切希望的,便是要吁请工部局限制房租。我们平心静气说一句话,近年来大房东租与二房东的租价,并不曾出于情理之外,而房价之所以贵得不可开交,完全被黑心二房东所操纵,平民有栖,住为难之苦。上海不知有多少靠做二房东而养活全家之外,还有盈余的人,他们对于三房客,简直用敲骨吸髓的手段,压榨得人家透不过气来,而他们才能获利大丰!

衣食住行,是人生四大要事,尤其急切不容稍缓的,食与住两种。米价由工部局加以限制之后,已经渐苏民困,而住的问题,至今还没有见贤明的租界当局,施以措置。其实此事并非不易着手,只要工部局也像限制米价一样,出一张告示,谕令上海居民,告发其所居之二房东的原来租价,再与三房客平均分派之,若电灯、自来水,以及捐钱,亦公平分派,二房东果肯服从命令,则亦已耳;若有顽抗情事,则将其租约取销,其事并不甚费周折。我想工部局爱民情切,这样的措施,在不久的将来,就会实行的,那时候真是万民称颂,也是上海居民所料想中的一桩快事!

(《小说日报》1941年11月24日,署名:刘郎)

元 稹 诗

明康先生为小生票友,将登台炊弄,征题字及予,予写元稹诗云:"我闻声价金应敌,众道风姿玉不如。"微之此作,为答张校书诗,此为愿联也。予廿三岁结婚时,媿翁曾书此联为贺,作榜书,加以锦裱,极挺拔之致。往年,乡间遭兵燹,此联亦随之而燔。世人以微之诗,《遣悲怀》三章为绝唱,予恒非之,以为微之自别有其佳境,固不在悼亡诸作也。今以明康先生之登台,而忽忆此诗,因录之,丐翼华为书。翼华近致力于赵孟頫,临池不辍,以元诗之好,非赵字俪之,又不足见此作之胜矣。

（《小说日报》1941年11月25日，署名：刘郎）

梅韵画梅

近以数遘汪梅韵女士于木公府上，尝为小诗张之，而不知其人工绘梅，亦善制小诗也。一日，梅韵又至，贻予素纸，展而视之，见其上绘梅花一株，复系绝句云："香雪霏霏到笔端，梅花骨相本清寒。何妨冷落空山里，只要诗人不厌看。"清才美句，一叹服无已。此日又有徐氏挡，雪行在战前尝遘之白门，昨岁，晤于慕老家中，是为第三见耳。

◆马碧筼画

马碧筼女士为愚作洛神图，题句云："一瞥惊鸿洛水旁，舞衣犹是魏宫装。无端写入陈思赋，罗袜凌波太渺茫。"碧筼为马公愚先生妹，工仕女，细巧不可仿佛，此页尤为其经心结撰者也。

（《小说日报》1941年11月27日，署名：刘郎）

九信席上

韩志成先生是前年灵犀兄介绍与我的一位朋友，他是上海织染业的雄才，近来市上流行的蓝富卡，便是韩先生经营的九信织染厂的出品，无论质料色泽，都可以代替舶来品的。昨天韩先生又托灵犀兄邀了许多文艺界的朋友，宴聚了一次，空我、瘦鹃先生都来了。最近跑马厅的莳花会，我又没有去欣赏，这一天有个朋友看了莳花展览会回来，他给我看在场子里买的两本《花影》，铜版纸上印的彩色照片，是外国印刷好了而运来的，售价才三元一册，我估价它现在在上海印刷的成本，三十元一册也未必能办得到。我不大爱美，但看了那两本册子，也不禁为之神往，想也去买两本，而已经来不及，到现在还直呼负负，我把这一番事，对瘦鹃先生说了一遍。

（《小说日报》1941年11月28日，署名：刘郎）

卖　烟

京朝派的老生,十人之中有九人是抽鸦片烟的,我约略数了一数,惟有李少春和纪玉良,好像不是瘾者。记得从前有人说过,唱老生的人,是要抽一口烟,唱起来才醇然有味,因为死去的谭叫天是老枪,活着的余叔岩是老枪,好像他们的声名藉甚,完全是靠了抽的一口烟。于是乎凡唱老生,无不抽烟,伶人见解之迂腐,由此可见。

纪、李二人,现在不是瘾者,将来可真难说,我真恐怕他们迟早会变成了有枪阶级。我不是崇拜了麒麟童,就说江南的须生好,自信芳以下,如赵如泉、高百岁、陈鹤峰、林树森他们简直连香烟都不衔到嘴上,别说是抽大烟了。但江南的老生,挣起包银来,实在不及京朝老生的多,看将起来,京朝老生,卖的是一口鸦片烟吧!

(《小说日报》1941年11月29日,署名:刘郎)

才　人　之　笔

近见他报记某纳一妾,妾有芙蓉癖者,有人贺以诗,尾句云:"从此高唐添妾梦,为云为雨复为烟。"是真才人之笔,不知出伊谁腕底者?

◆宛若

宛若先生为南社社员,予不知为何人别署,询之老凤,老凤亦不能对,而襟亚则知之甚稔,述于报间,使博闻强记之龙吟虎啸馆主人,望而失色矣。宛若之杂感诸诗,刊于二十年前之某杂志上,予近始见之,爱其清词丽句,特为摘出。使襟亚已有短文,为此书补白,可见襟亚于海上文坛,驰名之早。

◆好诗

予往年多读诗话,有好诗辄志之不忘,然阅时久,则往往将作者之名忘佚,譬如谓:"好似晚来香雨里,戴簦亲送绮罗人。"好诗也,而作者何人？乃不可忆矣。

（《小说日报》1941年11月30日，署名：刘郎）

苏　丑

《高唐散记》里说上海职业剧社，有不少演员，对于旧剧也颇有心得的，而说严俊是唱大面，这是适得其反。严俊在话剧里，多数演反派角色，惟有平剧却是唱青衣的。我们在辣斐时候，看他演过《家》里高府上的五少爷，他就表演过"起解"的几个身段，其实这个正是他对工的戏。又说韩非会唱小丑，自然，这一双响堂的嗓子，一口流利的京白，唱小花面，不消说是错不了的。但据说黄宗江的苏丑，更加是出色都行，《刺汤》的汤勤，《群英会》的蒋干，闭了眼睛，一想宗江来搬演一定会妙到毫巅。宗江是书香子弟，本身多少有点书卷气，袍带丑最少不得的是这股劲儿，《蜕变》里的况西堂，正是从平剧里的袍带丑，所"蜕变"出来的一个模型。昨天严俊告诉了我，我越想越好，据说上海票友中，便是京海两派的角儿中，数到袍带丑便有才难之叹。宗江是有心人，何妨从这个角色上，力求深造呢？

（《小说日报》1941年12月1日，署名：刘郎）

平　子　诗　屏

愚甚爱木公会客室中之狄平子诗屏，诗云："阴阴垂柳掩朱门，一曲阑干一断魂。手把青梅春已去，满城风雨怕黄昏。"此诗当为《平等阁集》中之诗。平子先生生前所作诗，婉亮如其书，愚并所倾倒。

◆先干衫裤慢干巾

对楼有美妇人，予尝咏以诗云："已叠衾裯兼叠枕，先干衫裤慢干巾。"盖妇于晨起后，先整其床褥，然后更涤其隔夕所易之衣衫，曝之阳台上，裤为丝裤，曝时恒勿令人见。取竹竿匿之室内，然后于无人时，复系之日光，此情乃尤可念矣。

（《小说日报》1941年12月2日，署名：刘郎）

二房东与三房客

我家眷的一部分,住的是《东方日报》的房子,从该屋承租人顾笑缘兄到邓荫先兄,我一直没付过房租,因为我替《东方》撰述,将稿酬抵了房租。不过在我过不过的时候,荫先兄也曾陆续贴补过我,所以荫先兄那里,我是多少欠一些钱的。虽然是关乎友谊,但这位二房东,却是对三房客特别厚待的一个,他对我固然好,对别的房客,也并不心凶手辣。所以我每次在《怀素楼缀语》,提到二房东,生怕荫先兄要误会,其实我别一部分的家眷,便是在二房东狰狞面目之下,渡着日子!

可是荫先的房客中,却偏偏有一个无赖,从三月份到现在,一个钱的房租也没有付过,他们穷得饭都吃不成。邓家夫妇,见其情可悯,也并不去催索租金。到现在连家具都变卖尽了,他们想举家迁杭,而把一些零星的东西,却要锁在这间空屋里,不肯迁让。这才知道这份人家穷得可怜,而恶得可怕,像这样的三房客,是用得着雇几个流氓来打一场相打的。

(《小说日报》1941年12月3日,署名:刘郎)

夏　蒂

夏蒂似为"上职"社之演员,一日,佩之在卡尔登,忽有电话来,接在佩之手里,电话中人请佩之,转告"上职"社之剧务主任,谓夏蒂有病,今夜不能来,请派人代演云。佩之不知演员中有夏蒂也,闻夏蒂两字,误为"下底",则问曰:啥人下底有毛病?彼打电话者,竟不知所对,终于待社中人来听,始明究竟,而问佩之打话者为女人为男人?曰女人,予谓女人如何可问她下底有病,佩之曰:渠自言有病耳,我何尝问她下底头哉?

◆下流

一夜,与佩之同博,此子近年以所交无善类,故其人亦甘习下流,开口辄吐秽言,博局中尤多不堪入耳之谈,近朱近墨,此人乃终于为无赖矣。予幼子亦常作污言,戒之不听,予谓其长大起来,必如佩之伯伯样,则唐氏真门里祚薄矣。

(《小说日报》1941年12月4日,署名:刘郎)

念　叔　范

厕简楼庭院中,植竹数竿,会叔范小居沪上,尝咏以诗云:"闻说孤儒入海深,龙天消息尚沉沉。三年勒石留兵气,算是东南未了心。""岂但山残水亦干,孤楼四望寸心寒。年年何限洞江意,头白公才种钓竿。""漠漠神鸦去复来,好携落日一徘徊。荒园芝却闲花草,岂为朝家要箭材。""日斜分土酒初醒,笠影红浮野史亭。拼忍来宵风露怨,眼前先为笑冬青。""绿截渔竿紫作箫,长准清泪本通潮。箫声呜咽潮声死,醒是人间第几宵?""略似江头野老情,可无骨干比其清?从今醉倚箫之下,眼看青天月怒明。"愚爱叔范诗甚,兹数章尤讽诵不去口,叔范尝为愚作笺,即写此诗,得之真同隗璧矣。

(《小说日报》1941年12月5日,署名:刘郎)

寿笠诗四十

姚笠诗先生,前天是他四十诞辰,他平时一起聚会的许多朋友,这一天都赶到他府上去,为他祝嘏。

桑弧先生曾经说:"朋友中姚笠诗先生仿佛一篇清丽的散文。"仅仅这一句话来描绘姚先生的生平,已是够知道姚先生的气质是如何之美。的确,姚先生没有嗜好,他惟一遣其有涯之生的办法,只有找朋友为清谈,因此姚先生的朋友,比人特别的多。而别人也因为姚先生的为人和易,所以无不乐与交游,自然这一天在姚先生家里登堂祝嘏的,还不及姚先生平时友好的十分之一。

这一天朋友本来想醵资送几班游艺给宾客尽欢,但结果是给姚先生反对了。姚先生的门第,所谓是大雅之堂,就不能容什么"滑稽"之徒,来巩身其间,所以关于此议,姚先生不要遵从朋友的意旨。

(《小说日报》1941年12月6日,署名:刘郎)

偶 睹 粪 翁

灵犀的生日,在笠诗生日的下一天,原来四十年前,他二人堕地的时间,不过二十四小时的差别。秋间,灵犀曾同其夫人双庆于吉祥寺,所以此番不再有什么举动,不过友好如百缂斋主,依然写封信来,命我发起公份,这一种前辈爱人的感德,灵犀将如何的感激他呢?

这一天灵犀仅仅在家里,邀请几个平日不常睹面的文友,来为小会,如粪翁、培林、师诚诸子,我也是被邀的一个。粪翁怒发种种,头顶更加添了许多银色,他拿了一纸"升官图"来,教我们一种新奇的赌法(其实"升官图"行之已久)。此翁平日致力于艺事之外,只有喝酒扶乩,为常时的消遣,我们都以为粪太苦闷,然而他正是怡然自乐。

(《小说日报》1941年12月8日,署名:刘郎)

时 代 不 同

时代剧场,为吾人旧游之地,今日名角如张文娟、姜云霞,以及汪梦兰辈,固无不起身于此中者也。两年以来,不倚斯楼,缅怀往事,惆怅何穷!今者,时代复以清唱号召,而点戏之风,用是大盛,颇闻其作风亦一异往昔。当客来于点戏之后,场中值事,即携被点唱之歌女,侍客同坐,此则与舞场中之坐台子,几无二致,坐一刻钟或半小时后,再登台试唱。坐是因缘,时代剧场之生涯乃鼎盛。又闻时代拟于十时以后,以女人大腿号召宾众,惟以警务处之执照,极难签出,此议至今不获成行。总之时代今日,以色诱人,不如往昔之以艺诱人,此殆所谓时代之不同耳。

(《小说日报》1941年12月9日,署名:刘郎)

亡 友 尘 无

近顷,桑弧先生,集亡友尘无所作之《浮世杂拾》一稿,丐长城书局,为之印行,今既问世矣。尘无散文,愚所读不多,《浮世杂拾》则俱为亡友生前惬心之作也。昨见效辉先生谈,谓爱尘无之诗,较其文为尤至,且举一绝云:"白头父老呈霜柿,素手村姑荐蜜茶。不道先生非税吏,病余来看早梅花。"此诗诚足代表亡友为诗之神韵者也。尘无作此诗时,殆已遄返故乡,故距其死时,不过前一二年间耳。至其诗与《吞声小记》两种,桑弧复拟为之印行,然纸价日增,印刷费复极昂贵,使为其友者,欲偿素愿不可得,即此《浮世杂拾》之产生,盖亦耗桑弧之绝多心力矣。

(《小说日报》1941 年 12 月 10 日,署名:刘郎)

雪 茄 烟

我抽雪茄烟,似乎有过人之量,平常之所以吸香烟,也因为雪茄烟的售价,一则比香烟高些,二则我抽了雪茄烟,可以一天衔到晚,而需量尤多,不比香烟还可以放得下嘴,这把算盘打不过来。最近汪啸水先生送我昌兴烟行当两种雪茄,一是小亨白,还有一种是平头的熊球牌,后者尤惬我意,它与手球牌丝毫没有参差,而价廉则尤过之。梯公一年到头吸手球牌的,我已经将熊球牌介绍给他。瓢庵与鹤云,平时不抽雪茄,而欢喜收藏雪茄。昌兴烟行,有两五枝装而盒子像一本外国书似的一种烟,据翼华抽过,赞不绝口,于是瓢庵和鹤云,都想收藏几件。我颇有意于废除香烟,而改抽昌兴的熊球牌,希望啸水先生给我一个比较便宜的价钱,我已经非常感谢,如其动不动要奉送与我,这就非但不敢当,而且抽了也会不过瘾的!

(《小说日报》1941 年 12 月 11 日,署名:刘郎)

题　　画

近见鍊霞"题画作"诸章,此君才思之美,自堪拜服。鍊霞之画,识者谓其未必臻超凡绝俗之境,然予见其题画之诗,乃觉其画,亦朗朗多姿矣。往者有人以汪祖德女士所作便面遗予,汪画非不佳,特题画之作,乃不似鍊霞之曼妙万千耳。且汪画太遒劲,不若出蛾眉手笔;鍊霞则笔细于丝,而能十足显示其奶奶小姐腔者,故尤可贵。予最不爱冯文凤女士之书,有人谓冯书笔力千钧,此则与姬觉弥书何异?女人应该留一些女人气息。孟小冬戏,好得不像了女人,予终以为并不可贵也。

(《小说日报》1941年12月12日,署名:刘郎)

小　　鹿

记得从前看弹词唱本,有形容一个人惊恐的情形,往往用"小鹿儿乱撞心头"一语,从前就不懂何为小鹿?到现在还是莫名其妙,昨天看见近人作的一篇小说里,他也用了"小鹿撞心"四个字,我于是疑心这四字是成语,或者有典故可寻?一生没有翻过《辞源》,为了这四字,也懒得去借本《辞源》来翻一翻,故而特地提出在这里,要请教几位渊博的先生们,小鹿撞心,究竟是什么玩意儿?还是自有来源的呢?还是不过弹词唱本随意拈来的一句俗语?

(《小说日报》1941年12月13日,署名:刘郎)

知　　耻

有位华宗先生,请陈蝶野、贺天健与马公愚三位写了三条堂屏,还有一条要我是成。我无论如何不敢落笔,把原件退了回去。有人说我现在比从前好了,至少从这件事上观察,不像卖扇子时代的不知耻了。

◆白面恶果录

前几天有人谈起上海做白粉生意的人,十九都食了恶果。我也想起一人,此人曾为某著名钱庄的经理,但是他手里能够积聚起来,还是靠了早年时候做过白面,不料有子不肖,把老子的钱,任意挥霍。据说:他混在长三堂子里时候,简直以此为家,早晨起来,忽然想着杭州有一种豆腐干的风味绝美,派了仆人,坐早车赴杭,当日回来,到晚上请客时候,拿出来敬客,往往以此炫其阔绰。后来他老子下世,家业随之而毁,以致一家都流离失所。依此看来,此中人报应之速,必在现世!有人说:一样是贩毒物,然而黑货往往不如白货之获惨报,大概因为鸦片死不了人,而白面则能蚀人骨髓,至于死耳。

(《小说日报》1941年12月14日,署名:刘郎)

《两般秋雨盦随笔》

《两般秋雨盦随笔》,予于垂髫时读之,当时嗜《随园诗话》甚。《两般秋雨盦所记》,与袁简斋所述,颇有雷同者,而晋竹之文词明畅,视简斋无异,故亦宝之。近见翼华读此书为遣,愚信手翻数页,见其中有记米价一则云:"《愧剡录》温公曰:'太平兴国时,米一斗十余钱。'此其至贱者也。《明史·李橚传》:'永宁宣抚奢崇明反攻贵阳,官廪告竭值二十金。'此其至贵者也。"不图今世之米价,视明代犹有不及者,读此亦可以心气平和矣。

◆吊汽车

汽油既告匮乏,汽车行将绝迹于市上,坐汽车者不能不将其油壁香车,束之高阁。上海人坐汽车而无汽车间者甚多,故近来纷纷觅地方造汽车间。闻汽车久置必损,而两胎又不堪着地,否则为地气所蒸,胎必腐蚀,故今后之汽车,将如小贼之受吊刑,而关入空屋中焉。

(《小说日报》1941年12月15日,署名:刘郎)

吃角子老虎

往年吴素秋来上海,满载而归,似皮大衣也,手表戒指也,说说谓凡此皆从上海人头上刮得去者。某报何德之先生且言此上海人多瘟生,故肯自动报效耳。惟据余所闻,则不然,盖吴所携归北地之衣裳饰物,固皆得之南人之惠,惟赠者非南方之男人,而为南方之妇女。缘吴初来,拜上海名流之妇为过房娘者,不下十人,吴复善媚,得过房娘欢,于是吴有所需,为过房娘者咸不吝一破悭囊矣。至于南方之男人,赠与吴者,为法币,为现金耳。他非所求,故素秋之归,除衣锦外,亦有银行存折也。某君尝喻吴为吃角子老虎。不摆铜钱进去,则扳不动它也,其非钱不顾也可知。余谓吃角子老虎,摆了铜钱进去,有时能扳出铜钱来,惟吴之为吃角子老虎,则如《贩马记》所谓只看见他进,不看见他出耳。

(《小说日报》1941年12月24日,署名:刘郎)

虎　子

昨谈吴素秋后,读报忽见白玉薇有小名曰虎子,谑者乃谓虎子之名,不适用于白玉薇,而适用于吴素秋。因谓素秋之母,盖虎穴也,秋母名温如,绰号曰小山东,风冶一如其女。往者,有客与小山东嬲,因此而兼得素秋,此则所谓"不入虎穴,焉得虎子"矣。然又闻之人言:有客见素秋而眷之,顾客殊壮硕,素秋孱弱,不能禁其暴,则宛转求免,因荐小山东曰:阿母雄也,必能御客。于是客乃兼得其母,然则是为"先得虎子,后入虎穴"者矣。予故曰:白玉薇以虎子名,实不类,虎子之名,特吴素秋当之似耳。

(《小说日报》1941年12月25日,署名:刘郎)

二　　宝

二宝者,梅兰芳与胡蝶也。二宝俱侨居港,今乃不知作何现况?有人为之系念甚深!

闻梅夫人福芝芳,为留海上,近来心切忧夫为之寝馈都废,则梅之未尝离港也可知。

胡蝶之夫潘郎,与胡尚相依为命。烽烟既迫香港,胡蝶有潘郎,他人必溟然无加援手者,而胡亦不能撇潘郎而独扬也。于是二宝,乃俱处于水火中,有人为之系念甚深矣。

愚与胡蝶无好感。于梅先生则颇祝其平安耳!

(《小说日报》1941年12月28日,署名:刘郎)

浮尸印象记

朋友都晓得我同浮云先生好像七世冤家似的,见了面,大家都会粗说粗话的互相嘲骂一番。不过近时却不大见面,到前天晚上,沈衣云先生请客,忽然又与此公狭路相逢。我呢,以为彼此都是丧乱余生,应该严肃一些,实在他没有什么闲情胜概,再放到朋友之间,什么雅谑俗谑上去。不料浮尸还是浮尸的脾气,从见面到分别,说的话,都是触我霉头的口气。报复之法,不免写一些浮尸的印象。

人家说浮云先生近来不大得意,但到我看见他的时候,则又不然,容光相当焕发,身体也好像更胖了一些,假使以浮尸为比例,那末这个尸首,比以前似乎在水里多浸了两三小时的尸首,头发也蓄长了许多,剪得相当整洁。奇怪的,从前他留着一簇的胡子,这一天却剃光了,留了剃去,叫浩浩神相说起来,是怎样的不吉利于本人,我也不必细说,说了倒道我在咒骂故人!

(《小说日报》1941年12月29日,署名:刘郎)

定依阁诗文集（1943.11—1943.12）

舞场竹枝词

　　求得成名本不难，慈云到处覆贫寒。胡娘义极哀鸿日，"我作哀鸿一例看"！

上海人之好出风头者，恒以"行善"为其张本，臭男子如此，不图今有蛾眉，亦起而效尤也。若干日前，有舞人胡妹妹，以义赈伴舞，凡侍坐所得之资，悉充善举，于是向报间遍刊广告，而胡妹妹之名，遂盛传舞国矣。

（《大上海报》1943年11月8日，署名：刘郎）

舞场新竹枝

　　姑娘甜美说秋霞，四字头衔孰替加？为问何人曾入幕，可知乍破雪瓤瓜？

舞场为周秋霞刊告白称之曰"甜美姑娘"，真不知何所据而云然也。予以为称周梅君与丁皓明为学府佳人，要亦名实难副，而可以副者秋霞是矣。秋霞尝读于允中女校，中西文字，俱蜚然可诵，一岁以来，予与秋霞历历交游，颇爱其气度清华，实不能以任常之舞女目之，故"甜美"之称，殊嫌其不切实际也。

（《大上海报》1943年11月10日，署名：刘郎）

贺禾犀录景妍娇为义女

新收义女景妍娇,白玉萍踪何处飘?未必此公成暴发,不如流辈好招摇。膝前双艳夸腰健,头白干爷学体操。去尽衰颜思振作,陈翁有命我"偏劳"。

禾犀曩录白玉艳为义女,今则景妍娇又以父礼侍之,兹二人者,皆以武旦驰誉于红氍毹上,愚于时人之好为人父者,类不齿,独谅禾犀,以头白陈翁,为小女伶父,原无不合也。

(《大上海报》1943年11月12日,署名:刘郎)

晁盖之书

《坐楼杀惜》于宋江下后,婆惜醒来,拾得宋江所遗之招文袋,而发梁山一书。小翠花第一次演时亦就窗前乘亮光而读,及后,则移坐于烛下,故有剔去烛焰之表演,又读信时常伶大都读"梁山晁"后,即掩信不读,翠红则将"盖"字故意读别,而曰"梁山晁益",既又知误。始读出"盖"字而后掩书,未尝不入情入理也。然尝见张淑娴看信时,似尤好于翠红,则曰:"梁山……"至此为一顿,然后念曰"什么盖",以示婆惜乃不识"晁"字也。又淑娴将全书念毕,始掩书而设计陷宋江,此则又为情理所应有矣。予曾以此节,面誉淑娴,时马义兰在座,因告予前辈先生中,有几位皆如此念者,予则已忘,不能一一记之矣。

(《大上海报》1943年11月15日,署名:刘郎)

山华阁遗诗

近读舅氏钱山华先生遗诗,有和江天铎近作四律句,殆为吾舅生前最后所为也,格律弥高,堪垂不朽!

和江竞庵近作

黯黯荒原苫怒苗,东南风急送春潮。谁从平陆论刍牧?我为牛山怃米樵。避地十年天尚醉(江旅沪十年),入门一棒佛难饶(江近习禅颜所居曰无所住室)。知公圭角磨砻尽,独有忧民念木销。(春潮)

飘琼泻玉小窗明,恻恻春寒掩日晶。漫逞狂飙迷绿野,待为膏泽慰苍生。微吟只觉清如许,高卧悬知梦不成。举目河山今异昔,孱躯正尔未能轻。(雪景)

几疑身在靖康年,悄对陈编一黯然。剩有顽鸱啼缺月,更无残犬吠荒烟。夷门肝胆凭谁托,信国文章痛未传。剑气侵琴元响寂,不堪引镜到尊前!(静坐有思)

狂奴终不感蹉跎,坐看残棋百劫过。中外安危难举例,古今功罪不同科。梦如可恋宵嫌短,醉不成欢酒厌多。盲却阮郎青白眼,待收涕泪学高歌。(感事)

(《大上海报》1943年11月19日,署名:刘郎)

深　寒

西风一夜作深寒,我自心伤血未干!任听他人施谑笑,唾痰放屁两艰难。

十月未终,寒家照例犹未装设火炉,并煤亦未曾购备也。乃十七日深宵,西风怒吼,次晨寒气森森,一如严冬,执笔在手,僵冻不能成一字。若朋友笑我,谓我不能治长文,而多鸡零狗碎之章,他人固呕心沥血,独刘郎则吐一口痰,与放一个屁耳。其言讦我殊甚,然比日奇寒,即欲吐痰放屁,亦殊感其吃力,乃知女人真不堪为。我且若此,何况雕肝镂肾之俦哉!

(《大上海报》1943年11月20日,署名:刘郎)

失　钻　记

他报有记自由食堂失钻事,此为风雨之宵,予适莅止,坐失钻人之邻桌。其人既发现钻已遗佚,一桌上男女七八众,皆起骚动。失钻人为一夷服少年,面白如纸,一人问曰:"此殆于梳洗时忘于家中者?"其人亟告,谓:"来时犹御其指上也。"又一人问曰:"钻在指上,何以得堕?"曰:"指小,而不能足钻戒之围,偶不经意,遂堕于地。"又一人曰:"来后曾如厕乎?"曰:"曾如厕。"于是众人引火,循厕所之径而觅钻焉。然终不可得,此人汗涔涔下,自语曰:"苟我为物主,则亦已了,今此钻实贷于人者,我将何以归赵!"愚闻此言顿失笑,汝为丈夫,衣他人之衣,装点门面,已极可憎,何况假他人之钻,以炫其豪华者?则此人宜获此咎,予幸灾乐祸之心顿生,私愿其永不能重得此钻,使其后来不复夸耀于壳子群中也。

(《大上海报》1943年11月21日,署名:刘郎)

舞场新竹枝

携手挟肩欲语时,星眸深处贮相思。不禁花外流莺闹,"天遣多情莫讳痴"。

近见文哥述"天遣多情莫讳痴"句,因忆舞人俞霞美女士。俞初发见于大都会,及迁入丽都,始招其同坐,眉棱眼角,柔情如海,挈之赴法仑斯,坐乐台近处,乐声大震,俞不自宁,倒人怀抱,谓闻巨响所致也。论者谓其人神经有异状。霞美雅人,当亦知"天遣多情莫讳痴"者,正不必自掩其疾焉。

(《大上海报》1943年11月30日,署名:刘郎)

霓 虹 灯

绿宝西园到大生,永安同庆又华民。熔人炉着熊熊火,试看霓虹大字灯。

一日深夜三时,自海格路友人寓中返家,经霞飞,至维尔蒙路时,东望见灯塔甚高路有霓虹灯大字,远瞩不及辨其字迹,诣之车人,则曰:此盖城南骰窟之招牌也。霓虹巨字,一八两区之闹市中,久已掩息,独灿烂于南城,真觉彼为别一人间,噫!彼岂人间,直地狱耳。

(《大上海报》1943年12月4日,署名:刘郎)

舞 场 竹 枝 词

闪闪何曾一刻停?看来未觉眼前明。分明坯子前生定,只配人家作小星。

丽都舞厅有舞女名闪闪者,其名亦怪,题名者殆以闪闪为星光,其实此为雷雨时之电火了。一夜,予友招之同坐,视其人,初无异彩,因笑曰:微论雷电,即以星言,此人亦非巨星,而为小星坯子,惟转台甚忙,来去如风,时则觉其势颇有"闪闪"之致焉。

(《大上海报》1943年12月9日,署名:刘郎)

舞 场 竹 枝 词

十年燕行看老□,红叶风华起代之。有客拍胸嗟叹曰:可怕及穷未疗饥。

米高美之舞星,以红叶为个中翘楚,此人与陈燕燕有虎贲中郎之肖,惟陈已投老,而红叶犹支青春,更有不同者,燕燕健美,红叶瘦瘠,视其与胸前,尤平坦若一片春原也。

(《大上海报》1943年12月10日,署名:刘郎)

舞 场 竹 枝 词

最难骨肉看停匀,海岛深寒遇筱君。不与温存通姓氏,青衫依旧照红裙。

陈筱君避乱归来,近入大东为舞女,此盖当年远东之红舞星也。四五年前,有人于报间评筱君甚至。友人某丐予为之斡旋,当时虽一见,予摇落依然,不图筱君犹讨生活于风尘中。谁谓女人定比男人为有出息哉?筱君之美,美在骨肉停匀;皓齿窥唇,尤成奇美,绍华极赏爱之。

(《大上海报》1943年12月13日,署名:刘郎)

舞场竹枝词

狐领何如灰背佳?舞场难得出红牌。而今白猫成珍贵,况有狸猫走满街。

皮货大涨,舞女之着灰背与狐裘大衣者,除若干所谓红牌外,已穿着不起。白猫大衣,昔为时髦女人视为起码货色者,今亦为珍重之品,而山狸猫大衣,亦复触处可见矣。

(《大上海报》1943年12月15日,署名:刘郎)

《但愿吾儿词》续

予以幼子生辰作《但愿吾儿词》三章,刊于《海报》,未尽所怀,更成二首。

但愿吾儿动砚盂,书家要学马公愚。写来篆隶和真章,赏鉴人皆瞎眼珠。

为书家亦大有生路,闻马公愚先生赖此广积,以今日暴发户,附庸风雅,根本不辨好歹耳。

但愿吾儿休执秤,须知负贩最无凭。贩柴才子文章里,唉气叹声直到今。

因一方贩柴之事,前车可鉴,故亦不愿吾儿之手提一秤也。

(《大上海报》1943年12月16日,署名:刘郎)

舞场竹枝词

夜征同上法仑斯,郎太多情妾也痴。一盏清茶银六十,消魂时亦断肠时。

法仑斯吃账之昂,人所共晓,苟贮钱不多,宵征其地,极有豁边之虞。某舞人偕一客同往,酒后继以点心,共费二千金,顾钱不足,拟签字,仆欧不许,舞女因识场中人者曰:客不可签,我签可也。亦不许,二人都大砍招牌,卒至起哄,以告读者,苟钱钞不丰,还是孵蹩脚咖啡馆耳。

(《大上海报》1943年12月17日,署名:刘郎)

舞场竹枝词

是谁曾搦楚腰轻,记得当年嫁洛平。今日有车拖不住,何人与"鬼"是糟兄!

闻管敏莉昔曾与洋琴鬼互矢爱悦,一日,见敏莉于餐座间,或曰:此儿近来无正常户头,盖与鬼结缘后,同时佳客咸望之非去之。其实舞女之与洋琴鬼私者多于车载斗量,管亦不幸始为好事者所薄耳。

(《大上海报》1943年12月20日,署名:刘郎)

纸价日高文价日贱

昨闻纸价又高翔,上海何曾异"洛阳"?报馆主人休着急,文人心血总平常。

(《大上海报》1943年12月21日,署名:刘郎)

舞场竹枝词

隔座无论见紫鹃,逢人未语已嫣我。遥怜洞鉴金刚夜,此女何曾解可怜!

久不游大都会,舞女中陌生面孔甚多,有女儿娇小似香扇坠者,名曰紫鹃,亦此间之隽。予于妇人,好看其身材昂昂如千里之驹,若紫鹃之流,第足供人怜惜,所谓不可亵玩者也。

(《大上海报》1943年12月23日,署名:刘郎)

舞 场 竹 枝 词

今宵依旧吃汤团,但有愁痕哪有欢?毕竟耶稣无道理,重来礼佛坐蒲团。

耶稣圣诞之夜,舞场中又如醉如痴狂欢竟夕。然此中吃汤团舞女,亦多至于车载斗量,欢场即是愁场,我人又乌可一一究诘哉?

(《大上海报》1943年12月27日,署名:刘郎)

舞 场 竹 枝 词

此日舞场一倒关,"竹枝词"好从今删。可怜似沸青年血,总胜如花少女颜!

舞场为青少年所捣毁,其未被捣者,亦自动于廿七日起宣告停业。少年团捣大沪之后,集于跑马厅,故仙乐斯以西之舞场皆得幸免,然亦各置告白于门外曰:"本厅已于今夜起停业矣。"

(《大上海报》1943年12月29日,署名:刘郎)

定依阁随笔（1945.11—1948.8）

请驱群丐

威海卫路与跑马厅路交叉处,拓地绝广,似旷场,群聚于此者,皆雏丐。入夜,美国水兵驱车过此,并坐妖姬,负醉欢呼,群丐乃逐其车,未成,车上人忽怒吼,车亦遽止,车上人一跃而下,时有雏丐方疾奔,车上人踵于后,扬声甚震,然踵于后者,负醉人也。其步跟跄,不似雏丐之疾,终勿可及,于是懊丧。时群丐复远之,车上人始扬言曰:稚子听之,亦有人返我冠者乎？我将旌以钱。因出纸币若干置掌中,时又有雏丐,告勇曰:我能之,车上人投币入其怀,雏丐疾趋而往,顷之,持冠来,车上人大笑,接其冠入手,登车,复欢呼而逝。

一日暮矣,愚就医问病,凭窗下眺。窗下临霞飞路,近国泰大戏院,美军坐三轮车者络绎道上,有两车方前后进,雏丐三四众,攀前车之毂,与车上人恣为笑谑。忽两丐用力推一丐,一丐颠于地,后行之车不及止,车轮接其背,丐辄大号,两手抱车轮,勿令车更进也。车人怒其无状,车上人亦似习见兹丑态者,笑而勿言,而地上之丐号弥亟,环观者如堵,良久,车人与车上人言,其言不可闻,而车上人以纸币授车人矣,车人乃与地上之丐,切齿曰:而翁杀车速耳,不然必碎汝骨,行乞而出之以诈,而翁何甘者？特洋人始甘汝罔耳！

嗟夫！洋人乌甘雏丐之妄者？特当敦睦邦交之日,不欲直暴其丑,及其归国,以兹状而描绘于彼国人士之前,则中国之体面何存？负市政之责者,请听我言,整饬市容之二十八款已一一见之矣,此中若干条,皆非当务之亟,以其不足酿为罪恶也,惟上海之丐,皆恶丐,不徒有玷市容,若妨碍秩序扰乱治安,若辈优为之,奚况盗贼之风,自兹而长。譬如本文所记前一事,彼幼丐者,已知攘货索值矣,大而言之,宁非他时据人勒赎之端,然则蓄群丐何异养盗贼?故曰请驱群丐。

(《海风》1945年11月17日第1期,署名:刘郎)

是 直 罔 人!

电影界有甲乙二人,在昔为师生,战事既起,甲溯江而去,而乙留于沪者番甲奉命归来,为接收大员,止于京。乙往谒,甲勃然怒,曰:汝来奚为?乙曰:与吾师暌隔久,为师叩起居近况耳。甲闻言益怒,曰:何颜诣我,汝为汉奸,去之,毋溷乃公清白!乙惭悚退去,及返,抱衾大哭。

愚闻前事,所起之感应为直欲恶心,方知众一口辞之谓重庆人面孔真难看者,盖不为无因矣。其实人类相煎,何至于此!纵使清浊有别,而何至于耀于词色间,使当者如受斧钺之刑哉!

杜氏之归来也,日谒其门庭者,何至千百人,其尝为附逆之徒,杜亦款以旧时之礼,谓不欲忘故谊耳。或附逆之徒,请于杜曰:愿公庇我。杜必答曰:视吾力为之,第国家法令,某患不足报故人命,奈何?其言委婉!然若杜氏者,终为当世俊杰,以视甲,甲直罔人矣。

(《海风》1945年11月24日第2期,署名:刘郎)

子 之 目 疾

愚患目疾,四阅月未全愈,初起时,左目陡赤,顾不惧强光,第未便读书,以读书须贯注神经,神经一贯注,便牵掣作痛矣。先后凡两就医,初诊诣张福星医师,断为与肺病有关,求目愈,宜先治肺,愚不甚信其言。三星期后,笠诗为愚荐邹诚浒医生,邹视察久之,亦谓与肺病有关,然为势初不严重,以愚所患,不过肺弱而已。邹阅历较多,语愚曰:试信吾言,更一月者,病状必减,赤渐褪,然若不治肺,将复发。后其言皆验,果一月后,吾病若失,未几双眸又泛赤,赤则为审视艰难,如前状,今又疾去,故后能执笔治文矣。愚不知摄养,恒就博,至天明始散,是日,目疾必重发,然易得酣眠者,疾逐无,现象如此,使邹医生知之,必詈为不足为训也。

(《海风》1945年12月1日第3期,署名:刘郎)

寄梅兰芳先生书

兰芳先生足下,数月不奉教言,驰系无穷。胜利以后,若干国人之视上海人,似赤老一般,吾公虽亦恒居上海,独为时论推重,知向时之甘于落寞者,为不虐也。二月以来,足下数登氍毹,不肖皆未一觇其盛,无他,以不肖不懂吹腔戏耳,如《断桥》《恩凡》,明知佳构,而病其沉闷,譬之诗文,格律过于谨严,程序过于繁复,便不易使人欣赏。《奇双会》比较轻松,亦富有情致,特"写状"一场,太哆,俗伶演来,益哆得使人汗毛凛凛。振飞先生旧以此戏歆动歌场,在不肖视之,要嫌未称,以一七品郎官,对家主婆之轻骨头,似我在跳舞场里坐台子胡调舞女之情形一样,岂不有失体统?十年前不肖先后看过先生两次《贩马记》,皆姜妙香先生为匹赵宠。妙香之于先生,为老伙伴矣,无庸否认,者番上演妙香不在上海,则亦已耳。今妙香先生明明在上海,健爽一如昔年,而先生废其人,使沦为宝童,论者谓其情理之平,固知妙香在梨园行中,有贤人之目,任教怎样安排,他无异议;然若念到先生老伙伴今日之心境如何,真使仁者不堪回想!不肖放浪半生,无他长,惟重旧谊,故有此迂腐之言,直贡贤者,知我罪我,两不计矣,匆匆顺颂俪安不一。

(《海风》1945年12月15日第5期,署名:刘郎)

沉醉无期即是乡!

一夜,邀舞人王敏与俞萍偕饭。王敏自孳海中流转归来,复止于舞榭,意气益衰,而容止益庄。其人念旧,谓愚与之方者,在往昔皆垂护王敏,故不敢以恒客视二君也。敏与敏莉善,今夜座无敏莉,王敏怅惘,其实怅惘者何止王敏?愚诵"遥知兄弟登高处,遍插茱萸少一人"之诗,有人点首,盖缅怀往事,自有其不尽低回者。嗟乎!温庭筠,所谓"沉醉无期即是乡",又孰知此乡之不易复求哉?

王敏能饮,自言未尝醉,于是众皆觑之,饮良久,果不醉,然觑之钦者,亦无醉意,因知一座皆海量,惟愚与梯公非其俦耳。兰儿代本报纂务,与素雯为初见,知雯亦通文,愿得一言,为《海风》篇幅,增其光宠,素雯初婉谢,同请,始见许。本期已不及实,下一期者,将有吾东方凯丝令赫本芊丽之章,与读者相见,亦好消息也。

(《海风》1946年1月5日第8期,署名:刘郎)

A B C

去年的春天,我在跳舞场里,碰着一个舞女,二十多岁,长得并不难看。只有一样,不惬人意的是她的"皮子"太"桂",我叫她坐过几次台子,发现她皮肤不干净,长了一身疮疖,从别人的口中,知道她处境艰难,跟过一名无赖,养过小团,自己喂奶,自己汰尿布,把她折磨得非常苦恼。从春天到夏天,之方替她算,她的旗袍,着来着去,只有三件,就叫她 ABC,话是缺德的,但是事实。她对我表示好感,我则因为印象不佳,倒底没有做她常客。

秋天以后,ABC 突然得意起来,我在游宴之场,看到她时,"皮子"常常换季了,容光焕发了,看她的手臂上也洁净了许多,不是从前的满目疮痍了;带她跑来跑去的客人,流品也不似从前那样的杂乱了。她做茶舞,也做夜舞。有一次,我又叫她来坐台子,约她吃饭,她说没有空,要另约日期。我对她笑笑,她并不窘,我倒自己内疚起来。她没有错,是我不对,我不应该太势利,但所有欢喜狎邪游的男人,都是有我这一副蜡烛脾气,去白相堂子,逛跳舞场的,你说对否?

(《海风》1946年1月12日第9期,署名:刘郎)

敏莉嫁妹

敏莉自退休以后,亘两月勿相见,惟时以电话来,为阿兄存起居近状耳。一月十三日,忽造吾居,携喜柬数页来,嘱分发与梯维、培林者,专以告其妹婚朝也。妹字书影,与仇氏子互矢情好,佳期已定十七日下午三时,举行仪式于金门饭店九楼。敏莉重义气,妹婚礼所需,倾筒搜箧以赴之,嫁妹如嫁女也。

敏莉丧父逾十年,母寡而弟妹皆稚,管家人无所生产,及其秀发,纵身舞业,有所得,悉以赡家,两弟皆读书,妹亦求学甚进。敏莉酒余,恒与言身世,则垂泪曰:毁我一人,全兹数口,管家清白,愿自我弟妹葆之,毋使妹一更漂零矣。其志可悯,而其语甚哀。今其妹且归,敏莉大喜,期前,思所以壮奁容者,偕妹入市,自晨至暮,车载以归,虽劳无恤,邻里群贤敏莉。愚闻其事,则喟然曰:论风义之美,阿兄又安得如吾妹哉!

(《海风》1946年1月19日第10期,署名:刘郎)

叔范诗文

十余年来,友人之工为韵语者,愚独拜倒施叔范一人。叔范之作,或郁沉哀,或纡至性,而无不回肠荡气,所以为复绝千古,沈禹钟谓"不敢以声音视之",真至言也。往岁,叔范恒留沪上,愚不欲以诗才自炫,及其他徙,始目无余子,其实吾诗本不足数,特顾海上之咿哑学唱者,如我者又远甚,我遂不自禁其骄罔矣。及叔范重返海堧,我复嗫不敢嚣。八载以还,叔范行役良苦,形神交瘁,冶之于诗,乃为奇气,先后得《流亡诗草》一卷,顷自杭州邮递粪翁,粪翁则授与愚曰:试以此布汝报,要足为《海风》风格高也。愚欢喜无量,拜而受之,将次第以飨读者,而培林厚意,又为愚驰简叔范,丐其为《海风》供《酒襟清泻录》,是即往年刊于《社会日报》者,万人争诵,誉为近人小品文之极则。知叔范当不弃我,奋笔在即,愚又乌可勿以此好消息,预为读《海风》诸君告哉?

(《海风》1946年2月2日第12期,署名:刘郎)

蒙蒙与阿乘

潘柳黛为本刊作《周年祭》,称一时极构。当世之女作家,张爱玲为出类拔萃矣,顾行文不以情致胜;柳黛则热情万斛,如沸如煎。盖前者聪明而辅以工力,后者独以才气纵横者也。

文中为李延龄呼柳黛为蒙蒙,愚见柳黛,亦呼之为蒙蒙,柳黛失笑,曰李延龄固不呼我为蒙蒙也,"蒙蒙"二字,自我易之。延龄与我亲爱时,实呼我为猫猫,又曰阿猫,我非畜类恶猫猫之称殊勿雅。吾友思之,男人称女人为猫猫狗狗,又称大令,多肉麻?复多浅薄?以入吾文,宁非为吾文之污!愚则曰:否,譬如胡佩之抱牢家主婆,称心心肉肉者,其肉麻与浅薄,尤甚于喊猫猫。然愚固谓此皆夫妻淘在被头洞里之"天籁",无所谓肉麻,无所谓浅薄,纵纾之腕底,自觉坦白可喜,柳黛终必改蒙蒙,特柳黛之不够豁达耳。愚又问曰:李延龄称汝为猫猫,汝又何以称延龄者?曰:阿乘耳。

愚曰:阿乘殆李氏乳名?曰:我为题之,以我身短,而延龄顾长,乘我之二,始等其量,故称阿乘,又析"乘"字为二,则得"乖人",我望所天乖乖的跟随着我,而不图其终为乖张人也!

(《海风》1946年2月9日第13期,署名:刘郎)

题黄薇音近影

昔日女歌手之声名藉甚而今犹健唱于麦格风前者,惟黄薇音一人。别良久矣,比于维也纳座上见之,肃丽温恭,依然似昨。愚为《海风》索刊其近影,则得一新铸者,喜极怀归,为题短句,时春到江南,甫三日也。

天意何曾恤苦辛?三年犹是瘦腰身!难将短梦分长夜,赖有佳人共早春。归去罗敷无细怨,情深蒙叟动微颦。相思泪似童年泪,时浑(仄)烦扰渍满巾。

(《海风》1946年2月16日第14期,署名:刘郎)

上 海 耆 绅

蒋主席莅沪,招待上海之父老耆绅,名单中有某"老头子",我以是而感慨万端焉！我之感慨者,吾师之云亡过早也;吾师云亡,而我终不获继承其先业也。六七年前,有人荐红帮裁缝五六人,将丐我录为高足,我当时竣拒之,竣拒原因,一、我不着西装,无从受"小脚色"之孝敬也。二、惧好为人师。终为贤者目为不智也！今则悔矣,我往时固使若辈列我门墙者,或从此遂桃李盈庭。又安知非他日为"上海耆绅"之肇端哉?

长子方问学,昨日来觐,下学期意欲投考东吴,问我苏州住读好,抑在上海好?我不能具答,因作书与范烟桥先生,读其指示方针。复书犹未至,次日读报,见蒋主席延见耆绅之载,便告儿子,何必读书,第一要着,当投师拜祖,磨练为上海闻人,一旦有成,既可不劳而获,及届耄年,其地位即为"上海耆绅"。望子成龙,望到如上海耆绅,我殆可以满足矣乎?

(《海风》1946年2月23日第15期,署名:刘郎)

舞 丛 趣 语

近来复累夜坐舞场,一夕同行有华莉莉,华与王玉珍善,今亦退藏,顾不久将赴香岛,谓此行而不能广聚者,不归上海矣。此人心地亦纯厚,第未尝学问,谈吐之可笑,非"浅薄""幼稚"可以尽之。当看小飞象于大光明,谓看时啜泣不已,愚闻而大惊,诘莉莉曰:卡通片乌足赚人眼泪者?若非汝之"善感",是狄斯耐真神其技乎?华则曰:小飞象太可怜。我见其哭,哭声呜咽,我听之心酸,而泪珠之巨,恒逾我所握之拳;我怜其苦,故亦哭,其实我固善哭,看小书(指连环图画)到伤心处,往往堕泪,看绍兴戏无伦矣。

愚大笑，之方忽正色曰：然则汝当多贮泪珠，为小飞象哭。莉莉问何故，之方告曰：汝所见为头本，后来尚有二本三本乃至十本，似血滴子之绵亘不绝也。莉莉以为真，大喜，语之方曰：为小飞象，虽哭至吾目似胡桃，我亦无恤。玩人丧德，而之方优为之！

一夜，赴新仙林，舞女大班来附吾耳，劝愚坐徐兰，愚曰：素昧平生，宁非浪费？则曰：其人固落门落槛也。舞女大班口中之落门落槛者，实示客有容易入手之意，愚于是勉为其难矣。徐兰来，则犹不逮中人姿，然亦望而知为老于风尘。乐起，辄共一舞，闲谈间，忽及麦雪红，徐兰乃谓：麦雪红吾第三妹也。愚曰：汝等为同枝？曰否，盟兄弟耳，兄弟四人，徐美居长，我次之，雪红居三，而丁玲最稚。自徐兰口中，徐徐报其名，吾背上之芒刺亦徐徐生，因悟舞女大班落门落槛之言，有自来矣。舞海淫雌，王文兰为最著，称至尊宝；麦雪红、丁玲、徐美之流，皆在天地人我之间；徐兰名犹掩，当不出三长四短之外。愚亦何缘，遇兹一宝，及其退去，私语曰明日若推脱一庄，必获全胜。

（《海风》1946年3月2日第16期，署名：刘郎）

马妹妹仪度清华

马妹妹为状甚顾，而双眸特俊，龚自珍所谓以窈窕秋星者。愚见马妹妹，始悟其言用意之奥。马本丽都旧人，在昔无足观，及其遣嫁，乃至嫁后重来则高秀如奇花，亭亭以艳光焰四座矣。问其年，已二十五，有人代其述身世，凄凉万状，不忍听亦不忍言也。数载以还，愚足迹恒蹋丽都，此中选色，了无当意，独见马妹妹而倾倒甚至。论舞海群雌，必欲称素质之善，何其艰苦，陈氏姊妹之流，美好如天人矣，顾素质不良，接之谈，皆市井谰言，不足供人轩渠，特使人作恶耳。愚之所悦者，务求其仪度清华，管敏莉以后，始见一马妹妹，其实敏莉无殊色，马亦何尝都丽，肌肤初不莹皙，而下颏甚修，第眉目之间，自然有清光流焰，晤其人，若对芝兰，真隽品也。

（《海风》1946年3月9日第17期，署名：刘郎）

重庆英雄

前年,张善琨以与在沪之中央地下工作人员,有所联系,为贼宪兵队所执,时毛子佩方于先一日,陷身贼穴。善琨被囚十五日而释放,既归来,亟访愚,谓受子佩托,在马路上或公共场所,见子佩整衣独行者,毋与接谈,亦毋与颔首,否则受屈无穷矣。盖子佩既就逮,贼以严刑威之,令其供同伴所在,子佩悉不承,贼怒,刑益严,更询之,子佩曰:我乌知若侪居何所者?我等恒日集会,有定时,亦有预定地点。贼问地点何在?曰:戏院门前,舞场座上。贼于是令子佩盥栉,使首面无创痕,被其来时衣,令子佩一人行于通衢,贼二人尾于后,或入剧院,或坐舞场,见有人与子佩接谈者,将执之,亘数日皆如此。一日善琨在狱,闻子佩自外归,在门外作厉声,詈贼曰,死我已耳,汝等之计已穷,且汝等亦残忍而不智,我居沪二十年,交游遍海上,有旧时同学,亦有多年不见之亲朋,一旦相值,来就寒暄,汝等必疑其为我同伴,遂加以斧钺,讵非奇冤!厥后善琨每壮子佩,谓子佩居其中,不屈,且诋贼甚至,贼数其人,壮子佩为"重庆英雄"。未几,柯灵亦被执,囚于子佩之邻室,闻守牢之贼,恒翘一指语柯灵之室中人曰:邻室有"重庆英雄",食量故丰于其他。子佩知柯灵不能饱,从板壁罅隙间,授麻饼与柯灵,所以示惺惺相惜之意焉。

(《海风》1946年3月16日第18期,署名:刘郎)

一抹朱痕上素缣

金素琴结婚于渝州,比怀孕,归沪上待产,今且育一雌矣。有人自重庆来者,告愚曰:素琴之嫔汾阳后人,犹处子身,其事旅蜀人士,知者甚众,一时传为佳话。郭郎至此,感恩殒涕,从此事素琴若神明,传其行箧中,贮素缣一幅,数瓣猩红,是即坤旦祭酒辟鸿濛之证,素琴珍视此巾,逾环宝也。一日,愚遘梯维,告以所闻,梯维遽曰:渠妹为我言信有其事,因相与论惟女人事,为最不可诘究竟。素琴献艺十余年,沪人传其荡逾之言,奚止百遍,而若人若事,似历历皆可举,及至今日,始证所传皆谰言矣。梯维又言,曩与素雯矢情好之日,梯维有所欲,素雯峻拒谓梯维曰:固许我仰望终身者,始遂汝愿。未几结缡,却扇之夕,梯维亦感恩殒涕,似后日之郭郎,从知荒漠中自有兰芝。彼百口嚣嚣,真不可凭信也!刘郎曰:乐部女儿,坚贞自守,彼金氏姊妹外,童月娟亦一人,月娟驰誉氍毹时竟之者千百人,而卒归清河。年前,张善琨昵陈燕燕事,渐泄,月娟闻之,与善琨哄于闺,有人劝月娟毋褊急,月娟泣曰:我以宝贵一滴,献与张先生者,今外子有淫行,讵不能容我置一喙邪?善琨以此动天君,去年自上海奔内地,辄携月娟偕行矣。

(《海风》1946年3月23日第19期,署名:刘郎)

漫 谈 接 吻

一夜坐阿凯第,墙隅有美国军人与情妇同饮,既酣,渐相狎,第此为空军,动作比较斯文,时引鼻嗅妇人之靥,及不自持,则亦两唇相接,然乍接又离去,若不其轻怜密爱者,盖有异于烂水手之穷凶极恶也。水手兵坐三轮车上,镇全体于妇之身,妇人或避之弥亟,而水手兵镇之亦弥劲,此状乃大类谋杀,特不闻有喊救命声耳。有时舞厅酒吧中,亦具此状,互吮其舌,而时间之久,可以骇我,自念我苟为其中之一男或一女,气窒死矣。

华人之嬺舶来咸肉也,未尝不可任所欲为,顾不容接吻,疑此亦为"辱华事件"。愚抵制洋货久矣,此为最大原因。

有人与某女士互矢情好之初,乘间吻其颊,可,将及唇,则拒。某女士曰:依外国习惯,吻颊,为女人接受男人情爱之端;若夫吻唇,则必连类于性的关系矣,故不可。其人谢罪,事后劝人,谓轧女朋友千万不可轧知识分子,而复通晓"国际情势"者,乃以外国规矩,来侮我黄帝儿孙也!

若干年前,上元之夜,唤三轮车送一女友归去,时街上余雪未融,气候复森寒,当时二人之体,相偎较切,经同孚路大沽路时,黑暗中有自警团认此状或有伤风化,则扬声曰:"难看哦!"愚为之大僵,故深恶保甲制度,初不因要派我岗役而始然也。

(《海风》1946年3月30日第20期,署名:刘郎)

中年英气暮年诗

比见宋训伦先生钤一朱章,文曰"玉想琼思过一生",是何慧福,乃修得到此哉?愚近时亦拟刻二方,一曰"欢场烈士",又一曰"中年英气暮年诗"。前者烦散木居士为之,居士为江南金石圣手,与愚交甚契,亦恕我疏狂,烦之,将不嫌其亵渎也。后者则求诸朱尔贞女士,朱为唐云弟子,于山水人物花鸟,既登堂奥,复潜心勒石,所造亦突过时流,真奇才也。上月,始以润例示人,索件者踵可接,盖以艺事精湛,名且被东南矣。

"欢场烈士"之义,殆无殊于时人所称之"舞场孝子",愚屡屡以此入诗,如送某舞人归去云:"老至春心禁不住,还分一缕荡欢场。"又如雪夜访某舞人云:"可怜风雪翻天夜,又报欢场烈士来。"又如累夜访某舞人云:"翻来舌底温馨语,诉与欢场烈士听。"多至不可尽忆,若"中年英气暮年诗"一句,为最近所作。培林恒言,大郎体质羸弱,而生命力极旺盛,全仗一股英气支撑,非然者,不死亦僵矣,愚深韪其言,又以自负富诗才,尝谓天半假我以岁月,使我不愁饥饿,精修十载,则所得必大,然自此而始,亦当求之暮年!故为敏莉咏云:"容有刘郎成就美,中年英气暮年诗。"诗成,殊宝此七字,因录出,击石一方,以奉尔贞,更得律句,催其奋笔也。诗云:扶天弱腕终无补,修到东南格调严。谁把清芬留姓字,自怜跌宕戴须髯。金刀勒石将何用?烦虑萦心不可镰。英气销沉诗意薄,者回惟恐损纤纤!

(《海风》1946年4月6日第21期,署名:刘郎)

坐咖啡馆

迩年以来,咖啡馆满布海市,坐咖啡馆大率为双携之侣,而愚独不乐为此也。愚至今日,对女人已无轻怜蜜爱之雅度,除非立起来跳,坐下来吃,横下来则睏觉而已,四十几老奴,宁有闲情,效痴儿女之脉脉相对哉?

愚不好啖咖啡,偶啖,必啖名品。时登七重天,同行者恒是之方,未尝着一红妆,上月与勃罗偕往,坐散坐中,见火车座内,二女子并一椅,与一男子相向坐,二女子中,一人有殊色,言笑胥荡人心意。愚谓勃罗,咖啡室谈情,以一男一女为宜,女人而系一女人同来,则男人已断进身之路,我可不须顾忌。勃罗闻言,抽一纸振笔书曰:"今夜七时,请来阿凯第晚餐。"纸又折为小块,临行,投粲者身后。是夜勃罗宴客于阿凯第,待席终,粲者终不至,相与大笑,谓市井登徒之伎俩拙也!

愚不肯失约于人,然常常失约于女人之邀我坐咖啡馆者。一日有人约我到皇家,初拒,固请,则漫应之,然终不赴,及后相值,彼人大事咆哮,愚曰:怒我奚为?坐咖啡馆要着打裥西装,梳飞机头,为男子者,表演其情深一往,女人则当如泣如诉,始与咖啡馆之调子谐和,不肖独非其伦也。则曰:约你吃咖啡不去,荡马路又不去,以我思之,约你开房间,你必去矣。愚大笑曰:惟此一言,最使我感奋。实告君,"固所愿也,不敢请耳"。女人视愚为伧夫之尤,大都缘此?

(《海风》1946 年 4 月 13 日第 22 期,署名:刘郎)

许美玲一席谈

许美玲伶齿俐牙,辩才无碍,其人之腾踔舞丛,赖此以外,更有发育得相当好看之一个胸脯耳。自退藏于密,已不知几易星霜。一日,敏莉设宴寓中,邀旧侣皆至,许亦莅临,风采曾不减当时也。席上侃侃谈其近事,谓方型周报,传其事迹,而泰半不可信。因问愚曰:唐先生亦见之否?有谓我受侮于玉良之妻,亦有谓我与玉良已占脱辐,而将重堕舞尘者,更有谓我既返舞场,报效之客群集者,其实玉良与我,矢爱为如故也。我则视玉良固非凌藉吾身者,亦必从之偕老,不复图其他矣。报纸所传,殆为梦呓。既而又曰:我与玉良情好之初,玉良一妇,媚我甚至。一日,玉良挈我踵其居,将归,妇语玉良曰:当送美玲归去。次日妇躬以电话来,邀我午饭我欣然往,我以为相得如此,将来相处必佳,于是裻舞衫矣。顾一裻舞衫,妇忽大恐,疑我将蓄志夺者所天也。逐不逊,我怒其反覆无常,亦视之如敌,迄今尚在僵持中。妇之意,将使我勿自宁其心意,而委弃玉良。我则不令售其计,故锲而勿舍,彼妇蠢耳,乌足与我斗智者?虽后来事,犹不可知也。

(《海风》1946年4月27日第24期,署名:刘郎)

近 事 杂 记

上月,与友人同赴丽都,傍舞池坐,看池中起舞之女人,衣履类不新鲜,亦有穿短统袜子,而俪以白帆布橡胶底鞋子者,尤使人作呕。忽睹韩菁青着盛妆,其环体所饰,炫于全场,女人在此种地方,本为竞妍斗爽来耳。奈何寒俭贫雌,亦耽酣舞?省跳舞场十盏茶资,犹不足为一鞋之奉,其亦可以休矣乎?

又一夜,偕夫人坐丽都,见舞池中时有美妇人,疑其为舞女,不敢问。翌日以一人往,将侦其实,则不复见,愚恒以是而惘惘。有时孤坐场中,见池内有活色生香之女,亟呼大班,询其姓字,则曰:在昔固舞人,今已退隐良家矣。用是亦苦闷,愚旧写舞场竹枝词,有句云:"有时一瞥惊鸿影,道是人家带进来。"亦想见当时情绪之恶劣也。

敏莉既复健康,时来存问,其人挺拔,被一氅甚艳,于是华美似芙蓉,真豁人心目。语愚曰:出门后从姊妹游舞场,以四人往,茶资耗万数千金,使人心悸。愚曰:谁令汝蛰居家中者?阿兄一月挥霍,脱令汝嫂问之,必曰:我乌堪匹一浪荡子而偕老者,明日请官中判解缡矣。敏莉大笑,嫂氏节约,阿兄之言固可能也。

(《海风》1946年5月4日第25期,署名:刘郎)

丝马甲与嵌肩

顾兰君将同石麟先生游香岛,我等设酒饯二人。是夜兰君健饮,三杯入肚,面颊,望之若桃花。当李英居津时,兰君恒悒悒,其人憔悴可怜,及李英归来后二三月,兰君忽然腴艳。读吾报者志之,天下惟有英雌,终罢不得男人也。

谈次,及方型周报之滥造谣言,兰君乃谓,加之于吾身者,已不知数十百回。李英晨起,读《新闻报》广告,见榜上有吾名,购一册回,示我曰若无其事,执笔者何至谤汝,使汝不可为人!以是吾夫妇恒哄于闺中,我以冤不可白,恒啜泣。一日,某报记李英事,亦谰言,我明知之,然故谴李英曰:是何事者,乃亦谤汝至于不可为人耶?李英大笑,曰:我男子,谤我固无损毫发也。我益怒,李英遂……语至此,不复下续,愚接其词曰:李英遂拥汝入怀中,为长吻,吻已,小声曰:"我谅兰君,兰君亦当谅我。"彼夫妇皆剧人,愚故聪明,吃豆腐乃吃得有戏剧性也。

愚又问兰君,方型周报,究造汝些什么谣言?曰:多淫乱事,其他记载,亦多失实。有一次,记我在常州演金小玉,在后台时,有男演员,代我扣马甲上之纽子,诚有其事,惟渲染亦嫌逾分,男演员第将马甲从楼上替我送下来,纽扣实自我扣之耳。愚曰,然则其事亦甚腻,鄙意倒不在扣纽子之一刹那,而在将贴肉马甲穿上去时,为男演员者,眼皮之供养丰矣。兰君曰:我所言之马甲,罩在其旗袍外面之乙字襟马甲,非丝马甲也。愚曰:汝当早说嵌肩,不至使人钻到里面去想矣。

(《侨声报·小声》1946年5月5日,署名:刘郎)

言大而非夸?

前日,魏绍昌先生从开明书店买《丽白楼自选诗》一册赠愚,以绍昌审愚嗜林庚白诗,此册所载,庚白诗居百分之九十以上,其夫人林北丽女士所作,不足十之一耳。执灯读一夜毕之。此中附林氏家传,及其死难事至详,惟若言其诗,实远逊于十年前所作,关乎此者,当另文述之。

自选诗亦传庚白一序,使人极起反感,其言曰:"《丽白楼诗话》,今诗选中,予自选独多,或疑其私,然而无私也,曩予尝语人,十年前郑孝胥诗,今人第一,余居第二,若近数年,则尚论古今之诗,当推余第一,杜甫第二,孝胥不足矣。浅薄少年,哗以为夸,不知予诗实'尽得古今之体势,兼人人之所独专',如元稹之誉杜甫,而予之处境,杜甫所无,时与世皆为予所独擅,杜甫不可得而见也,予之胜杜甫以此,非必才力凌铄之也。"咄咄逼人,其言宁止狂妄,直是乖张,千古以来论诗者数万千人,未尝有人凌铄至工部者,今人陈定山目空一切,然亦不敢辱杜,第谓其诗已不屑与苏黄衡量矣,愚且痛鄙其人。才气之士,矜伐殆不能免,若庚白浮嚣至此,必不足以造极诣,旧见叶恭绰与庚白书,有"始知足下言大而非夸"之语,岂意在婉讽,非诛心之论耶?

(《侨声报·小声》1946年5月8日,署名:刘郎)

猝易常态

不肖性逸乐,若干年来,未尝废声色之奉。舅氏钱华未先生生时,督我严,终世也,辄违其志,此戾真不可赎!及刘氏来归亦约,初就其范,一若范我即所以死我者,亦不暇自穷其理也。顾最近猝易常态,绝意欢场,一月来,吾足履华乐琤琮之地,第二次自是不想去,心志之灰前此未有。刘氏自欣慰,朋友且诧为异闻,我则自惧忽变恒情,为朕且至不详耳。

向时,我入欢场,自未有失意之悲,迩时则疲罢极矣。无论眼底群雌,无非当意之选,即以精力拼之,亦觉勿继,老境侵寻,我何为不知自返?诵简斋句:"千金尽买群花笑,一病才征结发情!"此亦人世难堪之境,我又乌可不凛然自戒哉?

(《侨声报·小声》1946年5月9日,署名:刘郎)

敏莉远游

敏莉既健复,以后此之家计益艰,为稻粱谋,行且赴香岛矣。石麟先生之去港也,愚等设祖饯于梯公府上,亦招敏莉,渠以羁于他事,不果来,然为之怅怅,谓石麟得残疾,乃亦以冻馁所驱,遂赋远征,其情景殆不胜苍凉。吾妹心地仁慈，恒不暇自悲，而遽悲他人，然愚不敢胡言之，恐资其哀也。

敏莉远游之意既决，故来视愚，乞愚为之设法船票，愚故托熟人道地，吾文与诸君相见之日，渠或已登舟往矣。去年，美国飞机，来沪炸贼阵地，庐舍为摇，敏莉大骇，不耐片刻居，遂束装返里。前一日来别愚，此情惘惘，至今不忘，愚送行之作，亦至今犹可诵也。为时一年，然若今日之又分劳燕，其情绪乃突变为凄酸，尝谓我兄弟皆薄命，顾以今观之，则吾弟似尤甚于阿兄也。

(《海风》1946年5月11日第26期，署名：刘郎)

花 旗 跟 斗

吉普卡天天轧死走路行人，因此引起了上海老百姓对于盟军的反感，因为他们横冲直撞，太把盟国人的性命当作儿戏。

走在人行道上，我常常提心吊胆，怕吉普卡会开到人行道上来，将我撞死。但顾虑还不止此，还有前面来几个吃醉了酒跌跌冲冲的白帽子盟军，走近我身边时，我就担心要受到我这个小身体所抗不住的戏弄。当然有个原因的，在若干时前，我的朋友沈克明，同龚之方、徐善宏从新世界走到国际饭店的一段路上，其时徐善宏急匆匆走在前面，沈、龚二人却在并肩齐步，迎面来了个吃醉的盟军，将一只臂膀把沈克明举起来，从后面翻到肩上，再从肩上摔到地上，沈克明正在吓得乱叫之际，这个盟军早已大踏步走了，之方问沈克明如何？沈克明说，现在一点不痛，不知等一等阿会再痛。到底被盟国人寻的开心，我的朋友非但不怨，而且话还说得那末风趣。

日寇的宪兵队里，有一种严刑，叫作罗宋跟斗，掼过这跟斗的人，都说骨骼为摧。上面说的大概是花旗跟斗。花旗毕竟是文明国家，请人吃的跟斗，非但无伤骨骼，而且"勿痛"。但鄙人天生的脆皮嫩骨，假使是花旗跟斗，也吃大勿消。

(《侨声报·小声》1946年5月12日，署名：刘郎)

啃定了上海人

上海有一家戏馆,派人到北平去邀角,这人回来报告院方,大约说角儿们的月包,为数过大,无法洽谈。譬如张君秋这只花旦,开价要到六千万元,叶盛兰要二千万元,那一只专门扮演老蟹的李多奎,也要到一千五百万元。听了这些,我们不必再责备上海的伶人,周信芳以"江南伶范"的身份,一场戏抽五百张票子,言慧珠不过拿个一千万多两千万不到的数目,正不值得咋舌称奇,看起来心凶手辣的,还要算到这批京朝角儿。据那人又说:他们所以要高台包银的原故,因为这两年了,困守在北平,老没有到上海来啃南边人,一旦有了机会,怎会不打算一下子积他十年八载的粮草?所以他们是存心来啃上海人的。好在上海的"顾曲周郎",看了这些,决不会寒心的,只要戏院老板肯邀,顾曲周郎,自然会来捧,捧得他们红,捧得他们骄,骄得不认识了他们的祖宗是谁!

(《侨声报·小声》1946年5月13日,署名:刘郎)

送 敏 莉

敏莉已于十二日上午成行,先一日,愚治酒饯之,攀条折柳,弥不胜情,比岁以来,吾兄弟笃于恩分,每当小别,辄不自禁其黯然也。愚识敏莉逾二载,珍视其人有如瑰宝,其人仪度清华,而性格明爽,有若干地方,又太像我,譬如重义轻财,热情如沸,顾其心地纯良,且为愚所不及。愚舌薄唇贫,有时好议论人长短,而敏莉无之。愚浮薄低能,恒时行径,类市井登徒,然敏莉视我,如玉皇案吏,自有尊严,岂感恩知遇,其观察亦随之错误欤?

近二年来,愚不常为诗,有之,十之七八为敏莉所发,则柔情如水,好语如环,似近顷送行一律,有"尝夸此女真琼玉,孰意所谋亦稻粱"一句,愚不敢自矜格调,比美前贤,第意境清新,至情流露,要不可否认,中岁情怀,无所寄托,赖敏莉一身而宣泄之,愚诗不足存,将赖敏莉或得传世者若干时,未可知也。

敏莉行前一日,来别愚曰:此行两月必归,我往日浪游,虽子子四骋,而无所牵累,今呱呱者堕地甫逾月耳,我必念之,速我归心,要在此儿。是日,敏莉为盛装,华艳如三月莺花,真豁人心目也。

(《侨声报·小声》1946年5月14日,署名:刘郎)

女作家的"派"

与潘柳黛谈,有口没遮拦之快,为愚纵论今日之女作家,谓她们各有一派。派非画派之派,而为派头之派,若盛琴仙,纯为良家妇女派,丁芝如未入流派。此意甚奥,问柳黛,柳黛曰:心领矣,神会之可耳。而愚终不获领会也。又言兰儿介乎丁、盛之间,其言更恍惚迷离,使人不可想象。愚又问苏青为哪一派?笑而不答,旋曰:有人詈苏青做三姑六婆,公亦以为恰当邪?愚曰:是咒之者必以苏青好财货耳。若是,愚反对其说,文人心血,虽斤斤于阿堵物,亦非文人之耻,特视所争之利,实心血之代价耳。愚故谓与其状苏青为三姑六婆,又何如状其人为娘姨大姐,一只金牙齿,一口宁波话,其人常置身于嚣嚣一市之菜场中焉。因又问錬霞为哪一派?柳黛曰:是不易形容,惟老凤先生尝言其大妹子为"白糖梅子",锡此嘉名者,亦不自凤公,而出之晚蘋先生齿颊,晚蘋视錬霞切,测錬霞深,意必言之成理也。

(《七日谈》1946年5月15日,署名:刘郎)

绰　　号

警察局又要实行"报人特种登记",《前线日报》记载此事,题目出得真好,"似囚犯似间谍"!原因在这特种登记中有一项要填写"绰号",据我所知上海的报人,没有绰号。上海以绰号著,而真名湮没不彰者,只有地痞、流氓、无赖,这些人总其名曰"白相人",不过后来他们有许多人升梢了,于是就变了闻人,变了耆绅,但他们原来的绰号,上海人都不曾忘记,至今还是脍炙人口。

我不明白为什么警察当局,忽生妙绪,对于报人,怀疑他们有起绰号来呢?我又疑心他们把报人的别署,弄错了当作绰号,但再看报上记载别署另有一栏,所以证明,这是在存心寻报人的开心。

烂脚××、麻皮××、阔嘴巴××、药罐头××,这些都是闻人,要叫这些人填写绰号,他们才不会曳白。报人是新闻从业员,你几曾听已故《大公报》的张季鸾先生,有人叫他"老枪季鸾"的?

(《侨声报·小声》1946年5月17日,署名:刘郎)

"倡门才子"

子佩在锦江邀朋友吃饭,席上谈起新闻记者的绰号问题,适巧逸芬坐在我旁边,我问他"倡门才子"四字好不好算是你的绰号?逸芬连忙说:这是当年张秋虫替我题的,秋虫志在骂人而使别人叫上了口,在我实在是一种耻辱!在战前有一个时期,我差不多天天同逸芬在一起,从来没有听他说过"倡门才子"的名称,是有侮辱的成分,抗战以后的今日,他居然觉悟过来,谁说抗战不会把一个人抗得聪明,抗得进步呢?我又问他有人称我为"江南第一枝笔",这六个字有没有侮辱的成分?逸芬说:那倒可真可假。其实这是绝对不能真的,替我题这个名称的尤半狂,当时何尝不在恶意的骂人。生平并无一长,就有自知之明,所以这几年来,我并不曾以此沾沾自喜,否则真要笑歪别人的嘴巴。

(《侨声报·小声》1946年5月18日,署名:刘郎)

赵清阁与陈香梅

赵清阁女士以小说家言,传闻域内,自渝来沪,为《申报》作《双宿双飞》一篇,最近始又为《小声报》作《江上烟》,皆以流畅之笔,写极尽曲折之故事者也。清阁既为女人,然昔在巴中,好为男子装,若不甘雌伏者,是勿足奇。尝观其作字,振笔疾书,刚劲直似须眉,又尝见其与吴祖光先生书称祖光仁兄,下署俨然弟赵清阁焉。

一夜,以祖光介,得共樽酒,则其人尤雄于饮,祖光言:赵先生之量,殆不可衡测,虽百杯亦勿醉。于是合座皆惊。赵形貌甚羸瘦,说话之音浪甚微,问其梓里,则河南上蔡人也。

是夜,座上有中央社采访记者陈香梅女士,岭南人而生长于北都者,与祖光为少日同窗,邃于学问,尤擅英文,而中文之文笔,亦熟练可观,不矜才使气,其人自然婉亮,尝言蒋夫人说国语不甚动听,正与宋子文无异,所说盖为纯粹之上海白也。故投访蒋夫人,为记者者,不适宜于用国语,用上海白亦不适宜,最好说英语,则夫人喜矣。

(《海风》1946年5月18日第27期,署名:刘郎)

教 国 语 者

愚无方言天才,髫年尝居北都,至今不能打京片子,遑论标准国语矣。自素雯嫔梯维后,梯维在家庭间,说国语,其实素雯说苏白及沪语皆流利,而梯维必欲强说国语者,亦所以示其得"内行"夫人而乐耳。之方之方言天才亦劣,当与祖光作长时间之谈话,愚恒与培林笑不已,谓之方真有"语不惊人死不休"之勇!

早晨,稚子闻无线电话,有人教听众以国语者,其人发音太标准,然愚不乐闻,往往从其咬字中感觉此人有一股浓重之江湖气。及午,对门小学,有女教员教国语,教员念一句,群徒接一声,教员之发音,则并不标准,然而循循善诱,其精神颇使人感动。愚对一事一物皆不喜精严,随便一些,都是性灵,此前者之所以不及后者为可爱也。

(《侨声报·小声》1946年5月19日,署名:刘郎)

臭 味 相 投

某电台转播皇后梅兰芳平剧,报告者言:诸位听梅博士戏,苟嫌精神勿振,则请吸秋海棠香烟。梅氏之剧,名剧也,秋海棠香烟,名烟也。报告者俐齿伶牙,音调复滞人神意,然以秋海棠香烟与梅剧并提,则信口雌黄矣。

昔者话剧女演员某,随唐槐秋剧团转辗来沪上,未几,离唐而自张一军,税居于伟达饭店。一夕同饭,既已,复瞩诸友造其逆旅,时方节制用电,逆旅烧油盏为灯炬,光弱,室中人各不辨其面目,则出烟卷一一授诸朋,甫上口,奇辣,亦奇臭,愚不便委弃,亦不敢再尝。某固嗜卷烟,一枝尽,接一枝,颇惊静好蛾眉,耽兹雅量。某则谓:是秋海棠香烟,顷自市中购来者。时盈室皆浊雾,遂开窗,窗外为阳台,某立阳台眺夜色,愚立于后,晚风袭其袂,触鼻作恶腥,知女实有愠羝之患者,乃悟惟斯人始勿辱没斯烟耳。是为二三年前事,《秋海棠》话剧轰传沪上,秋海棠香烟随之问世,犹未久也。

(《侨声报·小声》1946年5月20日,署名:刘郎)

"作俑者"的罪戾

袁美云是我十多年的老友了,我认得她时,不过盈盈十六七,还在袁树德教养的时候,当时常常有得见面,倒是她嫁了王引以后,才生疏起来,这四五年间,简直瞧不见她的影子。

这次她因烟案受禁,我非常难过,在报上读到新闻记者到监狱内访问她的记载,以及开审时所摄的照片,更加起我一种凄酸之感。尤其她对新闻记者所说的,以及在庭上的供词,口口声声说是小型报在恶意中伤她,尤其使我不安、歉疚。虽然我在报上,没有这样做过,但方型周刊今日之风行,"自我作俑",是无法讳言的,我实在没有料到这东西,后来会流毒社会,又刺伤我一位故人的!

胜利以后上海的小型报奉令停刊,当时日刊无法出版,小型报从业员的生活,陷于恐慌。我想补救这种现状,有一天同之方商量,我提议发行一种以小型报内容为内容的周刊。他转了一夜念头,想出这十二开书的形式。叔红先生替我们写了报眉,姚肇第律师又替我们写了报头,又邀也白合作,由他来主持纂务(也白为上海小型报编者惟一人才,他不斤斤于版面之好看,而选稿自有眼光),这就是今日方型周报始创者的《海风》。《海风》之后,继起了许多同业,都是拥有广大读者的,但不久由十种而变成二十种三十种,以至最多的时期有六七十种,方型周报在上海成了狂澜。我们一面是引为安慰,一面也深用内疚。安慰的是因了我们一点心血,这东西居然发扬广大,间接直接,上海至少十数万人赖此静定生活(从前报摊共计三四百处,方型周报盛行后,全沪报摊增至三四千处)。而内疚的是为了种类太多,流品随之复杂,十之七八,几乎都不走正道,以色情号召,以故作谣言,耸人听闻,于是造成许多人对它憎恶,甚至于切齿的,譬如美云的一腔怨愤,都钟在它的身上!

我们近来的情绪是苦闷,也是烦燥,假使方型周报它不肯改善,不肯力争上游,岂不都是"作俑者"罪戾?

(《侨声报·小声》1946年5月21日,署名:刘郎)

谈"戆直"

前两天,有位朋友写信与我,他谈国土重光以后,上海最讨厌的人物,莫过于在笔头上痛骂汉奸,来自鸣清高。这种人他本来也在沦陷区住过来的,在沦陷时期,他真正一尘不染,所谓俯仰无愧的,倒也罢了,可是你要一究他的"前身",实在也有不堪的事迹,徒见他的恣谈无忌,这一副心肠,实在是要不得的!他接着又谈起我,说:你老兄这几个月来,没有一篇"好文章"可看的,想来你还没有改变你戆直的作风。其实我的朋友是观察错误了,我何曾戆直?这两年来我变了性格了,我已做到非常乖巧,这乖巧是由于巽懦与悝怯的心理所造成的,也是古老人所说"涉世愈深胆愈小"的一种现象。我非常惭愧,也是万分难过,因为我会变得乖巧,否则我就这样安于缄默的吗?有多少不公道的事,在我眼睛里经过,而我老蹩着连屁都不放一个。我有时想想,一个人太乖巧了便流于冷酷,甚至残忍,这实在不是我的素愿,我这一变真是变得我伤感万分!

(《海风》1946年5月25日第28期,署名:刘郎)

罗绮烟霞

吾妇浙之南湖人,而足迹未涉湖上,久客海堧,至前岁始一游故都,特时在严冬,居四十日,而风雪时作,游踪未及遍也。近知愚将赴杭州,欲同往,愚不竟答,乃恚我,谓我实避之,必别有所图也。

或谓旅行不可有女人,以腰脚不及男人之健,譬如登山,女人恒不步而舆,则将为山灵讪笑。愚异此旨,愚胸襟恶浊,恒言,有山水必有女人,若第赏山水,则单调无聊。山华主人三十年前游灵境,有诗云:"鲰生痴福修何世,罗绮烟霞一日兼。"又曰:"阿谁载得西施去,臣亦猖狂似大夫。"真豪情胜概,若无女人,乌得佳章?战前愚游杭州,留四日,游踪至严滩,归来不得字,正以有烟霞而不兼罗绮,遂败人清兴耳。

愚对山水无情感,亦不喜写景物之诗。去年,取易实甫先生之游山诗尽读之,诗是大观,然愚未涉大山巨川,而无从神会,眼孔如豆,于是凡他人之所传写者,亦限于绝狭一隅,若元好问之"檐溜滴残山院静,碧花红树媚凉秋",此境意会可得,遂益爱其构句之丽,用言之华,为不可及矣。

(《侨声报·小声》1946年5月27日,署名:刘郎)

朱尔贞

苏州金德茂先生读《海风》,知愚将丐人刻一闲章,因不辞路远,烦萧退翁作篆,寒月先生铁笔,既竣事,伤人见贻,得之狂喜。退翁称江南第一书家,寒月更以金石之精,享名弥盛。曩者,愚尝求朱尔贞治一章,笔力良健,其文则与退翁寒月合作者,盖相同也。愚不工鉴赏,置此特聊以自娱,故以吾友谢尔贞之劳,亦谢金先生所贶之多。

朱尔贞以绘事之高,篆刻之工,骎骎然与当世名手竞爽矣。其人习艺至勤,尝自逊所造恒不能精到,其实窈妙女儿,何为务极诣者?纵不能至想琼思,消遣今生,亦当以胜致闲情,争兹岁月。而计不及此,又谁谓吾友为慧心人哉?《大家》将创刊,尔贞允以其近作赐之,之方欢喜,将添一册页,且愿赊寸暑躬为编排,使极构益标其高格焉。

(《侨声报·小声》1946年5月31日,署名:刘郎)

孤 儿 之 语

先严于五月二十六日谢宾客,吾家世代书香,吾父犹青一衿,及不肖始斩,书香为物,在旧诚为门第之光,今则为穷苦之困。不肖非儒人,而命不通,不能致多金,此所以仰天长恨,泣血雉心者也。

不肖天性凉薄,幼年,即与吾父有责善之言,责善则离,圣人之语殊无欺,坐是三十年来,父子殆无温存相对之日。自父老至死,不肖更未停饰貌矜情,博孝养之名,罪深戾重,虽百世不可赎。吾父身体本健,近岁始老态日增。十年前,父既谢浚浦事,所积不多,子又不能养,以与乡人吴蕴初有世谊,故入天厨味精厂,年老佣书,境况正复可怜。今年猝病,病时,禁毒之令严颁,吾父忧之,又天厨以吾父久假,将止其薪。其实天厨之薪,第足供吾父三五日之需,有等于无耳,而父亦萦心,既殁,家人颇怨天厨,不念旧谊。不肖独无恚,以吴蕴初为当世红人,红人便不足言情感,矧吾父有儿,儿且不孝,更乌可以道义人情,责闲人哉?

(《海风》1946年6月1日第29期,署名:刘郎)

我想侍候言慧珠

有位朋友在杭州开了一家跳舞厅,兼营咖啡茶座,定五日开幕,要在上海敦请一位著名的女人行剪彩礼,最初属意言慧珠老板。朋友托我去请兰亭代邀,兰亭连找她几次,没有寻着,其实她正同白云在举行秘密结婚,这件事便搁浅起来。当开始商量这件事的时候,朋友说:假使言老板要熟人陪她同去,而兰亭凑不出工夫的话就叫我同上杭州,因为我与言老板虽没有什么交情,但倒底是彼此认识的。我当时非常高兴,预备办这一份差司,而且我很意淫,我想一路上讨好讨好言老板,至少要让言老板对我这个人没有恶劣的印象,我于是想脱下中装,去租一套打裥西装着上,再把自己的头部当飞机场,去叫剃头司务把我的头发,梳成一只飞机型,躲在上面,而且沿路上还要向言老板夸耀我自己的一双眼皮,是完全天然的,没有加过人工。言老板是绝顶聪明的人,我想她决不致于固执着"人定胜天"的观念,于是我在这方面,会比白云占些优势,虽然我不及白云年轻,不及白云貌"俊"。谁知好好的计划,终于吹了,第二天又看见报上广告,言老板已与白先生正式结婚,才使我大大伤心。我的计划,我的期望,暂时固然不能实现,以后也决不再会实现了。

(《海风》1946年6月8日第30期,署名:刘郎)

管敏莉香岛归鸿

身边历历诸烦恼,谁共清樽取次搋!应有离情萦客梦,遥知姓字满云衢。怜才念旧多劳汝,寸简行书只寄予。犹似家常投一问:红闺眠食近何如?

敏莉到香港去,一个月以后,我方始接着她一封信,虽然她有过电报回来,但我不清楚她的近况,我是一直想念着她!敏莉没有读过多久的书,但信也写得很好,人是热情人,随便写几句,也有至性流露。她去年两次离开上海,写信来总是叫她妹妹代笔,她永远把我看得太崇高,她永远看不透我的浅薄无聊!她说哥哥是书香子弟,学问太好,我写信给他,岂不被他见笑。现在把她的信,抄在下面:使上海关心她的人,知道这位健爽女儿,别来无恙也。

"我在十六日早上抵港,一时很平安,请勿挂念。本来我早已写信给你了,因为替女朋友办了一点事,而且我每天好像糊里糊涂,所以迟到今天才写,请你原谅。

我住在六国饭店,此地的生活比上海要减低一倍,什么多便宜,女人用的东西,有些是上海便宜,我大概再等半个月要回上海了。我同兰君常常见面,朱先生(石麟)也通过一次电话,他叫我陪他喝酒,我实在一点没有空,所以一次也没有去看过他。

我在二十五日进舞场,所有的花篮、台子、舞票,在此地是打破纪录了。不过从前许多熟人,他们现在都不出来,而住在旅馆里,开支是很大的,因此我想早点回上海。

你近来身体好吗?报子的销路如何?我没有一天不挂念你,上海的生活程度,听说又高了。不知确实否?我真担心以后生活!我还想到新加坡去一次,因为我最好到一个没有人认识我的地方,我也许可以把过去的一切忘了!我的别字连篇,请哥哥来信教我。此祝康健。五月二十九日夜二时敏莉。"

(《海风》1946年6月15日第31期,署名:刘郎)

九 九 诗 记

舞人严九九女士,阔别垂三年矣。顷与所欢失谐,则觅我,我视其人,风华豪迈,无复当年。而烦虑丛愁,销人皮骨,九九盖憔悴甚矣。往者,九九处舞丛,我深悦之,划梦搏魂,不能自已。其时为诗甚富,九九皆见之,故至今倚念唐生,谓唐生者,风趣而能怜人者也。今集往时所作,附以叙事,颜吾文曰《九九诗记》。

此际何人惜霸才,霜飞月朗是常媒。肯邀金屋孤雌笑,忽报欢场烈士来。好句已烦千口诵,嘉花还耐十年栽。浮生得意须臾事,座上眉尖渐豁开。

◆重寒之夜,访之于舞场中。

时有清霜堕帽檐,巷深多恐损鞋尖。乍归宾客强呼主,若问婵娟故姓严。但祝长春修短日,不闻东鲽怨西鹣。明明驵侩人间贱,今向人间或未嫌?

◆夜深送九九归去,招我坐其妆阁,为述身世,颇有凄艳动人之致。

鬓发如雪拥千丝,欲哭应知欲堕时。大妇曾输中妇艳,刘郎本似阮郎痴。米盐家计能销骨,风雨闲窗得展眉。报道狂奴绚烂极,一朝平淡未为奇。

◆九九以近影赠余。

风鬟雾鬓见嫣然,素手春醅荐客前。难得敦盘如此夕,时归罗绮欲何年?翻飞霜露天容远,历乱衾裯榻影妍。闻道脂车休惜晚,家乡各有可耕田。

◆九九善治肴,尝款我于其妆阁中,是夕微醉,归后乃记此作。

(《海风》1946年6月22日第32期,署名:刘郎)

"乃禄"丝袜

"乃禄"丝袜,在现在已是汗牛充栋,若在没有胜利以前的上海,则是奇货,有时你跑遍各商店,不会买得到一双的。因为当时都在囤户手里,任意抬价,抬到使穷人们不会相信的一个数目。前年我曾经听见某夫人对我说:我还藏着二打玻璃丝袜,不知用得到太平的日子否?我只是惊奇她们的豪奢,明明是沦陷的地方,但自有人在享受盛世时候的物质,八年之间,没有缺过一样的。

去年上半年,有一夜,我同了李曼丽她们逛大都会,碰着小马,小马对曼丽说:我要送你一双"乃禄"丝袜。李曼丽欢喜得直跳起来,但还是将信将疑的问着我,小马的话,可靠得住否?我也不敢决定,区区一双袜子,在当时值得许多人奔走相告,原因甚为玻璃丝袜好像"样本"一样,寻访綦难。若在现在,小马这句话,就有许多人回答他是"滚你的蛋,有啥希奇"了!

(《海风》1946年7月13日第33期,署名:刘郎)

[编按:"乃禄",今作"尼龙"。]

战前的吴世保

吴世保妻在审结一次的刑庭上,法官问她你的财产哪里来的?她说一半是战前所有……

战前的吴世保,起初是开汽车出身,后来在赌台上管台面,他这位贤内助是台子上的招待,他们结为夫妇,是从这时候开始的。赌台禁止,吴世保开始孵豆芽,在这几年中间,我认识了他。

吴世保住在巨籁达路同福里,先师樊良伯先生的住址正是他的贴邻。我访谒先生,总是先经过吴家,不是冷天,他们的门总是敞开着。吴世保的客堂,是用天井改造的,一张藤椅,横在门边,吴世保便躺在上面,因为身体的高大,把藤椅压得满满的,好像要塌了似的。

同福里我总是清早去的,等报纸送到的时候,吴世保拖了一双拖鞋,戴起眼镜来看半天报,他无所事事,以空闲来空磨岁月,境况自然不好。

打仗后的头二年,他还是没有变化。我师亡故后,忽然听得什么七十六号的恐怖,什么吴世保的淫威,一经究诘,方知吴世保者,就是数年前,我看见过的这个人物。

(《海风》1946年7月20日第34期,署名:刘郎)

从"司机"说起

据说内地对开汽车的人,不能称之为汽车夫,应该称之为司机,上海到内地去的人一不留心,便要闹事情。最近还看见报载,某地某报馆,被司机们打得落花流水,原因也为了误唤司机为汽车夫。

中国人的深文周纳,往往莫名其妙的,我总想不出汽车夫与司机两个名词,孰尊孰卑?你本无所用心,而他要派你是侮辱,又有什么办法?

上海好像也有过,一家报纸登了剃头司务,遭到理发业公会的抗议,说应该称为理发师。其实也难说,譬如你索性尊重到底,称他为理发大师,这不是比剃头司务更骂苦了吗?

记不清我哪一个孩子,下地的时候,产科医生在旁边,我老太太不留心,说出了"老娘"二字,吓得我心只是直跳。

舞女就舞女了,而在舞女大班嘴里,好像不敢轻飘飘的说出来,一定要称为"舞小姐",多少难过的名词,倒不如说"迭排壳子",来得浑成通俗。

周信芳夫人,她不喜欢我叫她为老板娘,我叫她一声,她就还我一声"小报馆记者",她以为这五个字,有凌辱之意。我也觉得,但想来想去,我的身份,这五个字比较最适当的,要不然,我是"流氓"。

有时候坐出差汽车,不敢同前面的那个朋友攀谈;有时候他要同我攀谈,我总是先问他,你这两年来,一向在上海吗?他说是的,我不怕失言,同他攀谈下去,或者碰到一个说:我是胜利后回来。我马上就有戒心,装哑吧下去,怕的是,一个人在车子里,被他打肿了也没有人知道。

(《海风》1946年7月27日第35期,署名:刘郎)

浦东一宿记

在上海耽了这许多年,浦东才到过一次,那时我刚刚投身到小报圈里,是结队到高桥去,参观海滨浴场的。前几天又因为要访一位朋友,同剑星兄渡浦过去,在东昌路坐汽车经一小时又半而到达的一个小镇上,住了一夜。

浦东真是同我的故乡一样,没有山水,也没有茂林,平淡乏味。记得我故乡,尚有万家翠竹,至少还有一股幽蒨之气。浦东则连这一点都寻不出来,只有田野、棉花、稻、黄豆之外,虽然也有小桥,有流水,但小桥都不见得结构玲珑,流水也并不清湛见底。

倒是这一夜的住宿,我觉得非常舒服。我们投止的那份人家,房子甚为高爽,西北两面临着荒野,附近更有一所园圃,有不少高树。我们住在三楼,四面开窗,虽然天热,晚饭之后,坐在平台上,夜风徐度,烦暑尽消。他们的床铺也特别清洁,张着葛布的蚊帐,室中开亮了电炬,一任蚊虫飞扑。有一次,我躺在床上,一点飞萤,窜进帐子里来,流照在我的眼前,这些都使我勾起了乡居的尘梦。

(《海风》1946年8月3日第36期,署名:刘郎)

誉 妻 者

淞沪之战方酣时，木公之褚氏夫人忽告瘵谢，吾友哭夫人甚恸，越数月，哀少已。朋友嬲之茌欢场，驰览群莺，公无当意者，谓褚氏夫人仪容至美，视此胥蓬头垢婢耳。愚觌褚夫人时，已迟，两目微暴，遂损清媚，惟身体线条，优秀美无伦，然木公言其十八九时，真天人鸾鹤之姿也。乃年毓庆兄自蜀渝归来，新夫人易鸰女士，为君左先生弱息，毓庆谓其夫人旧在渝中，实一时倾城之选。归后愚尝二三见，时夫人已伏病源，殊清癯，第秀发星眸，艳光团其竟体，自后病不已，修养于宋江故里，至今既四五月矣。

愚日日经白克路，有时见一妇人奇丽，事虽见立巷外者，不知谁氏。一日又见其与严筱芳并眺，筱芳固所识。孙兰亭夫人举殓之日，邂筱芳往执绋，因问曰：白克路有妇人甚丽，是即令正？曰：然。愚曰：然则吾友乃有艳妻。筱芳曰：妇人不艳，亦不足为吾夫人也。上述三人，皆好誉妻，以严筱芳之言，尤爽脆而绝嗲！

（《诚报》1946年8月15日，署名：刘郎）

竞 选 之 役

十四日饭于上海酒楼，座上有朱尔贞、童芷苓、韩菁清及管敏莉诸女士，兹四人者，所业不同，身世亦不同，惟各以盛名昭耀当世。尤可异者，童、管、韩三人，并为报间所传之各组"皇后"候选人也，愚因谓朱曰：奈何不参加"上海小姐"之选？朱不待吾言竟，止愚曰：否，我不为此，论物望亦不足为此。芷苓亦言：我亦既放弃，我以其事至繁，而干人不已，亦非本意所愿，苟主持者必责我为之，我则愿献环饰之资，为灾黎造福。真仁者之用心，其襟度尤不可及。菁清在女歌手中，登上头之望，必然无疑，盖韩氏以下，论声威之壮，与菁清距离弥远，惟敏莉角逐至苦。愚恒为之心悸不置，当时烦病其自蹈于苦恼，今则转输热忱，怜其挣扎,所幸其人有时梦梦,思虑不及阿兄之精,非然者,敏莉今日,眠食不可宁矣!

竞选之役,一种人表示不感兴趣,一种人表示十分起劲,我人于此两者俱不必用其非议。读袁雪芬启事,隶事属辞,不亢不卑,我人不妨暗暗称善。视彼沉酣若溺者,一念其不远,取厚亦不妨加以矜怜。桓桓男子,且不甘安于寂寞,固不忍剌剌责蛾眉也!

(《诚报》1946年8月17日,署名:刘郎)

今日以后的敏莉

今天是上海"女人竞选"决选的一天,这件事,在我是不够歆动的,不过好像有点牵心挂意。那是因为敏莉也加入了"舞后"之选,"舞后"的选得着与选不着我都视之淡然,而我之所以焦急者,只怕从今以后,敏莉这个人,她要因此变质,真的这样,不太可惜了吗?我越想越懊恼,当时为什么不强制她不去参加。

敏莉惟一的缺陷,是过分的虚荣。她想着对于某一事要争胜,不惜舍命忘生而求之的。所以今天她若是失败了,她将认为生命史上最大的挫折,少年英气,从此销沉,则是必然之事。或者她今天是选中了,那末以后的踌躇满志,我也料想得出,反正这些刺戟,都容易把她的素质,变得不堪设想。

敏莉情感的丰富,意志的薄弱,我的顾虑,她不至于否认的,其实又何必呢?她的性格,像我的地方太多,但为什么不像我凡事都看得随便一些。为名为利,我从来没有同别人争执过,这倒不是我襟度之美,我是欢喜退在人后的。我希望敏莉今日以后,无论成功与否,都要控制着自己,毋纵毋任。眼前真正了解她的,没有几个人,而我是最最能够矜怜她的!

(《诚报》1946年8月20日,署名:刘郎)

玉 人 艳 事

北方有坤旦名玉人者，以造就不恶，亦尝驰盛誉于南中，近顷某剧坛拟邀谭富英莅沪，青衣将属之玉人焉。今请述玉人艳事，北来人言，玉近与一管事者私，管事面目鳖黑，狞狞似鬼。一日，玉人午寝，管事遽入，强吻之，久久不释，玉人醒，推管事曰：吻既吻矣，其他事我宁复拒汝，施强暴奚为者？至此遂成苟且。

距今五六年，玉人初来沪上，沪人知其售艺以外，亦知其好财货，而不吝为肉身布施也。时某舞台之主人，托人携云土十两，金刚钻一克拉，诣玉人，曰主人命，云土十两，奉堂上，为老人振发精神之用，钻环一事，则为玉姑娘作纤指之饰，愿玉姑娘受之毋拒。主人不望他报，第望玉姑娘侍之为一夕游耳。玉人收云土，授其母曰：阿母藏之，上海只有"老北口"，此精品矣。又返钻环与来者，曰：此戋戋者，幸返主人，谓我不需此，主人富而轻财，苟钻而能巨，巨至三四克拉，则我无方命之理。其人返白主人，主人摇首曰：是不值。遂无下文。愚文仅述玉人事，而不加批评，读者试以前后两事对照看可也。

（《诚报》1946年8月21日，署名：刘郎）

取缔舞女大班以后

自从舞女大班，遭警局取缔以后，有几张报纸上，说舞女大班，将潜为地下工作。何谓地下工作？就是舞女大班穿了仆欧的号衣，专门管理舞女，以避官中人的耳目。但这一举动，现在也无法实施了，因为警察当局，已经下了根绝的决心，最近禁止各舞场的仆欧，除了服务舞客，要茶要水之外，也不能兼顾舞女。

在目前的情形之下，红舞女无法继续营业，去做的舞女，一到了场中，只有东张西望，自己有几只台子，而自动的转来转去，在舞客自看不惯，在舞女是不习惯，而舞场的生意，都惨得可怜。所以有人说：取缔舞女大班,一面果然不要舞女大班混饭吃,一面也是同财政局为难,这也是事实。

舞女大班人数众多,这制度亦行之已久,他们对于舞市的兴衰,自有举足轻重之势。这制度固然不一定完好,但究竟是积重难返了,当局何不徐徐改善,而不必操之过急。为市府的税收计,为若干人的生活计,当局还应该有一番考虑的。

(《诚报》1946年8月22日,署名:刘郎)

言 皇 后

二十日,新仙林选女人,言慧珠当选平剧皇后。言着玄色衣,裾长可曳地,望之,其分量殊沉重,似以矿物所制,然有时亦甚飘逸,则又似丝绸也。逆料其构制之工程甚繁,以不见纽扣在何处,乃勿谂其如何着上去?又如何脱下来?苟此夕吾后登台上,扬言场中,曰:若有人献金至某一数目,愿伸彼之爪,抚吾后风体一遍。则未尝无挥金勇士,第若不易措手耳。

是夕,不见现成皇帝的白云。白云为物,置于衾棱枕角,为点缀品则可,放在场面上便嫌亵渎。今夜合避面,是白云之智,非然者,啥人高兴来选别人家的家主婆哉?

(《诚报》1946年8月23日,署名:刘郎)

我 的 病 态

近来读陈无已诗,翻了几页,就觉得目力不支,只能掩卷。前一时,夜夜看二十页至三十页的《流言》,至感到晕眩为止。平时不喜欢的书籍,根本不看,欢喜的书,特别用心看,自是更加吃力,但上面所说的病态,却是近年来方始有的。

家里只有一份《新闻报》,张开眼睛,只看题目。到了报馆,将所有的报只能乱翻一阵,不能细看。从前我做一张报总编辑的时候,发稿既不顾问,印好的报纸我也无暇细看,倒是之方会从头一个字看到末一个字,他常常怪我糊涂,其实他不晓得我的病态。

去年打了靠廿枝盖世维雄针,原意是想补补脑神经,但绝对没有发生效用,钱倒花了不少。有这一份钱,纵不养家活口,也好向壳子们散散福补针!

(《诚报》1946年8月24日,署名:刘郎)

硬 滑 稽

前几天看见文落先生写过一节文章,提出了"硬噱"二字,他举一个例,说已故蒋九公的文字,是"硬噱"的代表作。

我们近来习用"硬滑稽"的一句口头禅,这三个字的含义,用得比较广泛,大凡一件事之做得不伦不类,或者是勉强而后行之的,都称之为"硬滑稽"。

举世滔滔,硬滑稽的事件,多得不可胜数。我新近感到最最"硬滑稽"的是,要算袁雪芬女士了,她唱了祥林嫂之后,被许多文坛健将、戏剧巨子,视为奇货。这两种人的调子,明明是绝对不谐和的,然而每天看报,报上总是渲染他们"谐和"得如火如荼。记得某一张小报,装过如下的一个标题:《欧阳予倩赴桂林前召见袁雪芬》。朋友,你叫我怎么说?除了硬滑稽三个字以外,再也说不出所以然来。

有一天,我太太对我说:上海的酒菜饭,你是大多吃过的了。我说有一家我没有去过,那就是西摩路的喜临门。那里有幽美的音乐,需要两个人同去,悄然地坐在里面,文文静静的谈情说爱。我太太说,那你就不配去了,像你这种性格,与那里的环境是不调和的。这两句话,总算被她说着了,我真的不要"硬滑稽"而不到喜临门的。

(《诚报》1946年8月25日,署名:刘郎)

[编按:文落,是陈振鹏(1920–2005)笔名。]

梅菁离缘事

老于舞场诸君,可记得四五年前,仙乐斯在极盛时代,有舞人名梅菁,以容止端华,昭耀于华乐玙琼间者乎?此梅菁女士,今将与所天占脱辐矣。二十四日之《新闻报》上,有律师代表梅菁,痛述其夫多行不义之告白,知其内幕者,辄代梅菁扼腕不已!

梅菁本好女儿,自幼即嫔于张,张无赖子,会生计不继,乃驱梅菁入舞榭,梅菁一被舞衫,声誉遂著,及其红遍舞丛,张大惧,复迫其辍业,患此华焕发,将落于他人手也。梅菁退藏后,张为伪吏于浙东,穷搜极刮,致为大富,及国土重光,始促促靡知所骋。去年梅菁育一雏,爱子如爱命,张于此时,忽施狂暴于梅菁,梅菁乃不能堪。遂欲谋二人所解缡约者,因诣法家,请为保障焉。

梅菁居静安寺路廿九弄,与女作家苏青女士,同居一屋,比尝于篇尾觑之,静婉若出大家,而遭遇之涩如此,真使人感喟矣!

(《诚报》1946年8月26日,署名:刘郎)

与童芷苓谈"麒派"

童芷苓说:她没有看过麒麟童的戏,倒不是单排麒麟童的戏不看,根本不喜欢看老生戏,谭富英、马连良都看得很少。

不喜欢看老生戏,是不可勉强的事,事实上,谭富英、马连良,终世不看,也无关宏旨,惟有麒麟童却不能不看。只要你是平剧演员,就不应该忽视了这一位以往绝对未有,以后也不容易产生的江南伶范。童老板尽管自己是唱花衫的人,既然有绝顶聪明的资质,那末更应该运用聪明,去观摩信芳的演技,久而久之,自然地可以"隅反"到自己的戏里去。因此我竭力的劝童老板有机会时,该多看几次信芳,或者她能与信芳同一次班,在她一定有更大的进步。

童芷苓又说:"麒派"不是嗓子不好听吗?这也是以耳代目的说

法,假老鸢们的平剧理论,以"清歌妙舞",为最高原则,而忘记了"情绪",麒麟童的声腔,再没有人比他富有情绪的了。尤其是摇板,唱到凄楚苍凉之时,可以赚人眼泪。批评麒麟童,我最不要听的是说他嗓子不好。而童老板亦然,真叫人失望也。

(《诚报》1946年8月27日,署名:刘郎)

冯妇与徐娘

严九九重临舞海,愚作诗送之,有句云:"不嫁浮尸跟了我,下车冯妇倘堪休。"严日后遇我,诘曰:汝何故詈我为半老徐娘?愚曰:卿殊未老,即老矣,亦老得甚俏。而我则始终未尝咒汝老也。曰:有诗为证,吾客人固见之,乃来告我。愚冥索片时,乃知彼客人实误冯妇为徐娘,因大笑。读者思之,写极其浅显之打油诗,尚不能求解于舞人,何止舞人?即彼舞人之客人,号称男子者,其鄙塞且弥甚也!

十数年来,相识之欢场女子,以千百计,特此中能通吾所为韵语者,惟周秋霞一人。前年秋霞重被舞衫,一夜,愚买车送其归去,车上,秋霞诵吾诗云:"见说小人皆有母,那堪静女尚无家。"因又曰:曩日家居,见唐生为我咏此诗,辄啜泣不已!嗟乎!微论男女私情,以风尘知己者,得此亦自足为心上温馨矣。

(《诚报》1946年8月28日,署名:刘郎)

穷 皇 后

女人竞选之后一日,敏莉以电话来,谓今日将勿应他人约,侍阿兄共一餐也。遂挈之赴上海酒楼,席上,敏莉言:上海不可居,我以无钱用,下月复将诣香岛鬻舞矣。愚笑曰:为皇后犹咋日事,今日乃遂闻皇后之嗟穷也。

敏莉恒时,固不擅居积,亦不擅以巧媚致多金,使得钱而丰,则随手散去,及其无钱,亦堪搏节,往者经岁退藏,奉给良俭,俨然为持家贤妇。

顾其重面子,好负气,遮穷讳苦,不欲示酸态于人,亦未尝受人哀怜,此为男子所不能到,而彼女子,且容易为"涕泪陈词"也;坐是真知敏莉者第为阿兄,而真怜敏莉者亦惟阿兄耳。

(《诚报》1946年8月30日,署名:刘郎)

时 人 对

徐慕邢先生,以"洪兰友"对"言菊朋",又以"翁左青"对"童行白",翁为杜月笙先生之秘书,童即政海名流也。徐旧与《晶报》同人俱交好,尤与毕倚虹为投契,二十年前,倚虹办《上海画报》,徐时署南虎名,以文字实其篇幅,为读者所称道焉。

予与徐近始识面,使作对子,徐言:往者日本既寇东北,郑孝胥乃有一上联云:"本庄想做清一色,打出两张一万。"看似叉麻将之术语,不知此中实有人名,本庄指寇将本庄繁,两张为张景惠及张学良,一万,则万福麟也。终郑之世,乃无人能续下联者。

(《诚报》1946年9月1日,署名:刘郎)

[编按:郑的上联应为:"本庄欲满清平,打出两张一万。"]

给 柳 絮 兄

昨天承你打电话给我,你说我对你有误会,其实没有,我在同文中,对你是始终有好感的一位朋友。我读你的文章,知道你的痛苦,有人批评你,说这类文章,有"言之即俗"之嫌,我倒不这么想,可以发泄发泄也是好的。

慧剑先生曾经有一句诗:"黠不人憎赖有痴",我同你的分别:我是完全做到这七个字,而你只做到了下半截,但心地的并不坏,我们却是一样的,譬如看文章,我欢喜辛辣,而不爱看尖刻,你的文章,这两项条件都没有,而只有浑厚。

至于谢小姐,我绝对没有恶意攻讦的意思,本报所刊的一首诗,吃豆腐吃得足了一点是有之，假如她也误会我是恶意，请你代表我替她谢罪。我同她的父亲，无丝毫恩怨可言，即使有之，那末现在人家在羁押中，我决不会气度恶劣到再去骂一个失却了自由的人。一切都烦你致意，我们好像有几个月没有见面了，几时让我见见姚玲，我再想试试柳絮先生赏鉴的。

（《诚报》1946年9月2日，署名：刘郎）

肆言无忌后的懊悔

有一天，白天碰着韩金奎老板，他对我说：于素莲在"中国"登台，你要捧捧她，我叫她来拜望你一次。我对韩老板说：拜望不敢当，我是想搭过了再捧，捧了他妈一辈的坤角儿，一个也搭不着，实在没有胃口再捧下去了。韩老板晓得我打朋，哈哈一笑。

就在这一天的晚上，我们在一家公寓里吃饭，我把白天这一席话，告诉在座几个老朋友听。谁知忘了座上有一位王玉蓉，猛然记起来，自己觉得有点不好意思，连忙向玉蓉打招呼，说我们是老姊妹淘了，请你原谅我的肆言无忌。

王小姐毕竟是老姊妹淘，她了解故人的疏狂成性，所以听了我的话，若无其事。倒是后来我自己不安，回到家里，躺在床上，我还在想，假使座上的人，不是王玉蓉，而是童芷苓，当时她该怎样表示？是言慧珠，又是怎样一副局面？又想到最严重的，若是金素琴，她一定会当面训斥我，我越想越害怕，我实在不应该口没遮拦！

（《诚报》1946年9月4日，署名：刘郎）

近 事 二 记

某导演穷甚，日过小饭店，费千金，呼菜一。饭方已，忽有男子至，挈一童子，童子疲瘠无润容，惟男子之衣服尚整洁，既坐，向侍者曰：白饭卖钱几钱一碗？曰：百五十金。曰：然则买二碗。饭至，桌上初无菜，男子乃自怀中出纸包,包内藏盐,以盐花散饭中,父子遂狂啖,某导演睹状,酸楚欲泣,且不暇自哀焉!

有人在舞场门外,雇一飞车,司机者为一壮夫,架眼镜,为状甚肃,坐车者与之语,则曰:渠即车主人,黩所业,家无长物,存者特一车而已。而妻育多男,无以为活,乃驾车迎客,所获犹不足活妻孥一日也!

(《诚报》1946 年 9 月 5 日,署名:刘郎)

谁怜翠袖?

之方常要笑我对于女人的估价太高,所以到了失望的一天,懊丧亦逾于恒情。我则说:假如真正把女人的估价太低了,那末自己也觉得乏味,一个人世故太深,把世情看得太透了,我以为是影响自己的生命力的。

所以我的主张是情愿先把她们估计高了,到了失望以后再说。从前我在失望以后,还有许多牢骚要发,近年连牢骚都没有了,大概失望所受的刺激,将我这个人变成了麻木。

今年我又遇到一件事,是我三年来刻骨倾心的一个女人,眼看她一步一步的堕落,而无以自返,现在因堕落成了习惯,她已不顾廉耻,她忘记了我以往的热情如炽,在我面前,她也不再有所讳饰。之方咒诅她说:这个人连半文钱都不值。我无法更正他的非议。

一年前,我在大病之初,还重视此人,曾经有过一首回肠荡气的诗:"常怜翠袖想××,夜爽风高始一寻。犹是情歌来沸耳,应无寸虑暂经心。今宵忘我惟明月,别梦因谁尼短衾? 终是英雄垂暮日,苍凉故事不堪吟!"这里的事迹,好像丁芝也晓得,写了出来,又要添她嘲笑我的材料。

(《诚报》1946 年 9 月 7 日,署名:刘郎)

等看杨宝森吧

谭富英此来,将蒙上海人,不唱靠把戏、打炮戏,连《四郎探母》也不贴,其实我可以告诉上海的听戏朋友,这一行自以为了不得的伶人,你们别去睬他。再说得澈底一点,富英除了扮相可看以外,一条嗓子,果然也不坏,但唱起来毫无味道,说白尤其杂合乱拌,不知说些什么。他所以欸动一时,所以自高声价,完全靠着他一个死去的"爷爷"。讲真价实货,他比杨宝森实在差得太远,宝森的扮相,比他更清,一出台帘,自然地有秀气扑人,念白比他好,唱更比他够味,所以上海人要过京戏老生的瘾,何不等一等?杨宝森立刻要来,他将同梅兰芳在中国大戏院登台,梅杨合作,是怎样的分量,请你们闭目想一想之后,你们自然会放弃那个阴阳怪气的谭富英不看的。

(《诚报》1946年9月8日,署名:刘郎)

[编按:"靠把",又称"靠背",谓演员演古代武将穿铠甲开打。打炮戏,指一个演员搭班或一个班社到外地演出的头三天(特别是第一天)显示其实力的拿手好戏。]

大 砍 小 锉

闻人之言:谭富英本人,并不恶劣,其父小培,则为一恶俗伧夫,此人而为老太婆,则为恶鸨无疑也。其视富英为摇钱树,凡邀富英唱戏者,一切公事,皆由小培作主,富英不能置一喙。而小培又鄙吝天生,如贪多之贼,故笑话百出。天厂居士曩住故都,与谭氏往还,一日,小培诣天厂居,见桌上置热水瓶,小培乃捧瓶不释,语天厂曰:"这个热水壶的胆子真好,北平没有得买的,一定要打上海买来。"天厂曰:汝喜之乎?我将寄书上海,使熟人携二件来,即赉至汝家也。小培大喜,天厂于翌日赴东安市场,购二事,送谭家。或曰:小培初非不知北平有得买,特舍不得买,一定要别人会钞,始于意愜耳。内行中人,谓谭小培大砍小锉,一应俱全,于热水瓶一事觇之,其言要可信也。

(《诚报》1946年9月9日,署名:刘郎)

这样一个女人

前两天,我在《定依阁随笔》里,写过一个我从前所欢喜的女人,现在正走到堕落的路上。这篇文字,已付排的当天,我恰巧又同她遇见。无意中她忽然告诉我:她天天买小报看,看我写的文字间,有没有对她不满的闲话,她还说她颇以此忧惧!我于是老实告诉她了,写过一节,但没写出名字,只说有这么一个女人,也不曾提到她的身份。

她自然很不开心。我又说:我在顾虑到你要一直沦落下去,而不知自拔!其实我不是要恶意的咒诅你,不过借了你做题目,谈到我们平时对于女人估价的问题而已。

她是知识分子,近一年来,方始置身欢场,她自以为她的性格不适宜于"堕溷"的,所以在这一隅里,也不堪发展。后来她告诉我说:你不要替我担心,我不致于堕落,现在的情形,也决不似你理想中的无聊。说时她忽然流泪,我猜想她这话是出之真忱的,因为她对我一向有知遇之感,我则从来没有凌辱过她。

我想:过一个时期,再要看一看这个女人。

(《诚报》1946年9月10日,署名:刘郎)

万墨林之病!

前日某报,谓万墨林在未入狱前,未闻其病,及一入狱,便称病求保,其实万固有病,予知之审也。

上海沦陷时期,万居此间,为帮助地下工作最着力之一人,两度被捕,寇兵用严刑,七十六号亦用严刑,万卒未有一语招供,愚当时再闻其事,恒感奋至于泪下!

万之病,皆以灌水过多,腹膜破裂,故肋下有创口,常出脓水,平时由任廷贵医生为之治疗。昔年,痛楚甚至,杜月笙在内地,闻其疾状,托人带书与万,劝其自忘疾苦,谓纵不治而死,是亦殉国,死有余荣。

今万以粮贷案被捕,说者谓万是粗人,遇事往往昧于轻重利害,此是最吃亏的地方,惟望政府怜其愚卤,此人当年亦曾舍死忘生,为国亡命来也。

(《诚报》1946年9月11日,署名:刘郎)

拟遣吾儿从信芳

时常打听周信芳先生之近况,凡与信芳相识者,愚辄问曰:见信芳未?其心境如何?应者恒曰:事业不甚美茂,此老之心绪殊恶劣也。愚亦为之怏怏不已。愚渴念信芳,则以儿子笃好旧剧,虽三尺之童,而每日必习戏,或唱或做,皆有条理。一夕,看《盗魂铃》,装金钱豹身段,居然等样,妇喜,谓是儿有旧戏天才,曷不令其厕身梨园中,将来或有造就?今当延名师矣。愚曰:然则使其先拜信芳,信芳无暇,则别延一人,为之授艺,然必以吾"江南伶范"为宗范耳。顾信芳今日,未必有闲情胜致,为故人之后辈谋,愚之心愿,将终无可了。愚之所以从师必从信芳者,以信芳之艺,自足千古,而其人无梨园恶习,所谓有"艺术良心",当以信芳为最标准,但望吾子能传其绝诣有其品格,否则学来满身陋习,则当年乃翁之骂人为狗戎者,不将为后世人还骂于吾儿身上耶?

(《诚报》1946年9月14日,署名:刘郎)

挨骂的雅度!

一年到头,常常有读者写信给我,有的是把我恭维得使我自己也觉得肉麻,更有的是把我骂得狗血喷头,因为是毫无理由的谩骂,我只好不去理他。在上海随时有被人恶骂的可能,譬如走在马路上,背后有一钉靶的,向你刺刺不休。走了很长一段路,你没有施舍他,结果他总是一顿臭骂,请问还是还骂他还是打他。

不过也有许多信,骂得我颇有道理。例如最近有一位,他的口气亦出之谩骂,而胪举我历年以来,所有"捧人"文字如何的不当,这里面有若干理由,容或可留为参考的。但这位写信人态度的恶劣,也是事实,例如此人的具名,已觉得其狰狞可怖,而信尾没有住址,亦近匿名,在这两点,此人便不值得向往。

一生凉德薄行,缺点实在太多,可骂之道,不可胜数。前两天有位朋友在报上骂我,而另一位好友,因为与这张报纸有关系,特地打电话打我招呼,我就告诉他,本来绝不介意,因为你这一个电话,使我感到朋友情深,反而令人耿耿。

刚刚吃这一行饭的时候,有一位冯先生同我在报上对骂,他写一首打油诗说:"银行赶出到方东,辜负穷爷×里虫。"我拍案叫绝,从此服输,由此视之,我是一向有挨骂的雅度的。

(《诚报》1946年9月16日,署名:刘郎)

烟 鬼 老 生

高盛麟之为京派武生,实当世第一流人才,某年其父庆奎挈之南下,佐李盛藻出演于"黄金",时庆奎已败嗓音弱,作语不可听,而其烟瘾甚大,与李盛藻之两只面孔,都可以刮得下烟灰来也。一日闲谈,庆奎力扬其子之艺,谓武生工候已到,然天赋佳嗓,若不改习老生,岂非可惜?故已打定主意,令盛麟习唱老生,第一步且使其吸上鸦片。愚当时闻其言,反感甚大,以为此老谬妄,乃亦迷信老生不吃烟,不能挂味之说也。未几,盛麟果耽鸦毒,自此不复可拔,大好材器,断送之者,实系于老魅之言耳!

京派老生,无不迷信鸦片,谓吃烟能助神韵,坐是凡京朝老生,即为烟鬼。我曾细细数过,想不出其写名老生而不抽一筒。据说"英秀青年"即是老枪,后来者不抽者即不宗英秀。伶人知识卑微,明明沉沦黑籍,而亦借口为"师承",真可笑也。

(《诚报》1946年9月18日,署名:刘郎)

百乐门看女人

十六日夜饭后赴百乐门,同行有小马、之方、林森、小洛、敏莉、李美丽、顾兰君及愚夫妇。百乐门裙屐如云,晤良久不见之袁佩英,实为快事。近一年来,佩英恒居北方,顷归沪上,华焕乃不减当时。又见俞雪莉,俞方与某英雄占脱辐,传将重堕风尘。俞人称华美,然不耐细看,则以满身多村俗气,不足与佩英并论也。

与袁佩英同来者,有曹曼丽,此人犹流浪风尘中,今在丽都,今日舞人之论齿望之尊,以此为最。其在舞场,生涯初非至美,然孜孜矻矻,毋懈毋忽,或谓曼丽必有所期,安得相对青灯,为故人一吐惊曲哉?

韩菁清屡屡舞,韩着衣裳,长袖及肘,是夜与梅莘偕来,又陈美娟亦与所欢同至,清瘠益甚往时,忽以愚妇在,故恒起舞。以在座诸人,俱拉舞艺,以美丽兰君尤工步法,为敏莉所勿及焉。

(《诚报》1946年9月19日,署名:刘郎)

舞女坐位子

舞女大班最近已变通办法,不如当时之严峻限制矣。然二三流舞场,则从此废除大班。一日,与天衣过大华,此中舞女,皆坐位子,而生涯鼎盛。愚以此状饶有"古风",故亦不招侍坐,方选一丽人,将下去跳时,其人已为捷足者先得,则懊丧而返。因语天衣,召来同坐,天衣谓此间舞女,已不欢迎坐台子,以一人就坐,群客不欢,故跳不着则走,用钱而不能博若辈欢心,殆犯不着矣。

坐位子之成绩既如此好,舞女何以不坐位子?此盖积弊,红舞女以坐位子为耻辱耳。一日与著名舞人谈,渠言:我真想坐位子。其实渠亦言不由衷,真要使她坐位子,比之坐芒毡更难堪矣。昔红舞女相率不坐位子之初,有曰秀丽者,"独明大义",张皇皇告白于报端,谓窃欲与一其他红舞女"背道而驰",实行自坐位子,然试行数日,辄废然而去。往且如此,今欲一除旧习,复乎难矣!

(《诚报》1946年9月23日,署名:刘郎)

太太的疑窦!

前天晚上,太太同了她的女朋友在丽都跳舞,约我同去坐了些时,她们两人下去跳舞,等到上来的时候,她们发现她们另一个朋友S女士的丈夫,在对过墙角边喊了个舞女坐台子。她们当时商议,要打电话给S,我立刻劝阻,理由是何必使朋友家室不和,太太虽然听我话了,但她说我是无私不发公论。

当太太同我跳舞的时候,她便说:想想女人毕竟可怜,像S女士,在家里省吃俭用,但她的丈夫却在外面胡调,现在我明白起来,男人没有靠得住的。明天,我要去定几双高跟皮鞋,因为像你这样欢喜跑跳舞场,难免不在胡调,以后你要跳舞,我同你一起去跳,跟定了你,我放心得多。

太太毕竟要关在家里的好,让她出来见见世面,便会生许多疑窦,难得到一趟丽都,便有这些闲话,听得我多不痛快!

(《诚报》1946年9月25日,署名:刘郎)

张君秋抢救谭富英

周信芳曾言,任何配角,都无帮助于他的一生极诣,此言甚傲,使听者大起反感。数年以来,《文素臣》一剧,不能再轰动于上海,正以当年之好配角,今已风流云散,即此证明信芳之言,为言之逾分。谭富英亦不注重配角,自以为能独挡一面,所以对外宣宣称,谓:旦角儿随便用一个都可以,武生则终是杨盛春这块旧料矣。坐是原因,王玉蓉合演未久,即凶终细末,今则上一顾正秋,此次谭在皇后,上座并不太好,在并不太好中,尚有王玉蓉之捧场位子,顾正秋之长期捧客,归于谭富英之所能"叫座"者,已微乎其微,此点应该指出,好使"英秀文孙",毋再沾沾自喜也。

天蟾舞台拟续邀富英,今则由其主持人周剑星专程北上,邀张君秋与裘盛戎南来,将与富英合作,盖深虑皇后之一套板人马上去,将来且演成小猫三只四只之惨局也。角儿是不必要好配角,但戏馆老板,为保全血本计,不能不有好配角。"英秀文孙",如其不以为然者,只要看张君秋来抢救你后,你的风头,会不会有转机耳?

(《诚报》1946年9月26日,署名:刘郎)

为寻韦伟到银河

过银河咖啡馆,遇韦伟,韦伟为经理于此,以话剧饭之吃不饱,于是戏贸迁之术矣。愚戏问韦伟,报间载韦小姐每夜归去,必有空军伴送,信有之乎?韦伟笑曰:殊无其事。愚又问曰:然则彼话剧事业家,亦仍追随似曩昔乎?曰:相违已久,音问多疏。愚亦笑曰:若是韦小姐则可以公开追求矣。韦曰:早就可以公开追求,奚俟今日?愚恒谓韦伟为人最洒脱,就上述对白观之,吾言讵谬?

银河位置于静安寺路之张家花园,即康生菜社之后面。当日本人盘踞时,此地为一日本之按摩浴室,吾友姚绍华先生,闲时恒来此舒畅筋骨,绍华屡屡约愚,而不及偕行,今则易为绝美之餐室矣。银河拓地勿广,顾治馔至精,鸡与牛排,胥极可口,而售价极廉,在静安寺路上,寻不出第二家焉。

(《诚报》1946年9月27日,署名:刘郎)

不习惯之洒脱

"白雪泼墨"指摘二明星事,余甚难堪,以此误会自新雅一宴而发生也。越数日,遇老金,老金谓彼执笔者,与我等未相习耳。我与足下,为十五年以上之老友矣。狂奴故态,女荷鉴谅。余益惭恧。老金豪迈,酒后弥甚。是夜与敏莉互夺鬓花,遽尔忘形,然亦止乎礼焉。余初与老金论交时,某日,辟一室于南京饭店,老金与诸友共雀戏,余以宵深,就枕而卧,比醒,见人美亦卧于一枕,鼾声方作。余大惊,而老金恒不以为意。若辈之洒脱如此,今之白雪,为人拘谨,因看不惯而有激愤之词,不知吾友亦心地光明人也。老金受纽约某团体之招待,将于十月底前放洋,盖与叶浅予之出国,为同一性质者,愚与之方,复当设薄酒为之祖饯焉。

(《诚报》1946年9月28日,署名:刘郎)

偏　　锋

近来听言菊朋的唱片,真使我着迷了。在二十年前,我就觉得言菊朋的片子,比在台上唱好听,当时最爱赏的一张是《鱼藏剑》,现在却听不见了。现在收音机里听得的终是《让徐州》,其次为《骂曹》、《卖马》、《上天台》、《清官册》诸片。就中以《让徐州》的行腔最奇,而爱听的人也最多。言菊朋的自成一家在此,言菊朋晚年不能纳于"正宗"之轨,也在此。

我向来对于艺术的欣赏,绝对爱好"偏锋"的,所以对于言菊朋的被摈于所谓"谭派正宗",认为了无遗憾。我未尝不明白艺术的最高成就,应该要到没棱没骨的境界,不作兴走一点偏锋,但以欣赏的兴趣来讲,毕竟是偏锋的东西够刺戟。有人说:这是欣赏能力够不够的问题,不是"偏嗜"的问题,这一点我还在疑惑。

从前我就有一个感觉,以为言菊朋的戏,正同黄山谷的诗,虽然别生蹊径,但一脉相承,总是大方家数。古人的诗,我最最喜欢黄山谷。杜甫的作品,固浑然一璞,但好处在神韵和气魄上,要寻有奇气的语句出来,好像是不可能的。

(《诚报》1946年9月30日,署名:刘郎)

不看蔷薇看牡丹

有华侨黄世恩君,习青衣花旦,宗梅氏,造就既高,乃投博士门下,执弟子礼焉。举行仪式之日，为上月二十八夜，张盛宴于新雅，愚以郎景山、胡桂庚二先生之邀，曾往参与，至时则言慧珠来过已去，座上有李蔷华姊妹，及戚氏一家门之牡丹花耳。愚未及入座，七时半后，辄辞去，与兰芳先生，相违甚久，此夕亦不获一倾积愫，滋可怅也。

世恩犹在妙年，体甚健硕，桂庚戏呼之为"南洋梅兰芳"，谓其不仅戏唱得像，即私底下之翩翩雅度，亦与梅氏无异也。易君左先生，即席为梅氏赠二诗，闻犹有所赠，则为世恩作也。李蔷华姊妹，颇受人属目。其实毕竟牡丹，乃足以压倒蔷薇。牡丹中如银牡丹，实为绝色。有妇人腴健善谈者，殆为戚夫人，挈银牡丹来，为与愚同座之朱夫人、胡夫人，一一介绍。银牡丹为状甚颀，而作礼甚恭，若辈驰名已久，而不知其舞台上之造就乃如何者？愚肚皮里打算，尤关心彼娉婷，已有过户头否耳。

（《诚报》1946年10月1日，署名：刘郎）

刘莉娟二次被盗？

刘莉娟也是四五年前的红舞女，后来嫁与国华银河的顾庆棠君，相处甚安。刘莉娟从此不再涉足于游宴场中。而顾庆棠在以前，也是上海跌宕欢场的人物，自从把刘莉娟娶回去之后，居然收拾放心，近二三年来，外面简直看不见他的影子。

记得是去年吧，刘莉娟养了一个孩子，十分钟爱，以名舞女的归宿来说，莉娟该是好的一个。但近来却发生了不幸的事，那是顾庆棠家中，连遭了二次盗劫，第一次的损失尚微，至最近一次，则搜劫得相当厉害，连他们家里娘姨大姐手上的金戒指，强盗也抢了走的。

外面传说顾庆棠家被盗，不知道被盗的即是刘莉娟之家否？因为顾庆棠还有一个家，那是他的大公馆了。古人说：谩藏诲盗，多藏厚亡，其实顾庆棠也算不得上海的富人的，却偏偏连遭二次盗劫。

（《诚报》1946年10月2日，署名：王山）

留 书 记

读者诸君,设有老于舞业,当无不知五六年前,大都会有舞人名王妹妹者,以稚齿韶颜,周旋于华乐琤琮间;亦无不知王妹妹之身世凄凉,其人实起身于听鹂轩主人所谓"白山黑水"间者也。近三年来,王已久隐,洎乎岁初秋,始重见于新仙林,容颜无改,而境遇乃至勿裕。或诘之向时何往者?则终秘勿宣,第谓归甬上,日就陇亩间度故乡生活耳。未几,忽为一客所眷,客惊其艳,报效至多,亦挈之赴逆旅中。客居勿去,王亦伴之勿舍,客悦,所贶益厚,为其置衣履,后畀以一钻环,发光灿然,盖以巨值得之也。又未几,客散值归旅家,不见王,睹案上留书,擘缄读之,为王所遗者,乃谢客照拂之情,而言曰:"甬上人来,促其归去,更以身体孱羸,亟谋休养,倚装匆促,不及面辞,大德惟徐图报谢耳。"客读书竟大诧,而无由知其底蕴,以问旁人,亦无能解答者,斯亦异矣。

(《诚报》1946年10月5日,署名:刘郎)

袁佩英南归

三年前,袁佩英尚在舞丛,称此中元老,其时与严九九甚莫逆,出入相偕。有舞客二,一章一楼,章昵九九,而楼昵佩英,二人盖至友,同在沪上营保险事业者。未几,先后论嫁娶,而章、严不获全终始,二月前九九又献身舞榭,其离合之缘,报纸曾有叙述者矣。

当严重被舞衫之日,袁佩英犹在北方,顷亦来沪,有时过游宴场中,艳光犹逼人目,而有人传语,乃知袁亦与楼某占脱辐,袁故以只身南下矣。

先是,章、楼二人,于日寇投降以后,联袂北行,章在故都,与女伶章逸云,订啮臂盟,弃九九如遗。而楼亦好为狎邪游,袁莫能阻,放纵益甚,久之,与某名伎筑藏娇之宅,袁知之,与力争,不听,遂致反目,佩英以两雌不并立,卒绝裾去,归沪上且匝月,亦不审将重堕舞尘否?

(《诚报》1946年10月6日,署名:刘郎)

摸 骨 算 命

大陆饭店有异谷子,擅摸骨算命,有人证其灵验若神明,言于舞后,敏莉乃往。异谷子在其若干骨头上,摸索一遍后,述其过去事,竟无出入。敏莉又请卜未来,则谓其一家重担,更挑十年,更俟三载,且红鸾星照矣。

关于摸骨算命,大抵非星相之"正统"。十年以前故花柳医生某,昵一雌,氏金,姚冶如花,其人擅吴歈歌,尝驰誉于汉皋,据言在汉时乃遇一摸骨算命之术士,摸其骨,则琐琐为谈往事,皆验。然摸骨者曰:若以"耻骨"示我,我言必愈尽。金遂自袒亵衣,摸骨者乃用尺鉴其方寸之地,既竟,喟然曰:汝后来必沦落,盖阴门与肛门毗接过逼,苟远分半颗黍者,且大载福。旋金来沪上,耽烟霞癖与花柳医生,既赋仳离,益勿振,潦倒入卑田院中,终为摸骨者一屁放着矣。

(《诚报》1946年10月30日,署名:刘郎)

跌 倒 的 人

我听说瞿尧康君的跌倒,是为了原子钢笔,他负债不过四万万元,所背的拆息,竟达近十万万元,于是瞿君不支了。又听说波司登的老板,也为了负债开码头去了。他当时垄断玻璃皮市场,与犹太人协定,货色只供给他一人。他背过二角个洋的拆息做生意,不可谓非一分雄心。但犹太人放他的生,而外国的材料拥至,使他来不及收,于是这位玻璃皮老板,在价格惨跌声中,也横了下来。

脚踏实地的做生意人,在这种"势口"上,尚且岌岌可危,像上面二位,他们不曾瞻前顾后,自然更容易促其灭亡了!

(《诚报》1946年10月31日,署名:刘郎)

昙　花

一夜饭于雪园,有人持昙花两盆至,居中放,邀朋友数人,倚醉观赏,养花者言,花将于是夜开放矣。顾养花者为一村夫,谓是为琼花,昔隋炀皇帝因赏此花,尝杀戮数人民,强作解人,实不知所云。其自家中迁花至雪园时,以汽车来,不慎,车上乃折一苞,遂以苞插磁盂中,注以水,盖怜其萎折也。

昙花之叶,高大类仙人掌,所奇者,花茁于叶脉上,挺一干,干色殷然。顾花亦奇巨,叶弱,干不胜载,花作俯瞰状,留者凡四五花,至七时已报放,放时为态甚徐,第见枝叶颤动,若醉人然,及花瓣渐张,蕊亦豁然露焉。尤奇者,已折之花,在磁盂中亦放,盖花至今日,其生命力尽已集于花苞,不以离枝而阻其展放,大凡昙花自苞至盛放,历一小时矣。盛放至于萎谢,亦一小时,愚不久坐,故未及见其萎耳。

(《诚报》1946年11月2日,署名:刘郎)

梅程对垒之局

浮生先生问程、谭如何合作?以愚所闻,谭富英一星期唱四天,登台之日,与程合作唱大轴戏,例如《探母》、《武家坡》等,若谭不登台,则程贴其私房名剧。简言之,谭富英必不唱倒第二也。

程砚秋已于三十一日傍晚抵沪,天蟾之李少春,将以九日打住,故砚秋登台日期,当在十日以后,闻程、谭最高座价,拟订二万五千元,目下程之公事在商谈中,而梅、程对垒之局之开展,势所必然矣。

有人预测,梅、程而展开对垒之局,是两虎相争,必有一伤。愚则谓更说不定为两败俱伤。此外捧梅与捧程两党人物之暗斗,中国、天蟾戏院当局感情之互为恶化,亦为势所必然。梅与程,向来并不沉瀣,不图各在暮年,斗争忽趋尖锐化起来,真世态日非之兆,愚不乐闻也!

(《诚报》1946年11月3日,署名:刘郎)

女画家调笑词

《程砚秋图文集》将付印,愚烦周錬霞先生制一图,并题诗,为御霜簃登台纪念。錬霞乃写黄花,并题句云:"傲骨总宜陶令赋,秋心替诉美人愁。"又属书曰:"尊属画上须题诗,而一时诗竟不肯来,只得随便写两句塞责矣。第二句以砚秋擅怨剧,恒演古美人名史,首句则以足下其为陶令乎?一笑。"

朱尔贞写桂花,愚曰:我为汝题诗。尔贞曰:是又乌足题者?是夜归枕上,得句云:"连年阿姐天门坐,一盏清香赤豆汤。"此非咏桂花诗乎?然终匿不敢示尔贞,其实示之亦不能解,香楼妙女,宁知阿桂姐为何物者?惟征逐之场,始盛道此名称了。

(《诚报》1946年11月4日,署名:刘郎)

白　丝　袜

张恨水在《新闻报》上写的一篇小说里,有一天在叙述一个跳舞会里的情形。在他笔下形容一位袁三小姐,不仅是风姿绝世,而且衣饰的考究,也是全场一人。他从袁三小姐头上写起,写到脚上,他说她穿的是一双满帮镂空的高跟皮鞋,又套了一双"白丝袜"。我看到"白丝袜"三字,不禁笑出来了。

现在时髦的女人,没有再穿纯白色袜子的,连穿一双淡灰色的丝袜,也瞧着不能顺眼,何况白的?非但女人不穿白丝袜,就是男人目下也很少穿白丝袜的。今年夏天,我因为穿孝,去年着剩的几双短统花袜,都不好再着,所以特地买了几双白的袜子,但穿在脚上,不知受过多少朋友的冷嘲热讽,说现在的白袜子,只有下棺材时候的死人用得着。我因此留心看看,市面上着白袜子的果然绝无仅有,同时更想起了父亲入殓的时候,他是穿着黑色缎鞋、白色丝袜去的。

(《诚报》1946年11月5日,署名:刘郎)

三九牌与茄力克

最近有朋友送我几罐三九牌,又有朋友送我几罐茄力克。我写字台抽屉里,取出来的香烟是三九牌与茄力克,而舍间桌子上放的,亦是三九牌与茄力克,从香烟上看起来,我太太说:你真成了暴发户矣。

三九与茄力克,在战前香烟牌子中同为极品,现在依然高贵,不过有新老货之分,现在的新货,据说质地已大不如从前。闻之人言:史量才生前,抽三九牌,要好朋友去,史以三九牌敬朋友,若泛泛之交,则请他吃茄力克。盖当时以价值论,三九尤昂于茄力克也。上海之富家与白相人,大多抽茄力克。张啸林之姨太太有一绰号,称茄力克老四。在沦陷时期,香烟之价步昂,茄力克在上海,将成希世之珍。一日,遇顾竹轩,顾以吃惯茄力克著名者,时有人问他,此货断档,四老板将改吃别样香烟乎?顾曰:"不要紧,我家还有八百听。"闻者为之咋舌。

(《诚报》1946年11月6日,署名:刘郎)

愿建成电台改善

梅博士登台之先二日,建成电台播送中国平剧,司报告者为稚青女士。稚青于平剧,真滚瓜烂熟,其报告,不独内行话甚多,亦恰到好处,故不致取厌听众。第三日《探母》,稚青忽不至,则别有一男一女替其职,遂乱七八糟矣。

往往在胡琴过的处,或锣鼓声中,拼命讲闲话,恒以不及煞住,倒板只剩半截儿矣。又建成电台之播音机,不及黄金、天蟾所用之善,兰芳、宝森之声音,迥非原来面目,盖变质甚大。闻宝森此来,嗓音奇美,顾于收音机中听之,虽知其高爽,然不朗澈,此亦足以影响无线电听众之想望,而为中国之损失。敢掬所知,以告兰亭、其俊二兄,宜与建成商量改善,亦不可多为客家宣传。华龙绸缎局、鹤鸣鞋店,以及新村服务社,实在报告得太多。大中国电台为天蟾播送，目下并无广告，亦在维持。做生意本来要具一分牺牲精神也。

（《诚报》1946年11月7日，署名：刘郎）

自 上 至 下

舞女不逾分矜持者，与客舞时，不许两胸贴近，中间留数寸距离，愚指此女教跳舞，非寻开心也。然此为少数，大都容许互拥，舞客轻薄，恒拥之弥切，舞女几窒息，且呼痛。客则笑曰：又非大小姐，何以言痛。其意谓处女时期，乳部之肌肉坚实，不受重压；若妇人则变化为松弛，压之如压败絮，此盖指乎上者，言于下。有客不驯，舞时，恒卷其膝盖，若可所探，舞女机警，往往弓其腰，使探者终无所着。顾亦有舞女移樽就教者，佻挞儿得此，辄深喜，亦有恶其为状大亵，复此且不敢亲近矣。

（《诚报》1946年11月9日，署名：刘郎）

梁鸿志之艳诗

梁鸿志诗名藉甚，偶为绮语，亦多可诵。林庚白尝记其客丁沽时，尝有友人介一女郎与梁同游，遂诣平安电影院，幕方半，女郎昵就鸿志，探手于裤，且摩挲焉。梁为赋二绝句云：

  无灯无月光明夜，轻暖轻寒忏悔时。惭愧登伽偏触座，与摩戒体费柔荑。

  鼎鼎百年随电去，纤纤十指送春来。老夫已伴天涯老，欲赋闲情恐费才。

林庚白生前，视梁诗甚重，及梁作贼，乃有"人与诗俱小"一语以訾梁者，亦过后方知也。

（《诚报》1946年11月14日，署名：刘郎）

谢幕里的谭富英

平剧演员有谢幕的,只有一个梅兰芳,而且谢幕的起落,每夜不止一次。现在程砚秋也有谢幕,他登台的第二夜,在台上看戏,我是特地看完了谢幕走的。当观众掌声雷动时,谢幕未起,程砚秋同谭富英二人先在幕后谦逊了一会,结果让富英居中立。等到幕启之后,程砚秋以微笑向着台下,而谭富英是不习惯这一套的,他显得有些局促,觉得立在台上,没有个落场势,便向观众打拱作揖,他身上的那件龙袍,一副大袖子,向台前乱甩,台下笑了,台上也笑了。

有人说,谭小培的教养谭富英,除了唱戏之外,其余要他晓得一样是一样,所以弄得谭富英蒙蔽朴愚得一塌糊涂。我没有见过富英的私底下,就在这谢幕的一刹那间,可以看出这个人的土气的浓厚。桑弧兄一向对我说,谭富英有许多地方,真原始得可以。现在我更加相信了。

(《诚报》1946年11月19日,署名:刘郎)

前辈歌手璐敏

论女歌手之前辈,今日犹岿然独存者,特一璐敏。月前璐敏久蛰思动,乃入仙乐斯。仙乐斯有吴莺音在,吴为后起之秀,且为璐敏所提携出道者,故二雌并立,璐敏不愿示逊于吴,惟仙乐斯当局,则重吴实逾于其他也。璐敏乃不能安,期满一月,请舞场益其薪金,舞场有难色,璐敏遂辞去,乃复辍唱矣。

璐敏无殊色,然一入画图,其人即为画图中人,惟性极亢爽,似丈夫子,年将届花甲之半,而喜与俊男子游,男人之拙于才貌者,逗之,亦不假词色。顷居静安别墅,小楼一角,装置甚华,以天性勤俭,淘米烧菜之役,悉躬亲之。以上所述,胥闻其闺侣之言,愚则从未踏近其房门一步也。

(《诚报》1946年11月21日,署名:刘郎)

恶　心

　　最近被捕之章先梅为新闻业中人，战前愚识之于姚苏凤许。事变后，苏凤入川，章留沪上，直至此次被捕，方知其在沦陷时，曾为扬中县长，而受人检举，正因其曾一行作吏耳。

　　五六年前，愚排夕游新大华，时章亦恒至，至则纵酒，每大醉。一日夜半，与愚同席，时章已醉忽呕，初不狼藉满地，特就桌上之空玻璃杯盛之，盈一杯，更易一盏，黄白之汁，似遗薄矢，作奇腥，他人见者亦秽，此印象之恶劣，至乃每一记及，使人犹作恶心也！

（《诚报》1946 年 11 月 22 日，署名：刘郎）

田　秀　丽

　　田秀丽亦往岁之舞国红人，最近凡两见之，一次在白克路某医院旁之后门口，抱一稚子，而荆钗布服，环饰都无，疑其已隐良家；又一次则在丽都舞厅，田偕其女侣同来，则盛装华服，复以身处欢场时焉。

　　田秀丽其实并不秀丽，厥鼻尤至奇观。当年吾友钟情其人，报效甚多，然不及于狎。一夜，携田赴宴，宴毕乘车赴舞厅，车中，吾友语田曰：为一吻汝颊。言已，将拥田，田推而拒之，曰：客固强我者，我将辟车门而踊身车外。吾友乃大懊丧，终绝之。吾友何人，即屠门才子笔下之大道先生也。

（《诚报》1946 年 11 月 26 日，署名：刘郎）

"项　王"

　　以前小辫子还没有死的时候，专门把坤角儿拉给有钱的人寻开心，作成他生意最多的是一张一魏，还有一只是小马。假使差不多点的人也去托他，小辫子就要触你霉头说：不是我不肯去讲，只怕她开出价钱来,你要舍不得花。舍不得花,换一句本地话,那就是说,"侬勿肯'项'格"。

"项"这一字,出于屠门才子之典,在才子笔下,此字非常流行,其意即谓不加考虑,拼他一拼之谓也。所以他写到在欢场走走的人,凡具争掷缠头之勇者,必谥之,曰"项王"。

有一天,我同大道兄闲谈,谈到"项王"问题,他说"项"的分量,应该与他本身所具的财产,作一个对比,譬如孔令侃、荣德生之流,也到跳舞场里白相,慢说一百万坐一只台子,算不得肯"项";便是替舞女造洋房,买汽车,也不能算是"项"。因为他们这样花,在他们一点也不觉得吃力的。其时天衣在旁,他说我们该是"项王"了。我们坐一只台子,五万十万的坐,以我们的收入,财产来讲,绝对是浪费,其实也觉得吃力。大道点点头说,一点不是假话,的确算肯"项"的了。

(《诚报》1946年11月28日,署名:刘郎)

老举碰老举

孟丽君流转风尘,见闻自广,此次重来,柔媚犹昔,其伶齿俐牙,亦犹昔也,愚屡屡遘之。一日,丽君读报,谓有人记其买房间家生之役,所叙皆勿中,买家生信有其事,然付钱者初非孟之客人,而为孟自掏腰包者,故又曰:生平未尝要财货于客人,盖羞于启齿,我特待客人之自己开口,有所以示惠于我,我则受之。……言至此,愚大笑曰:汝此数言,其为用乃等于开口。孟亦大笑不已。孟自属"老举",而我为舞客者,亦是"老皮脓滚疮"之流,老举进包,自难期为龙头拖车矣。

(《诚报》1946年12月1日,署名:刘郎)

"绍兴班"

赵培鑫先生尝与管敏莉同席,敏莉以赵为南北票祭酒,尊其名重似谭鑫培也。则称之为赵鑫培先生,有时酒醉,口齿益不清,说赵鑫培三字为"绍兴班",闻者乃哗然笑。时有某君,语敏莉曰:与其说"绍兴班"何勿称之为"潮背心",不更较浑成邪? 其言尤趣,惟稍伤于尖薄耳。

敏莉又尝为龚之方先生起一浑名为梅兰芳,见面辄以此相呼,之方大窘,谓此三字太嗲,实当受不起。考此雅号来源,之方每次赴宴,入座最迟,敏莉谓其非大轴戏不唱,似伶王焉。然胡派浅薄之徒,作为进一层解释曰:梅兰芳者,实言"慢来"之龚之"方"也,牵强附会,无过于此。

(《诚报》1946年12月19日,署名:刘郎)

闹市中的快车

唐哲去省视了祖母回来,告诉我在爱文义路上,看见一辆汽车把一个黄包车夫碾毙了。汽车已逃逸无踪,只剩一个死人,躺在地上,满街的血,脑袋碾去了半个,另外半个头,抛得远远的。走路的人,都为之酸鼻。小孩子说他看了难过,心一直在跳。其实他不该告诉我,我也是神经衰弱的人,记得前年走过白克路,看见地上一堆鲜血,路人说方才碾死了一个小孩子,我为之好几天不曾安于眠食。

我一直感觉到汽车的横冲直撞,好像他们打算好撞死人,不必偿命的。像我孩子所见到,果然把人撞死,不负责任的逃了,这一个无告冤鬼魂,在不相干的人想想,尚且有凄酸之感,那一个杀人的开汽车者,难道就好一辈子安心下去?

街市交通除了凌乱以外,闹市中汽车的开快,也是严重问题,我一直有这样的忧虑。

(《诚报》1946年12月20日,署名:刘郎)

贴 面 孔

闻曹慧麟将与人订婚,从此且结束舞台生涯矣。一夜,邂之于大都会,方与一少年起舞,少年梳飞机头,有直耸入云霄之概。二人之为状甚亲昵,盖两颊相偎,间不容发焉。座上之舞女,有识曹慧麟者,咸哗然笑,谓坤角儿不同于舞女,跳舞而贴面孔,殆为舞女所有,他人效之,不足以言气派矣。愚故诘舞女曰:明知不伦,若为舞女者,何必为之?则曰:舞女贴舞客,贴其钞票,舞客而强贴舞女者,是舞客之轻骨头耳。其言颇率直,愚唯唯应之。

李曼丽艳誉噪舞丛。与此人舞,此人非贴面孔则不适。读者诸君,有识李曼丽者,请冷眼旁观,观其舞态必与人两颊并为一颊也。与女伴舞,既贴,与男人同舞,亦必贴,乃似少长咸宜,童叟无欺,疑其已成习惯,书此以告与李曼丽才一舞之男人,慎勿以贴面孔而沾沾自喜,以为"有路"也。

(《诚报》1946年12月21日,署名:刘郎)

访问女子浴室

有一篇小型报上特写稿子内,而从来没有人写过的,那就是去访问女子浴室。

女子浴室在从前记得神州旅馆隔壁,有这么一家,最近仿佛日新池,也辟了女子浴室部,而被警察局取缔的那些按摩院,现在有几家也改为女子浴室了。

女子浴室的内部情形,男人也想晓得一些,女人有洁身之好者,也愿意有人指点她们。所以我说小型报应该来这么一篇特写,有看头,有生意眼,假使再不去,我看大报的女记者,看了我这篇稿子,她们倒要走在头里了。

可惜我们的潘柳黛小姐到杭州去了,她若是在上海,请她四面去兜一趟,再用她生动的笔,写一篇访问记,一定胜任愉快的。可惜我不好去,我若好去,写起来也能够绘影绘声。平常不高兴去访问人家,惟有访问女人混堂,我好像有一点兴趣。

(《诚报》1946年12月22日,署名:刘郎)

检验处女

沈琪兄说:李芳菲这个人心地纯良,就是口没遮拦一点。口没遮拦的人,大多是心地纯良的,但看静默寡言笑的,其心地就大有问题了。最近同李小姐吃过两次饭,有一次她在自己计算,做过几次嫔相,我就说:嫔相应该是处女做的。她认为我这一句话有语病,立刻责问我:"你怎么知道我不是处女?"我说:"在你的形状上看来,使我无法证明。"她说:"可以证明,不妨检验。"我说:"我又不会验的,就是会验,真要费了大事。"她说:"你自然不会验,可是医生会验。"我们就在这检验问题上,发挥雄辩,豆腐竟吃得一天世界。

(《诚报》1946年12月23日,署名:刘郎)

李少春拘谨

在周翼华先生的办公处内碰着李少春,我在看本报,有一段"周莉娟性煞李少春"的新闻,我问他这新闻是正确的吗,他大呼冤枉,他说:周丽娟到汉口去,是事实,但不是去找我的,而上海的报纸,都说是为了我,我曾经拿了报纸,给张椿华看,张椿华说:"真真对不起,我害了你了!"

听说张椿华不比李少春拘谨,我是一贯的主张,所以对少春说:"男女只要两相情愿,成其苟且,其实无所谓的。一个艺术家,把形迹弄得放浪一点,别人应该原谅的。"少春连忙说:"哪里哪里。"这两句话,如果说给张椿华听,他一定骨头奇轻,认我为惟一知音了。

(《诚报》1946年12月24日,署名:大郎)

李寿头

大家都晓得,潘柳黛的丈夫李延龄,是姘了他的婶娘,在上海一同出走的。这位婶娘的名字叫方娴,我们是在大除夕《新闻报》潘柳黛所登的广告上才晓得的,但李延龄的叔父、方娴的本夫是何人？还没有人提起过,他实在是我的老友,而有十数年不相闻问了。

为了朋友,我不应该提他的姓名,实则十数年之隔,我已经把此人的姓名忘记了。我只记得他有个绰号,叫李寿头,因为这个人一看见女人,一副十三点的"吞头势",真叫人笑痛肚皮。朋友中大约胡佩之、俞逸芬诸兄,还能记得我们当时酒肉争逐,夜夜上屠门,他对于罗宋韩庄,尤其熟习,什么江西路、欧嘉路,都是由他领我们去的。

当年的李寿头,是个浮薄少年的样子,留一点点小胡子,铜盆帽永远歪戴着,洋行小鬼,他是标准的典型。我不知他是什么地方人？同柳黛谈起,才清楚这笔账,他有一个禽兽的侄子,真是不幸!

(《诚报》1947年1月2日,署名:刘郎)

大年夜受罪记

除夕夜里的一顿夜饭,吃过了十二点钟,闹得筋疲力尽,还有人强拉我去斗牌。四个人中,我同翼华没吃醉,另外二人,业已入于疯颠状态,在抹牌时候,他们忽然立起来互为拥抱,交换香着面孔,这不够怪,怪的是接起吻来,居然吮唇咂舌。他们都是四十开外的男子,一向并不是翻烧饼的相好,作此丑态,令人不忍卒睹。后来那位坐在我上家的醉鬼,不停地在呕吐,秽汁从台角边流到痰盂里,我对翼华说:我们二人,好比撑着一只粪船,一路在撑过去,不知到什么时候,才能上岸。

我是想拗台脚的,但怕他们不答应,打起相打来,一不可理喻,二我又没有气力。总算斗了五圈,他们有点醒了,觉得不能支持,提议中止。我无异受了好生之德,我只有对翼华苦笑着说:今年大年夜的罪,受得比被人逼债更要难过!

(《诚报》1947年1月3日,署名:刘郎)

俞红芳诗话

某日，南洲主人枉驾，谈其最近倾心于大都会舞人俞红芳女士，谓红芳为俞雪莉妹，雪莉为人，纯厚而亢爽，红芳亦如之，且体态丰腴，亦如雪莉，故不觉一见钟情也。南洲之言，向以肉麻当有趣出名，故又谓：本欲遁迹幽场，因偶遇红芳，始觉做人尚有生机，有为红芳咏句云："不为红芳姿首好，早抛尘世入空门。"又云："除却红芳不是×"，愚问其上联何在？则曰：本无上联。除夕之夜操刀在汪氏之门，唤一氤氲名大媛者，貌不扬，而术工内媚，小施其技，使人有骨骼皆熔之快，因得句云"曾经大媛难为鸟"。愚大笑曰："媛"字失粘，不好不好，因为改"曾经东海(姓)难为舌"，则于事既切，而境界新奇，胜原句多多矣。

（《诚报》1947年1月4日，署名：刘郎）

过中美医院有感

红满窗槛绿满庭，门开诊务不曾停。宝隆老虎争称肉，中美横心十索"丁"。医院好施难得见，职工哀诉可曾听？无虞分文也会灵，不费分文也会灵。

我是天天走过中美医院的，半个月以来它们内部在闹着懒工。红绿的字条，贴满在墙壁上，门窗上，据说是进去看病不要钱的，这是懒工，不是罢工。

中美的主持人丁某，是一个有钱而啬刻的商人，他苛待职工，当是事实，而宝隆医院遗留下来的种种恶德，丁院长是完全承袭了去的。

（《诚报》1947年1月7日，署名：刘郎）

"的笃"女人

愚不听的笃班戏，特于的笃女人事，亦极关心。闻竺水招为此中尤物,心向往之,尝丐杜爱妹女士为愚介见,杜方滞留北国,今不知已归来否也?

昨日友辈聚谈,涉"的笃"女人事甚夥,皆未经人道者,拉杂书之,不觉其乱占《诚报》篇幅也。

姚水娟已适人,嫁后光阴,至为美满,其夫任事于杭州地政局,居职甚高,而能善视水娟,其义父魏晋三先生闻之,乃有向平愿了之乐。

竺水招为尤物,而余彩琴者,称的笃班第一美人,此人不独丰于色,亦术工内媚,谙习"的笃"女儿史实者,无人不知余为工于驰骋之良骏也。

有清河生者,卜居于静安新邨,其妇极姚冶,有一腻友,则为徐玉兰是。故妇与生之情感极淡薄,昵玉兰外,更与一碧眼儿矢情好,视生如无物,说者咸谓妇之所癖乃特奇焉。

(《诚报》1947年1月8日,署名:刘郎)

手 术 费

有位朋友说:他若是市参议院,一定要提议请本市的西医,减低手术费。据他晓得,目下上海西医动一动手术,开出费用,总是一笔惊人的数目。患一次盲肠炎,非用到千万元,不能安全,因为盲肠炎开刀费,至少五百万提多至六百万,那末连住医院以及药费之类,岂不要用到一千万元。

最近听说女歌手郭健的兄弟,因患慢性盲肠炎,医生的手术费是六百万元。郭小姐本来想请教任延贵医生的,怕任医生的手术费更贵,然而次一等的医生,已经要这个数目了。郭小姐在麦格风前,狗样的跳猫样的叫,不知几个月的收入,才能偿得清她兄弟一场病的代价来?

盲肠炎是手术中顶简单的一种,与开扁桃腺差不多,然而开一开就要上千万,中产阶级的人,尚且有难色,何况穷人?

(《诚报》1947年1月9日,署名:刘郎)

填 空 档

有一天,我碰着了童芷苓,我问起她明年的出处问题,她怨恨地说:天蟾舞台真瞧不起人,说好是正月初一上去的,谁知他们把程先生当住了不放。我说:下走说定规你不是二月里上去吗?她说现在已变卦了,我听说他们又在接洽张君秋、谭富英了。说到这里,有人吃豆腐说:简直把你填空档。

女人对于"填空档"三个字,往往有触心的难过。一个讲究身份的角儿,自然不乐意填空档,一个善妒多情的女子,对于燕婉之私,也不乐意填空档的。天蟾舞台对于童芷苓的一再拖下去,无怪她要不高兴了。可惜我不是朱凤蔚先生,否则为了干女儿的事,一定要去打起蓝青官话同周剑星去交涉说:你怎么好叫我女儿给别人填空档呢?

(《诚报》1947年1月12日,署名:刘郎)

荣谢联姻中之女人

荣梅莘与谢家骅结缡之日,愚往道喜。阅喜事职务名单,王雪尘为总招待,统率招待数十名,愚亦一人,愚于二次为雪尘之部属矣。童芷苓亦招待之一员,以三时来,向愚要招待徽章,愚请其问雪尘,雪尘无以应,则曰:汝来迟,我为总招待,当罚汝。芷苓娇憨万状,嗲声嗲气一二语,总招待自负为铮铮铁汉者,至此亦骨骼酥熔矣。

女宾亦甚众,顾照眼之间,殆无国色,有之,惟江一秋夫人,或是膺倾城之选。见张淑娴,挈三尺之童一,问曰:已经长成尔许邪?渠知愚为戏言,横目曰:啥物事!其实淑娴固育一雏,今甫二弥月耳。

(《诚报》1947年1月13日,署名:刘郎)

抽 壮 丁

我向来不大当心外面的事,例如抽壮丁之说,我总以为说说而已,不会有的事。半个月以前,我回到故乡去一次,路过几个乡镇,远远望见一队一队的人,里面还掺杂几个戎装者,据说这就是在训练壮丁。汽车并不经过这一大队人的面前,我目力不济,瞧不见他们的面色以及他们的面部表情。

我开始着急起来,想到我自己,也配做壮丁吗?我的表弟说:你是没有资格的,因为你是担任一家生计的人。我说那末我的孩子呢?表弟说:他们都没有满二十岁,也没有被抽的资格。于是心里就放下了一块石头。

近年来,我从不发悲天悯人的宏愿,以前我总是忧己忧人,但这一分精神,不知打什么时候消失的,连自己也无从想起。

(《诚报》1947年1月14日,署名:刘郎)

拍 错 马 屁

酒菜馆侍之倨傲无理,果然不当,但若大西洋侍者之一本正经的奉承顾客,亦嫌肉麻。愚从未在大西洋会过一次钞,自己请客,固然绝迹此间,朋友请我,听见地方在大西洋,亦懒得登门,故终年恒不及一二往耳。

今年去过一次,则×老爷×老板×少爷×小开,甚至局长、处长、老太爷之声,一上扶梯,犹洋洋盈耳,辄为之头痛如裂焉。

今当志一趣事,某年张善琨赴大西洋,侍者又来拍马屁矣。谓张曰:张老板,共舞台生意,夜夜满堂,此皆张老板经营得法。言至此指对门之天蟾曰:请看对过,总归弄不好。张止之曰:汝胡言,对过生意甚佳,现在亦归我办理。侍者乃大窘退去,盖其时张方办大来公司,天蟾亦属其管辖,而大西洋侍者,竟不及领此市面也。

(《诚报》1947年1月15日,署名:刘郎)

精神与肉体

前度生识舞人归真女士,凡三年矣。先是生于女垂拂甚殷,女于生亦感恩知己,顾二人不及于乱,以迄今兹;先是,生以体瘠,精力复衰薄,不足诱红颜欢慕,尝扬此言于归真之友,归真知所戒,不复敢媚生,而生不自量,有问鼎意,终无成就。生故废然语人曰:跳舞女志在轧姘头,不在轧朋友也。

一日有人以归真之近状告生,归真方昵一少年,少年扬枕角衾棱之秘,谓归真器健无匹。生益不悦,自此遂绝归真后。数月,生之友与归真遇,则告友曰:"前度生猝绝于我,使我悒悒,我恒时望其人之来,有如望岁,幸挈吾言奉生,谓我深敬其人,其人厚我,有生以来,生实我精神上之最好朋友也。"生之友,果尽罄其言生,生曰:"然则更烦转言,我不愿为其精神上之最好朋友,第愿为肉体上之最坏姘头耳。"

刘郎曰:"搭壳子之丑态,真有说不尽话不完者矣!"

(《诚报》1947年1月17日,署名:刘郎)

同 命 鸟

周莉娟与张椿华互矢爱悦,知者甚众。张椿华自汉口飞沪,飞机失事,死者奇众,张椿华乃勿死,仅负伤,就疗于医院中,周莉娟时时存问其病状,此事亦为报纸所盛传。今则周莉娟赴港,飞机亦失事,周莉娟亦勿死,就疗于医院中,海上寓所,且得电报报告平安矣。二人之遘祸也,不过三星期内事,假如曾无其事,而有人为一电影剧中,名《同命鸟》,述一对情侣,各自飞行,各自遘祸,而又互广安全者,映诸银幕,必将为观众唾骂曰:情形荒谬,天下哪有这等巧事者?固不知天下之大,就有这等巧事也。

(《诚报》1947年1月18日,署名:刘郎)

贺 岁 诗

先舅山华阁主人,有甲戌贺岁诗,是为舅氏少日所为,而壮年诸作,则难求格律之谨严矣。今当岁暮,录刊于此,为点缀旧年之景象可乎?

拂拭新衣拜玉墀,问郎日课几行诗?袖中笼得销魂句,道是销魂有鬓知。

春饼亲煎渍桂花,谙郎贪性嗜兰芽。要知供养檀奴意,更有回甘一碗茶。

劳馈邻家压岁钱,玉纤斜递隔窗沿。似闻笑语低低祝,福禄鸳鸯一万年。

炽炭泥炉簌箸红,银瓶酒沸注金盅。绮怀初识茶苏味,比似樱桃一样浓。

不嫌羹汁污青袍,为学相如敢惮劳。腥秽未妨词赋手,远山更倩酒痕描。

桦烛扬辉耀镜台,前霄守岁等君来。焦心煎就双行泪,愿化珍珠莫化灰。

(《诚报》1947年1月20日,署名:刘郎)

[编按:荼苏,犹屠苏也。]

"断财路"记

一日,饮于市楼,友人甲,招伎人宝宝至,至则指吾友怨曰:汝谓去年来请客,卒不至,复语吾母曰,虽迟至大年夜,亦必莅吾家吃饭。吾母信汝言非罔,果于除夕之夜,待汝甚殷,而汝终杳然!友人笑曰:卿责我甚当,特我为冶游,有定律,所谓先吃后会钞者,我常守之勿替。伎曰:然则我亦有定律,我必先会钞而后吃,亦守之勿替,宜好事之不可谐矣。语至此,又续丐友曰:愿汝今日莅吾家,宴汝群朋。友未及答,愚羼言曰:今日为年初九,汝家于何日进场?曰:十六。愚曰:未进场前,宁有丐客人请客者？宝宝曰：乌得无有！愚曰：此例特自汝家开之耳。伎愠曰：汝与汝友（指甲），皆是坏人！愚大笑曰：虽非坏人，亦非光棍，以光棍乃不断人家财路也。虽然，长三堂子之穷凶极恶亦足证今日花市之凄凉矣。

（《诚报》1947年2月1日，署名：刘郎）

哀彼贫雌

一夜，过友人家，其邻右丧一妇，妇气绝已六小时，犹陈尸于榻，其婿不遑为其作殡殓之谋也。吾友之妇，因述死者事，闻之可酸鼻，其言曰，妇往日为舞人，及其卑，即税屋于巷中，时其婿在伪政府中，为媒官故所入第足供一家浇裹，然婿性乖戾，好夸大，恒煊其显，巷中人乃以为其官勿卑，而为大官也。外寇既屏，伪官皆匿迹，死者之婿遂伏，而陷于穷乡。半年以来，其家已至一米一薪，不可得见，妇病瘵，形容枯槁，以勿获举炊，日就其邻右后门口，丐曰：汝家有残羹者，啖我，我得饱一日矣。其家已壁立，有人往观之，尺室中无长物，特有雀牌四副，俱可用，乃议于妇曰：售此雀牌，亦可为数日用。妇商于其婿，婿咆哮曰：谁令汝议鬻我雀牌者？我苟鬻此，穷声且弥溢。言已，举足蹴其妇，妇骨几折，从此遂卧床，残羹亦不能躬丐矣！未几遂死。

（《诚报》1947年2月2日，署名：刘郎）

取缔爆竹

在敌伪时期，上海禁止燃放爆竹，我一直认为是一种"德政"，因为我不太喜欢这样东西。今年的爆竹声音特别热闹，接财神的那天晚上，我被邻家的爆竹声惊醒，我也被远近的几次巨响，震碎好梦，因此越加对这样东西，发生厌恶。

胜利之后的鞭炮，成为俏货之一，用以来欢迎要人，用以来发泄民情的愉悦，用以庆祝良辰令节。但国事糟到如此地步，当时的鞭炮，成了浪费。而世乱年荒,百姓是求生不得,求死不能,我不知现在放到鞭炮,他们所欢者是何事？所悦者何物？

报纸上的新闻,关于鞭炮的火警,不绝于书,为了推进消防运动,也应该取缔鞭炮的制造。这纯粹消耗的东西,而最最痛心的造好了鞭炮,卖给外国水兵,外国士兵在满街上乱掼,用来调戏中国的女人。

(《诚报》1947年2月3日,署名:刘郎)

贷　学　金

味辛居士好饮,亦喜看女人,其夫人贤,约居士者至谨,闺中定律,夜以十时还,逾时扃其闼矣。居士严守之,勿敢有违也。一夕,愚酌居士,酒酣,相议游新仙林,居士诏御者曰:汝先回家,告夫人言,我在此小坐。比十时以后,愚自舞池返座,陡见有童子肃恭面居士立,居士有所语,童子唯唯而退,愚奇之向居士曰:是童子者,来募贷学金邪？居士摇首曰:夫人遣之来,谓京中有客,俟我家中,促我早归。愚乃大笑,曰:然则是为公子。曰:是为戚里,无父无家,夫人哀其孤独,豢于我家者,已数易星霜矣。言至此,居士又曰:其实夫人固未尝阻我入欢场,特欲使童子觇我于此,患我有旧侣相从,而拈惹无休,以此损家庭之福耳。其言婉委,座上人乃促居士速行,谓非然者,募贷学金之童子,更接踵来矣。

(《诚报》1947年2月4日,署名:刘郎)

范雪君重晤记

范雪君者番来沪,益驰妙誉。愚近顷始从收音机中,闻其播《啼笑因缘》,惊其造诣精湛,为之神往不已。友人中培林、陆洁,皆时聆其书,培林更于其开唱《雷雨》之日,为座上客,乃谓雪君之在书坛,实为惊才绝艳之儿。复闻其开唱《雷雨》后,佐临、张骏祥、白杨诸人,皆往听赏,为之心折不已。培林乃言:雪君实弹词家之革命者,数十年来,弹词中乃无革命人物,今乃委巨任于一女儿,此雪君之所以千古也。

愚与雪君为旧识,久勿相见,恒念其人。一日,乃宴之于市楼,时为中午,雪君盛服至,三年前见之,其人犹矜持,今则视曩昔为洒脱。辄为余道其辛疲之状,谓晨兴以后,辄读本子,盖《雷雨》一书,每日唱而每日读本子,以非素习也。此在旧剧谓之钻锅,雪君乃日日钻锅。报间记其将开唱日出,谓或将废此而唱《钗头凤》,或《赛金花》,培林则怂恿其唱《赛金花》,以赛金花事迹,知者比钗头凤为广也。

(《诚报》1947年2月6日,署名:刘郎)

独 特 作 风

近来屡与小洛兄谈及小型报作者之文章,小洛颇服膺杨乐郎诸文,谓杨在邵西平以后,又一怪才。余以小洛之言,亦留心读杨诸作,鄙见以为杨于文字句法、结构,较邵西平为健全,而吐属之奇,则与西平有异曲同工之妙。昨见其有"好伸之德"一语,未尝不拍案叫绝。小型报作者之可爱,正因其有独特作风,然此种才调,乃不多见,当年朱瘦竹之谈戏,为自成一家,而写戏剧文字者,卢继影实为杰出,正以其行文亦能独辟蹊径耳。一夜与继影宴于友声旅行团,即以私见告之,渠不信,余请小洛为证,继影始知余言为不谬。卢氏代表之作,不必谈其平日文字,即就其最近在报上所登之启事一则,列举四事,如《拒绝打会摇会标会》,又如《拒绝送秋风帖子礼》,又如《拒绝陪伴伶人到处拜客》。即此已足显示其独特之作风,亦所谓本来面目,比之何海生今日谈鲁迅,昨日说茅盾,而弄得自己不上不落者,强胜万倍矣。小型报特色人才,尚有王雪尘一人,此外则皆失之平庸。雪尘如何好法,有目共鉴,余不多赘。若写下一大篇,则有人谓我跑老板香槟矣。惟王派文字最近有人忽起直追者,有本报李浮生、李之病,在不够大胆,假以时日,进以工力,造就必有可观,余有厚望焉(末数句仿郑过宜《捧京角儿之新来上海者》例)。

(《诚报》1947年2月9日,署名:刘郎)

邓初民汰脚水洗面

劝工银行打相打事件发生的那一天,有二位名流突围而出,故得免受灾殃,其一是郭沫若,尽人皆知,另一人为邓初民,五十开外的老头子,文章写得是好,但此人有怪事,录之以博读者一笑。

有许多人都认为脚比手更干净,它们的理由是两只手什么东西都接触得着,惟有脚,除了套袜子与鞋子之外,不会染到其他污秽。邓初民就是实行这种"信仰"的一人,他每天早上起身,总是先洗脚,将脚盆水再倒在面盆里洗面。有人说:先洗脚,后洗面,只要一盆水,就并不奇怪,奇怪的是用汰脚水洗面,这就有一点故意装出所谓落拓不羁的名士派了。

(《诚报》1947年2月13日,署名:刘郎)

为顾尔康告哀

老友顾尔康已入弥留状态矣。愚为报人之始,即识尔康,其后屡屡同事,及其办舞场事业,始疏还往。为舞业时,亦尝广聚,顾不擅理财,及其业隳,其人遂困于贫矣。贫且病,凡二三年勿愈,病中,执业于戏院,自中国乃至天蟾舞台,病日深,职位亦日卑,然其勤于服役,允为全员之最。三五日前,其人已神志不清,晨起,着短衫,已不辨为短衫,以双足贯于袖,家人大骇,整衣毕,犹欲赴戏院,其姊从于后,见其升电车,及屡行则屡颠,盖力不济矣。既至院中,登楼写签到簿,手颤不堪成字,姊乃白于唐平凡,谓尔康病不支,幸许其告假,始挈之返,卧床上,遂不能再起。愚闻其事,乃哀于顾之老友周剑星、孙克仁诸兄,身后之事,惟赖友好为谋,其家贫苦,父老,姊妹皆孤寡,均赖仁者之有所赒恤焉。

(《诚报》1947年2月14日,署名:刘郎)

发 与 髻

韦伟演《黄金万两》于光华,昨夜匆匆同一餐,其脑后梳一巨髻,式如今日盛行之元宝头,特为量倍之。韦伟谓台上即置此髻,饭后恐不及化妆,遂带之来耳。愚乃谓韦伟高髻蟠然,俨然少妇矣。

十年前,酷喜看女人着绣花平底鞋,梳横爱司髻,复贯以珠环者,近年忽然厌此。殆亦心理变迁之一征,愚之悦女人每视其发,往日作香奁诗,恒谀其雾鬓风鬟,大抵女人之发以清洁为第一,式样之巧,犹居其次。昔某坤旦以妙誉著江南,顾姚绍华偕之起舞,乃谓自茸茸乱发间,有汗酸腾之鼻际,于其人之印象遂勿良。又某艺人风貌甚隽,一日立起身后,视其顶上发则头皮屑如棋布星罗,盛之殆可盈一勺,为之皱眉勿已。

(《诚报》1947 年 2 月 16 日,署名:刘郎)

向"夏光"索收条

儿子在夏光中学读书,丙戌岁暮,学校休业,他向我要了三万元缴付校中作为留额金。最近开学,他又问我讨了二十四万元去缴学杂费,缴费回来,要看看他的收条,他说没有,问他学费多少？说十六万,杂费多少,他说八万,我说那末留额金是算在学费里呢,还是杂费里？他讲不出所以然来,但学校没有扯收条给他,那是事实,使家长付了一笔糊涂账。

我并不怪夏光学杂费收得太贵,再贵一点我也会叫孩子去念书,不过收了我的钱收条总是要开一张的,没有收条使我不能昭信于我的孩子,万一我的孩子根性不好,他将来趁着学校的马虎,自己也混水里摸起鱼来,摆一记老子的丹佬,也说不定的,这是许多学生家庭的教养问题,学校应该要郑重一点。所以我要向夏光中学索取收条。

(《诚报》1947 年 2 月 17 日,署名:刘郎)

看《黄金万两》

我前天讲起韦伟在《黄金万两》里梳的那个元宝头,为量太大,后来我去看她的戏了,在台下望上去,仍旧觉得她的发髻大得难看,舞台剧的化妆,应该夸张一点,但这样的夸张,总不免过分了些。

《黄金万两》是一个喜剧,真有许多地方,叫人绝倒,韦伟随随便便做,而随随便便都是戏。有人说:韦伟在台上,欢喜往下瞧,瞧她在座的熟人。有一天瞧到了我,她对我微微地一笑,但又忍住了。我假使正在追求韦伟,这一笑,不成了波罗先生所谓"一掷秋波便是恩"了。

韩非的确做小丑最好,有人欢喜他的冲儿做得好,其实是个子长得相宜,形貌究竟还欠老实。在《黄金万两》里,那些猴子般的身段,已够边式美观,何况口齿又那末伶俐。

我看《黄金万两》在戏剧节的前一天,但据说这是上海剧艺社的关门戏,真叫人难过!

(《诚报》1947年2月18日,署名:刘郎)

王竹影归来记

六七年前,丽都舞厅之舞女,大率皆玉人顾顾,以高艳照耀于客座间,而王竹影尤推一时之选。王名题竹影,其人亦有苍翠萧然之度。盖躯干甚长,而风姿甚秀,在太平洋战事以前,此人犹处海上绮藂中,及后赴港,而烽火随之,竹影乃转辗迁徙,居于内地,不及归沪上。胜利以后,亦未暇作归计,至最近始闻其旧识言,已抵海上,然孑然一身未尝遂双栖之愿也。据其告人,则谓流转数年,甚不得意,归来以后,并生计亦苦费经营,株守为难,或将重坠舞尘,则将以前辈风仪,来经俗眼,虽然,投老深零,相知者无不与红颜薄命之嗟也。

(《诚报》1947年2月21日,署名:刘郎)

又要登台了

小型报同人之春节联欢会，平剧节目，已由白雪、浮生二兄排定，全部《连环套》之头四场黄天霸，且决定由愚扮演，累日穷忙，未遑顾此。昨夜忽病感冒，吃药后即酣然入睡，子夜醒来，忽忆此事，以为明日苟愈者，必将觅雪尘或元龙，请说戏矣。

此剧愚先后曾演两次，第一次演"议事"、"长亭"。至"公堂"、"回店"、"亮镖"，皆由他人饰演。后来之"拜山"直至"认罪"为止，复由愚登台。第二次则演"议事"、"长亭"、"公堂"三场，故"回店"、"亮镖"，俱未上过。此次，须连"回店"，浮生谓"回店"较"亮镖"为易，惟"回店"亦耗时间，愚年来脑力衰退，说一次恐不能记得，为此乃多一桩心事。今年为周翼华兄三十晋九，拟尽一日之欢，相知复将演剧，以资庆贺，事在一月以后，唱戏之事，愚当于白雪商之，盖白雪亦翼华老友也。

（《诚报》1947年2月23日，未署名）

初惊绝艳李飞妃

一夜，在大都会会见李飞妃，惊为绝艳，曾共一舞。嗣后见老友树玉先生亦与同舞，愚就池中指飞妃告树玉曰：放眼欢场，三五年了，久无绝色，乃见李小姐，始一舒老眼耳。李是夜为艳装，抹白施朱，高艳如花，林庚白所谓"十九不见婵娟影，一瞥能生窈窕思"者，真悟其意境之美。余与张玲玲同座，玲玲则与李为素识，予诘玲玲以李之身世，则茫然不知，盖玲玲被酒，非仅不知，并余所问亦不及听也。

明日，见柳絮记飞妃事甚详，柳絮谓飞妃与张翠红甚似，余与翠红甚审，是夜茗边，所见乃绝不类翠红。张翠红之清丽，直似梅花，李飞妃则有类一树山茶耳。

（《诚报》1947年2月25日，署名：刘郎）

寄苏青的信

苏青小姐：新近读你在《续结婚十年》上，是在国家胜利以后的一段事，里面有几句这样写道："我趑趄于纷扰的路旁，许久许久，心想还是到书报摊上去翻翻吧。报纸里多的是千篇一律的歌功颂德文章，说是什么胜利属于我们，我们要努力呀，以后的世界就是我们的了云云。发热昏！就是小报也不害臊的，仿佛抗战胜利也与惨绿馆主、云大郎及桃姐儿等等作家有关，连平日惯作哭派文章或香艳肉感文章的人都正义起来，大家吹了一番，肉麻当有趣。'这简直还像个什么世界？'我愤然撂下报纸，决定回家去了。"

你骂得真好，骂得真痛快，因为这现状是我亲眼看到的，不过，你写的"云大郎"这一个人，不能不使我多心，因为我的笔名，一向太夥，有时候用"大郎"，有时候用"云郎"，如今给你连缀一起，我疑心你是存心影射我的。

假使你在存心影射我，那末苏青小姐，你端的错怪我了，我告诉你听：在胜利之时，我几乎一病不起，经过了一二个月方始握笔。当时的现状，早已使我肚膨气胀，哪里还有心思歌功颂德？我的"文章"一贯的还是风花雪月，依然写得非常香艳，非常肉感，对于伪府的要人，我没有对他们投井下石，何况同是靠写文稿度日的一群苦恼子，是何心肝，我好对他们妄加非议？我打定主意，一直到现在，有时候实在看不过，也时常说几句公道话。"正义感"的先生们，立刻在背后议论，说我发的是汉奸论调，这种肮脏气，到现在没有受完。

自然我虽然没有当过汉奸，至少是缺乏"正义"的人，真正有"正义"的人，到现在写起文章来，提到某一个人时，终欢喜放上一个"敌伪时期"的头衔，在我看来是触气，在他们写来却是得意。

(《诚报》1947年2月26日，署名：刘郎)

[编按：苏青《续结婚十年》1946年9月1日至1947年3月22日，在《沪报》按日连载。其中1947年2月23日提及"云大郎"。]

"吃瘪高盛麟"

我这一次唱《连环套》，要感谢两位朋友，是李少春先生与李如春先生。少春借给我簇新的全套行头，使我增光不少。如春替我把场，第一场"四记头"出场，是他们给我挑的帘，这样的热忱，真使我感动。

孙克仁兄送我一条立轴，上面写十个字："吃瘪高盛麟，活像程笑亭。"寓讽刺于夸扬中，十分得当。但听说高老板看了上面一句，心里很不愉快，这是高老板的曲解了。"吃瘪高盛麟"者，正以写高盛麟为当世正宗武生，才这样写的。照例以现在的身份来说：以这一夜我同少春分饰黄天霸来说，应该写"吃瘪李少春"的，所以不痛快的，应该是李少春，不是高盛麟，而少春没有话，倒是高老板生气，这笔账如何算法？

(《诚报》1947年2月27日，署名：刘郎)

勿陪太太上舞场

同太太一淘到跳舞场去，往往容易出岔子。前两天，因为敏莉进场，我同太太一淘到新仙林。忽然有个舞女上来同我太太招呼，也同我招呼。此人我认识她已二三年，从前是我一个朋友的所谓"热络户头"，那时我在金门饭店，打统夜沙蟹，她常常跟了我的朋友来参加"统宵之局"。据我太太说，认识她时，她才十三四岁，太太同她的姊姊是老朋友了。

她们寒暄之后，此人忽然想起，问我太太道：你的先生，我怎么从来没有见过？我太太立刻指了我说，他就是的。此人也是十三点得厉害，连忙接下来道："是他，嗄唷，你千万把他管得紧一点，一年到头只看见他在外头白相。"

回到家里，太太便对我唠叨起来，她说：你这人我一直疑心你不大安良，平时常有人吹风到我耳朵边来，我没有理会，今天人家说得非常清楚，你自己应该放明白一点……我想我怎么不明白，只要不陪太太到跳舞场,就出不了什么大乱子。

(《诚报》1947年3月6日,署名:刘郎)

电话公司的流氓

电话公司最近发行新电话簿,送电话簿的人,好像该公司是特地派了一群流氓做这工作的,他们到了人家,把电话簿朝台上一扔,便向天讨价的二万三万,甚至要五万元一本。

上面的情形,还犹可说,尚有一批人是将电话簿送到弄堂里,他们并不挨家排户的去送发,只在弄堂里面高嚷一声,叫装电话的人家,统统出来领取,然后再按本收费。

这种强凶霸道的情形,据说并不是电话公司的主使,而是包印这本电话簿的一家广告公司,它们真把电话公司的招牌砍足了。

(《诚报》1947年3月8日,署名:刘郎)

沧 桑 之 感

中央银行张公权上台之后,接着两位正副业务局长也就职了。就职的那一天,有人去道喜,正是车马盈门,热闹非常。但我这一位朋友,偶然经过从前贝祖诒的办公室,他推一推门看看里面,只见一向服侍贝氏的两个茶房,在里面伏几假寐,冷落空气,与外面好像是另一个世界。这位朋友来告诉我,并且说,这种旷世沧桑之感,到现在太容易看得到了。

我倒对于贝祖诒没有恶感,这局面谁来谁也弄不好,此人没有做过坏事,他牺牲得非常可惜。记得贝祖诒是从一个海关的小职员爬起来的,往上窜,窜也窜得真高垮也垮得真凶,这一垮,几乎使他万劫不覆。我对于一个"此心无他"的人物,总是同情的,曾经替许多"附逆分子"表示过矜怜之意,我以为这都是"时世"问题,不是个人的操守问题。

(《诚报》1947年3月15日,署名:刘郎)

樽边小记

克仁将远行,其老友孙洪元设宴饯之,肴核皆出孙嫂夫人手,夫人之于烹调,真神手也。色香味皆美,举海上名厨,无可与方驾者。愚于二三年前,曾两过此间,则以洪元款吾友雌黄居士,座上有舞人唐湘英,泊乎近顷。湘英甫自星加坡归来,雌黄则如偃卧病人,久沉榻底,洪元夫妇笃念之,谓其人实叔世之好人焉。

与童芷苓吃饭,芷苓作态甚严谨,愚犹口没遮拦,视芷苓,芷苓又为状甚羞。之方言,此童老板对唐君有所误会,以汝所赠童氏诗文,皆偏于肉麻,受之者不堪了解,以为唐君真爱煞童老板。所以故作矜持,实难避瓜李之嫌。后此相遇,若在白天,宜对太阳鸣誓,若在夜间,宜对灯光赌咒曰:唐某无追求童老板之意,特悦童老板之为了耳,请童老板朗鉴唐生,唐生之此心无他也,能若是,童老板见唐生必天真活泼矣。

(《诚报》1947年3月16日,署名:刘郎)

童芷苓之戏德

童芷苓的戏德甚好,最近有一事,闻之甚感动,爱记之。自童登台以来,除二三两日,生涯不甚美茂外,其余皆售满堂,特当臣门如市之日,而芷苓忽以构疾闻,病势之来,至猛至烈,遂延医。一日,医者为之注葡萄糖针剂,不慎,射于静脉之外,其臂遂负痛,至不能举,在理宜养病矣。而芷苓不可,谓星六星日两天,天蟾可以做好生意,苟辍演,故至星一始不支而罢。京角儿往往当戏馆老板为灰孙子,芷苓独异恒流,剑星得毋感知遇之恩,买丝绣之不为过也。

更闻芷苓登台之日,疾已甚,在后台,惟闭目养病,至台上始整顿全神,座客殆无人能识其抱病登场者。演已,不及卸装,一车载去,即偃卧如死,其忠于事业如此,以之语海上周郎,倘亦有怜香情切,急断肚肠者邪?

(《诚报》1947年3月18日,署名:刘郎)

罗宋灰背

罗宋灰背,在沦陷时期,视为珍品,及胜利后之上海的冬天,此货乃如汗牛充栋矣。在外面兜兜之有名女人,无不人各有一件。去年百物昂腾,惟皮货未曾涨得吓坏过人,罗宋灰背之所以畅销,此为最大原因耳。

罗宋灰背,好在色泽之鲜,若论灰背精品,要以国产之青光灰背为最,此货奇缺有之,其价视罗宋货尤昂,然前者适宜于所谓身在"外头"之女,后者则应被诸大家闺秀之体,乃有华美之观。愚妇游华北,置灰背大衣一件,质亦精良,特色泽勿佳,有黄斑,然愚妇服之,有喜色。一为贫家妇,遂无奢望,此太太之所以不可侮,而愚前室之丧,愚实虐之,抚今追昔真不能不抱无涯之痛耳。

(《诚报》1947年3月19日,署名:刘郎)

送张玲玲赴港

识舞人张玲玲于二三月前,始与吾友游,愚亦得时共宴叙,初以为此亦舞国常雌,无足重,及与接谈,知其人亦性情中人,富正义而性复耿介,居欢场数载,不知敛取人钱,若为男子,终亦一贫薄书生耳。年来自港而京复自京止于沪,顾在沪未暇为出山之想,以其人卜宅于沪东,故未披舞衫耳。

敏莉为其友设周睟之宴,玲玲亦往,与王兰互饮,皆酣,王兰醉,玲玲亦大醉,有人送之归,谓其真性情于醉后弥彰故益敬其人。复一日,玲玲又来存,则谓已买得船票,更三五日者将之香岛,与海上故人将小别一时矣。愚深怅惘,究其因,则其亲老家贫,不能永日闲居,赴港将重操故业,人生悲剧,特以弱腕而匡扶大厦,闻玲玲言,不必以小别而始黯然也!

(《诚报》1947年3月20日,署名:刘郎)

立 定 脚 头

小型报近来展开了检肃运动,是一桩可喜的事。以往的一个时期,真是乌烟瘴气,不要说外面人看了要厌恶这样东西,即是圈内的有心人,也未尝不在疾首蹙额,认为小型报已暗伏着整个崩颓的危机。

和平以后,人民的言论比以前广阔得多了。小型报的言论,比大型报更为警辟,更为率直,许多人一方面在重视着它,而小型报呢,自己不挣气,偏偏甘堕下流,于是一方面又有人在鄙夷着它,这是如何可惜的事?一次我在吃饭的时候,对许多同道的朋友谈起此事,我说,假如我们检束自己,我们可以造成一个势力圈的,不畏强御,不怕别人来打击我们。譬如最近孔令侃的对我们横加污蔑,我们振振有词的对付他了,终于使这位气焰万丈的贵公子,销声匿迹。但是一样,我们还需要打更深的基础。那就是脚头要立得硬,脚头不硬,别人摧毁起来,他们时常有隙可乘的。

(《诚报》1947年3月22日,署名:刘郎)

冲犯我的肠胃

之方前两日在飞阿盖请客,一只汤之外,菜是出骨鸡、奶油蘑菇、腓脷之类,杂吃一阵,算下来每个人要合到八万元一顿。后二日又是七个人到石路的复盛居去夜饭,点了满桌子菜,又是面又是小米粥,一算账,每个人还吃不到一万元。

于是我们叹息着说:假如你感到生活的威胁,日渐严重的话,请你到复盛居去,这地方是可以让你喘息一时的,有使人恢复到承平之世之快。

但是这一夜我真不舒服,肠胃里出了大大的毛病。原因我吃了几只"火烧",又呷了不少汤,这两样东西,在肚子里泡起来,连睡觉都不能安宁。别看我的一副穷骨头,这多少年来,把它娇养惯了,还不能随便糟蹋它。太太时常恨我,说我在外面吃刁了嘴,家里的饭,永远吃不舒服。其实她是错了,我的嘴倒没有吃刁,惟有我的肠胃,真是冲克不起,难得塞上了一点粗粝的东西下口,便像犯病似的闹了一夜。

(《诚报》1947年3月23日,署名:刘郎)

反面治疗法?

有人说:普通毛病,而迄今无根治之药者甚多,肺结核其一也,伤风其二也,更有一种,则为"未入流",亦所谓"到门帖子"也。尝有读者某君,见余所作《荒田里的小雨》一文后,辄投一函与余,甚奇亦甚趣,兹述其言云:"鄙人曾患此疾,服中药多种,而西药之各式贺尔蒙剂,殆亦俱已用尽,然未尝见效。旋遇某医学博士(函中举其姓名,余以其事未能证实,暂时恕不公布),据言:彼处恒有患性神经衰弱之男女病家,往往施以反面治疗法,竟致霍然。所谓反面治疗法,即男人患此,用女用贺尔蒙剂,女人则用男用贺尔蒙剂,已愈多人,敝人亦经试用,果然奏效云云。"余以投函者仅有具名,并无住址,故不敢遽信其言,亦曾与其他医者,谈及此事,罔勿诧为荒诞而认为万不可能者,然投函者当不致一本正经,寻我开心,爰述于此,供读者作笑乐之资可也。

(《诚报》1947年3月26日,署名:刘郎)

醉乡侯赐漫郎勅

白蕉先生称醉乡侯,一日同游南湖,制一文示愚,则醉乡侯赐漫郎勅也。其文甚趣,因实兹篇,文曰:"兹据天禅室若瓢国师称:该夜郎国人氏程漫郎,出言无状,妄冀非分,散布谣言,称酒来犯,等情据此,查该漫郎向隶本侯麾下。不见十年,未改狂奴故态,相逢一瞬,不尽触祭之情,文章材尽,挑衅及孤,本侯垂念南疆反侧(阿宽自粤来信云请海上诸友酒练练好),北土称雄(其三酒量大进)。该漫郎虽属三等酒卒,而凌厉无前,军称生力,自宜养精蓄锐,共图报国,兹特进级二等,聊示羁縻,并着一等酒兵陈灵犀监护于寒食日,发往醴泉郡郡守酒尉粪翁所受训,痛饮三日。若其成绩优异,许其不次迁擢,一俟本侯出巡烟雨楼还,准予赐宴云深处,别调麴部尚书,施密司谘请四小姐侍酒,庶得尽兴尚其勉哉,四月二日敕。"

(《诚报》1947年4月6日,署名:刘郎)

忙　人

《不了情》里的男主角,是一家药厂的主持人,在戏里并没有正面写过他事业上的繁忙,不过看他在"搭壳子"的时候的来去匆匆,就晓得他的勤于业务。

我太太看过《不了情》之后,对于影片的本身,赞美不止。不过她说:这个男人,同女人既在谈着恋爱,为什么他总是来去匆匆地,不能多"温"一息?我就说:做女人的哪知道男人的忙,譬如我,你老说我是早上起来,立刻就要出门,夜里又是老晏了回来,你总疑心我在外面不大安分,其实我也真忙,我连看戏的时间也匀不出来,跳舞场只是坐一歇就走了。"搭壳子"是要下工夫下去的,我既没有空闲,"壳子"自然难"搭",这两年来,在跳舞场里,又是没有户头,只都是些敲印子钿的棺材户头而已。

(《诚报》1947年4月11日,署名:刘郎)

有赠四绝句

吾友不以能诗鸣,然而偶为韵语,则亦饶回荡之致,此中影事,有不足为外人道者,愚或知之,似见万丈幽情,缭绕于字里行间也。刘郎附识。

似曾相吃胡麻饭,乍见翻疑隔世逢。何日天台寻旧路?白云深处认游踪。

每倩茅台润爱苗,个中情思笔难描。休嫌路有蓬山隔,咫尺蓬山兴转饶。

又是桃红柳绿时,懒人天气最相思。幽情常有千般语,见面无言只自知!

我也曾经沧海人,十年绮梦已成尘。无端又到天河路,欲向仙源去问津。

(《诚报》1947年4月14日,署名:刘郎)

近 事 杂 咏

渐遣黄汤挫爱苗,悬念归去气常淘。既然嗜酒休言色,太白从来见解高。

自珍居士与梅姑之恋,居士恒纵酒不已,而梅姑怨焉。其实真正好酒如亡友余太白者,且不暇问男女之爱,若某君之所谓"曾倩茅台润爱苗",则以对方亦酷喜杯中物耳。

乍暖渐多短袖人,徐娘皓腕贮秾春。媚波逗得狂奴喜,又被身坯吓老臣。

徐琴芳亦工流媚,惟身体精壮,着短袖衣,引指触其肌,坚甚,若有弹力,为之生怖,燃亦可证余之萎缩可怜也。

(《诚报》1947年5月5日,署名:刘郎)

香港的吃/砍坏了别人!

在香港,假使当你用一块钱的时候,你也要转一转念头,去折合法币,真会使你积忧成疾的。从上海借了港汇到香港去用,实在到处下不落手,在上海像小开,到了香港便像瘪三。香港的吃,真是骇人听闻,这一回有许多老友,他们轮流着请我吃饭,三百元一桌,四百元一桌,多至五百元一桌的,他们在用,我在肉痛,我真的对老友抱歉,他们为了我,用得太多了。

香港的粤菜馆,以大同为第一,取价也最贵,其次是金陵、建国、金城等。我在大同吃过五次,金陵吃过一次,这里面的空气不甚宁静,最讨厌的是麻将牌声音,聒耳欲聋。不过他们的女侍是好的,虽然说不到国色天香,都温静得像大家都主妇。论环境之美,布置之精,我以为大华饭店第一,上海找不出这种好地方来,好比高罗士打与香港酒店一样,你能再寻得出这样斋皇华丽的咖啡店吗?坐惯高罗士打与香港酒店,再看上海的飞达与七重天,成了小户人家,什么光明咖啡馆之类,直是卑田院矣。

我临走的前一天,一位朋友请我在香港酒店吃饭,坐在舞池的上面,这地方,这些人,电风扇开着,闻着各地洋酒的飘香,分明是外国电影里看见,广大的、华丽的布景。据善琨告诉我,别说上海没有,他在纽约、伦敦、巴黎都耽过,也没有见过这样的地方,他们电影里的布景只是布景而已。

为了宴乐,为了要看山,看海,又如要看张爱玲说的,红土崖、黄土崖以及一切建筑色泽的艳丽,这一生一世,香港是不能不去一趟的,可惜我太没有钱,一共住了八整天,砍坏了别人,也砍坏了自己。

(《诚报》1947年5月27日,署名:刘郎)

雏　　尼

余记九龙三林道艳窟事,有人见之,乃问余曰:亦尝赴香港仔乘渔船唤小尼姑为渡水之戏乎!余殊曰:未也。余游浅水湾之日,柱道赴香港仔,食海鲜于岸上,餐肆临海滩,其下,樯桅栉比望之似森林,游车驻此。辄有船娃来,请渡海,船娃皆窄袖纤腰,戴一笠,似梅剧之廉锦枫然,然老的太老,少的太少,匆匆一瞥,未尝见有风致便娟之人也。或曰:坐其船而行,可迹尼庵,庵中蓄雏尼,可以招为侑酒。九龙之西林寺,亦有尼,此则为女侍阿英所告,而知者勿多也。余游青山湾及大埔之日,不及过西林寺,阿英谓西林寺为僧寺,然其旁有姑子庵,亦有道院,更有天主教徒。余故间曰:庵中之尼,有绝色者乎?阿英曰:容或有之。又问曰:可以寻开心邪?则笑曰:我亦女流,不遑问此中情况矣。

于词令娴有如此者。

(《诚报》1947年5月31日,署名:刘郎)

空 中 霸 王

报上说:北平开出的一只DC4空中霸王,在上空行了四小时,又折回北平,因为中途岛机件损坏。回到北平时,乘客的面孔,都成了纸灰色。

DC4是中国航空公司的飞机,一共只有六架,我这次香港来回,都是坐DC4的,因为它百分之一百保险,所以我敢坐。去的那天,没有受惊吓,回来的时候,到五点钟,大概在温州的上空,忽然窗外满布乌云,飞机里开了电灯,而机身因为受了压力只觉得往下狂泻,我是心脏衰弱而兼神经衰弱的人,直在疑心不要出毛病了?手里捏了一把汗,但同机的人没有一作惊惶色者。大约十数分钟以后,窗外又开朗起来,一回看见下面是杭州了。听说DC4到香港去时,开在高空九千尺,而回来时开到一万一千尺,所以要距离两千尺,避免来去飞机,有对撞的可能。

(《诚报》1947年6月4日,署名:刘郎)

金红不耐凄凉

二日夜,坐新仙林,是为乔金红进场之第二日。金红言:第一日坐十余台,来时胆甚小,心甚跳,至于不能宁已,愚两夜皆坐第一台,颇引为光宠。与金红起舞时,渠无言,愚亦默然,而惘惘之怀,不堪自解,正以其人温静,而终兴漂泊之嗟,天意何忍?是夜又舞,金红忽徐徐曰:刘郎志之,后此勿复以"凄凉"二字,加之吾身,我苦已极,不欲重被凄凉之号。今乃悟刘郎往日之所以称我者,实是诅我,而使我至乃日,真哀哀欲绝也。愚大笑而承罪曰:汝言可信,我亦疑往日之言,已成恶谶,兹特期望将来耳。亦望造物仁慈,怜彼弱质,早除尘劫,措其身于遂履安泰之途也。

新仙林与金红并时宣称进场者,尚有王玲,特王未履约,是夜来小坐,问其将以何日登场？曰：犹未大定。敏莉与王玲善,已数数书来,为王述客中近状,聆王语气,知敏莉在港亦不甚得意也。

（《诚报》1947年6月5日,署名：刘郎）

江湾道上

游龙华后三日,复游江湾。江湾之叶家花园,愚从未去过,闻之园林,以此为胜,过跑马场后,即见丛树为郁郁之青,其地是矣。既至,长门锁闭,拒不纳客,以园已改为澄衷疗养院,故谢游人,而愚等勿知也。澄衷疗养院者,不知为官办,抑为商办？改建又在何年？徘徊墙外,怅惘久之。不得已返至虹口公园,园小,入门处,略似兆丰花园,而布置亦往往具体而微,与兆丰比,则虹口公园似铎中之舌耳。园中晤素琴,携其雏为散步,琴既退藏,殊甘淡泊,时当初夏,风来林树,犹勒轻寒,琴畏寒不已,因先归去。顷之,其胥郭,追踪至,将觅其夫人,告以既归,则亦跳跃而退,夫妇情深之状,于此可见。报纸记金、郭时为参商者,当非信史也。

（《诚报》1947年6月6日,署名：刘郎）

龚"大炮"

打仗以前,好像就晓得有龚德柏这一个人,但没有研究过他是怎样一个人。打仗以后,去年这时,我编过一张小报,时常接得一个朋友的南京通信,此君常常提起龚德柏,称之为龚大炮。因为他欢喜放炮,每天在他办的报纸上,要放上一炮,所以他写论文的标题：索性就叫"一日一炮"。放炮云者,指他抨击现在有权势的人,以及骂共产党也。这位朋友通信中看来,为明白龚德柏是一个浅薄之徒,不过浅薄中,还有一点滑稽,而不料其居心叵测,他以骂人来掩护其本身罪行的,他的罪行,至最近才被人揭发。

我始终认为劫收敌产,劫收汉奸财产的人,其罪恶凌驾于其他一切罪恶之上,像龚德柏更为万恶之尤,因为他一面犯罪,一面还在自鸣"正义",博取别人的同情。现在狐狸现了原形,他假使完全兽性,则亦已耳,稍有人性应该自杀,何用国法制裁?

(《诚报》1947年6月8日,署名:刘郎)

雪 浪 厅

丽都花园有小舞厅,最近髹以银漆,延揽佳宾,使小洋琴鬼杰美金奏乐于其中,称此舞厅为雪浪厅,其英文则曰"银色沙龙"。译名者必为通儒,故有此锦心绣口也,而其间情调之美,沪上殆居第一,供茶点而外,亦供佳厨,设计此游宴胜地者,盖吾友高尚德、秦复基二兄也。一夜,进餐于此,二兄以愚为丽都常客,而丽都舞人如梦云伟、徐琴芳,又为愚所满口揄扬者,是夜故亦招徐、梦,席上因有玉笑珠香之盛。既阑,复坐于大舞厅,有舞人名谈瑛者,来侍坐,秀发明眸,似图画中人,视其年,不过十八九,俐齿伶牙,其声甚锐,亦后起之隽才矣。

(《诚报》1947年6月16日,署名:刘郎)

梅菁未定出山期!

梅菁重被舞衫,先则见之于《新闻报》启事,继则他报为文,述其重为冯妇之原因,事殆凿凿有据矣。而不知此中又经变更也。至昨日为止,梅菁已暂弃出山之意,即使出山,亦拟待至盛夏,舞场设夜花园时,再为佳宾作乘凉之伴也。

独行侠记梅菁、所天事实误,梅菁在未为舞女时,先与此张某正式结缡,迨张入穷乡,始使梅菁操货腰生涯,逾年,同居如故,比张稍得志。忽视梅如敝屣,洎乎今日,张踪影久杳,梅于去年与之订解缡之契,一时犹不获择人而事,故拟托纤腰,为升斗之谋也。

(《诚报》1947年6月17日,署名:刘郎)

测 四 字

潘伯鹰先生,初以稗官家言驰名当世,而诗文正复卓绝。子佩兄又屡屡为愚述潘先生之豪气英才,不可一世,最近始晤于席上,则宕跌雄奇,真俊士也。有人谈舞人殷四贞者,潘先生辄因"四"字而述一笑话,谓:兄弟二人,弟忽被窃蚊帐一顶,因往测字,写一"四"字与术者。术者遽曰:蚊帐为汝兄所盗,以四字中之两笔,移于下,乃为兄也。弟归诘其兄,兄不能掩饰,愤而奔术者,曰:我失帐子一顶,言已,草写一"四"字于桌上,术者曰:汝说谎,汝不用蚊帐,特点蚊虫香耳,盖草写之"四"字,乃如烧残之一段蚊虫香也。笑话至此,听者皆大笑。潘先生因曰:测字之术,全在触机无所谓灵验。上述笑话即为触机之最好明证。

(《诚报》1947年6月18日,署名:刘郎)

大 都 会 里

在殷四贞府上吃饭之后,一行人同赴大都会,而内子与焉。大都会之舞女管理员,如阿奎、小王见愚至,辄曰:唐先生何以良久勿莅此间?愚信口应曰:忙耳。因告吾妇,汝听之,我乃久不莅舞场矣。妇曰:大都会勿来,新仙林、百乐门亦不好去耶?身是臭盘,必欲见信于闺人,盖夐夐乎难矣。

大都会之顾月华,为舞人才二月,其人线条至美,亦稳重知礼,愚与舞,顾曰:若干日前,我犹与唐生同坐新仙林也。客健忘,乃不我识。因述新仙林之夜,有李小坡诸人,遂恍悟。愚神经衰弱至此以极,一见面之朋友,第二次见,不复能忆,于女人且如此,遑论江一秋所谓男人而"乏乏之交"哉?

舞池中见说书先生蒋某,此人拆白,女人之为其倾家荡产者綦众,料其今日,其结习犹未除也,着藏青色绸衫,油头粉面,为状甚妖。愚每见此种妖,心里就有气,但愚毕竟非流氓,亦非孔武有力,不然寻轧头,踏伊一脚,再请他吃两记嘴巴子矣。

(《诚报》1947年6月19日,署名:刘郎)

颂 扬 与 丑 诋

愚昨于他报记林庚白,谓庚白于汪精卫、郑孝胥、梁鸿志诸家之诗,皆所倾倒,及汪、郑附逆,庚白又丑诋不遗余力,如骂梁、卫有"人与诗俱小"之语,其实亦违心之论也。以上三人,其行为诚不说也罢,若论诗文造就,尤其郑、梁,要足垂之永久,而庚白则矫枉于"正义"之间,诋之,亦多见其襟度之不广耳。愚尝忆庚白有题《双照楼诗集》云:"赠我渊渊两卷诗,吐辞亦似美丰姿。故人略迹谁知子? 一士逢厄各有宜。能以今情通大义,直镌秀骨入清词。逊嚣倘及溪山共,欲发前贤未尽奇。"诗好,所颂扬于其人者,亦颇得体。虽然,后来又何必不缄默? 岂非人过中学,而褊急之气,犹勿能消邪?

(《诚报》1947年6月22日,署名:刘郎)

夜 巴 黎

到香港去时,太太叫我买一瓶名贵一点的香水给她。到了香港,我又不知什么香水才称得起名贵的。故而从几位电影明星那里去打听,她们都说"却乃尔"很好,我就在永安公司买了一瓶"却乃尔"的香水,和一瓶生发水,在买"却乃尔"的时候,我又买了一瓶"夜巴黎"。陪我去的一位小姐便骂我说:屈死,现在还买"夜巴黎"。原因我很喜欢夜巴黎,上海沦陷时期,闻来闻去,就这种香水,在上海飞扬,现在它是落伍了。

我把"夜巴黎"放在自己贴身的衣袋里带回上海,自己闻闻,满车都是香的。在飞机上闭目凝思的时候,仿佛六七年前,在大华舞厅,钱雪英、鲁玲玲她们都在我的身旁。

(《诚报》1947年6月23日,署名:刘郎)

写 不 动 了

　　一天，朱锵锵来谈起小报上写稿子的人，多少伤一点阴骘。所以结果不是短命，便是穷困以终。这几句话有些道理，我亦估量我自己，再也没有什么出息的了，假如不就死，恐怕也要一辈子写下去，真能够写到老，倒也罢了，只怕写不到老，而写不动了：譬如我今年四十岁，写稿子的劲道，已经不如往年，提起笔来就怕，最好让我不写，要写一天至多只能写两篇。但为了写稿子，不知得罪了多少老友，现在小型报在十张以外，大部分办报的或编者都是老友，他们看得起我，要我来写，我因为应酬不周，他们自然对我不满意。其实我最大的原因，实在为了精力不济，在老朋友面前，我是不会搭架子的，何况这架子也是臭架子呢？昨天又有朋友要办新报，一定要我效劳，我答应了，但此劳又何得效？自己一点没有主意，这种痛苦，其实比短命还要难受。

（《诚报》1947年6月24日，署名：刘郎）

慰 问 严 斐

　　昨夜同王人美、严斐一淘吃饭，严小姐自从与刘琼离婚以后，忧伤憔悴，傻大姐比成了木大姐了。吃饭时，我安慰她，我说："迭种呒没良心格杀千刀，当伊呒介事，一个人行啥良心，过啥日脚。报应就勒眼门前，大家活勒勿死，看看后来好哉。"凡此皆为世俗女子，与丈夫寻相骂时候的口气。余言已，合座皆笑，严斐亦笑。余又对严斐说：我不是见了你面才同情你的，你不在的时候，有一次我碰着刘琼，我也当面骂他，说他既然与严斐不能全终始，当时何必要追求严斐？你不追求，我来追求她，我们到现在还是很好的一对夫妻。言至此，严斐又笑，合座亦笑。佥谓这一班"堂会"，真滑稽也。

（《诚报》1947年6月27日，署名：刘郎）

鼠　　趣

重庆多鼠,重庆归来者,恒喜述山城鼠患之状,以为笑乐,而小丁所言之二节尤趣,因并志。一夜,小丁之友,得梦遗之疾,醒后辄去其裤,投之床下,明日展裤视之,裤上凡所遗渍,辄变鼠啮,故无复完整矣。又一夜,小丁之友中酒归而大呕,狼藉床前,其人遂卧,而群鼠来,啖其哕,啖者皆醉,流转尘埃,亡知归去,及晨,小丁之友醒,睹群鼠状,知亦中酒,以同嗜不欲残杀,辄纵之焉。

◆乌龟

闻孟丽君已随一客隐去,一夕,遘之于新雅楼梯口,孟叫我为"大阿哥"。余为其舞客时,从来无此称呼,今既作嫁,忽改口,余因告人,孟丽君乃硬硬生要拉我做乌龟也。

(《诚报》1947 年 6 月 29 日,署名:刘郎)

天　　籁

从前有人问我,作诗的"意境"是什么？我当时就写了一首前人的竹枝词:"垂髫弟弟慢前行,路在田边记不清。东岸垂杨西岸柳,乱飞蝴蝶乱啼莺。"给他看,叫他看了以后,再闭了眼睛想一想,这二十八个字里的境界。问我的人是绝顶聪明的,他立时立刻就"悟道"起来。

有一天儿子又问我,文章里的"天籁"是什么？我忽然笑着卢侬影兄新近写过一段,是说他在苏州到一家戏馆的后台去,这一天正是端阳节,他去发致节赏,其中有两句是:"我侬影吃软勿吃硬,一声卢先生,草字头两张。"这几句就是"天籁"。戏剧记者中,卢氏弟兄之手笔,皆夐夐独造,我认为被他们阴两声,也是开心的,而"周相国"不是解事人,读他们之肝肠大旺。

(《诚报》1947 年 7 月 9 日,署名:刘郎)

免淘气的方法

我常常在报上提到女人,总是我所欢喜,有人则从而谩骂之,或者记一些关于她并不准确的事实,我看见了,总要替她辩正。至于有人骂到了我,近年来,我是不大计较了。倒不因为我这两年来的涵养工夫,有惊人进步,实在想起了同文间在报纸上骂来骂去被外头人看了,是一桩笑话。

似我的凉德薄行,给人可骂之道,自然很多,所以别人的骂,只好让人家骂。我于是有一个秘诀,是眼勿见为净,即不看报是也。看了也许会忍受不住,也要还人家几句,于是双方之"笔战"成矣。不看,根本不会理睬人家,人家骂了一时,看我并不还手,自然不会再骂。记得上半年,有人天天骂我,甚至要陷我为附逆分子,胜利以后,陷人最好的一记杀手锏,那是在一张我看不见的报上,别人告诉我,而我始终没有去看它一眼。

我自以为这方法很好,我想贡献给王雪尘先生,何妨效我的法,因为我近来看见王先生一碰一跳的,真是何必?也是犯不着,这么大个子,还是小囡脾气的作啥呢?

(《诚报》1947 年 9 月 30 日,署名:刘郎)

自 卑 心 理

《申报》七十五周年纪念的那天,该馆职员举行了一个同乐会,听说当时有过一场小小的风波,起因是为了大家都喝了一点酒,在兴高采烈地时候,有人要求唐世昌先生上去唱宁波人唱的《马灯调》。唐先生上去唱了,他说:"唱就唱,不过我有一个要求,我唱了,也要赵君豪先生唱一只扬州戏给我们听听。"这句话,座上的赵先生倒不曾介意,忽然另一个人,随着唐先生的要求之后,发出一阵嘘嘘的声音。唐先生时在醉后,听得这嘘嘘之声,大不高兴。当时的空气,弄得非常的不愉快。

后来有人证明,发出嘘嘘声的正是前"自由谈"的编者卜少夫先生,因卜少夫也是镇江对面那码头地方人。

一个人而看不起自己的故乡,多少是一种自卑心理。为新闻记者,犹不能例外,我又何怪乎《假凤虚凰》事件之闹得一天世界哉?

(《诚报》1947年10月1日,署名:刘郎)

剥　豆

我对于豆类是特别嗜好的,当蚕豆和毛豆荚荐新之日,就叫家里天天买,天天煮给我吃。其实我在家里吃饭的日子不多,我难得吃着,而他们都吃腻了,于是太太常常怨我。待到它们要落令时,我总是惘惘然有着十分的惜别之意。

在我小时候,这两种豆常是从田里拔起来吃的,记得我帮着佣人剥豆,蚕豆煮好了,母亲先盛一碗给我,把她刷牙用的银簪,叫我挑来吃。回想起来,恍如昨日,到中秋,乡下的风俗,豆荚与芋艿同煮,我往往把豆荚都剥来吃了,而剩下芋艿。

去年,我读过施叔范先生替本报写的关于豆荚的一篇文章,至堪至文,我一直没有忘记,他文章里好像还有两句诗是:"今朝剥豆连心痛,记取无家第二年。"施先生的诗文,是以情致胜,小小的一件事,也会写得回肠荡气。

(《诚报》1947年10月2日,署名:刘郎)

周 宗 良 其 人

自从管敏莉到了香港去以后,上海报纸上,时常有人提起她在香港,轧着了一个"大户",那是中国颜料业的权威周宗良,这真正是一桩最大的笑话。

周宗良,只要稍为熟悉上海商场情形的人,没有不知他是一位非常古板的老先生,现在已过古稀之年。他的古板与宋汉章不相上下,慢说声色之场他不会涉足,连娱乐如平剧、电影,他也从不曾欣赏过,目下固然旅居香港,却是杜门不出。你想这位老先生,到现在还穿着一双双梁的布鞋,如何会走到公共场所去?然而不知如何,居然众口纷纭的说他白相跳舞场,岂非笑话?

(《诚报》1947年10月3日,署名:刘郎)

敏 莉 归 来

敏莉是三日从香港飞来上海的,一到上海,便打电话给我,她说:香港动身的时候,刮大风,而且落雨,坐飞机不大相宜,都劝她改天再走,她因为思家心切,终于走了。她的母亲同她的弟弟都到飞机场去接她,在万家灯火的时候,她才到家中。

她在电话里告诉我,她回来一星期,还是要到香港去。她把国泰公寓的房间,已经还掉,因为那间房子的租费,加到一千三百元一个月,合国币要一千五百万外,未免太浪费过巨,所以到香港,要寻一间小点的房子去住,孵孵豆芽,想积蓄几个钱再说。其实她的钱,哪里积蓄得起来?

我们约定,第二天,同之方替她接风。她已经戒饮多时,从前的那一分尊边豪气,随岁月俱减,都到年纪了而敏莉还未曾找着归宿。

(《诚报》1947年10月6日,署名:刘郎)

记 钱 宝 森

钱宝森我认识他有几年了,你说他是老成典型吗?但我还看见过他父亲钱金福的戏,看他替杨小楼配《青石山》里的周仓,《恶虎村》里那个记不得大哥二哥的大花脸,现在他儿子也成了老将,我这个当年的看客,怎么能不要老呢?

三四年前,我一位朋友票《乌盆计》,见过钱宝森的判官,他这一次的出山,据说是杨宝森要捧他。第一天的《失空斩》,烦了他一份马谡,所惜上台毕竟不可能了,在"斩谡"的一场,胡琴抑低了一个字,才敷衍完毕的。

听人说:钱宝森上台,天蟾给他二百万一个月的包银,因为把他连派几天用场,天蟾为了敬老尊贤,自动加了一点。但五日的《申报》上说,钱宝森有二千万一月,实是《申报》记者探访错误的。

(《诚报》1947年10月7日,署名:刘郎)

记天厂居士

我同吴性栽先生是十五年以上的老朋友,他是上海的颜料商人,但喜欢弄电影,办京戏馆。电影事业他在大中华百合公司时候,已经开始,后来由联华公司的复身华安公司,乃至抗战以后的合众公司,都是他办理的,但他永远做幕后英雄,从来不出面。例如卡尔登在麒麟童上演的时候,戏馆也是性栽的,而出面是周翼华先生,直到胜利前二年,才完全让给周先生经营的。

性栽既然不好之名,我们因为朋友实在太熟,前几年时同游宴,我在笔下提到他时,总是写的"天厂居士"。打去年起,他同周剑星先生合作天蟾舞台,戏报上于是闹哄哄的,天天看见他的名字了,有时候写作吴性"裁",而所写的常常在攻评他,其实他不看小型报,我看见了,会打电话给他,要让他啼笑皆非。我们十多年以来,就这样打朋过来,他也从未认真过。

(《诚报》1947年10月8日,署名:刘郎)

关于《入狱》《待死》二集

梁鸿志从楚园解到忠监以后,一直到伏法为止,所作的诗,有《入狱集》、《待死集》两种。他的原稿,由梁氏家属保留,另外有几份手抄本流传在外面,我都没有看见过,但陆续有人抄示给我,都是一鳞半爪。记得我在报上介绍过几次这两集里的好诗,有一次是梁众异送给章行严先生的两首七律,也是由章氏那一方面的人,送来给我看的。

在我所看见的许多诗里,我最欢喜他想念一个最小女儿的一首律诗:"略知病起未深详,闻向西窗弄夕阳。双颊定如红木槿,小拳真拟白芽薑。休因□竹伤同伴,记取添衣敌晚凉。谁信而翁淡生活,两盏脱粟一壶浆。"一个老年吃官司人苦闷,端在难以排遣儿女之私,这一首真能写出至性至情,足以赚人眼泪。

因为有人来问起我梁氏遗诗,我就这样答复了。

(《诚报》1947年10月10日,署名:刘郎)

凶人之妇

现在香港做舞女的陆紫薇,在上海的时候,我从梅菁那里认识她的。记得有一次我同她跳舞,她谈起身世,说到她的丈夫,总是在缧绁中的附逆分子,故而没有追问下去。直到最近,我才晓得,她的丈夫不是别人,却是去年泰山公寓艳尸案里的那个帮凶,叫作王正中。

最近又有一个姓周的舞女,我是夙昔闻名,如今始得见,在酒后她也兴身世凄凉之感。一个朋友说:她丈夫业已伏诛而死。但他没有说出伏诛的原因。昨天另外一个人告诉我,此人是去年上海一桩大绑案中之一,其人年少有为,终以交友不慎蹈法而罹杀身之祸。

(《诚报》1947年10月13日,署名:刘郎)

童芷苓与周璇

童芷苓近膺文华公司之约,演《夜店》中之赛西施。《夜店》在舞台上,丹尼饰此角,今移诸银幕,佐临乃派与芷苓。芷苓初不喜此角,曰:赛西施为反派,演之将不得观众同情。特以受佐临命,不敢固辞,遂开始拍戏。芷苓之从业态度,乃为文华同人所心服。往往先众人而到,有时研求表情,则携剧本求正于丹尼,谦抑之怀,为任何明星所未有,佐临夫妇故深悦其人,桑弧亦极奖其气质之美,而言芷苓今日,真成大方家数矣。闻周璇亦与演《夜店》，顾以种种问题，使文华方面遭受阻折，乃觉明星一大，服伺难周，以周璇与芷苓较，就能了然。

(《诚报》1947年10月14日，署名：刘郎)

盖叫天的老仆

盖叫天在上海不唱戏，近来便一直住在杭州，他有一所住宅，在岳坟相近的金沙巷，稍有园林之胜。替他管门的是一个老者，从前是他的跟包，现在是盖家的老仆了。不久以前，这老仆忽然跳湖自杀，都不知是什么原因。自杀的那天，适巧老友周翼华在杭，去拜望盖叫天，据翼华说：那老仆没有死，跳下去后，就叫人救起来的。

◆齿病记

牙齿出毛病，一痛就痛了好几天，昨天才由姚绍华先生介绍，到邓法言医师那里去，照了一照爱克司光，看出来毛病的那只牙齿，要不安于位了。这一天回来，还是痛，因为进行治疗，要等到第二天，而痛的程度却比上天更厉害。齿病我还是有生以来第一次，这是老的先兆，年岁不饶人，想想以后的日子，在我恐怕只有嗟穷伤老而已。

(《诚报》1947年10月16日，署名：刘郎)

席不暇暖

四贞在大都会进场之夜，天降阵雨，余至时，适雨甚似倾盆焉。四贞以十时莅场，每半只音乐，转一台，其人着水红间白色之乔其绒旗袍，复以绛绒茸茸，缘于项下，发上亦簪一红结，往来乃似蝴蝶。将打烊时，始过余座，则四贞已惫甚，余妇描绘其转坐之忙，谓但见其兜圈子，而不见其暖一席也。

今夏新仙林在花园营业时，以梅菁之生涯为独盛，招其坐者，往往一只音乐已去。天暑余以其奔驰为苦，因语章林，曷勿为梅小姐置一特座，座下设双轮，转台时，辄以一人推之去，转辗客座间，梅小姐乃得舒其两胫之劳,而在舞场因为新噱头为状亦耐人笑乐也。

(《诚报》1947年10月18日,署名:刘郎)

唱 和 之 作

胡桂庚先生以阓阓名流,兼工吟咏,《和平日报》之"海天"栏,时刊其近作,传诵甚广。余有《云楼纪事诗》之作,桂庚读而美之,遂于席间为和句云:"此日高楼别有天,相偎且待月有邻。但教卿醉因吾醉,管甚王前与士前?入梦愿随双蛱蝶,相思长念并头莲。刘郎莫负游仙约,记取楼头惜少年。"诗以游戏出之,然顷刻立就,其才捷真不可及也。余弱冠之日,与王媿静先生同役于中行,时余为诗甚多,当时已有投兰赠芍之作,王先生亦从而唱和之,互为笑乐。某岁余养病里门,王先生约余会于南翔,后一日,余作记游之诗,题曰《示媿翁》。先生乃报诗云:"南翔曾枉安亭驾,坐使惊鸿各自驰。颇愧对君惟此事,忽蒙示我是新诗。但饶逸韵无微憾,如此清才素未知。毕竟媿翁今老矣,近来常为少年欺。"殊风趣也。

(《诚报》1947年10月19日,署名:刘郎)

近 况 二 首

而翁膝下本无虚,今更生儿喘莫舒。一市腾腾如沸里,刘郎又囷小黄鱼。

幼子诞生后二足月,茁壮白净,予甚怜之,第当物价高腾之日,使人不遑喘息,则又觉此子为多疣也。

管理员来荐一台,户头最好是新开。近朝牙痛刚刚好,又向欢场索笑来。

连日坐于大都会,则以齿酸稍舒,又形活跃,余问此间有新人否?忽见一人面目如画,因问曰:伊何人?应曰:王翠英。于是乎请过来坐一歇矣。

(《诚报》1947年10月26日,署名:刘郎)

木渎镇上

余游灵岩既毕,返车止于木渎,进食于石家饭店,乃无一肴不美,于是大快朵颐,鲍肺果然一绝,郑安娜女士语人,有生以来,乃未吃着过这样好的汤也。无怪于右任、梁寒操诸氏,为之嗟赏不已矣。余未到过木渎,而吃过鲍肺汤,当石家饭店开在上海高士满时,以为鲍肺汤实不可口,于是对于木渎之石家饭店,不复向往,及既亲来,始知风味迥异。橘逾淮而为枳,鲍肺汤只能在木渎吃,不能在上海吃也。

木渎镇上之枣泥麻饼亦著名,以老乾元之所制为弥佳,然冒牌者亦多。余等过一老牌,肆中人之面色极为难看,此实无上之精神虐待。又过一肆,同行一人曰:"这一家是假的!"肆中人遽曰:"勿要管俚是真是假,试试味道看再里末哉。"然而终不买真伤阴骘也。

(《诚报》1947年10月29日,署名:刘郎)

肯信伊人忆大郎?

读者赵志熙先生,抄给我几首他的朋友周惜光先生所写的诗,都是为我而作的。我现在把它记在下面:"白莲花洁记从头,敢笑高唐不姓周?岂是风尘无好色,由来萍水最关愁。""凌波仙子写琼楼,云雨苍茫入坐愁。梦断江南秋寂寂,白莲适隔采莲舟。""别有萦怀觉夜长,素心去后懒逢场。故都月色南都梦,肯信伊人忆大郎?""晚风吹冷自家知,海内高唐尚有诗。欲写红枫肠断句,天涯同是夕阳时。""梁园才调付云烟,自古青莲爱白莲。我亦浮生随遇乐,与君何日醉樽前?""白雪歌残莲蕊芳,平生无梦识高唐。蛾眉尚解怜才意,同调何矜砖一方。"好语如珠,而晚风吹冷一绝,尤是动人,录此自遣岑寂,兼为作者谢也。

(《诚报》1947年10月30日,署名:刘郎)

小 苏 州

有人说:冷山假使英雄,筱丹桂也不会死,他吃了耳光,还肯下跪。所谓暧昧行为,不真也是真了,活着无望,便寻一死,所以说,小苏州真没有出息。

有人劝冷山投案时,冷山说:我不敢直说,因为张春帆的徒弟太多,他们要替张春帆报仇。再不然,张春帆吃完官司出来时,还是要寻着我的。话真不像一个人说的话,终是筱丹桂晦气看影戏、荡马路搭着迭票户头。

张春帆是白相人,白相人我也听得多了,就没有听见过张春帆这个白相人。纵使他是三头六臂,在现在,白相人也不吃香了,只好欺欺洋盘欺欺戎囊子,像冷山这一种捞不起捏捏紧那一批的宿货。

(《诚报》1947 年 11 月 6 日,署名:刘郎)

公路上的劫案

这一次我旅行到常熟,回来经过太仓后,夜幕张开,过了太仓,汽车的马达,忽然出了毛病,修理之后,才得前进。虽然车上人多,但不免有些吃惊,我坐的地方,靠近司机,等车子开到潭子湾,听见司机舒了一口气,说道:总算被我拖到上海了。

有人听见司机说过一段故事,是今年秋初,他也驾驶了一辆两江公司的团体车,至南翔到嘉定的半路上,前面有一捆芦粟,横在道上,他起初不以为意,撅撅喇叭,没有人将它带走,便下车来将那捆芦粟,抬到田间,等上车再要开动的时候,忽然田岸两旁,窜出几个强人,一声吆喝拔枪相向,司机机警,便加足速率,朝前开动,总算没有遇劫。青天白日,尚且如此,在黑夜的荒野间,万一发生事件,就无法逃难了。

(《诚报》1947 年 11 月 8 日,署名:刘郎)

好　　官

难怪外国人要捧吾们中国的俞大维部长是雄才大略了,老百姓最感受到的交通部直辖下的邮政与路局二项,近一年来,直有突飞猛进之观,尤其是邮政局,经营的完善,据说与外国不大有什么差别了。

新近我坐过几次火车,对于两路局,实在不能再有什么异议了,最好的印象是清洁,有秩序。昨天早晨我们坐在凯旋号上,等下车之后,黄佐临先生说起,陈伯庄真肯干,他看见陈伯庄在我们那节车子上,来回的巡视了不知有多少次。

我就晓得在俞部长督促之下,陈伯庄也在孜孜矻矻的使两路局臻于完善之境。事在人为,今日之成绩,自然用无数心血灌溉出来,中国官吏的贪污,固然多如牛毛,但好官未尝没有,就是发现得不多而已。

(《诚报》1947 年 11 月 10 日,署名:刘郎)

潘秀娟与秦嫣

一夜,南宫刀以大都会歌人潘秀娟,介余相见。潘与黄丽芳俱行歌于此,而为时甚久,黄巧小,潘则为状颀然。是夕,余偕王人美同来,王在未登银幕前,亦以健歌驰名于世,距今二十年矣。以论行辈,潘之视王,当为上几代人也,秀娟雅工辞应,其言恒多率直,知其心地当甚光明也。

余于近世歌人,相识者勿多,秦嫣之在今日,亦属前辈风仪矣。余识之于身为商人妇时,及其与所天脱辐,转不获相见,相望之私,曾无小已。昔者,闻其膺香港舞场之聘,远适天南。然不久又郁郁归来,顷不知作何状?亦将在此地行歌否?幸有以为故人告也。

(《诚报》1947 年 11 月 11 日,署名:刘郎)

一 根 野 草

当敏莉在上海的时候,她同几个朋友拍了一张照片,我把这张照片寄给了我一位朋友去看,图中是四个女人,他写来一封回信,对这四个女人,大事品量,提到一位小姐,只有八个字的考语:"野草一根,不在话下。"这位小姐无论言词语气,肌肤仪状,实在都不够水准,但是二个月之后的现在,这位小姐嫁人了。丈夫是个富商,迎娶她的妆奁,房屋饰物,现金,有人替他统计一共用了四十根条子,于是大家都惊愕起来,说:女人自有出路,没有出路,倒是一群聪明秀慧的女人,遭遇未必如意,大概因为秀慧,而闭塞了她们的前程。

你说她是野草一根吧,自有一般不见宝的灵芝草看作人一样的把她觅了去的。

(《诚报》1947 年 11 月 17 日,署名:刘郎)

讨 厌 的 女 人

我平常笔底下,不肯评诋一个女人,写起她们来,我总是拣好的一方面写。譬如李珍这个女人,大多数人都是丑诋她的,但此人除了欢喜小白脸之外,其他实在无可非议,譬如心地很忠厚,讲闲话也很直爽,所谓胸无城府是。一个女人欢喜俊男,是不是错误,甚至是不是罪恶,也是大成问题的,所以她尽管倒贴小白脸,我到现在也不敢说是李珍的不对。

女人的确有许多讨厌的女人,譬如有一个交际花,她每次看见我总是说:"我还没有请你吃一顿咧。"其实我在想王八蛋要吃你的一顿饭,即便是敷衍,像这样的敷衍我,我总以为她是触我霉头。因为这个女人是去年由一位老朋友替我介绍认得的,我虽然厌恶她,看在老朋友面上,心里不舒服,也只好忍耐下来,不然,我当面就给她两句了。

(《诚报》1947 年 11 月 19 日,署名:刘郎)

真见天人鸾鹤姿

有一天,我同广明兄二人,坐在静安咖啡馆,看见旁边那只火车座上,有二女一男,其中一个女人,真是明姿绝代,广明说:一定是人家人。我说:真正的天姿国色,还是在二十尺香楼中,我们在欢场中打滚,究竟所见有限。故林庚白先生曾经在麦瑞咖啡馆看见一位倾城之女,他就写了一首"真见天人鸾鹤姿"的诗。记得我有一年,在看戏,也碰着一个漂亮的女人,她在敷粉,我从镜子里去看她,而她也看见了我,当时觉得很窘,便用了庚白的一句诗,写了下面的一首律句:"真见天人鸾鹤姿,徒言倾国尚嫌私。闻香不辨兰兼麝,宝镜初开某在斯。未许寻春迷蛱蝶,尽多恨事属焉支。千秋几遣随园老,慧业新修有好词。"末了两句,我是晓得这女人是谁家眷属,而过了两年,我同她哥哥做了朋友,现在更加不便直写了。

(《诚报》1947年11月20日,署名:刘郎)

记含香玲弟

含香家有玲弟,外貌肥,即报纸所称之巨人者是,然玲弟颇通文字,识见亦多。居含香久,主政之媪,既闭门颐养,琐事遂丛集于玲弟一身。玲弟处理事务,井然不紊,媪旌其能,畀倚弥重。今玲二十五六矣,守身如玉,未尝有乱行,北里中人,无不知其人犹金刚不坏身也。

余屡过含香家,就玲弟语,玲弟舌底翻澜,所语乃皆动听闻。一日,余友与之为促膝坐,而口没遮拦,语皆秽亵。玲弟忽力肃其容曰:"倷覅教坏我,我要去告诉好婆格。"闻者乃轰然笑曰:汝乃尊汝好婆,彼伛伛者,我侪固非惧也。玲弟始无言,余冷眼旁观,私念曰:彼巨人固天真未凿也。

(《诚报》1947年12月1日,署名:刘郎)

王 八 妹

张瑞芳谈起,她在东北,访问过小白龙,在乍浦去看过双枪王八妹。看王八妹是与田汉、安娥一同去的,矮矮的一个四十余岁的中年妇人,她的房子盖得很新,房子里都是红木家具,俨然富室。

最妙的是王八妹拍的许多照片,都集中挂在一间屋子里,普通照片的挂法,都在画镜线下面,而她的照片,却都挂在画镜线以上,看的人,全得仰起了脖子。王八妹一面点给瑞芳秀看,一面还在说明哪一张是在什么地方打游击时的留影,瑞芳说:一屋子团团看过来她的脖子真酸得难过。

她又说:小白龙与王八妹不同的地方,小白龙欢喜夸耀他的功绩,而王八妹则非常谦虚,常常在感谢老百姓掩护她,完成抗战的工作。

(《诚报》1947年12月3日,署名:刘郎)

盖 叫 天 登 台

连满了五十几场的梅兰芳,下来之后,天蟾舞台没有人敢接上去,同时马连良、张君秋声势滔天的在"中国"出演,天蟾更加无法抵挡,于是从杭州去搬请盖叫天来。盖老先生是只要依从他挂定头牌,不问其他条件也不管环境好坏,到了日期,他自然会拎一个包袱,上后台扮戏来了。

江南伶范,我最服膺麒麟童与盖叫天两人的,近年来我不大关心信芳,而于盖叫天则时常深思若渴,因为他老了,而老境又非常寂寞。在艺术的造就上说,盖叫天是惟世无俦的一份,以盖老先生的性格来说,也是够叫人欢喜,叫人敬爱。近年来,他晓得我在爱赏他的极活,每次相遇总是用一种纯挚的眼光看着我,以示相契之深。

他登台了,我不想为他多数宣扬,他的与天地日月同垂不朽的千秋绝艺,我只是要请所谓"顾曲周郎"者,在他老去之年,多领略几次,至少会培养你们的鉴赏工夫的。

(《诚报》1947年12月4日,署名:刘郎)

谢家骅出走!

上月底,荣梅莘发来一张请帖,是与谢家骅具名的,在麦阳路他们的寓所里,日期是十二月一日。到了一日的上午,梅莘托他一位朋友,打电话与我,说梅莘生病,请客的事,另订日期。又过一天,梅莘忽然打只电话来,告诉我谢家骅已经离沪赴港,他要与我谈谈这件事的经过。

于是他来找我,他说:他爱家骅,家骅也非常爱他。她的出走,完全是爱好出名,不愿做一个平平常常的家庭妇女,所以她这次走,荣家的东西,一样不拿,据说有一只十克拉的钻戒,她也没有戴了走。我说谢小姐究竟是谢复初的孙小姐,这点就是够吃价了。梅莘一面说,一面哭,他说他是个多情人,但多情又怎么办呢?我的意思是,既然欢喜出名,就应该让她往出名的路上走,人各有志,勉强是徒然多痛苦的。

(《诚报》1947年12月5日,署名:刘郎)

"老 牌"

麒麟童老板,周信芳先生,也有人称他为麒老牌,那是麒派老牌的意思,已经是似通非通了,但现在大都又索性简称他为"老牌",则简直是不通了。我老早就有这一种感觉,昨天看见一张大报的特刊上,称信芳也以"老牌"代之,真正难过,我想这又是上海人的"老鸢病"。

◆女人

前两天,我到浴德池去洗过一次澡,没有抒脚,所费为十一万元,昨天有个朋友又去洗澡,回来大嚷,说浴德池也涨价了,没有抒脚,要十五万元,假使抒脚,再加三万,十八万元孵一次混堂,究竟太贵,我也说的确太贵。但想到跳舞场里的一杯茶卖六万元,不过混堂里看不到女人。

(《诚报》1947年12月6日,署名:刘郎)

白狐大衣

　　白狐大衣，不要说是旧的，就是新的也不大等样。其实这种皮货，也并不便宜。五六年前，舞女身上都披白狐大衣，因为那时候黄狼皮与灰背是奇货，白狐还不显得怎么寒酸，到近年来，稍为红一点的舞女，都已视白狐如敝屣矣。

　　一位朋友在仙乐茶舞，看中一个舞女，一门心思想上生意，所以争掷缠头，猛不可当，他连约她几次吃饭，都没有去。一次是去了，那舞女跟他出门时，她身上着的一件是旧的白狐大衣。

　　朋友偷偷对我说，皮子太挂，没有胃口了。我说：你替她改造。他又说：改造也要看犯得着犯不着，她是犯不着耗资甚巨的。我不禁为这位小姐忧虑，以后只好没有生意了！

（《诚报》1947年12月11日，署名：刘郎）

花　　篮

　　好几天没有遇见四贞了，有一日，在仙乐茶舞，她也在那里白相，她问我：唐兄，听说你要登台了，我是一定要来看格呀，送一只花篮拨你你阿受格？我说：唱不唱还没有一定，假使唱，一定请你捧场，花篮不必浪费，而且我也不好意思摆出来。记得我第一次登台，我现在这位太太，送我两只花篮，我倒底也没有把它放在台上，因为这东西多少有点暴发户串戏的味道，我是不愿意这样做的。

　　◆丁太太

　　在仙乐又看见瞿群，她是同梅兰一淘来的，这位小姐，永远是那样清丽，有人称她为丁太太，她听见这个称呼，有点忸怩作态。我随便打听打听丁先生是甚等样人？有人说：是丁贵堂的公子。我于是对瞿小姐说：我假如到香港去跑单帮，倒要拍拍你的马屁。她大笑不停。其实我这句话虽然风趣，仔细想一想，对她那位丁先生是多少有点不敬的。

(《诚报》1947年12月13日,署名:刘郎)

最大与最小

据有人统计:上海打得最大的罗宋牌九,在十八层楼公寓的某公馆里,入局的人,有川人康某与刘某,他们的一场输赢,往往数十亿近百亿,天天来,输账赢账当天结。狠就狠在当天结,永远没有"爬牌"的人。又最小的罗宋牌九,是在我这里。我每天下午,来打一小时罗宋牌九,也是天天打,赌账要隔天结,独门头,不许有"苍蝇",限打一个筹码,每个筹码只有三万元,这数目还是大钞发行以后加起来的。赢家到手的钱,不够吃夜饭,不够坐一只台子,甚至于不够在跳舞场里泡两杯茶。

之方时常讽刺我们,说这种罗宋牌九,比老虎灶上的局面还小,三轮车夫也打得比我们大。

(《诚报》1947年12月14日,署名:刘郎)

弟弟斯座上

一日驱车弟弟斯,寻芳偏说我来迟。亦知语妙闻铃阁:"點不人憎赖有痴。"

有一天梅菁她们在弟弟斯吃茶,她们晓得我不欢喜同女朋友吃咖啡,梅菁于是打一个电话给我说,你最最刻骨倾心某女士,同了另一个女人,在这里吃茶,你快快来吧。我果然去了,一看并无其人,她们都哈哈大笑,说我中了她们的计。后来我就写了上面的一首诗,"點不人憎赖有痴"。好像是闻铃阁主人的旧句,而"點不人憎"四个字,她们也许还当我聊以解嘲的。

(《诚报》1947年12月15日,署名:刘郎)

古怪得可爱

盖叫天的脾气古怪,但绝对不是"狗戏"。一个怀有真才极诣的艺人,脾气古怪一点,是应该有的。他这次在天蟾登台,意外地生意兴隆,天蟾方面,为了奉承这位老艺人,预备用汽车接送,他坚决反对,他说:什么车子我也不要,我得走回来,走回去,唱了戏,应该"活动活动"。所以他每天上戏,以及散戏回去,终是徒步而行。有一天散戏的时候,下着大雨,天蟾要雇一辆汽车,把他送回家去,他说:你们不要备汽车,我要坐三轮车。天蟾的人,替他统计,唱了十来天戏就坐过这一辆车子。

关于"敬辞谢幕"这一点,他的真正原因是,他说:"我唱戏给人家看,为什么还对人家道谢?"这理由真太古怪了,他就是这样莫名其妙的迂执但古怪得可爱。

(《诚报》1947 年 12 月 17 日,署名:刘郎)

《同命鸳鸯》

欧阳予倩先生,抗战前在上海,曾经努力于改良平剧,我看过他的《渔夫恨》、《玉堂春》、《人面桃花》、《桃花扇》等,跟他从事改良平剧的演员,以金素琴、素雯二人为最著名。

近来予倩又想干下去,金氏姊妹,虽然都已结婚,但表示愿意随着欧阳先生竟其未竟之志。于是日内在兰心有《同命鸳鸯》一剧的上演,听说这出戏是改编《孔雀东南飞》的,主演的人是素雯同高百岁二位。

这消息我直到昨天才知道,据梯公告诉我,他们为了筹备上演的事,已耗了不少心血。我从前同素琴妹太亲近了,而近年则是疏远得厉害,这次她们的演戏的事,也没有来叫我顾问过,我为老朋友者,心里是十分不安的。

(《诚报》1947 年 12 月 19 日,署名:刘郎)

老丑之夫的心理

从前有个红舞女,叫红叶的,嫁过人之后,现在又出来做了,她的丈夫是一个小白脸,近年来他忽然得意起来,在外面又弄了别个女人,红叶争吵不过,只得同他分手,已于昨天在新仙林进场。有人说:这是爱好小白脸的下场头。

据认识红叶从前那个丈夫的人告诉我,他真是个美男子,红叶嫁他的时候,他是一家舞场里的司账者,之方说:这就应该原谅红叶了,男人哪一个不想挑选一个美丽的女人做情妇或者家主婆的,那末女人当然也想拣漂亮的男人做伴侣,这是正常的人情。一定攻评欢场中的女人,不姘小白脸,那都是老丑之夫的心理,正同没有力量浪掷缠头的人,骂浪掷缠头的人为糟兄者一般无二。

(《诚报》1947年12月21日,署名:刘郎)

盖叫天与高盛麟

听人说,高盛麟从盖叫天登台之后,他天天晚上,总在台底下,观摩这位一代宗匠的绝诣,你说高盛麟这孩子是没有出息吗?他倒有这一分服老的襟度,所以人是不能妄加评断的,从这一事看来,我以为高盛麟倒不是没有心胸的。

大家都认为这一次盖叫天登台,假如再添一个高盛麟进去,他们配起来的戏就好看了;马连良、张君秋这一局尽管是钢铁阵容,不一定卖得过天蟾。这是我们观众的看法,而闻天蟾当局,果然有此议,并且有人看过信芳,想把盛麟借到天蟾,而信芳没有答应,在同业的利害关头,原不能怪信芳吝啬的。

我希望盛麟是盖叫天的传人,不一定要传他百分之百,我想十之七八,他是可能造就的,虔诚地希望他上进修身竺行,材料真是好材料!

(《诚报》1947年12月22日,署名:刘郎)

茶　价

　　耶诞节的舞场茶价是每杯二十万元,我是心平气和的人,在此厉行节约声中,这数目不算过分唶人。记得从前这一夜,它们卖了门票,还加茶价,真当白相的人,似冤家一样。

　　那天晚上,我同之方去坐了一小时,不怎么热闹,我们坐了两只台子,后来的一只台子,他们没有泡茶,四个人来了三杯茶,一省就省掉二十万,之方沾沾自喜。出门后,在车上他对我说:我们今天便宜了二十万元。我也很高兴说:谁教他们想抢钱而抢得不眼明手快呢?

　　有一位舞女良心发现说:假如明天(二十五)他们还卖这茶价,我不想去了,客人倒底不是冤家,何必使他们为我硬伤。我则想:硬伤也不过今年一年,反正跳舞场的命运,到不了明年的耶稣圣诞。

　　(《诚报》1947年12月27日,署名:刘郎)

勿　写　意

　　《大公报》于某日刊载《万枚子脱离国民党党籍声明》之封面广告一则,意思很好,不过口气说得酸腐一点罢了。在声明旁边,又紧接一只是"万枚子主编人人周刊"的广告,看的人说了,这就见得"勿写意"了。

　　张椿宝先生嫁女,行婚礼时,主婚人张先生致谢词,其言曰:"今天是鄙人的小姐与××先生结婚,由某先生证婚,由某某两先生介绍人,非常感谢,不过招待不周,请诸君原谅。"词简意赅,张先生说一口耐宜乡音,说"多多"两字,尤天真可喜。

　　(《诚报》1947年12月30日,署名:刘郎)

除 夕 之 夜

　　三十六年的除夕,我同之方决定不到舞场里去,万家灯火的时候,同他两个人从白克路迤逦西行,一直走到凯歌归酒楼,我说:我们吃了一顿饭回去吧。就在那里点了三只菜,吃到八点敲过,出得门来,但见这一夜预备尽欢的人,各携情侣,到处觅食,我又从凯歌归走到家里。

太太非常奇怪我这一夜回去得特别早,她要我陪她出去白相。我说去了你又要后悔的,跳舞场到处卖二十万一杯茶,我们哪一天不好白相?何必拣在今天?她果然舍不得,于是我九点钟就睏了。昔人除夕诗所谓"到此萧然度五更",缅念旧游,再联想到这一句诗,委实适用于今夜的我。

(《诚报》1948年1月6日,署名:刘郎)

关于方文霞

报纸上刚刚登方文霞沦为玻璃杯的消息时,我断定它是绝对无稽,后来西平也写了一段,他是去实地调查来的,当然是可靠了,而且温那又说:他同西平一淘去的,更加是千真万确。

不过我也要告诉读者,我有一位朋友的太太,她同方文霞天天见面,天天叉麻将,她说方文霞早已嫁了位姓张的丈夫,很有钱,一夫一妻,夫妻是恩爱非常。方文霞自从看见报上登她的近况之后,天天哭泣,差不多已气出病来。

这一个消息,与前者是绝对矛盾的,究竟如何,真令人难以索解。还有人说:方文霞在伴舞时期,红得发紫,即使说嫁后光阴,不甚好的话,那末从前追求她的老客人,现在还有好几批囤在上海,只要方文霞开口,肯周济她的人,还是很多,终不至于立刻沦于末路。这话也未尝无理,所以我在疑心,西平的调查,不要吃进了铅角子了?

(《诚报》1948年1月8日,署名:刘郎)

[编按:温那,胡澄清的笔名。]

放出良心来说话！

　　张爱玲写的《金锁记》，将由桑弧导演，张瑞芳主演剧中的七巧，打去年就决定了的，最近将要开拍，而张瑞芳因病住入医院。外间传说，张瑞芳的病是假托的，实在的原因，为了《金锁记》这剧本没有意识，因此无意拍摄。可是金山却在辟谣，他保证他太太实在为了病，决没有其他原因，更保证三个月以后，他太太复原了，一定履行诺言。

　　在这过程中，我们捏笔杆的几位同行先生，有文章做了，不是揶揄张爱玲，说张爱玲的才气已尽，剧本写得糟，叫人家拒演，便是说请张瑞芳不演请白杨也碰了钉子，实际上都是莫名其妙的谣言。张爱玲写的《金锁记》小说，是必传的作品，把它改编了剧本，也是不朽的杰构，这是许多看过的人所公认的。我真要劝劝我们这些臧否人物的先生们，放出一点良心来，把是非曲直，弄得清楚一点，不要因为没有什么好写而胡里胡涂的糟蹋一个人才，尤其像张爱玲这一位不世出的人才。一个人能够爱惜人才，未尝不是气度之美的表现，何况现在挨骂的人，她连辩都不屑一辩，而事实也无须声辩的，叫我想想横钳竖钳，也钳不下去了。

　　(《诚报》1948年4月6日，署名：刘郎)

立着与盖五爷聊天

　　有一天，在卡尔登门口，碰着了盖叫天，他正同他太太在一起，我们便立着随便聊了几句。

　　我：五爷，好久不见您多累啦。

　　盖：我正想来拜望您，可不知您什么时候有空？我整天的惦记着您。

　　我：我想上杭州去玩儿，怕没有地方住，正想找你想办法，您什么时候回去？

盖：那好极啦，您不要管我几时回去，您要立刻去就得通知我，我写信去关照家里，叫他们招待您跟我在杭州一样。要是等我回去之后您来，您也得早两天写信给我，我好等您。

我：您身体好？

盖：托福托福。

这次我看见他，好像白头发多了一点似的，但精神真饱满，他的太太，形影相随，不大说话。

(《诚报》1948年4月9日，署名：刘郎)

李丽华的扮相

在后台扮好了戏，看见李丽华也扮好了，她打扮得如花如玉，我对她说：你的扮相真好看。她说你讲我好看，我上台就放心了。

李丽华的私底下，本来是一张美丽而又讨人欢喜的面孔，我发现她上装之后，依旧保持她原来的婉美，而增加了几分瑰丽。有许多小姐，她们的扮相往往与私底下大有差别的，有的是扮相挺好，而她原来的姿色并不美，也有的原来是殊色，而一经装束，遂消光鉴。李小姐则台上台下两者俱胜。

她本来是伶工世家，她是半内行，假使少时不登银幕，一定也是红氍毹上的大角儿。她从前一直登台，可是我从没有见过她的京戏，这一次却先同台做戏，我是非常高兴的，虽然这一次累得我腰也酸了，腿也软了。

(《诚报》1948年4月24日，署名：刘郎)

鲥　　鱼

上大西洋去，想吃一只铁排鲥鱼，侍者老实的说：新鲜的尚未登盘，有的全都是冷气货。我自然不吃了，我去吃鲥鱼，我是根据我从前的一首诗："桃花谢后鲥鱼肥，初见娉婷着素衣。眼力应夸臣最好，能窥秀艳入深微。"这是我八九年前写的一首定情诗,那一夜我在大西洋吃铁排鲥鱼,正是桃花谢了的时候。

与鲥鱼并时之鲜货登盘者,还有对虾,这一样菜,在馆子里,我没有吃着过好的,倒是自己家里放一点竹笋红烧烧的好吃。所以我上馆子,向来不点对虾,而喜欢吃鲥鱼。

(《诚报》1948年4月25日,署名:刘郎)

陈永玲表演小翠花

陈永玲的私底下,富有旦气,但他还喜欢学小翠花的那一分嗲腔。可说学得不能再像了,有一次我看他表演,叹为观止。

因为小翠花是我熟悉的人,而陈永玲台上的艺事,非但宗了小老板,连他的面孔、眼睛,都活像个小翠花,于是乎从他揣摩小翠花的动作、声腔,自然毕肖。

记得陈永玲那天表演的小翠花,有叉麻将、坐三轮车,以及同儿子相骂几个节目,无不形容绝倒。据说:小老板的少爷,不大喜欢他父亲的那一副德性,有一天,跟他父亲尽其"讥谏之道"了;小老板不由得不高兴起来,于是同他少爷吵闹起来说:"唷,这孩子,你瞧,造反啦,你妈妈还不管我,你倒管我起来啦……"那一天,适巧陈永玲在旁,看得清,认得明,以后就添了这一个节目,时常在朋友前表演,使用他的眼神,是真妙到毫颠。

(《诚报》1948年5月4日,署名:刘郎)

打 中 觉

近来为了孩子断乳,晚上吵得我无法入睡,自己的心里,因此更加烦乱,上午又是一早起身,睡眠是不会足够的,这两天使我养成了打中觉的习惯。我每天回去吃饭,看见床,四肢立刻疲软,吃过饭便躺了下来,有一天,从二点钟睡着,睡到了五点钟起来。

平时在外面乱撞,不晓得太太维持一家的辛苦,近来为了孩子断乳,我发现她人也老了,面孔天天在瘦下来。她最苦的,当然也是夜间不得安眠,而弄得形神交瘁。我回去打中觉的时候,她还没有法子可以休息一歇。我于是非常哀怜她,我更相信一个中年快要过去的人,一种"老则思伴"的情怀自然也会浓烈起来的。

(《诚报》1948年5月12日,署名:刘郎)

奶 油 杨 梅

新鲜杨梅,这两天才上市不久,这东西我是有特别嗜好的。那一夜在陕西路的吉士吃茶,我偶然问起有没有奶油杨梅,他们说:今天刚刚应市。我喊了一客,颗粒不能说小,可是他们用糖油不用车糖,把舌头吃得我腻得难过。第二夜我又在飞阿克吃了一盆,他们没有把酸性泡尽,加了糖还不怎么甜,所以也不十分好吃。

吃奶油杨梅最好把车糖浇在上面,把刀子将杨梅压碎,与车糖拌和同食,无不可口。其实这东西自己家里做,一定不输外面的好吃,不过假使没有一只冰箱的话,那就难说了,因为冷透的杨梅,尤其爽口。

(《诚报》1948年5月14日,署名:刘郎)

海 市 杂 咏

  海内新闻第一流,家家憔悴此丰收。不图报纸如人样,发得财时发块头。

《新闻报》的报纸,近来忽然放阔度,说者谓《新闻报》年年发财,于是报纸亦发了块头矣。

(《诚报》1948年5月17日,署名:刘郎)

海市杂咏

盘蛇堕马不及妆,托顶洋同叟壶浆。方看茅山道士惯,今看壳子又"翻腔"。

女人道士头刚刚流行的时候,我真看不惯,打前年起忽然看惯了,而今年却又翻了新腔,她们把头发都集中在顶上,有的扁扁地盘了一个圆髻,也有的高高地耸在脑后。我是真正看不惯,希望我认得的女人,你们且慢慢这样打扮,否则我宁可不看见你们!

(《诚报》1948年5月18日,署名:刘郎)

大都会夜坐

昨夜坐于大都会,李珍珍自卜莺迁,忽然消瘦;梅菁一度入新仙林,今又返此间;又有白羽登场,标曰老牌白羽。予于去年夏间,识一白羽,自北方来,今不知何往矣?白羽而又新老之别,余乃茫然无知也。又冯文清亦先此登场,风貌无减。四五年前,冯有一子已长成能学步,屈指至今此儿当已是一年级小学生,而其阿娘重涴舞尘,娘自薄福,儿亦命苦也哉!

◆讹植

余拟为本报写"海市杂咏",以别的写不出,写打油诗则脱手便是也。顾前日一诗,共二十八字,而讹植者达三四字,余遂废然搁笔矣。余生平著述,初不珍视,近年始珍视为诗,此种打油之作,犹不紧要,有时为香奁体,而有得意之句,若讹一字,则自以为损失之重,且无可衡量耳。

(《诚报》1948年5月20日,署名:刘郎)

苹香画舫

无锡之画舫,以"苹香"尤艳称一时,余于春间游太湖,即坐此船,舫间置古式器具,不设一软椅,故弗足以言舒适。惟制馔之美,至今犹为之称道勿衰。吾国极峰,两次赴锡,皆坐此舟,一次且偕马歇尔同游,苹香之名,遂震域内,后之坐此者,且以为殊荣焉。

余等午宴在船上,酒半酣,辄与司舵者谈极峰之形貌馨欬,则津津乐道,闻其述极峰坐时为何状,进食时又为何状,其口吻乃类童稚,滋可听也。今者,极峰重莅兹船,适当其就任总揆之前二日,且为船主人亲书"孝友之舫"四字,苹香之声价尤激增,而彼船主人者,益有不朽之荣矣。

(《诚报》1948年5月23日,署名:刘郎)

荔　枝

听说今年的荔枝丰收,我去年这时候,从香港带了一筐荔枝回来,那时上海还没有新货,可惜吃口还不太好,太太怪我不先尝试了再买。与其买不好吃的荔枝,不如多买一筐芒果回来,我则当时贪其为时鲜耳。

欢喜旧诗的人,说到荔枝,便会想起许多关于荔枝的传世之作,杜司勋、白香山的诗,都成了家弦户诵了,近代我特别爱好爱居主人在《入狱集》里的诗,有写荔枝的一首:"轻红晚翠杂然陈,食罢临风一欠伸。万事饱经惟欠死,未须明岁定尝新!"就在这一年的秋天,他伏了国法,末一句成了语谶。

(《诚报》1948年5月25日,署名:刘郎)

跑　马　厅　诗

一疲至竟不能兴,悄过当初跑马厅。蹄影鞭丝成往事,时辰钟更时常停。

跑马厅的那一只钟,近年来也显得衰老了,非但报时不准,而且时常停顿,许多上海人,到现在还当它是标准钟的,其实已经不能派用场了。

　　　　相对无言那老翁,而今香火忽昌隆。捧人捧过无堪捧,把这东西捧得红。

　　跑马厅畔之翁仲,受佞佛者之供养,越闹越凶,今居然上匾,称之为"石神庙"!诚怪事也。

　　(《诚报》1948年5月27日,署名:刘郎)

哀女人的脚

　　在沦陷时期,舞女脚上着的,多数是中国货的丝袜,哪里有什么外国货的凯旋牌?更无论尼隆丝袜矣。近年来,起先是改着五十一型的尼隆袜,后来进步到五十四型,今则稍为要体面一点的,非六十六型不穿了。我们做舞客的也是残忍,看舞女总是先从脚上看,皮鞋勿吃价,丝袜勿吃价,便致其嘲讽。其实想想一双丝袜一双皮鞋价钱,在一个规规矩矩的舞女,都未尝不是辛苦经营来的。

　　上海忽然禁售尼隆丝袜了,这明令早在二个月以前颁发,我在替那些死要场面的女人着急,她们一定要张罗了去多买几双,但她们的力量,能够多买几双呢?反正你不能囤一辈子着的,何况奸商必乘机抬价(听说昨天有几家黑心商店已藏起不卖)。六十六型的袜子,最不耐穿,一不当心,就扎破了,料想她们以后穿出来出风头的时候,精神上一定会失却某一种自由的。

　　(《诚报》1948年5月31日,署名:刘郎)

流　氓　气

　　据说流氓气也是若干女人选择男人的条件之一。这里有一个明证:上海的说书先生中,最占艳福的那位蒋先生,有人看见他实在并不是美男子,也并没有普通说书先生那一分又糯又嗲的劲道,可是真有许多所谓名雌者,为了他刻骨铭心,甚至把身家都毁了的。考其原由,正因为这位先生实富有流氓气也。有一次有人在城里听书,台下一个听客把这位先生嘘了一下,他立刻把弦子一放,捎一捎袖子,站起身来,对台下说:"啥人搭我难过？挺出来搭你到外头去!"他在听众面前如此,在女人面上,当然不会驯服,然而女人却因为他的横暴而被他征服了。

所以有许多女人,欢喜嫁与流氓。我记得很清楚,往年被狙于西藏路上的那一位闻人,讨了一个堂子里的尤物,三日两头将她毒打,打完了,那个女人对闻人的矢爱益坚,这情形还是那个女人亲口说的。

(《诚报》1948年6月1日,署名:刘郎)

肝　　糕

识俞振飞伉俪多年矣,而不知俞夫人为烹调好手也。一夕,宴于其寓楼,肴复甚丰,而无不出夫人之手,席半乃上肝糕,振飞致语曰:"往时游巴中,见菜饭无不具备此馔,食而美之,问其制法,试效之,乃无差别,是在江南固未尝有也。"俞夫人旋述其制法曰:"将猪肝捣细,要使其凝紧,然后加蛋清,用鸡汤炖之,既成,汤清,而肝则上浮。"后一日,余饭于凯歌归,遇其主人李岳阳先生,询其肆中亦售肝糕否？曰:有之,第须先一日通知,临时要,患不及也。

(《诚报》1948年6月11日,署名:刘郎)

记　摩　勒

摩勒马棚,是摩勒的产业,此人是经营轮船公司的,现在他身返故国,不在上海。他在上海的房地产非常的多,凡是他的房地产,有一种特点,造得总是五颜六色的,你看那马棚的建筑,就是碧瓦红砖,还有一所他的住宅,上海人大概熟悉的很多,位于陕西南路(即亚尔培路福熙路相近)那一所大花园洋房,这建筑也是用各种颜色的砖石构成的,而门口也有两个像翁仲般的石人。大概这外国人,他喜欢用这种东西来做他房屋的点缀品。

同是石头人,同是摩勒的产业,在跑马厅的就感灵显赫,受人膜拜,在陕西路上的为什么就香烟寥落,宁非奇事,一样要祈神祷鬼,我说上海的善男信女,还是向摩勒住宅门前的两家头去亲近亲近吧!跑马厅那里,实在太碍交通,我天天经过那里,总使我起难过之感。

(《诚报》1948年6月13日,署名:刘郎)

乌　　龟

叮嘱三轮缓缓行,绿荫一带晚凉生。汽车该是乌龟坐,半夜三更弹眼睛。

甚暑之宵,坐三轮车徐行于毕勋路上,汽车迎面来,恒开大光灯,向车前照射,为之目不能张,此富人之威胁穷人也,无以泄愤骂它一首。

(《诚报》1948年6月14日,署名:刘郎)

天 资 与 学 力

邓散木先生在友声旅行团招待的那天,我去了,一则是散木之邀不敢拒,二则顺便去望望施叔范先生的病。

施先生已经好了一点,写过文章,也作过诗了,听说:散木为了筹备他举行个展的事(十八日开始在中国画苑),弄得神力交疲。这一天我碰着了许多老友,在某一位先生的手里,拿的一把折扇,是贺天健写他自己的诗,我就说:贺先生的诗很好,近年来我读到的,都很够格。但这位先生说,天健很特别,他有极好的东西,也有极不像样的作品,不晓得他画笔的造就如何?我说这毛病也许因为一个人天资特别高而学力不足的原故,后来想想这句我有点夫子自道,我就是有这个毛病的人。

(《诚报》1948年6月16日,署名:刘郎)

消 暑 胜 地

华懋公寓的下层,有一个咖啡室,说大不大、说小不小的地方,装修得很简单,而收拾得非常清洁,一头临茂名路,一头的窗外,是一个小圃,几株矮树,近来不是芳时,所以看不见花。窗脚下遍种美人蕉,绿痕一抹,映上清樽,使座上客,添几分凉意。

我奇怪的是每次去,那里的茶客,老是那末稀少,难得有两三桌人,往往外国人占多数。其实,这地方比任何一个咖啡室的情调,来得幽静安闲。

有一天是大热的下午,这个咖啡室的窗敞开了几扇,门也透开一条罅隙,风来习习,襟袖生凉,比坐在有冷气的房子里,要舒服得多。所以你假使一下半天,想找一个清凉的世界,这个咖啡室,委实是避暑的胜地。

(《诚报》1948 年 6 月 19 日,署名:刘郎)

拾 金 不 昧

新近在仁记路一百二十号开台湾摄影展览会的郎静山先生,前几天遇见一个拾金不昧的三轮车夫,郎先生为之感动不已,他告诉我事实:那一天他从家里雇一辆三轮车,到了目的地,匆匆下车,把皮包忘记车上,里面有身份证,有金叶纸五十张,钞票九百万元,这三轮车夫寻到他在上车的地方,候下许久,没有候着,第二天一早再去,他已经出门,于是寻到新雅,看见了,把原璧奉还。郎先生把现钞给他作酬劳,三逊三推,方始接受。你说世风日下吗?然而还有这样一个人,郎先生后来懊悔的,当时没有把这车夫,留一张照相,以作生平纪念。

(《诚报》1948 年 6 月 20 日,署名:刘郎)

拜 亲 家

勿儿学语正牙牙,名寄关家大老爷。但愿老爷深保佑,拣天我要拜亲家。

算命的要我们把唐勿过房给人,太太说:求人不如求神。于是在农历五月十三关帝生日那天,抱了唐勿,去寄名与汉寿亭侯膝下。太太的意思,想想也是对的,求人不易,何勿求神?但看那两块翁仲面前的香烟缭绕,莫非根据这一个原因?唐勿自从入世以来,不到一年,多毛多病,把我夫妻,时常浸在忧虑中,但愿关老爷真有威灵,使我的孩子康强茁壮,那末等他明年生日,我亦肯斋戒沐浴去会一会亲家的也。

(《诚报》1948年6月23日,署名:刘郎)

阴沉的女人

女人最好能够蕴藉一点,但在欢场中,要寻一个蕴藉一点的女人,谈何容易?她们大多数是躁急飞扬,否则便失之阴沉。躁急的人,心术是坏不了的,而阴沉的女人,宅心往往可怕。在若干年前,我认得一个舞女,后来桑弧向我屡进忠言,他说:这位小姐,阴沉得叫人害怕,我看你还是少同她接近。我当时也觉得桑弧的看法不错,所以与她间断往来,自后果然有个人来证明,她生平对于朋友或者客人,从来不肯说过一句真话的。后来我喜欢的女人,浅薄也好,"草包"也好,只要她并不阴沉,因为以我的性格,无法对付一个阴沉的女人。说得透澈一些,我有时候说话与举动,实在也近乎草包与浅薄的。

(《诚报》1948年6月24日,署名:刘郎)

酒 食 征 逐

又不知多少日子,没有在家里用夜饭矣,天天在外面想吃饭的地方,久之成为苦事。西菜不爱吃,吃来吃去,总是锦江、洁而精、雪园、凯歌归、新雅这几个地方,既吃,又觉吃得并不舒服。有一天,早些回家,吃一顿夜饭,家里的小菜,也许一天所用,还不够外面点一只菜,可是那天单凭一碗毛豆煮青菜,就叫我送了两碗饭下去,什么黄瓜烧虾,以及炖肉,我都不大下箸。太太常常笑我,到家里就装腔,表示在外面吃得好,不要再剥夺家人的美食。说老实话,我肠胃里,久饫荤腥,偶然吃着一只家庭风味如毛豆煮青菜的东西,便会食欲大炽。在外面,怕菜吃不完,先尽量吃菜,到后来饭量就减,从此可以悟到酒食征逐,毕竟不是一桩好事,我真不知到几时方能摆脱现在这一种生活也?

(《诚报》1948年6月25日,署名:刘郎)

工 愁 善 病

有一位经月不见得朋友,他说我比去年瘦了许多,天衣也说,虽然天天见面,也看得出我天天在瘦下去。其实我很健康,而消瘦的程度,自己也觉着的。记得立夏那天,我同朋友吃饭,我的纪事诗是:"只因沧海旧曾经,语到清柔总可听。今日玉人新恙起,萧郎羸瘦欲亡形。"后来她说我形容过甚,瘦是瘦一点,不过气色不坏。

一个人说到自己的消瘦,多少有点工愁善病的嗲腔,我更不必讳言,所谓"恩重蔡邕甘效死,体羸王粲不能才!"我致瘦的原因,正是为了这十四个字,王八蛋为了国家大势,乃至米盐家计。前两天我写给一位小姐的诗有:"我在东南谁惜我,在南汝有大郎怜。"固然发足嗲劲,然而这一点惘惘之情,实在是从心坎中流出来的。

(《诚报》1948年6月30日,署名:刘郎)

殷 四 贞 北 游

殷四贞定今日(七日)北游,将止于故都,予执笔为此文时,风狂雨劲,一如昨日,则其成行与否? 犹不可知,余与之方,受问芝之宴,故还敬一觞,拟丐四贞为陪客。打电话去时,四贞已倚行装,而其北游之讯,余乃于无意间得之矣。

四贞自褪舞衫,长日闲居,不恒献身于纷华之场,而生计正复裕豫,说者谓其人擅贸迁术,不必有撑头而始活得落也。北游之役,初非预计,临时为闺中胜侣,邀约同行,故为状乃极匆匆。同往者五人,皆雌类,其一则为女画家胡瑛。余询四贞,此行将以何日言归,则曰:至少亦须经月,多则俟之金风振爽时。归时,将以北方土产礼唐兄,愿唐兄时时以春江消息,写示远人,盖作客既久,必恒以故人近况为念也。

(《诚报》1948年7月9日,署名:刘郎)

"把 床"诗

上台唱戏的,要人把场,把场的大多是自己的师父。有一年我寻吴素秋的开心,我说:假如能够同吴素秋风雨联床,而"把床"的是她母夫人吴温如女士,则一举而两善备矣。过了一年,听说素秋忽然离开温如而出走了,当时我写了一首打油诗,记其事云:"哭坏千家丈母娘,女儿长大变心肠。小生痴愿偿无日,想睏她时你把床。"

新近我同温如碰着过一次,说说笑笑,她了无禁忌,据说:这人就这一点漂亮,假使我这一首诗念给她听,我想她除了笑笑之外也一定不以为忤的。

(《诚报》1948年7月10日,署名:刘郎)

看自己的戏

九日下午四时,我们在大光明戏院楼上的放映间里,看《吴府喜事》一千多尺的短片,所以一定要看一看者,因为这里面有我同石挥、李丽华的《铁弓缘》也。

在台上看不见我自己,到银幕上,便看得见我做的"戏"了。我非常懊丧,以后我不想再登台,我厌恶我自己的戏,倒不在乎身上的羊毛,恨我的动作之间,随时有一剧寿腔,明明一个非常英俊的匡忠,叫我扮上了,想不到就这样的猥琐可怜。

在这张片子里,被我们发现一个奇迹,就是在我们朋友中,天厂是以擅说方言著称的,照例这一天他是主婚人,在致词的时候,应该说一口最好的京片子,可是他一不打官话,二不说"牙一口绍兴闲话",他说的是道地上海白:"性栽以主婚人地位,十分兴奋,十分感谢。"倒很一刮两响,于是培林说:天厂一定要同刘铁林、万子和他们,谈起公事来,才弯了舌头,胡说八道一阵子也。

(《诚报》1948年7月12日,署名:刘郎)

中美的笑话

王耀堂先生回香港的早一天,我同他吃饭,他有几个美国朋友,都很年青,是耀堂在昆明时候认得的,其中的一个是空军驾驶员,当意大利的兵舰康脱凡第,凿沉在黄浦江里后,美军怕日本人会将它打捞起来,所以用飞机来轰炸,那驾驶轰炸机的,就是与我们同席的这一位美国青年。

耀堂因为席上是中美两个的人,他讲一个笑话,他说:在美国公墓上,有一天一个中国人,端了一碗羹饭,去吊他的一位故人。旁边的坟上,是一个美国水兵,捧了一束鲜花去吊他的同志。水兵看见中国人用饭来祭鬼,便问道:你这一碗饭,他们什么时候才来吃你的呢?那中国人立刻对他说:要等你的同志,用鼻子来嗅你花香的时候,我的朋友自然会来吃我的饭了。

耀堂说:从这笑话上,可以看出中国人的聪明和俏皮,是任何一国人都不及的。

(《诚报》1948年7月13日,署名:刘郎)

看小彩舞的色

小彩舞在高士满后,我还没有去听过,那一夜才同敏莉、桑弧、之方,还有我太太去听了她半折《马鞍山》。为什么听半折呢?一来场中闷热,实在坐不下去,二来我的儿子吵着要睡觉。所以我在太太面上讨此差司,将孩子送回家去,好早溜片刻,我经过小老板的台前,她不会疑心我抽签,还以为我带了孩子上厕所去咧。

小老板的玩意儿是好的,真厚实,我些微懂得一点好坏,但没有欣赏的雅量。刘宝全我也不耐多听,我之能够听三次小彩舞者,我倒有点欣赏她的姿色。小老板的面孔,说不到"中人姿",可是用变态心理来看她,我总觉得她有许多地方,具着媚人的力量。我曾经把我的感觉,告诉过许多朋友,也很有几个人与我有同感的。

(《诚报》1948年7月16日,署名:刘郎)

重见罗家小可怜

距今若干年前,有姊妹花如窈窕红灯,荡漾于舞海间,则罗家女也。长名罗萍,幼字罗敏,无不具殊色。萍久嫁矣,不复陈色相于欢场中。敏亦退藏一时,至去年秋,始重见其出入于游宴之场,则美好犹昔也。近两见之,忽视前清减,而温润如玉,谓余曰:近来滋匆适,故损丰腴。言时若无力者,其楚楚可怜盖可见也。一夜,同饭市楼,座上更有冯文清女士。冯亦舞场宿将,清丽不减曩年,余久不为平视,兹二丽人者,始不辱吾笔染写,辄录之,所以志一时缘会之胜焉。

(《诚报》1948年7月18日,署名:刘郎)

前 车 之 鉴

有一位交际花的志愿,要与男人正式结婚,我的一个朋友就劝她不必固执成见,他当时举一个例子说她听。

二十年前有一个红倌人叫明珠老八的,当时周旋于巨公名卿之间,艳声藉藉,可是她不肯嫁人作妾,打定主意,要与男人结婚。后来居然如愿以偿,被她寻着一个英国留学生,三十七岁了,还没有老婆,果然与老八论嫁娶。结婚以后,这男人因为是学者,不善事家人生产,而家中又无恒产,老八把私蓄取出来,贴补开销,一直贴到私蓄都光了。而这个男人,在外面嬲了一个姘头,接下来就是虐待老八,老八气忿之余,竟成痼疾。

我的朋友讲究这故事,他随着说出一个理由来,这种读书人自高眼界,以为我这种人,娶一个伎女为妻子,是抬举女人,所以耗她的私蓄是名分的事,后来的虐待,也是应有的结局。你说做女人除了吐血以外,还有什么好说的?

(《诚报》1948年7月19日,署名:刘郎)

海市杂咏

四川杨妹弗希奇,张黛琳更是怪皮。李义踏车"群""凤"死,信多刚烈属蛾眉!

诗中"群""凤"指一在牯岭跳楼之瞿群,一在上海服安眠药片之任凤珠。

(《诚报》1948年7月20日,署名:刘郎)

茶价与小菜钱

敏莉在大都会进场,她坐到我台子上来的时候,她说平均敲一次音乐,坐三只台子。我于是在替她计算,每一只音乐里为她所泡的茶,代价是五百四十万元。大都会的茶价是每杯一百八十万元,当然这一夜所泡的茶,她是一口也不会呷的。

天衣告诉我说,我们有一个相熟的朋友,他家里的小菜钱是每天六万元。这数目微小得惊人,我不大相信。于是天衣说,六万元小菜,只有两种可买,一种是半斤黄豆芽,另一则是咸菜,然而穷人就这样的下咽了,假使一同跳舞场里的茶价作个比较,就使人要凄然酸鼻了。

(《诚报》1948年7月24日,署名:刘郎)

惨烈新闻中的女主角

从前上海有一个红舞女,在她全盛时代,住在华懋公寓,私蓄之富,她的姊妹淘为之眼红不已。此人又性好炫富,姊妹淘来看她的时候,将她所有的珍饰,一件一件搬出来,给她们欣赏。最有趣的,有一只丝绒袋袋,她往往拎着了袋底,在她的卧榻上往下倾倒,便有许许多多的金元宝掉在床上,她是这样骄傲地用为笑乐。

不过是四五年前的事,这位小姐目下已求生无路,陷入穷乡。原来她在去年爱上了一个少年,这少年是名父之子,可是本身不事生产。她则真正的爱上了他,于是在同居以后,不恤输金相助,及至坐吃山空。她思前想后的活不下去,于是造成了最近的一桩惨烈新闻。人生的运会无常,在女人身上更加看得显著一点。

(《诚报》1948年7月25日,署名:刘郎)

美国兵与中国车夫

昨夜十一点一刻经过泰兴路,看见有几个白衣兵声势汹汹地拥进丽都花园,后面跟了一大群看的人,也不知为了什么。今天看报,才知美国水兵在闹酒以后,同中国的三轮车夫吵架,由吵架而打相打,四个水兵直赶那个车夫跳到丽都的游泳池里,结果,车夫终被他们砍了一刀,连累那个劝解的走路人也陪了一刀。

美国人对待中国人如此这般,倒并不奇怪,奇怪的是中国人一门心思当他们亲爷娘看待,尤其拉黄包车、踏三轮车的吾国同胞,他们大多有做外国人生意的瘾。但看我们在西侨青年会吃了点心出来,门外兜生意的车夫,只要外国人出来,他们会死七八赖的拉上去。中国人叫他们的车子,有的是故意抬车价,不存心成全交易,有的索性干脆,连理都不来理你。所以那天晚上演的凶案,我们不必致其遗憾,倒霉的只有一个,就是那遭到池鱼之殃的走路人。

(《诚报》1948年7月26日,署名:刘郎)

发言与放屁

年年放得屁连环,晴雨无知况暖寒? 举世发言皆类屁,此为放屁大机关。

说话如放屁者,莫过于今日之气象台矣。本月二十四日最热,二十五日报载,今日比昨日更热,但是日并不热,且风来习习,凉爽乃似初秋。余尝留心,气象台之发言,往往适得其反,真制造臭屁之机关也。

(《诚报》1948年7月28日,署名:刘郎)

莫干山上事

之方言:莫干山上物价之昂,有非山下人想象可得者。西瓜卖四百万元一只,劣质苹果,一只亦售百万金,汤面一碗,售百万金。故欲上山居半月或旬日者,非以巨载金钞票往,将不敷应用也。

当日下时,西洋人皆袒胸露背,其为女子,策覆其双乳而已。游泳池设于山上者甚多,故戏水鸳鸯到处可见。池中所蓄皆山泉,性奇寒,非体魄强壮,不敢如水。之方以不谙泅水术,否则以其健硕,小身体犹不至泡不起也。

之方言:山中久居亦非不适,所可憾,入晚乃无电炬,盖发电厂自经毁坏后,尚未修复,预计明年此时,可以工竣,则与都市无异矣。

(《诚报》1948年7月29日,署名:刘郎)

梅兰芳这人

我新近倒想着一个兜风办法,带个女人坐三轮车踏到徐家汇三角地,到从前的联华摄影场里去看梅兰芳拍五彩电影。梅兰芳拍戏的时间,是子夜到清晨为止。

可是传来消息说看梅兰芳拍戏,非要入场证不可,这就麻烦了。许多人捧梅兰芳,总不肯把他当一个寻常的演员看待,一切都要禁止闲杂人等,门禁之外,还要证件,而梅兰芳在包围中,也永远没有自知之明的一天。于是乎梅兰芳永远是那个梅兰芳,他再也不会有变得洒脱,变得随便的一天。

啃梅兰芳的人实在太多,啃得他贫穷,啃得他麻木,纵然说我们的一代伶王,造就是登峰造极了,而他这个人实在没有进步的。

(《诚报》1948年8月3日,署名:刘郎)

胡桂庚之诗

曩者,《和平日报》时常刊胡桂庚先生所作诗。桂庚以阛阓贤才,而性耽风雅,有时亦好为绮语,如其近唱云:"高楼吹有大王风,把盏披襟意气雄。逸兴忍教余子败,寸心翻为一人融。生逢末世情何寄?酒入愁肠念转空。几许繁华成旧梦,岁寒我独爱苍松。"此亦大似张南通"今夜独上西楼,看可怜月色,此意有谁知之"之意也。

◆萧巷一蝉喧

桑弧访施叔范先生于其寓楼,叔范以近作示桑弧,有一联云:"炎尘千辙乱,萧巷一蝉喧。"桑弧叹为妙句,谓能写足上海夏日之境象也。余乃忆及十年前林庚白诗,写上海夏日之夏者最多,有两言曰:"当门片绿如人静,沸地骄阳及午狂。"与施作相衡,叔范自多蕴藉之致,然庚白尤朗快耳。

(《诚报》1948年8月4日,署名:刘郎)

传 神 之 笔

谢家骅服毒之后,荣梅莘闻讯赶往,《申报》载,梅莘对家骅曰:"你叫我往后如何做人?"此与谢家骅自香港回来时《申报》亦记,荣梅莘赴机场迎接,谢见荣,傲然不顾,将登谢家派来之车,荣尾其后,絮絮语谢曰:"家骅,你跟我回去,给我一点面子。"凡此语气,讥荣梅莘其人者,无不叹《申报》记者,乃多传神之笔也。

谢之服安眠药片,或言一片,或云六片,六片情近服毒,一片则正常之安眠。外间传言,谢性喜出风头,而不择手段,仰药之役,原因或基于此,其事实或似之,而其理则令人不忍想象也。

(《诚报》1948年8月8日,署名:刘郎)

《今古奇观》的人物

荣梅莘于七日上午打电话给我,他说:"家骅的自杀,其实没有这一回事。《申报》的记者,是她打电话请来访问的,躺在床上的照片,拍了又拍,中间还掉过一件旗袍,哪里有自杀的事,简直开玩笑。"我问她那末她为什么要这样做呢?梅莘说:"只有一个理由,她要出风头,任问芝自杀的消息轰传之后她非常眼红,这时便与梅莘吵闹,说她因为嫁了人,她的名字,便不能再在报上发现。有一夜,她听童芷苓为《粉墨筝琶》播音,听众去了一千只电话,谢家骅竟哭了一夜。她说只为嫁的丈夫,阻止演电影,不然今日之下,她这一分风头决不会输给童芷苓的。"

荣梅莘的这一电话,不知是不是句句实言,如果并无虚头,那末谢家骅其人,可以放到《今古奇观》里去,因为一个人怪到这般地步,简直无法使人置信了。

(《诚报》1948年8月9日,署名:刘郎)

短 打 朋 友

我们几个朋友,都讨厌着中装而夏天穿长衫的人,一件茄瓢领的短衫,袖子短到臂腕的上面,烫得没有一线皱纹。天衣常说:他们表示出入有汽车,贪凉快,用不着长衫障体。有个朋友对我说:他看见一个有钱的人,也着的短打,从汽车里跳下来,一根三两重的赤金表链,纽扣上还梗着一段翡翠的梗子,给人的印象,好像张开口来,满嘴金牙里,嵌着一片绿瓷,在他自己以为十分美观,却不知道给人的印象是恶俗之尤。

◆出汗

今年我不大出汗,大热的第一天(立秋日),在康脑脱路一位朋友家里吃中饭,他家的菜,煮得很好,一只鸡汤里的冬瓜,奇烫,一口咽下去,四体的汗都逼了出来,拭去汗,真有通体皆苏之概。我喜欢出汗,可是没有出汗的机会,这一回才算出了一个痛快也。

(《诚报》1948年8月10日,署名:刘郎)

飞 机 场 上

前天熬了一个夜,到清晨五点钟,天还没有亮,我们坐了一辆汽车,直下衡山路,走龙华路,到龙华飞机场,送我的一位朋友上飞机。在飞机场上,看见曙色慢慢地撑开来,最使我感到兴趣的时候,我凭着窗,看朋友走上停在窗外的那一只"空中霸王"。后来机头上四只引擎,相继发动,虽然蔚为巨响,但我们因为逼近它的关系,反而并不觉得震耳欲聋,而一时间疾风陡起,它的四周,真有飞沙走石之势。窗外是一个小小的花圃,花圃外面是草坪,无论一花一草,都教这大风吹得乱颤欲折,风吹到窗户里面,立在窗口的人,统体阴凉。其实这时坐在飞机里面的旅客,正是最燠闷的时候,坐在机内的人,非要等飞机升空了,不得清凉的。

(《诚报》1948年8月12日,署名:刘郎)

请先检举汉奸嫌疑

因为竹淼生与邓仲和的输捐救济特捐,特别的勒煞吊死,征收者将予以检举他们在敌伪时期的劣迹,可能找出他们有过汉奸行为。我认为这是于法理上说不过去,竹、邓二人,果然有汉奸行为,应该堂而皇之的举发他们,不能因为他们悭吝于救济特捐,方始发动检举。难道说,他们若使慷慷慨慨的捐出十万二十万美金一个人来,那末他们即使有过通谋敌国,危害本国的罪行,就好一笔勾销了吗？现在既然有人疑心他们有叛逆行为,我们倒希望把向他们征收救济特捐的事,先搁一搁,要紧的是检举他们汉奸嫌疑。

他们是否有汉奸嫌疑,我不十分明了,但他们在敌伪时期是大囤户,则是人人知道的。所以他们过去是大奸商,则是百分之一百的事实,尤其是竹森生,在那时候一下囤过十万箱固本肥皂,当时社会哗然,只要是生活在上海沦陷区里的人,没有人不晓得竹森生这一桩豪举的。囤积居奇,扰乱市场,毒害民生,我以为凭这一点,此人早应该伏法。

(《诚报》1948年8月14日,署名:刘郎)

大 小 嗓 子

正在拍摄梅兰芳的五彩电影,在动手的第一部《生死恨》里,有一点是给费穆先生改革了,那就是姜妙香的嗓子。因为平剧的小生,有一副传下来的怪腔,他们的嗓子,往往一会儿大,一会儿小。费先生的意思是倒不在叫外国人听了难听,深怕外国人不懂习惯,他们会怀疑这是收音上出了毛病,而闹成笑话,所以他决计请姜妙香把说白统统念为大嗓子,而唱则一律向来的小嗓子。

费先生的主意,当然征求过梅先生与党中人的同意。梅党中人,不乏"京朝派烈士"之流,而这一个小小的革命,居然没有人站起来说话,可见费先生在他们心目中,还是以艺术大师视之也。

(《诚报》1948年8月15日,署名:刘郎)

绝对不会有的事

也白兄:前几天《诚报》上有位先生,在同张善琨过不去,说他向上海小报作者投警告信,这些谣言,到底哪里造起的呢？张善琨到现在为止,不死不活成了一个"黑人",说他有罪,他其实无罪,说他无罪,他又好像在待罪,数年以来,在诚惶诚恐中过着日子,如何还会写警告信来得罪上海的小型报作者？所以这件事以常识来判断，可以决其必无，以我对他的认识来判断，善琨也决不会做此事。

我总以为要评许一个人，或者打击一个人，总要候这个人在"当令"的时候，像张善琨这种已经"黑"了的人，再对他破口大骂，这又逞的什么英雄呢？

我同善琨的关系，你知道得很清楚，十几年来，我们没有事业上的关系，没有金钱上的关系，只是酒肉之交。不过我很喜欢这个朋友，他聪明，他会说笑话，没有我的狂放，但他会阴噱。去年我在香港，同他流连的时候最多，分别又一年有余，听说他近来境况更加不比从前了。

（《诚报》1948年8月20日，署名：刘郎）

好吃一辈子的

去年我买过十条香港跑马香槟票，那时候头奖可以得四五十万港银，当然没有中奖。新近同李太夫人谈起，她劝我再买一趟，头奖已经多到八十五甚至一百万港银了，我立刻托楼子春先生赴港之便，代买十条，成本将近国币四千万元。

我请人算一算以八十万港币，可以抵二百七十余根金条，这一点使我高兴，因为我有了它，我可以任何事不做，吃它一辈子。我这个人就是天生怪脾气，不够吃一辈子的财，不想发，够吃一辈子的财又绝对发不了，从绝对没有希望中求一线希望，于是我决定要买香港跑马票了。

（《诚报》1948年8月21日，署名：刘郎）

"借刀杀人"之计

金先生把所以要攻击张善琨的原因写给我看了，又哪里知道你们都中了"借刀杀人"之计。上海干电影事业的人，想打倒一个张善琨，都是他们梦寐难忘的事，利用政治，利用个人，想尽方法，使张善琨受到种种不利，要弄得他万劫不复，不再有卷土重来的一天。

金先生不一定同我相识,周天籁兄则是下走老友,请金先生告诉天籁,我的看法是如此,他一定相信我的话,决不存心左袒善琨的。

讲起笔战,我战不过人家,我是拣我写稿子的报看的,现在共看三张,《诚报》明天不写明天不看。所以现在只许别人骂我,我不骂别人,你说笔战还开得起来吗?

(《诚报》1948年8月24日,署名:刘郎)

红　　颜

忽然来复忽然还,至竟余嗟一面悭。报道伊人真绝世,方知短命属红颜。

二十五万元的关金券,发现不久,而币制忽报改革,此关金券乃似昙花一现。余始终不及寓目,但闻人言,色泽甚丽,作玫瑰红及浅紫,颇心向往焉。

(《诚报》1948年8月25日,署名:刘郎)

勇 于 荐 人

这一个月里,我一共替人家荐了四桩生意,都是失业的青年。我就这样不怕卖朋友的交情,自己的孩子很多,将来也许有求人的时候,趁现在还有人肯买我面子,这种春风人情,我是乐于做的。

这四人之中,一个是苦孩子,他父亲是我弄堂里的司阍老卒,孩子读书读不下去,急急乎要做点差役之类的事体,他们打听得大革命弹子房要用人,就来托我,我把他荐给梯维,写了一封很诚恳的信,叫他送去,他们录用了没有,我还没有晓得,大概不成什么问题。

太太十分赞成我的见义勇为,她时常代托我的人催促,她说大郎这个人是热心的,就是懒惰一点,人家托他,他欢喜拖不肯就去说。妇道人家,她哪里知道目下谋生的不易。

(《诚报》1948年8月27日,署名:刘郎)

一部连续几十年的私人观察史

(《唐大郎文集》代跋)

唐大郎的名字,现在可能也算得上轻量级网红了,知道的人并不少,甚至有学者翘首以盼,等着更为丰富的唐大郎作品的发布,以便撰写重量级的论文和论著。这是我们作为整理者最乐意听到的消息。现在,皇皇大观12卷本的《唐大郎文集》的最后一遍清样,就静静地摆放在我们的书桌上,不出意外的话,今年上海书展上,大家就能看到这部厚厚的文集了。

唐大郎是新闻从业者,俗称报人,但他又和史量才、狄平子、徐铸成等人有所不同,他是小报文人,由于文章出色,又被誉称为"小报状元""江南第一枝笔"。几年前,我曾在一篇小文中阐述过小报的地位和影响:"上海是中国新闻界的重镇,尤其在晚清民国时期,几乎撑起了新闻界的半壁江山,而这座'江山',其实是由大报和小报共同打造而成的。大报的庙堂气象、党派博弈与小报的江湖地气、民间纷争,两者合一才组成了完整的社会面貌。要洞察社会的大局,缺大报不可;欲了解民间的心声,少小报也不成。大报的'滔滔江水'和小报的'涓涓细流',汇合起来才是完整的、有着丰富细节的'江天一景'。可以说,少了这一泓'涓涓流淌的鲜活泉水',我们的新闻史就是残缺不全的。一些先行一步、重视小报、认真查阅的研究者,很多已经尝到甜头,写出了不少充满新意、富有特色的学术论文。小报里面有'富矿',这已经成为越来越多的专家学者的共识。我始终认为,如果小报得到充分重视,借阅能够更加开放,很多学科的研究面貌一定会有很大的改观。"现在,我仍然这样认为。《唐大郎文集》的价值,就在于这是一个小报文人的文集,它的文字坦率真挚,非常接地气;它的书写涉及三教九流,各行各业;它更是作者连续几十年的私人观察史,因之而视角独特,内容则极为丰富多彩;而且,如果我记得不错的话,这是小报文人第一次享受这样高规格的待遇:12卷本,400万字的容量。有心的读者,几乎可以在里面找到他想要找的一切。

为了保持文集的原生态,除了明显的错字,我们不作任何改动,例如当年的一些习惯表述,有些人名的不同写法,等等。我们希望,不同专业的学者,以及喜欢文史的普通读者,都能在这部文集中感受来自那个时代的精神氛围,从中吸取营养,找到灵感,得到收获。

这样一部大容量文集的出版,当然不是我们两个整理者仅凭努力就可以做到的,期间受到来自方方面面的帮助是可以想象的,也是我们要衷心感谢的。这里尤其要感谢唐大郎家属的大力支持,感谢黄永玉先生、方汉奇先生、陈子善先生答应为文集作序,还要感谢黄晓彦先生在这个特殊的疫情期间为之付出的辛劳。他们的真情、热心和帮助,保证了这部文集的顺利出版。请允许我们向所有关心《唐大郎文集》的前辈和朋友们鞠躬致意。

张　伟
2020年6月5日晨于上海花园